雪隐鹭鸶

—— 《金瓶梅》的声色与虚无

格 非 著

中 华 书 局

图书在版编目（CIP）数据

雪隐鹭鸶：《金瓶梅》的声色与虚无/格非著. —北京：中华书局，2019.8
ISBN 978-7-101-13895-5

Ⅰ. 雪… Ⅱ. 格… Ⅲ.《金瓶梅》-小说研究 Ⅳ. I207.419

中国版本图书馆 CIP 数据核字（2019）第 094631 号

书　　　名	雪隐鹭鸶：《金瓶梅》的声色与虚无
著　　　者	格　非
责任编辑	马　燕
出版发行	中华书局
	（北京市丰台区太平桥西里 38 号　100073）
	http://www.zhbc.com.cn
	E-mail:zhbc@zhbc.com.cn
印　　　刷	河北新华第一印刷有限责任公司
版　　　次	2019 年 8 月第 1 版
	2019 年 8 月第 1 次印刷
规　　　格	开本/920×1250 毫米　1/32
	印张 13　插页 2　字数 270 千字
印　　　数	1-20000 册
国际书号	ISBN 978-7-101-13895-5
定　　　价	58.00 元

目录

自序

◇卷一　经济与法律

自　序

　　1987年，齐鲁书社以"内部发行"的名义，出版了由王汝梅等校点的《金瓶梅》删节本。按照学校下发的通知，确有研究需要的教师，可以提交购书申请。当时，我还是华东师范大学中文系写作教研室的一名助教，抱着不妨一试的态度打了报告，居然获得批准。或许是此书过于"珍贵"了，我拿到书后并没有坐下来好好阅读，而是忙着四处向人炫耀。这就直接导致了此书在两个月后的失窃。

　　几年后的一个晚上，在北京的白家庄，批评家朱伟和几位作家为《金瓶梅》与《红楼梦》的优劣，发生了激烈的争论。我因为还没有来得及读完《金瓶梅》，当然不敢置喙。但朱伟先生那句"不管怎么说，《金瓶梅》都要比《红楼梦》好得多"的断语，让我这样一个"红迷"深受刺激。回到上海后，就立即躲进学校的图书馆，将此书完整地读了一遍。

　　不用说，我如此急切地阅读此书的目的之一，是为了证明这样一个固有的信念：所谓比《红楼梦》还要好的小说，在人世间是不可能存在的。但读完《金瓶梅》之后，不知为什么，我对朱伟先生那句明显偏激的断语，产生了秘密的亲切感。从那以后，我开始留意收集《金瓶梅》的版本，几乎是每隔两三年，就要将《金瓶梅》重读一遍。有了好的本子，我也会将它复印出来，分赠好友；每遇"金迷"，必时相切磋，引为同调。

《金瓶梅》是一部激愤之书，也是一部悲悯之书。在中国小说史上，无论是世界观、价值观、修辞学，还是给读者带来的令人不安的巨大冒犯，《金瓶梅》都是空前的。时间的流逝从未减损它的"毒素"或魅惑力。然而，在《金瓶梅》的阐释史上，虽说产生了一代又一代知音般的读者和研究者，但同时也积压了越来越多的误会和曲解。

在反复阅读《金瓶梅》的过程中，我逐渐意识到，如果不把《金瓶梅》放置于16世纪前后全球社会转型和文化变革的背景中去考察，如果不联系明代的社会史和思想史脉络，《金瓶梅》中涉及的许多重大问题，都得不到很好的解释。当今中国社会状况的刺激以及这种刺激带给我的种种困惑，也是写作此书的动因之一。《金瓶梅》所呈现的16世纪的人情世态与今天中国现实之间的内在关联，给我带来了极不真实的恍惚之感。这种感觉多年来一直耿耿于怀。我甚至有些疑心，我们至今尚未走出《金瓶梅》作者的视线。换句话说，我们今天所经历的一切，或许正是四五百年前就开始发端的社会、历史和文化大转折的一个组成部分。

书名"雪隐鹭鸶"，源于《金瓶梅》第二十五回的两句诗："雪隐鹭鸶飞始见，柳藏鹦鹉语方知。""雪隐鹭鸶"这个意象，很容易让我们体味到平常的人情世态中所隐藏的深险湍流，让我们想起《红楼梦》中"白茫茫大地真干净"的苍劲悲凉，或许还会让我们联想到在晚明思想和文学界极为流行的"空"和"无"。当然，《金瓶梅》所强调的"空无"，绝非空无一物，它一直在引诱我们去索解隐秘，探幽访胜。

为了让那些没有读过《金瓶梅》或不喜欢《金瓶梅》的读者也能

了解本书的大意,本书有意借用了随笔和例话的写作方式。当然,如果读者对明代的社会史和思想史背景没有兴趣,也可以跳过卷一和卷二,直接阅读后半部分的文本解读。

本书在写作过程中所使用的《金瓶梅》版本主要有以下两个:崇祯本为北京大学出版社 1988 年出版的《新刻绣像批评金瓶梅》,此书是北大馆藏本的影印本,也是国内现存崇祯本中较为精善的本子;万历本采用的是人民文学出版社以北京图书馆旧藏本(现存台湾)为底本,于 1991 年影印出版的《金瓶梅词话》。考虑到繁、简字体对读和校勘的便利,也参考了中华书局 1998 年出版的《金瓶梅》会评会校本。

2014 年 3 月 1 日

卷一

经济与法律

清 河

　　《水浒传》写至第二十一回末尾,武松始出场。叙事由此转入武松正传,至三十一回作结,被称为"武十回"。武松是山东清河人氏,在家乡酒后伤人,躲在柴进庄多时。武松遇见宋江后,忽然思念家乡,要回清河县看望哥哥武大。路过阳谷县景阳冈,打死猛虎之后,他在阳谷县做了都头,探望兄长一节就此耽搁了下来。不意三二日后,武松于县前闲玩,遇见了卖炊饼的哥哥。原来武大因武松外逃,又娶了招蜂引蝶的潘金莲,在清河县"安身不牢",已搬至阳谷县紫石街赁房居住。

　　由此可见,"武十回"的主要故事,均发生在阳谷县,与清河无涉。那么,既然故事发生的地点在阳谷县,施耐庵又何必多写一个清河?在传统的章回小说中,这种实写一个、虚备一个的技法,通常被称作"陪笔"。所谓写一个,陪一个。惟其如此,叙事方显得阔绰自然,不至于板滞。这样的例子,在《水浒传》《金瓶梅》《红楼梦》中比比皆是,此处无需赘言。

　　《金瓶梅》虽被称为中国章回体小说中第一部虚构之作——它不以历史故事为叙述对象,具有明显的虚构性,在相当程度上脱离了讲史或历史演义的羁绊,但其主要故事仍由"武十回"敷衍而来。或者说,"武十回"构成了《金瓶梅》叙事展开的重要契机。简单比较《金瓶梅》和《水浒传》即可知道,《金瓶梅》对于"武十回"多有择取和增益,但主要人物和事件一仍其旧,连叙事的语调也一脉相承,甚至在许多地方照录《水浒传》的文字,一字不差。当然,《金瓶梅》对"武十回"也有诸多修改,其中最使人难于理解的地方,是将故事发生的地点,由《水浒传》的阳谷县改回到了清河县。此处改动,表面上看或许属于细枝末节,但在我看来实则关系重大。

《金瓶梅》的作者做这样的改动,或许有他的借口。因为在《水浒传》中,施耐庵通过阳谷知县之口,明言清河、阳谷两地近在咫尺,写阳谷,或者写清河,似乎在两可之间。问题是,《金瓶梅》保留了"紫石街"这个重要地名。我们知道,"紫石街"是武松杀嫂、潘氏勾情、王婆贪贿、郓哥搅局的场所,而作者刻意将原属阳谷县的紫石街,移至清河县中,究竟有多大的必要? 由此,作者不欲将故事发生的地点置于阳谷县的用意十分明了。《金瓶梅》刻意要用清河来取代阳谷,其中到底隐藏着怎样的作者意图?

换句话说,为何一定要写清河呢?

查阅宋明两代的相关史料,在山东境内,并无清河这样的县名。也就是说,《金瓶梅》的作者,似乎是随手从《水浒传》中借用了清河这个地名作为故事展开的地点。《明史·地理志》中确有一个清河县,也有一个临清州。清河县远在南方的淮安府,与阳谷县相距遥远,这里暂且不论,倒是原属山东的临清与《金瓶梅》之间的关系值得认真推究。因为《金瓶梅》中的清河县与临清距离极近,甚至互相重叠。

元代大运河正式开通之后,临清是运河航道最重要的枢纽之一,是经济繁盛、商埠云集、船只汇聚的大码头。《金瓶梅》对清河的虚构自然是绘声绘色,但对于临清的描述,却与历史上的临清若合符节,经得起严格的历史检验。《金瓶梅》作为中国唯一一部描述 16 世纪商业活动与世情伦理的章回小说，临清显然是一个更为理想的舞台。《金瓶梅》行文中正面或侧面描述临清的文字甚多，到了后二十回，作者干脆将主要故事移到了临清。

小说中写陈敬济自清河出发，去临清码头照料酒店的生意，常常是骑着驴，身后跟着小伴当，三五日走一趟，说明清河距临清很近。而《水浒传》中与清河近在咫尺的阳谷县，属兖州府东平州(今属聊城地界)，距离临清至少两百华里。以当时的交通条件往返四百华里，三五日便走一遭，不要说手无缚鸡之力的"陈姐夫"，即便是"神行太保"戴宗，亦非易事。如上所述，《金瓶梅》中的清河，实为距离临清很近的一个县城，可以确定无疑。小说改阳谷为清河，其目的之一，在于拉近清河与临清的距离，为正面描述依托北运河而兴盛之北方商业经济社会，选择一个相对可信的地理位置。

《金瓶梅》中的清河不是一个普通的县城，而是一个设立了包括卫所在内众多衙门的所在。守备、指挥、都监、提刑等大小官员在这里驻扎，皇亲、太监等各类达官贵人也息影于此；漕运发达，南北交汇，商业兴旺，店铺林立，街市阜盛；巨贾豪商、贩夫走卒熙来攘往；院中妓女、伶优、戏子、吹拉弹唱之徒招摇过市；南北商人、帮闲捐客、地痞无赖游走其间。种种物事，绝非一个地处穷山僻壤且有猛虎出没的小小阳谷县所能容纳。作者改易地名的这番苦心，自然就不难理解了。

然而，若说《金瓶梅》故事发生地就是山东河北交界处的清河县，似乎也有不小的问题。且不说《水浒传》中本来就有一个清河县——《金瓶梅》故事的起点，源于对《水浒传》情节的袭用，单从情节线索来说,《金瓶梅》中的武松于阳谷县打虎之后,即在紫石街安身,并未远徙。如果说临清就是故事的发生地,那么小说中的阳谷县及其周边的地理脉络又如何解释?

由此看来,若依照历史或现实的实际地理状况来按图索骥,则不能不说,《金瓶梅》的地理设置存在着明显的矛盾与悖谬。研究者要考证出故事的实际发生地,就遇到了无法解决的难题。

小说中的地理与实际地理状况不合,自无足怪。小说家,尤其是传统章回体小说的作者,使用烟云模糊之法本来就是一大特权。在这一点上,《红楼梦》的"假语村言"更是一个明显的例子。而研究者通过小说来"复原"相应时代的地理和社会状况,也不能胶柱鼓瑟、削足适履。无论是古典小说,还是现代小说,作者当然会透过自己的经验描述或者反映一定的社会现实状况,但同时,这种描述又具有强烈的虚构性——它是一个"既是又非"的结构。

而《金瓶梅》的两难在于:一方面要沿袭《水浒传》的故事展开叙事,不得不受到原作的限制,另一方面又希望摆脱传统章回体的既有框架,在描述社会现实方面另开新局。比如说,它将故事的实际地点移至北方经济重镇临清,表明作者在呈现明代商业经济活动影响之下的社会现实和伦理方面,有了全新的考虑。小说地理设置方面出现矛盾乃至悖谬,也反映了章回小说在发生蜕变时的复杂状况。

综上所述,《金瓶梅》中的清河县,与《水浒传》中的清河县一样,都是虚构的,实际上并不存在。作者沿用《水浒传》中这个地名,并结合自己的经验和见闻对它加以改造,既有"俟河之清"这样的隐喻性暗示——与小说中纵情声色、吏治腐败、人伦败亡的污浊构成一定意义上的反讽,同时作者也基于自己的叙事目的和需要,整合自己走南闯北的人生阅历,调动文学想象力,拼合并建立了"清河"这样一个特殊的故事发生地。

清河国

除了《水浒传》中所虚构的清河,以及现位于山东河北交界处的清河县,历史上还有一个"清河国"。西汉时即有清河郡,汉永光后仍为郡,至东汉桓帝建和二年(148),清河王刘庆改清河郡为清河国。曹魏时,复为郡,至西晋又置清河国。

值得注意的是,自西汉至隋代,清河郡、清河国之迭易屡屡发生,但治所大多设在临清或临清周边。既然临清本身就暗示着清河国的存在,那么从某种意义上说,临清就是"清河"。《金瓶梅》写至最后二十回,似乎也有意将清河与临清混为一谈,或者说将临清与清河两地重叠在一起。这也从侧面透露出一个重要的信息:《金瓶梅》的作者不仅对古清河国的历史沿革十分了解,且有意借用这个早已不存在的古郡国名。也就是说,作者以《水浒传》中的清河县(与阳谷县为邻)为基础,重构"清河"这个特殊环境的同时,也考虑到了古代清河国的存在。

这也从反面衬托出临清的重要性。

实际上,在《金瓶梅》中唯一重要的、经得起历史和地理考证的地点,正是临清。而作者不直接写临清,一方面是受到《水浒传》情节的限制,另一方面在地理的考虑和设置上,似乎也开启了《红楼梦》真中有假、亦真亦假的先河。

临 清

《金瓶梅》第九十二回，陈敬济凑齐五百两银子前往临清贩布，小说首次正面描述临清：

> 这临清市上，是个热闹繁华大马头去处，商贾往来之所，车辆辐辏之地，有三十二条花柳巷，七十二座管弦楼。*

这里的"三十二""七十二"之数，当属虚指，并非实际数目，意在点出临清在明末的繁华与奢靡。这与历史上的临清作为北运河咽喉要冲的地位以及"户列珠玑，家陈歌舞"的盛景遥相符合。明代文渊阁大学士李东阳过临清时，也曾留下"城中烟火千家集，江上帆樯万斛来"的诗句[①]。据《临清县志》记载，至元、明后，临清每届漕运之时，"帆樯如林，百货堆积"，商业遂勃兴而不可遏。鼎盛时期，商铺"绵亘数十里，市肆栉比，有肩摩毂击之势"[②]。

《金瓶梅》对于临清的描述，大致可以分为以下三个方面。

一为实写临清。主要是后二十回。小说故事的地点由清河转为

---

* 为保留引文的原有风貌，本书在引用《金瓶梅》文本时均照录原版文字，特此说明。
　　——编注
① 李东阳《鳌头矶》，收入《临清县志》，台湾成文出版社，1968 年 3 月第 1 版，第 105—106 页。
② 《临清县志》，台湾成文出版社，1968 年 3 月第 1 版，第 45 页。

临清,小说中所涉及的临清闸、广济桥、晏公庙、临清码头等都是临清实际地名,至今仍可查考。

二为实指临清。主要为前八十回。故事地点虽在清河,但前八十回提及临清的文字,多达十余处。

三为移花接木的挪用。作者将许多原来属于临清的街巷、官署、卫所、寺庙等一并挪入清河(如清河县的手帕巷和砖厂以及众多守备、卫所之衙门,据考证也位于临清),以至于清河、临清互为混杂。这也是导致许多研究者判定清河就是临清的缘由之一。

这似乎足以证明,作者对临清的地理、文化、环境、社会状况极为了解,且很有可能在临清长期生活过。

虽说在前八十回中,作者笔下的清河,与历史上的临清多有重合相仿之处,但也不能将作为主要故事发生地的"清河"一笔勾销。否则的话,作者为何不干脆取消清河,直接写临清呢? 更何况,《金瓶梅》中的清河地理、街道、商肆名称与北京相符合者也多达十余处,那么我们是否就可以认定,《金瓶梅》笔下的清河就是北京呢?

顺便提一下,还真有学者经过多方"考证",断定《金瓶梅》中的清河实际上就是北京,西门庆即为明武宗。其立论之轻率和异想天开,自无待详辨。

钞 关

据史料记载,宋代临清虽已设县,但并无特殊经济地位。至元代大运河开通以后,它作为各类水系交汇之处,位于南北往来货船集散转运之地,政治及经济地位日益提升。1289 年,元朝开通由东平至临清的会通河(全长约二百五十华里),接通卫河;1293 年又开通了由北京至通州的通惠河,连接隋代的大运河。从江南来的漕船可以由临清入卫河,再经白河至通州,由通惠河直达北京城内的积水潭。

从理论上来说,大运河至此已全线贯通。唯因航道狭浅,常遇枯水或黄泛决口(比如 1391 年,黄河在原武决口,致使会通河的临清至济宁段因河道淤塞而荒废),每年漕运量不足十万石。至明代永乐九年(1411),明成祖令宋礼修复会通河并引入汶水、泗水,彻底解决会通河水源问题,京杭大运河才算是真正开通[①]。明代宣德四年(1429),临清开始设置钞关。至此,临清的商业地位开始达到了它的顶峰。

万历时,朝廷设立了崇文门、河西务、临清、淮安、扬州、浒墅、北新、九江八大钞关(除九江外,各钞关均分布于运河沿线)。所谓钞关,即是向过往船只征收商税的关口。按《明史·食货志》记载,钞关收取的商税分为过税和货税两种,过税只计量船只大小修广,不税其货,

---

① 〔清〕谷应泰《明史纪事本末》卷二十四。

惟临清与北新两钞关兼收过税与货税。万历年间,临清钞关每年所收税款高达八万余两,为八大钞关之首。

《金瓶梅》中直接写到临清钞关的例子甚多。比如西门庆的伙计来旺去杭州织造一批衣物,给蔡太师的生辰做贺礼,虽然只有四箱包裹,且搭在官船上,在经过临清时,也需要办理过税。西门庆的伙计韩道国、来保、崔本等人多次往南方贩卖丝绸货物,每次都需在临清钞关完税。尤其是小说的第五十八回至第五十九回,对此类过关征税之事描摹甚详。

西门庆与亲家乔大户共同出资一万两,让韩道国、甘出身去杭州贩卖丝绸货物,韩道国从杭州返回,未到家即差胡秀禀告西门庆:"韩大叔在杭州置了一万两银子段绢货物,见今直抵临清钞关,缺少税钞银两,未曾装载进城。"西门庆稍后叫来了他的女婿陈敬济,示意他去钞关行贿:"后边讨五十两银子,令书童写一封书,使了印色,差一名节级,明日早起身,一同下去,与你钞关上钱老爹,叫他过税之时,青目一二。"至第五十九回,韩道国押着十大车缎物来家卸货,西门庆问他:"钱老爹书下了,也见些分上不曾?"韩道国道:"全是钱老爹这封书,十车货少使了许多税钱。小人把段箱两箱并一箱,三停只报了两停,都当茶叶、马牙香,柜上税过来了。通共十大车货,只纳了三十两五钱钞银子。老爹接了报单,也没差巡拦下来查点,就把车喝过来了。"西门庆听言满心欢喜。

钱老爹因收了西门庆五十两银子的贿款,任由韩道国以贵称贱,以远报近,以多报少。一个"喝"字,就使得这样一个钞关税吏既贪渎又蛮横的形象活龙活现。那么西门庆此次过税,到底应该交纳多少银子的税款呢？按照《明史》记载，依照明代"三十取一"的税制来计算，西门庆这十车货物应纳税银三百三十三两，西门庆差不多只花了八十两（行贿五十两，税钱三十两五钱），其中的五十两或许还有长远的人情考虑。此后西门庆每次在临清通关，均移书"钱老爹"，让他再次"青目"。

《金瓶梅》屡次写到临清钞关，似乎有意以临清这个重要的商业都市为背景，全面展现当时社会的商业与经济状况，虽是小说家言，却有极强的写实成分，于史有据，于实可信。

说到临清钞关，有以下两个方面的情形值得我们注意。

首先，大运河至永乐九年（1411）才告正式开通，宣德四年（1429）明朝才在临清设立钞关，《金瓶梅》虽假托宋代，承续梁山故事之余波，却频频写到临清钞关，只此一点即可证明小说实际上写的是明代，从而使所谓"假托于宋，实写晚明"的说法成为不易之论。

其次，小说故事发生的地点虽拘囿于中国北方之一隅的临清，但其叙述视野却未受限制，遍及广袤的南方地区。作者立足于"清河"这样一个虚构的地域，实际上试图反映的，是包括南方乃至全国的一般经济及社会状况。临清钞关作为八大钞关之首，是北至北京，南至江南、湖广的重要枢纽。西门庆的货船从这里前往苏杭置办货物，从苏杭而来的商品也需要在临清发卖。如此一来，以北方的临清为基点，以运河航运为隐线，《金瓶梅》为我们勾勒出了一幅深远广大的16世纪中国东部经济地图。

淮 上

《水浒传》第二十三回"王婆贪贿说风情"文中,西门庆问王婆:"你儿子跟谁出去?"王婆说:"跟一个客人淮上去,至今不归,又不知死活。"《金瓶梅》对这一情节照录不误,但做了些细微改动:

> 西门庆又道:"你儿子王潮跟谁出去了?"王婆道:"说不的,跟了一个淮上客人,至今不归,又不知死活。"

这里有两处改动,颇可玩味。其一,《金瓶梅》的作者给王婆的儿子取了个名字,叫王潮。《水浒传》中的王婆之子纯属细枝末节,无名亦不妨。但《金瓶梅》写至第八十六回,她这个儿子不仅正式出场,拐了人家一百两银子,回家发了迹,而且与被吴月娘赶出家门的潘金莲相遇。两人一块斗叶儿、下棋,最终勾搭成奸,"摇得床子一片响声"。此人在《金瓶梅》中既然正式露面,不给他取个名字似乎实在说不过去。

其二,《金瓶梅》改《水浒传》"跟一个客人淮上去"为"跟了一个淮上客人"。从表面上看,这里仅仅颠倒了一下文字顺序。但细较之下便可发现,"跟一个客人淮上去",只是说明儿子去了淮上,客人的身份并不确切,而《金瓶梅》改为"淮上客人",则进一步说明此人并非本地人,而是淮商。

在《水浒传》的相关情节中,作者写到"淮上"仅此一处,"淮上"不过是一个无足轻重的地点,没有任何特殊的用意;但在《金瓶梅》中,

"淮上客人"具有固定的含义,指的实际上就是腰缠万贯、精明强干的南方商人。小说中写到的"淮上客人",多指通过运河来到清河或临清的生意人,西门庆不仅直接或间接地与他们做生意,而且在勾栏妓院也时常与这些好色的"淮上客人"遭遇。

另外,《金瓶梅》中写到"淮上"与"淮安"的地方竟达数十次之多。由此可见,"淮上"在《金瓶梅》中虽不像临清那样被直接地加以描述,但毫无疑问,也是一个重要的符号。淮安和临清一样,也是当时全国"八大钞关"之一。淮安依托漕运和盐业,在有明一代,经济和商业十分发达,有所谓"壮丽东南第一州"之说。正因为如此,所谓的"淮上客人",在《金瓶梅》中就成为富甲天下的商人的代名词。他们在清河、临清城内招摇过市,随处出没,甚至多少带有几分神秘色彩。淮安或"淮上",是《金瓶梅》中除清河(临清)外最重要的地理标识,甚至给人留下实摹临清、虚写淮安之印象。

更让人感到奇妙的是,在淮安,居然也有一个清河县——县治南据淮河、东北临黄河。而在淮河与黄河两水交汇点上,有一个名叫"清口"的地方①。"清口"这个地名,也曾在《金瓶梅》中被提及——这也是一些研究者坚持认为《金瓶梅》故事发生地在淮安的缘由。

运河开通之后,漕运日渐发达,北方的棉花运往苏州、松江、杭州等地,而南方的粮食、丝绸、布匹也由运河到达北方。由北京往杭州的漫长漕运航道上,临清的地位非常突出,而居于临清与苏杭之间的淮安,自然就成为一个繁华的重镇。

---

① 《明史》卷四十,中华书局,1974 年 4 月第 1 版,第 915 页。

南 方

　　《金瓶梅》小说一百回故事,始于山东清河,终于千里之外的浙江湖州。到了末回,小说中唯一的痴情女子韩爱姐,一路怀抱月琴,由清河经徐州、淮安辗转千里来到湖州,割发毁目,出家为尼。故事的主要地点依托山东河北交界处的临清,由运河这条暗线北至北京、辽东,南至淮安、扬州、南京、无锡、杭州、四川、湖广,至此,小说为我们勾画出一幅完整的明代经济与商贸地图。小说中的北方与南方,一明一暗,一实一虚,相资为用。不仅如此,作者似乎故意模糊了南北方的界限,南北交汇混杂。地理如此,经济、商业如此,人物如此,风俗、器物、食货、方言、戏曲、游戏也莫不如此。这种虚实结合的构思,不仅可以从一个侧面反映出中国明末社会由于商业的巨大发展、社会形态和思想观念的重大变革而导致南北文化交相融汇的基本面貌,也充分体现了作者全新的地理、人文和社会视野,展现了作者独辟蹊径的崭新叙事气度和格局,揭示出作者在艺术表现手法及修辞方面的巨大野心。

　　南方,在《金瓶梅》中并不仅仅是一个地理概念,同时也是一个文化概念和时尚符号。潘金莲虽有一句口头禅叫做"南京沈万三,北京枯树湾",但当时中国的文化、经济和时尚中心,集中在南京、扬州至杭州的长江三角洲地区,也许还可以算上在明代经济地位极为特殊的淮安,以及丝绸业特别发达的湖州。不论是日常用度,还是器物工艺、文化潮流，《金瓶梅》中的南方，总是时尚、奢华与精美的代表。

孟玉楼那张众人艳羡的八步雕花大床，就是南京出产；春梅要替陈敬济找葛员外家女儿做娘子，这员外也是开缎子铺的，走苏杭南京，陪嫁自然是"南京床帐箱笼"。至于杭绢、湖丝、苏绣、川扇之属，作品中更是随处可见。第七十四回，宋御史（乔年）在西门庆家偶然看到一座八仙捧寿的流金鼎，亦来自淮上。每逢生辰婚庆、迎来送往，在酒宴之上"筝排雁柱、歌按新腔"的戏子，也多是"海盐子弟"。他们所唱的戏文也多染南调，曲牌中也时常可以见到"驻马听""驻云飞""黄莺儿"一类的南方曲调。至于说到日常饮食，南方物产更是极一时之盛。

比如说小说的第五十二回，黄四为答谢西门庆的借款之惠，送来了四样礼物，计有：一盒鲜乌菱，一盒鲜荸荠，四尾冰湃的大鲥鱼，一盒枇杷果。这些物品基本上产于南方，为北方罕见。否则的话，当应伯爵在现场见到这四样礼物时，就不会发出"还有活到老死，还不知此是甚么东西儿哩"这样的感慨了。尤其是鲥鱼，即便对见多识广的应伯爵来说，也都是稀罕之物："江南此鱼一年只过一遭儿，吃到牙缝里，剔出来都是香的。"

据史料记载，鲥鱼被列为朝廷贡品，是明万历年代的事。但《金瓶梅》中写到鲥鱼的地方不止一处。它在西门庆家中宴席之上，已成为寻常之物。鲥鱼原为海鱼，每年春夏之交洄游至长江产卵，淮安、淮阴等地多有出产，而尤以南京至镇江长江段的品种最为优良。此鱼上市之时，天已渐热，故而极难保存。黄四送给西门庆的鲥鱼，由"冰湃"二字可以推测，此物在江南捕捞之后，用冰块保鲜，再转运到千里之外的临清，整个过程绝非易事。我们由此可以想见当时漕运物流的发达程度,也据此可以想象当时南北方的物产经由运河航道往来穿梭的盛况。

京杭大运河开通之后,漕运所带来的巨大便利,使得南北方的物产流通更为便捷,南方珍稀物产源源不断地转运北方。而当时商业的繁荣,使一部分商人开始享有特权,商人的地位也悄然发生变化。在《金瓶梅》中,像西门庆这样的巨商大贾,实则已开始分享原先属于皇家的贡品。应伯爵在品尝由江南转运来的冰鲜鲥鱼时,曾对西门庆这样夸赞道:

> 公道说,(鲥鱼)就是朝廷还没吃哩!不是哥这里,谁家有?

伯爵很会说话。此话奉承的对象,一为西门庆,一为黄四、李三。既暗示了礼物之稀缺、珍贵,也在夸耀作为商人的西门庆堪比王侯的豪奢生活。

从叙事线索来看,小说的主要故事发生于山东阳谷、清河以及河北一带,应当没有什么疑问。不过,临清作为一个"商人走集、五方杂处"的"四达之国",实际上也是南方文化、风俗、物产抵达北方的中转站。同时,因大运河之便,西门庆的商船和伙计们也常年游弋在外,年复一年,日复一日,抵达南方各地购物经商。不仅如此,作品中也有多处故事情节直接于南方展开。除了小说末回,韩爱姐息影湖州寺院终老而归结全书之外,第八十一回韩道国请盐客游览"宝应湖"、第九十二回陈敬济在湖州贩了半船绸绢后前往严州府等情节,也都在南方发生。其中尤以第四十七回所描述的"苗青案"最为奇特。作者一反常态,让叙事脱离主要线索,另辟蹊径,再起炉灶,直接由扬州写起。随着人物的行踪,情节铺展从南至北,由扬州、淮安而至徐州洪、新河口。最后,随着人物在清河落脚,插入性故事与主体故事合二为一。

应当说,虽然《金瓶梅》故事的主体部分发生于以临清为中心的北方地区,但作者的视线一刻也没有离开过南方。全书实写北方而暗写南方,主要写北方而次及南方,直接描述北方而间接勾画南方,终至于南北合一:这样的线索设计,既是当时商业、交通、经济及社会状况的真实反映,也体现出作者不拘泥于局部地域、全景式把握社会现实的宏阔视野。

正因为《金瓶梅》这种南北兼顾的特点,作为读者,我们也会时常对作者(尤其是词话本的作者)的籍贯、身份、交游、职业、阅历进行各种猜测。客观地说,小说中所涉及到的南方地名固然极多,但不论是地理、风俗、方言还是饮食宴乐,北方元素仍要远远多于南方——毕竟,故事主体被安排在了北方。综上所述,我们不难得出这样几个可能的结论:

其一,作者为北方人,但曾在南方生活过相当长的时间。作品中涉及的风土人情,固然可以通过史志文献、道听途说而补足,但小说中的人物对话口角逼肖,既有山东和河北方言,又杂糅了太多的南方方言。如果作者没有长时间的南北方两地生活经历,仅仅借助于文献、知识和传闻,是难以做到的。

其二,作者为南方人,但常年客居于北方(很有可能就是山东临清一带),这从作者对临清地理、城内街道、风俗人情的熟悉程度可以看出端倪。

其三，作者本人或许就是一个走南闯北之人，很有可能是"经纪人"一类的角色，并时常与商人、职业或半职业的经纪人打交道。作者对西门庆的商业活动十分熟稔，对应伯爵、谢希大等帮闲的心理及口吻样态也描绘传神，若自身从未涉足此等事务，是很难想象的。

关于作者身份问题，后文还要涉及，这里暂不细述。

南北方社会风习之别

陈寅恪先生在解释《聊斋志异》为何出现于三百年前的中国北方时,曾有过这样一段论述:

> 清初淄川蒲留仙松龄聊斋志异所纪诸狐女,大都妍质清言,风流放诞,盖留仙以齐鲁之文士,不满其社会环境之限制,遂发退思,聊托灵怪以写其理想中之女性耳。实则自明季吴越胜流观之,此辈狐女,乃真实之人,且为篱壁间物,不待寓意游戏之文,于梦寐中以求之也。若河东君者,工吟善谑,往来飘忽,尤与留仙所述之物语仿佛近似,虽可发笑,然亦足藉此窥见三百年前南北社会风气歧异之点矣。[1]

在这里,陈寅恪将工吟善谑、往来飘忽的河东君(柳如是),比附于蒲松龄笔下来往无踪、风流放诞的妖媚狐女,虽说是忽发异想,但也十分贴切,令人发笑。然而,这段文字中亦隐含着这样一个大判断:作为北方人的蒲松龄,尚在梦寐退思之余,聊托灵异狐怪来想象理想中之女性,殊不知,在当时吴越之苏、杭、松、嘉一带,如松龄笔下狐魅一般风流放诞之女性(比如柳如是),已为现实生活中的真实之人。她们与

---

① 　陈寅恪《柳如是别传》,三联书店,2001 年 1 月第 1 版,第 75 页。

名士胜流公然往来，早已是稀松平常之事。南北方三百年前社会风习
之歧异，由此可见一斑。

至于造成这种差异的原因，在陈寅恪看来，是源于常熟、盛泽等江
南地区丝绸业发展而带来的经济繁荣，源于由"地方丝织品之经济性"
而导致的社会风气（特别是道德风气）的巨大变化。

中国自唐宋以来，虽有文人雅士携妓纵酒、狂放不羁的风尚，然
而，风流雅事之男女主角，大多也局限在政要名流和士大夫阶层。关
于这一点，唐宋诗文、戏曲、传奇中皆有所反映。宋元以后话本大兴，
描写男女私情的小说和戏曲竞相出现，预示着两性交往之道德观开始
发生进一步蜕变。不过，男女交往风习发生重大转折，风流放诞之狐
女成为陈寅恪所说的"篱壁间物"，蔓延至商人乃至普通人阶层，并最
终导致新的道德出现，当自明代肇始。大量色情小说在明代的出现与
泛滥，就是其重要表征之一。

陈寅恪不仅注意到明代风习的巨大变化，且明确说明这种变化实
由经济繁荣所推动，可谓目光如炬。再者，当时的中国南方社会，其经
济之发达，市民阶层之富庶，社会风气（特别是男女交往的风习）之开
化，均远胜于北方。陈寅恪的这番推论，大体上可以成立。尤其是考
虑到蒲留仙所生活的淄川（今山东淄博）为闭塞之地，他于穷愁无聊之
际，发奋著书，不得已而将心目中冲破陈规陋俗、敢作敢为的女性，托
之于狐怪梦寐，似乎也顺理成章。

然而在距离淄川两百公里之外的临清，情况则完全不同。单以《金
瓶梅》而论，位于临清的"谢家酒楼"即有百十来间客房，住着来自四
面八方的妓女。而玳安前去嫖妓的清河县城的一条陋巷中，中下层妓

馆即达十数家。甚至同性之往来,男妓男宠之性事,亦为作者所津津
乐道——小说中的温师傅即为专好男风的腐儒,而西门庆则兼有女色
与男童之好,其他如陈敬济、王经、画童、书童之类均为齿白唇红的男
性猎物。甚至贩夫走卒及街头乞丐之中,也弥漫着"好男风"的习气。
由此可见,明代中期以后,北方社会的炽盛淫风比之于江南各地,亦不
遑多让。至于说李桂姐、李桂卿姐妹,吴银儿,郑爱月、郑爱香等娼妓,
不仅被包养于瓦肆勾栏,而且怀抱琵琶和月琴公然出没于达官贵人之
府,往来飘忽,从不避人耳目,甚至还与吴月娘、李瓶儿这样的显贵"名
媛"以母女相称。与柳如是相比,这些妓女虽不"工吟",但若说到"善
谑",则有过之而无不及。这些人虽没有柳如是吟诗作赋的旷世之才,
但也会唱一些戏文小曲,兴会淋漓之际,亦能裂石绕梁,响遏行云。

　　《金瓶梅》成书的年代虽难以确考,但根据现有的资料,也能大
致推定在明嘉靖中后期至万历初年之间①。蒲松龄生于明崇祯十三年
(1640),而《聊斋志异》的成书时间,大致在清康熙十八年(1679)。一
个有意思的问题是,《金瓶梅》问世之后就以抄本的形式在社会上流
传。据屠本畯记载,明代王世贞(凤洲)家即藏有全书,董其昌、王肯堂
诸人亦抄过此书。由此推测,此书在社会上传播转抄而至风行,不会
晚于王世贞去世的万历十八年(1590)。也就是说,以蒲松龄生卒年代
来考量,从时间上来说,他完全有可能是见过此书的。惜乎现今所存
资料中,唯一可以推断蒲松龄读过《金瓶梅》的文字,当属《聊斋志异》
中作者自己的一段感慨:

---

① 　陈大康《明代小说史》,人民文学出版社,2007 年 4 月第 1 版,第 405 页。

> 异史氏曰：世风之变也，下者益谄，上者益骄……若缙
> 绅之妻呼太太，裁数年耳。昔惟缙绅之母，始有此称；以妻而
> 得此称者，惟淫史中有林、乔耳，他未之见也。[1]

在此，蒲松龄借"异史氏"之口，流露出对当时世风之变的忧愤。公然称妻子为太太，在留仙看来是世风日下的一个明显例子，作者因而大为不满。他的意思是说，在过去，只有缙绅之母可以有"太太"之称，将妻子称为太太的，只有"淫史"中的林太太、乔太太罢了，其他的例子没有见到。这段话饱含讥讽，语调颇为不屑。

那么，蒲松龄所说的那部"淫史"究系何指？

在《金瓶梅》中，西门庆因与乔大户结亲，称亲家女眷为"乔五太太"或"乔太太"，故而书中也有"因结亲月娘会乔太太"这样的回目。而在第六十九回，西门庆因垂涎于王三官妻子黄氏的美貌，前去拜见王三官之母林太太，并与风韵犹存的林氏成其好事。至第七十八回，两人再度会面并交媾，回目也变成了"西门庆两战林太太"。

结合蒲松龄"淫史"之讥诮，细绎《金瓶梅》的相关文字，蒲留仙所说的林、乔，当是《金瓶梅》中林太太与乔太太无疑[2]。这至少可以间接地说明，蒲松龄对于《金瓶梅》所描绘的临清一带的淫靡之风，表现出相当的愤怒与鄙薄，并对《金瓶梅》直陈其事、无所忌讳的"自然主义"表现方法极为不满，目之为"淫史"。这也从另一方面提醒我们，

---

[1] 蒲松龄《夏雪》，《聊斋志异》卷八，人民文学出版社，1989 年 9 月第 1 版，第 1057 页。

[2] 蔡国梁《明人清人今人评金瓶梅》一文对此早有考释。参见《金瓶梅资料汇编》，朱一玄编，南开大学出版社，2002 年 6 月第 1 版，第 558 页。

蒲松龄之所以会将男女之事托于狐狸鬼怪，自有道德和修辞等多方面的考虑，并不完全像陈寅恪先生所推断的那样，当时的北方社会并无这样的妖媚之女，只能于梦寐中求之。考之于蒲松龄本人的生平、思想和道德观念，也可以证明此点，这里不再细论。

　　陈寅恪先生晚年病目之后，孜孜于《柳如是别传》的写作，替一妓女作传，为当时及后来的许多学者所不解、骇怪乃至诟病。然而陈先生"以诗证史"且别有寄托的研究(写作)方法，实则开启了一代风气。不仅是诗词，陈寅恪晚年对小说也多有留意(比如说他对《再生缘》的考证)。至此，文学文本与所谓的"历史事实"之间的复杂关联，终于被作为一个问题首次提了出来并付诸实践。

　　这里的疑问是：1949年之后，以遗老自况的陈寅恪，会不会去读以淫史秽书著称的《金瓶梅》呢？

书名之寓意

关于《金瓶梅》书名之释义，一般读者多将三字分开来读，认为其代表书中三位女性，即"金"为潘金莲，"瓶"为李瓶儿，"梅"为庞春梅。鲁迅先生也持这样的看法。盖欲望与色欲，本为《金瓶梅》之一大主题。潘金莲、李瓶儿、庞春梅皆为色欲所困而不悟，终至于死。作者从西门庆众多妻妾女子中拈出三人为代表，为她们作传，道理上自然说得通。

潘氏与李瓶儿不独局困于色欲，且彼此之间勾心斗角，明争暗伤，为作者着力烘染，分量极重，自不待言。庞氏春梅，虽为一婢女，却为西门庆呵护有加，是他唯一不敢轻易得罪之人，且其口角之伶俐，风神之异标，均足以与金莲、瓶儿诸人相埒。在前八十回中，此人若隐若现，至后二十回，春梅突然发动，一跃而成为故事的首要人物。可见作者此前故意将春梅写得影影绰绰，实则为后文留余地也。所以说，以金莲、瓶儿、春梅为代表，统冠全书故事，似乎并没有什么不妥。

《金瓶梅》问世之后，虽只在坊间抄录流转，但影响甚大。好事者仿效其寓意、笔法，以承其余绪，自不奇怪。比如《玉娇梨》《平山冷燕》诸作，不仅袭用其叙事大意，而且在结构和书名上，也踵其微义。《玉娇梨》之名，亦以书中人物名字如白红玉、卢梦梨等摘凑而成；而《平山冷燕》之书名，则是平如衡、山黛、冷绛雪、燕白颔四个人物的合称。鲁迅先生在《中国小说史略》中论及这两部作品，亦明言二书与《金瓶梅》"人物事状皆不同,惟书名尚多蹈袭"①。

因此,《玉娇梨》《平山冷燕》一类的作品对《金瓶梅》书名的蹈袭和仿效,客观上也使"金瓶梅"三字的读法及书名用意,渐渐成为定论。

然而,每次重读《金瓶梅》,对于书名释义,虽觉可以接受,但总是意犹未慊。若以妇女人物而论,小说中吴月娘、孟玉楼等人的重要性丝毫不在潘、李之下。在《金瓶梅》所有人物中,若单纯以笔墨分量而论,当以吴月娘为最。在全书一百回中,吴氏从开篇即出场,至全书收结还依然健在,实为除西门庆之外贯穿全篇的首要人物。李瓶儿死于第六十二回,潘金莲在第八十七回命丧打虎英雄武都头之手,就连西门庆本人也于第七十九回早早就命赴黄泉了,惟有吴月娘坚持到了最后。不仅如此,吴月娘的品性和行事方式,与他人绝不相类。她是一个"好好先生",既无淫行,又时常吃斋念佛,实在没有理由让金、瓶、梅三人去代表。

如前文所说,欲望或色欲为此书一大关目。然而细绎全书大意,色欲只是最明显或最外在的旨趣之一。作者透过色欲展现世情人伦,透过世情来书写 16 世纪中国社会的经济、商业、道德、法律、官场及种种世态,方为全书的关键。纵观中国小说史,《金瓶梅》堪称第一部全景式、多层次描绘社会人情及现实状况的旷世之作,就社会生活的全方位再现而言,即便是《红楼梦》也有所不及。若将此书放到 16 世纪世界小说的大背景中去考察,也实在找不到一部作品可以望其项背。李劼人曾说,一直要到 19 世纪中期,列夫·托尔斯泰、陀思妥耶夫斯基、

---

① 鲁迅《中国小说史略》,中华书局,2010 年 1 月第 1 版,第 116 页。

福楼拜等人出现之后，西方小说才有资格与《金瓶梅》相提并论。

不过自《金瓶梅》问世之后，对它的指责、诟病乃至于口诛笔伐从未间断，至今犹未平息。即便是蒲松龄这样的卓越巨匠，也将它视为"淫史"（顺便说一句，蒲松龄的《聊斋志异》精彩绝伦，叙事极富想象力，然其"异史氏曰"的篇末议论，有时实在不太高明，与其刻意模仿的司马迁判若霄壤，甚至于充斥着卫道士之流的迂腐之论）。自《金瓶梅》成书以来，它的主旨即被有意或无意地狭窄化和庸俗化了。究其原因，固然极其复杂，但"金瓶梅"三字的传统读法及释义，也起到了十分关键的作用———提到《金瓶梅》，读者必然津津乐道于此三人的言行。一提到三人之言行，则又往往以"潘金莲"作为当然代表。而一提到潘金莲，则又聚焦于一个"淫"字上，遂使一部别开生面、寄意深远的呕心沥血之作，成为坊间恶俗之谈资。

那么，"金瓶梅"三字有无别的读法与释义呢？

小说第六十八回，西门庆与应伯爵等人去院中郑爱月家喝酒取乐，果品酒馔摆上桌面之时，有"端的肴堆异品，花插金瓶"之句。此虽泛泛描写酒桌陈设，但每读至此，总要对"花插金瓶"四字玩味再三。这里的"金瓶"二字，显然指的是黄金、鎏金或金色的瓶子。既然作者本人在作品中视"金瓶"为清供装饰之器物，那么"金瓶梅"三字为何不能理解为"插在金瓶里的梅花"呢？若作这样的理解，这里的"梅"字当为复数，指代女人，也可暗指欲望之对象。这些女人不仅包括吴月娘、潘金莲、李瓶儿、李娇儿、孙雪娥、庞春梅等妻妾婢女，也可包括院中妓女李桂姐、李桂卿、吴银儿、郑爱香、郑爱月之辈，甚至也可以将宋蕙莲、王六儿、贲四嫂、如意等与西门庆长期有染的下人媳妇囊括其中。而"金瓶"则暗喻富贵之家的豪奢与淫靡,暗指整个社会环境中的金钱和财富,也可兼顾西门庆惟利是图的商业活动,特别是当时社会处于"资本主义萌芽"状况下对金钱过度崇拜而导致的道德变化。这样的理解,似乎能更好地概括"金钱与欲望"这一贯穿于作品中的重大主题。

将"金瓶梅"三字连读,将小说的名称解读为"插在金瓶中的梅花",这一观点,近年来学界多有人提及,但较早提出这一说法的人当属清代的张竹坡。近日偶然翻检张竹坡对《金瓶梅》的诸多评论,忽见他在《金瓶梅读法》中有这样的一段话:

> 金瓶梅三字连贯者,是作者自喻。此书内虽包藏许多春色,却一朵一朵一瓣一瓣,费尽春工,当注之金瓶,流香芝室,为千古锦绣才子作案头佳玩,断不可使村夫俗子作枕头物也。噫! 夫金瓶梅花,全凭人力以补天工,则又如此书处处以文章夺化工之巧也夫。①

张竹坡将"金瓶梅"读为"金瓶中的梅花",并认为梅花暗指书中包藏的诸多春色。另外,他将"金瓶梅"之意象视为作者自喻,意为作者将春色、梅花,朵朵瓣瓣,费尽春工,制作成如金瓶梅花之清供,让千古锦绣才子做案头佳玩。张竹坡对作者用力用心之深,文章夺化工之巧大为叹服,并提醒读者,不可辜负作者以人力补天工之艰辛,不可像村夫俗子般将它视为枕头之物也。

① 张竹坡《金瓶梅读法》,转引自《金瓶梅资料汇编》,朱一玄编,南开大学出版社,2002年6月第1版,第444页。

张竹坡堪称《金瓶梅》作者的知音。他因书成癖，因爱成痴，且爱屋及乌，诸多圈点批评虽不乏精妙之辞，但也时有过犹不及之论。此处的议论亦属此例。说"金瓶梅花"是作者自况，显然是出于张竹坡本人的主观想象。

话说回来，我虽倾向于将金瓶梅理解为"插在金瓶中的梅花"，但也并不认为原先将金、瓶、梅三字并列，分别指代三个人物的读法就是错的，更不是要用自己的解释取代原先的成例。我觉得两种解读，于作者本意而言，恐怕兼而有之吧。作品名称含有复义、双关或多重指代，在文学史上十分常见，就算作者没有这样的意图，读者按自己的意愿去"望文生义"也是天然的权利。所谓的误读，有时也恰恰是阅读过程中固有的乐趣所在。

美国作家海明威的长篇小说《永别了，武器》是众所周知的名作。其英文原文为"A Farewell to Arms"，"farewell"为"永别"之意，没有什么疑问；但"arms"一词，则兼有"武器"和"双臂"（隐喻拥抱和爱情）两个意思，它们分别是海明威作品中的两大主题：战争与爱情。作者所要告别的，一是武器——寓意反战和对于战争的反思；一为爱情——则纯属人生悲剧。我们完全有理由相信，作者在为作品取名时，兼顾到了上述两层意思。而对于英文读者而言，透过书名，亦很容易理解海明威取名时的作者策略。可是将它翻成中文以后，译者对于以上两层意思只能二选一，或者也可能用一个全新的书名代替它，这是很无奈的事情。

至于说《金瓶梅》之英文译名，不论是芮效卫（David Tod Roy）翻译的 The Plum in the Golden Vase，还是艾支顿（Clement Egerton）

翻译的 *The Golden Lotus*，相对于将《西游记》译成《侠与猪》而言，都还算得上雅驯、贴切。而芮效卫将《金瓶梅》译为 *The Plum in the Golden Vase*（金瓶中的梅花），则尤其值得赞赏。

市井与田园

郁达夫曾说,中国古代的城市大多兼有都市与乡村的风貌,城市与乡村的诸多元素交相混杂,如南京、杭州和北平,莫不如此。过去的读书人,即便从乡间到城市做官,致仕后仍将回到乡下终老。隐居山林,归老田园,自为中国传统士大夫习惯性的选择。明清之际的城市造园之风尤为炽烈,乃至于明末清兵南下,江山易帜,南方官宦士人竟无视亡国在即,都忙着买地造园,说来令人悲叹。

过去中国的城市与乡间,不仅交错混杂,且人员往来,出入两便。乡下人来城里办事,或贩卖,或诉讼,或任职,完事之后仍会回到乡村,并无大规模的移民出现。城市和都市,也许有着不同于乡村的魅力和价值观,但尚未形成一种排斥乡间、视乡间为野蛮的严格等级观念。直到上海这样的新型都市出现,这种排他性的"城市文明论"才登上了历史舞台。

明清之际的章回小说,也大致反映了这种城市与乡村相互错杂、相互渗透的基本状况。明初的《三国演义》是历史小说,明中期的《西游记》则为记录唐代高僧去天竺取佛经的神魔小说,这里姑且不论。像《水浒传》《儒林外史》乃至于《红楼梦》这样的作品,都深刻反映了这种城乡生活的交互性特征。《水浒传》的故事大多发生在山野水泽之中,所谓的城市,要么是绿林好汉的出身之地,要么是他们的攻打目标。而《儒林外史》虽然以读书人的生活为叙述对象,但乡居和乡野生活的描述占了极大的比重。《红楼梦》所写的固然是钟鸣鼎食之家,但对田园、山林、田庄的描写亦时常出现。即便是居于城市的富贵之家,也有刘姥姥这样蛰处乡野的穷亲戚。刘姥姥三进荣国府,乡间的因素被自然地带入,水流无痕,没有任何生硬之处。即便到了近代,清朝光绪壬辰年间(1892),专门描述上海都市的《海上花列传》,也有城市与乡野之间的互为流通与彼此观照。主人公赵朴斋即来自乡村,由于他以乡下人的视野打量上海这座陌生的城市,小说自然也就有了一种"乡村视角"。

然而,《金瓶梅》所描述的清河或临清,既不是古代的金陵,也不是近代上海这样的大都市,故事反映的不过是北方一县城的市井生活,但作者的描述,却呈现出一种令人吃惊的单一性和排他性。这种单一性和排他性,不仅体现在作者对故事地点及地理因素的选择性设置上,也突出地表现于人物的活动场所、经济事务以及饮食宴游等生活方式上。也就是说,《金瓶梅》中出现了明确的排斥或无视乡野的倾向,反映出作者迥异于一般乡村意识的新型价值观。

在《金瓶梅》中,作者似乎人为地将与乡村生活有关的所有线索一并切断了。清河县城和临清码头,虽然通过京杭大运河与外界交通,但所到之处,不是南京、扬州,即为杭州、淮安一类的名城大邑,与乡村山野绝无关涉。乡村的元素或背景,遭到了全面的滤除。

《金瓶梅》的首要人物西门庆,虽不像《红楼梦》中的贾宝玉那样是衔玉出生的仙界人物,但其来历实在有些暧昧不明,让人起疑。我们只知道他的父亲叫西门达,也是商人,且早早亡故,在小说中根本没有出场。西门庆可以说上无父母,下无兄弟姐妹。更为奇怪的是,他甚至没有任何家族社会关系的脉络,也没有任何亲眷故旧,哪怕是旁支亲属,自然也不会有什么乡下的穷亲戚了。这样一个单一性的"孤绝"主人公,在中国过去的小说中几乎从未出现过。

西门庆的主要活动就是做生意赚钱。他与官场人物的交往,也大多着眼于这唯一的目的:贪婪地积敛金钱。小说中所涉及的绝大部分场景,照例是贸易、燕饮、性事、博弈、游戏和玩乐,几乎没有任何乡野田园风光。最奇怪的是,西门庆赚了很多的钱,但他从不买地,对田庄地主一类的角色没有任何兴趣,更不用说对农事稼穑的"雅兴"了。

《金瓶梅》的这种单一性与排他性,切断了作品与乡村社会的联络,预示着一种以商业贸易为基点的市井生活的确立。在《金瓶梅》之前,描述明代商业活动的作品比较重要的或许还有"三言""二拍",但这些短篇小说中的"讲史"和"传奇"篇章占了相当大的比重,同时对商业生活的描述很零散,不成系统。因此,我们完全可以说,对比明清之际的其他小说,《金瓶梅》从布局、主题到体裁,都堪称一部全新的作品——它是第一部描述明代中后期单纯经济和商业社会的作品,也是唯一的一部。

人人皆商

《金瓶梅》中有名有姓的人物多达三百余人。除了妓女和西门庆的家族成员之外，作品的主要人物大致可分为两类，一类是商人，一类是官员。有些官员直接或间接地从事商业活动——如周守备就出资在临清经营"谢家酒楼"；有些人虽不从商，但也将官场视为赚钱牟利之具。可以说，《金瓶梅》中几乎所有的官员身上都散发着浓郁的商业气息。而西门庆既是商人又是官员——他以一个本色商人的身份，摇身而变为提刑所的副千户、正千户，执掌刑律。生活在今天中国社会的读者，也许不难想见当年吏治的腐败以及权钱交易之风的盛行。

作为一名商人，西门庆不仅从事长途贩运——所谓江湖走标船、东平纳香烛，其商船常年往来于南京、扬州和杭州一带，而且在清河本地开设了生药铺、绸缎铺、典当铺等诸多店铺，甚至还向官吏放债。家中呼奴使婢，骡马成群；钱过北斗，米烂陈仓；黄的是金，白的是银，圆的是珠，放光的是宝；也有犀牛头上角，也有大象口中牙。

西门庆的父亲西门达，是靠贩卖生药起家的，走的是川广一线。西门庆所交往的各色人等，除了官员与妓女之外（其实官员和妓女所从事的也是商业活动），绝大部分是商人。小说开篇即写到"热结十兄弟"，包括西门庆在内的这十个人也几乎都是商人，或从事与商业有关的勾当。比如说应伯爵的父亲应员外就是开绸缎店的，伯爵本人明里是"帮闲",暗中则是商业经纪人。而谢希大、吴典恩、孙天化、常峙节诸人,不是开小店铺做买卖,就是与官吏保债,充当商业中介人。至于何官儿、葛员外、张懋德、白四哥、汪东桥、钱晴川、李三、黄四之辈,自然都是典型的商人。西门庆的姻亲之中,如亲家乔大户、孟玉楼的哥哥孟锐,也都是商人。西门庆的家人伙计中,如来保、来旺、韩道国、贲第传、甘出身等人,也都是精明能干的商业买办。其女婿陈敬济原来扮演西门庆家大总管的角色,在西门庆死后,他与杨大郎合伙雇船前往浙江的湖州、严州做买卖,就算是后来破了产,居然也还是靠贩卖木炭、瓜子一类的小买卖为生。

小说中涉及的下层小贩更是数不胜数,他们之中,有卖扁食(馄饨)、馉饳、蒸饼、实心果子和瓜子的小贩,有卖胭脂、鲜花和装饰品的妇女,有手摇"惊闺叶"走街串巷的手艺人,也有如算命先生、磨镜人之类的角色。小说中的三姑六婆,如王婆、薛嫂、文嫂、张妈、冯妈、张嫂等人,也靠与人抱腰接生、做马伯六①、为男女"巫裹之会"做淫媒赚取佣金。这些人"开言欺陆贾,出口胜隋何",凭着三寸不烂之舌谋取钱粮。但这些媒婆、牙婆和虔婆,除了从事"收小放刁"一类的勾当之外,也有自己的职业。比如薛嫂兼卖花翠,王婆先开茶馆后开磨坊。文嫂家中居然也"供养着利市纸,有几个人在那里算进香账",西门庆让玳安去求她办事,她居然让人骗玳安说不在家,可见她在生意场上混得不错,对西门庆的雇请不屑一顾。

小说还写到了王姑子和薛姑子两位"佛门中人"。两位尼姑时常

---

① 也作"马泊六"或"马八六儿",指的是为男女情事牵线搭桥的妇女。

造访西门庆家,表面上是为吴月娘宣讲佛教教义,实际上不过是为了向吴月娘、李瓶儿和潘金莲等人兜售手里的经卷,念的还是典型的生意经。两人互相欺瞒提防,彼此攻讦,争风吃醋,打得不可开交。

甚至就连住在清河县的老太监,居然也经营着砖厂。如果再算上卖炊饼的武大郎、卖鸭梨的郓哥,《金瓶梅》中简直可以说是无人不商。

让人颇感奇怪的是,小说中对农事稼穑完全没有涉及,更不用说展开正面的描述了。在以农耕文化为主导、城市与乡村混杂交错的传统社会,这种修辞是颇不寻常的。这种人人皆商的极端化情景,反映了临清或以临清码头为依托的北方城镇经济的繁荣——南方的丝绸、稻米以及各类货物被源源不断地运来并转送到北方各地。同时,经济的繁荣也导致了商业意识的觉醒,极大地改善了传统商人"四民之末"的处境。在商业经济影响下,新的社会道德逐渐形成,对传统中国社会的伦理秩序产生了巨大的冲击。

当然,我们也必须看到,《金瓶梅》中所描述的以临清为中心的北方经济繁荣,仅仅是一个特例,并不能反映整个北方地区的经济状况。同时,临清的经济繁荣也具有某种偶发性,它受到特定政治文化与时空条件的多重限制。大运河的开通以及钞关的设立等因素,是临清兴旺发达的先决条件。一旦这些条件发生改变——比如说明朝不久之后的覆亡、铁路和海运的兴起,临清的这种繁华也就很快烟消云散了。所以说,商业意识的觉醒也好,资本主义的萌芽也好,人人皆商也好,它确实在某一个特定的时间段中孕育出了全新的商业文化和价值观,客观上对传统社会形态造成了冲击,但并未从根本上彻底改变原先的社会、政治、经济和伦理格局。

令人惊叹的是,关于这一点,在《金瓶梅》中也有充分的表现和描述。

开 中

西门庆的商业活动，除了长途贩运和店铺买卖之外，也有放官吏债一项——透过李三和黄四，承揽官府和朝廷的买卖，有时还会直接出面成为国家的承包商。比如在小说的第七十八回，应伯爵带李三来拜访西门庆，让他出五千两银子，与张二官合伙承揽朝廷的古器贸易。朝廷皇城大兴土木，需要大量的周彝商鼎、汉篆秦炉、宣王石鼓和历代铜鞮，分派给东平府二万两的古器。西门庆与张二官各出五千两本钱，利润率高达百分之百。西门庆一看有巨额利润，便要独自揽下这项生意，后因他的突然去世，这件事最终落了空。

在小说的第四十八回，西门庆家人来保去东京给蔡太师管家送礼，以摆平曾御史的参劾。聪明伶俐的来保在办完了这件事之后，又顺便给主人打听出一个重要的消息：

> "（朝廷）在陕西等三边开引种盐，各府州郡县设立义仓……令民间上上之户，赴仓上米，讨仓钞，派给盐引之盐。旧仓钞七分，新仓钞三分。咱旧时和乔亲家爹高阳关上纳的那三万粮仓钞，派三万盐引，户部坐派。如今蔡状元又点了两淮巡盐，不日离京，倒有好些利息。"西门庆听言问道："真个有此事？"来保道："爹不信，小的抄了个邸报在此。"

这段文字涉及到明代的盐法问题,颇不易懂。但读者大致可以判断出以下两个事实:

其一,西门庆旧时(后文可知"旧时"指的是上年)与乔亲家在高阳关上纳了三万粮仓钞,朝廷明文派给三万盐引。由来保"倒有好些利息"的口吻来看,纳仓钞而派盐引的利润十分丰厚,以至于西门庆有些不敢相信。

其二,蔡状元曾受过西门庆的恩惠,如今点了两淮巡盐,对于西门庆的这桩买卖想必会带来一些便利。来保口中两桩好事的另一桩,实际上指的就是这件事。由此足见蔡状元的任命对于西门庆的"支盐"关系重大——第四十九回,蔡状元路过清河,在西门庆家留宿。西门庆不仅好酒好菜,对蔡状元殷勤备至,甚至还挑选了两位妓女陪他过夜,并嘱咐她们放开手脚供他取乐,"休要扭手扭脚的"。

那么,这里所谓的"盐引"到底是怎么回事呢?

根据明代史料记载,明太祖初起即立盐法,置局设关。所谓"煮海之利",均由朝廷掌控专卖。一般商人要做贩盐的生意,必须取得官方的许可,持有"盐引",否则即被视为非法。明代法律对非法贩盐惩处极为严厉。最早设立的两淮盐官,下辖泰州、淮安与通州(南通),岁办盐引也为全国之最,洪武时即达大盐引三十五万二千余引。所谓大盐引,每引四百斤,小引减半。而淮盐行销的范围极广,包括江苏、安徽、江西、湖广及河南的部分地区,即便是遥远的贵州,也食用淮盐 [1]。

《金瓶梅》中写西门庆与乔亲家在高阳关上纳了三万粮仓钞,却被

---

[1] 《明史》卷八十,中华书局,1974 年 4 月第 1 版,第 1931—1932 页。

指派在扬州支盐,和明代特有的盐法即"开中法"有关。所谓"开中",实际上指的是由户部招商,向戍边的府州县卫交纳粮草,然后获取官府偿付的相同数额的"盐引",再到指定地方支盐并贩卖。当然,商人在交纳粮草之后,必须取得官方的勘合证书,凭证书支盐后,还须取得卖盐的证明(引纸),方可买卖获利。

"开中法"始于洪武三年(1370)。《明史·食货志》记载:"有明盐法,莫善于开中。洪武三年,山西行省言:'大同粮储,自陵县运至太和岭,路远费烦。请令商人于大同仓入米一石,太原仓入米一石三斗,给淮盐一小引。商人鬻毕,即以原给引目赴所在官司缴之。如此则转运费省而边储充。'帝从之。召商输粮而与之盐,谓之开中。其后各行省边境,多召商中盐以为军储。"[1]

由此可见,当初"开中法"的制订,主要是为了节省转运费用。但后来经过多次修改和完善,"开中法"与戍边军储开始联系在一起统筹考虑。所谓"盐法边计,相辅而行"[2],参与"开中"的商人,由朝廷张榜招募,商人可自由决定是否输粮而支盐。为激发商人的热情,朝廷必然要让商人有利可图,但实际的情形却极为复杂。《明史》中就有记载,有商人交纳粮米后,自永乐中即开始等待支盐,竟然经祖孙三代而不得。这倒不全是因为官府或朝廷故意耍流氓,而是当时的淮盐需求量极大、供给严重不足所致。当然,巡盐官员、盐课提举司官员、盐运司、盐场小吏的贪渎枉法也是不可忽视的因素。后来政府不得不多次修改"开中法",比如凡纳粮者,官府除支盐的许可外,有时也直接偿付银

① 《明史》卷八十,中华书局,1974 年 4 月第 1 版,第 1935 页。
② 同上。

两,让商人自己选择。

一部好的法律,不仅在于它的设想和条文如何合理和完美,关键在于它是否能够得到严格执行。在所谓"开中"的诸多环节中,对商人而言,是否可以如期支盐,实为一大关键。这也可以看出,蔡御史的两淮巡盐的地位,对西门庆是多么重要。在《金瓶梅》中,西门庆透过蔡御史的关系,让韩道国等人去扬州支盐。蔡御史为回报西门庆的盛情款待,将西门庆的盐引早放了一个月。这一个月的时间虽然不算长,却是一笔大人情。在别的商人还未支盐的情况下,西门庆自然奇货可居。更何况这一个月的时间,也足够他的伙计们高价发卖了。从表面上看,西门庆如数获得盐引并去扬州支盐并未违法,但实际上却在暗中"合理"利用并操纵法律条文,堂而皇之地取得了巨大的经济利益。

西门庆从中赚了多少钱,小说并未详细交代。但第五十八回,韩道国将从扬州支取的淮盐卖掉之后,即从杭州买了一万两银子的绸缎,装了十大车来家,可见获利之丰。要知道,这些南方货物,到达临清码头之后还是要生利的。

总而言之,西门庆作为"山东第一财主",他赚钱获利的渠道主要有两个:第一是合法的自由贸易,比如从南方贩来货物,在清河开店销售;第二则是与官吏朝廷的生意。前者明显,后者深隐;前者是日常活动,后者是偶尔为之。但这绝不表明西门庆与官府的生意无足轻重。

西门庆开生药铺、绸缎铺、典当铺,资本或多或少,利润厚薄不一。以典当铺而论,所投入的资本也不过二千两。第四十七回,西门庆担着天大的风险,徇私枉法,草菅人命,从苗青手里得到的回报,亦不过区区五百两。而他与官府的生意,光是古器承办的回报一项,即可获利一万两,办理盐引所得也绝不会少于这个数目。

西门庆作为中国 16 世纪的典型商人,他所从事的经济活动,虽然有了"新型自由经济"的一些因素,但依托的仍然是一个吏治腐败、法律衰弛、贪贿风行、人情往来盘根错节的社会形态。

即便时至今日,这种社会生态仍然远未结束。

西门庆的"经济型"人格

　　历来评论《金瓶梅》者，论及西门庆形象，大多以"淫主""奸恶"目之。以传统道德立场而论，这本身并不错，但却不能充分解释西门庆这个人物身上复杂的人格构成，也无力解释这种人格的出现与明代中后期的社会政治、法律、价值观以及社会形态之间的复杂关系。

　　正如前文所述，西门庆既无父母在堂，也无兄弟相伴，更没有从祖先那里继承一丝半点的亲族关系（不论是父系还是母系）。他从父亲那里获得的唯一遗产，仅仅是生意的本钱和生药铺子。他几乎是孤身一人来面对整个社会，并着手建构自己全新的社会关系网络。表面上，西门庆家大业大，其实，他后来数量庞大的家族成员与复杂的社会关系，大部分都由妻妾和伙计们携带而来，如在小说中反复出现的吴大舅、大妗子、潘姥姥、花大舅、杨姑娘诸人，莫不如此。而西门庆本人，仿佛是从石头缝里蹦出来的。在以家庭、亲族伦理为核心的传统社会，作者的这一安排显得非同寻常。不论是从社会家庭伦理的层面来看，还是以反映这种伦理的同时代诸多小说作品而论，西门庆都可以说是一个全新的形象。他来到世界的目的只有两个：其一是不顾一切地积攒金钱；其二是利用这些金钱所得，取得良好的社会地位并纵情声色。这恰好反映了明代中后期社会的普遍特征。

　　应当说，《金瓶梅》中的西门庆，在日常生活中并不是一个智商很高的人。相反,他身上有很多孩子气的任性、洋洋自喜乃至天真。不论是朋友之间的酒食征逐,还是在家中与妻妾相处,乃至在院中与妓女们周旋,西门庆都可以说是一个极为肤浅的人。了解这一点,对我们理解西门庆的人格非常重要。

在张竹坡或者崇祯本的批评者眼中,西门庆毫无疑问是一个"浅人"。他们不约而同地对西门庆性格中的愚钝和天真感喟不已。与那些精明如李桂姐、吴银儿、应伯爵、吴典恩之流的人打交道,西门庆的这种肤浅和愚痴被衬托得极其醒目,几乎可以说是处处受蒙骗,时时被愚弄。而且西门庆还有一个致命的弱点,就是不长记性。一次被骗,对方稍加安抚,他便立即芥蒂全消,眉开眼笑地主动投入下一场骗局。

但是,若与官场人物,特别是商业伙伴和合伙人打交道,涉及到现实或可能的经济利益时,西门庆便立刻脱胎换骨,变成了另一个人。他不仅有着敏锐的嗅觉——单凭直觉,往往就知道利益和利润的所在,同时他在执行自己的经济计划时,也有着坚忍不拔的意志。可谓精明过人,见识老到,判断准确,行动果敢且冷酷无比。他在与官员和商人打交道的过程中,几乎没有任何失误和失算,可以说长袖善舞、举止合度、游刃有余。简单地比较他在人情往来和经济事务中表现出来的性格差异,我们不难得出这样一个结论:西门庆似乎是专为金钱所生。

小说的第七回,一个卖花翠的薛嫂,提着花厢来到西门庆家门前,要给他说亲。薛嫂首先向西门庆介绍的,并不是孟玉楼的长相和善弹月琴,而是她守寡后可观的资产:死去的丈夫原是贩布的商人,家境富裕,南京的八步床有两张,四季衣服插不下手去,金镯银钏不消说,手里现银上千两，上好的三梭布有二三百筒……

西门庆在没有见过孟玉楼的情况下，凭着薛嫂的一番话，第二天就赶往孟玉楼的姑妈杨姑娘家中疏通关节。他送给杨姑娘的礼物暂且不论，光是雪花银就送了六锭三十两，并向杨姑娘许诺，将孟玉楼娶过门后，再给七十两。因此，毫无疑问，在西门庆迎娶孟玉楼的过程中，促使他下决心并立即付诸行动的，是孟玉楼的家财而非孟玉楼本人。好在孟玉楼脸上虽有几颗麻子，倒也身材高挑，长得粉妆玉琢，总算没让西门庆失望。

西门庆与李瓶儿的亲事也是如此。西门庆虽然与她一面之下就"魂飞天外"，并随即勾搭成奸，但李瓶儿的丈夫花子虚是西门庆新近结拜的"十兄弟"之一，李瓶儿的家产底细，倒也用不着薛嫂一类的媒婆来细说端详。在迎娶李瓶儿之前，花子虚尚在狱中，西门庆就从瓶儿手里偷运大元宝六十锭（共计三千两）来家。而在花子虚出狱之后，西门庆又用很少的钱买走了花子虚的房子。李瓶儿随嫁过来的衣裙、金银首饰、西洋大珠子、头面等物件，更是难以计数。单单李瓶儿家中用剩下的胡椒和白蜡等物，就卖了三百八十两银子。这些物品堆在西门庆为李瓶儿新盖的楼房里，使得李瓶儿的婚房立刻具有了仓库的性质。西门庆有将李瓶儿带来的物品随手送人的习惯，可一直到李瓶儿以及他本人死后，仍然还有大量的剩余。

李瓶儿过门之后，小说中有这样的归结：

> 西门庆自娶李瓶儿过门，又兼得了两三场横财，家道营盛，外庄内宅焕然一新。

当然,通过娶妻结亲而聚敛财富,并不是西门庆的发明。在中国传统社会乃至当今的世界中,这类现象都十分常见。然而,西门庆对于财富的贪求和搜取,渗入了社会生活的一切领域。不论是生意所得,姻缘所带,还是官府贪贿,凡是有利润的地方,西门庆总是眼疾手快,巧取豪夺,无所不至。小说第十七回,西门庆的儿女亲家陈洪,因事身陷囹圄。女婿陈敬济带着许多箱笼床帐家伙来投奔西门庆。箱笼里究竟装着什么东西,作者没有细说,但从陈洪的亲笔信中可以看出,应是陈洪一生为官所积攒下的全部家底。这些财物照例寄放在吴月娘的房中。西门庆活着的时候,女婿自不敢提及这份财物,但西门庆死后,陈敬济屡屡索要而不得,最终与吴月娘反目成仇。这笔财物的底细、数目和去向成了一大悬案。西门庆在南下贩货、开铺开店、人情打点时,有没有动用这笔财物,就不得而知了。

西门庆不独大笔赚进银两,出手也很大方阔绰乃至随意。说到西门庆银子的去向,固然有一部分用于日常消费——包括家人用度,自己寻欢作乐,他偶尔也周济穷朋友、冷亲戚,甚至赞助地方修缮寺庙。但大笔钱款的主要去向,无非有以下两个:一为官场行贿送礼;二为再生产性质的投资,通过流通或流转,进入钱生钱的资本运行轨道。前者为他带来的丰厚回报自不必言,而后者则是他的立身之基。

前文已提及,西门庆用于家人朋友往来方面的开销,几乎没有不受骗的,这固然衬托出当时社会道德颓败、人情冷漠达于极端化之情景,同时也反映出西门庆在人情世故上的肤浅和天真。而在官场和生意方面的付出,总是为他带来更大的利润。自始至终,西门庆从未做过任何亏本买卖。

　　第七十七回，花子由(李瓶儿的大伯子)介绍一个无锡的米贩子给西门庆。此人急于在运河结冰前将米卖完回家，价格相对低廉。花子由建议西门庆买下这批米等着涨价。可西门庆的认识完全不同：南方的稻米收下来，抢先运往北方发卖，说明这个无锡米商是个精明人，目的在于趁大批粮米尚未运抵北方时卖出高价。而所谓"冻河前卖完回家"，不过是商人的说辞，西门庆一眼就看穿了。他对花子由的告诫是：冻河还没人要，说明眼下北方并不缺粮，倘若买下这批大米，等到运河解冻，南方大批的卖粮船来了，价格将会跌得更惨。更何况，花子由平常与西门庆很少往来，此时忽然上门推销，难免有与无锡米商暗中勾结之嫌。因此，西门庆对花子由的建议一口回绝。

　　西门庆在经济事务方面的敏感性与智商，不仅高于花子由，甚至也高于有"天下第一玲珑人"之称的应伯爵。

　　小说至第五十回以后，西门庆出款的速度明显加快。其中尤以李三、黄四的借款最为醒目。李三、黄四来历不明，由应伯爵带入西门庆家中。应伯爵屡次怂恿西门庆向李、黄二人放款，其目的十分清楚，就是暗中收取二人的佣金，并不考虑西门庆的资金安全。在放贷过程中，西门庆对李三、黄四的来历不管不问，对投资细节也不加审核，有求必应。考虑到应伯爵的为人，读者自然会为西门庆捏着把汗。有意思的是，至第六十七回，李三、黄四撇开应伯爵，径自上门与西门庆交易时，应伯爵恼羞成怒，反过来揭李、黄二人的短。他提醒西门庆，他二人揽债太多，充满危险，他们与徐内相之间的债务也很有问题，不要再放银子给他们了，以免亏了本钱。至此，应伯爵的小人嘴脸毕现。

　　而西门庆是怎么回答的呢？

　　西门庆道："我不怕他。我不管甚么徐内相、李内相，好
不好把他小厮提在监里坐着，不怕他不与我银子。"一面教
陈敬济："你拿天平出去，收兑了他的就是了，我不出去罢。"

　　西门庆举重若轻的腹内乾坤，立刻使应伯爵显得猥琐而可怜。这
是典型的补充叙事，即通过后文的结果和结论，衬出前文中诸多暧昧
不明之处。由此可见，前文西门庆全凭应伯爵一句话，即大胆向李、黄
二人放款，并非对他们的行径、底细不了解，其实心里已经有了通盘考
虑。对于万一出现资金被骗的情况，西门庆也已想好了应对的万全之
策——由于自己在衙门里掌握着生杀予夺的大权，万不得已，他可以
直接动用官衙的力量。甚至，西门庆对应伯爵一力主张此事的背后目
的，也早已心知肚明，只是碍于朋友情面不予点破，佯装不知而已。这
也显示出西门庆在朋友交往方面，确有远胜应伯爵的厚道。而只要涉
及经济或与经济有关的事务，西门庆立即就像是换了个人。其深谋远
虑，精明过人，判断之精准，行事之老辣，远非应伯爵一类帮闲可以比
拟。

　　西门庆虽说从官场上获得巨大的好处与收益，但他一刻也没有忘
记自己的身份和本行。经由行贿以及与官员结交，西门庆本人也加官
进爵。先是提刑副千户，后又升为正千户，掌管一县刑名，大权在握。
可西门庆对当时社会的权钱畸形关系的实质，有着十分明晰的判断，
他心里完全清楚这些官衔是如何得来的。所谓"穷官无用"，说的就是
这个道理。

　　升了官固然高兴，但即便是在庆贺晋升的宴席之上，他的立身之

本（经济事务）一刻也没有放松。他的标船常年游弋在通往南方的运河上，他的店铺也从未歇业。小说写到第六十六回，西门庆因最宠爱的李瓶儿病故，哭得死去活来。丧礼举办的同时，又有六黄太尉突然降临，众多地方官员蜂拥而至，可以说是鸡飞狗跳、手忙脚乱。西门庆在酒席上偶然瞥见伙计韩道国，即刻从悲伤中回过神来，催促他动身与来保去"松江下五处"贩布。崇祯本的眉评称许西门庆"只以生意为本，不尽改换门闾，大是高处，恐今人有不及者矣"，可谓一语中的。第七十六回，因照管铺子的贲四要帮夏提刑送娘子家小赴京，铺子无人照看，吴月娘便劝西门庆关两天，西门庆立刻正色道：

> 关两日，阻了买卖。近年近节，绸绢绒线正快，如何关闭了铺子？

西门庆对贲四的妻子垂涎已久。现贲四随夏家娘子赴京，贲四嫂落了单，两人正好"做成一处"，西门庆心中喜不自胜，自不必多说。但即便在这个节骨眼上，他也一刻没有忘记自己的铺子和买卖。

西门庆对经济事务的敏感和用心，几乎已经成为一种深入骨髓的本能。这种"经济型人格"的出现，不仅深刻反映了明代社会的一般商业经济状况，实际上也预示着一种新道德或新信仰的悄然孕育。

新信仰的出现

　　第七十七回，西门庆的伙计崔本，置办了价值二千两银子的湖州绸绢货物，腊月初旬起身，雇船装载，赶至临清码头。崔本让后生荣海看守货物，自己便雇头口来家，向西门庆领取过钞关的车税银两。可是在这个关口，西门庆却不见了踪影。他既未出门，一定是在家中。可一干家人、伙计找遍了各房和花园，都寻不见。只有西门庆贴身随扈玳安，知道西门庆在哪里，却又不敢明说。

　　原来西门庆趁着贲四去东京的当口，正在贲四屋子里与他娘子打得火热。惟有少不更事的琴童，站在院子里大叫：

　　　　爹恐杀人！不知爹往那里去了，白寻不着！大白日里
　　把爹来不见了！

　　因琴童叫得急，西门庆只得从贲四嫂的屋里钻了出来，"把众人唬了一惊"。小厮平安望着琴童吐舌头，众人都替琴童捏两把汗：等会儿西门庆打发崔本走了，琴童自然少不了一顿打。反常的是，西门庆过后将此事忘得一干二净。连平安都觉得奇怪，断定西门庆一定有了什么喜事，以至于连琴童都忘了打。

　　西门庆的喜事无非有三：一是崔本贩货来家，韩道国的船随后将到，想必利润丰厚；二是与贲四嫂的鱼水之欢意犹未尽；三是崔本给他

带来一个喜讯,苗青从扬州给他挑了一个肌如玉、面如花的女子楚云,不日将至。堪悲的是,因楚云将搭韩道国的船返回清河,西门庆不久后即暴病而死,并未有机会与楚云相见。难怪张竹坡评论说,楚云之名,无非彩云易散,南柯一梦。

三件喜事,不外乎"财色"二字,也是西门庆一生的信仰。若单单以财色而论,世俗和平民世界对于金钱和色欲的渴望,自古皆然,虽受到传统社会文化伦理的严格约束,但也并非是什么新鲜事。宋代以来的话本小说中,表现此类主题的作品也不少见。而在16世纪中后期的临清,西门庆这样的新型商人开始以金钱为基础,以经济活动为中心,构筑自己梦幻般的"欲望天堂",重构经济依附型的人伦关系,确立以金钱崇拜为核心、以挥霍纵欲为根本人生目标的新信仰。从这个意义上来说,西门庆无疑是一个全新的形象。

小说第五十七回,因李瓶儿为西门庆产下一子(官哥),西门庆喜出望外,要做些善事来保佑孩子。吴月娘趁机下药石,进箴劝。由此,夫妇俩有了这样一段对话——这段对话涉及整部作品的主题,学者时常论及,多有引用,现摘录如下:

> 月娘说道:"哥,你天大的造化!生下孩儿,你又发起善念,广结良缘,岂不是俺一家儿的福分。只是那善念头怕他不多,那恶念头怕他不尽。(崇眉评:真是道学种子。)哥,你日后那没来回没正经养婆娘,没搭煞贪财好色的事体,少干几桩儿,却不攒下些阴功,与那小孩子也好。"西门庆笑道:"你的醋话儿又来了。却不道天地尚有阴阳,男女自然配合。

今生偷情的，苟合的，都是前生分定，姻缘簿上注名今生了还。难道是生剌剌，胡挒乱扯，歪厮缠做的？（张行评：此意误尽青赤。崇眉评：自信处却说得道理凿凿，是以圣人恶佞舌。）咱闻那佛祖西天，也止不过要黄金铺地。阴司十殿，也要些楮镪营求。咱只消尽这家私，广为善事，就使强奸了姮娥，和奸了织女，拐了许飞琼，盗了西王母的女儿，也不减我泼天的富贵。"（崇眉评：口角逼真市井，妙。张行评：该死。）

这段对话中有几个方面的信息特别值得注意，现略作分析如下：

一、吴月娘的一番话，固然是一般家庭妇女对丈夫淫荡、放纵行为的劝谏，其中也含有传统伦理对于"妇德"的基本规训，带有浓烈的说教成分。而且以作者的笔法来看，此番"良言"故意强化了说教口吻，因而略含讥讽。以此之故，崇祯本的眉评也戏谑地认为吴氏"真是道学种子"。吴月娘的规劝主要针对丈夫的好色及贪财，所以，西门庆的回答也从这两个方面入手加以反驳。

二、西门庆的反驳，表面上看，似乎是夫妇间寻常的口舌之辩，但他所着力维护的，恰恰是情欲和金钱的天然合理性——这当然也是阳明学特别是王学左派所关注的核心问题。由于带有玩笑的成分，西门庆的这番话说得胆大露骨，不加任何掩饰。从修辞效果上看，具有强烈的离经叛道甚至惊神泣鬼的意味。

三、西门庆并非仅仅从色鬼或财迷的立场上，为自己的情欲和贪财做一般性的辩护，而是将它与天地、鬼神和佛道牵扯在一起——男女偷情苟合，是前生之分，姻缘之所定，阴阳之所造；而对金钱的占有和需要，即便连佛祖西天、阴司十殿也不例外。这段议论，具有明显的形而上色彩，并暗含冲决旧道德伦理的羁绊而重塑新信仰的胆大妄为与无所顾忌。

四、论者多注意到这段臭名昭著的议论之大奸大恶——所谓"恶人之心""恶人之口"，因而对它大张挞伐，却没有留意到西门庆"尽这家私，广为善事"的前提条件，对西门庆复杂的金钱观做了简单草率的理解。

金钱崇拜

小说第七十九回，西门庆染下沉疴，药石无效，名医束手。眼看着就要命归黄泉，西门庆对守在身边的潘金莲以及匆匆赶来的吴月娘简单嘱咐了几句，便把女婿陈敬济叫到了跟前，留下了他的最终遗言：

"姐夫，我养儿靠儿，无儿靠婿。姐夫就是我亲儿一般。我若有些山高水低，你发送了我入土。好歹一家一计，帮扶着你娘儿每过日子，休要教人笑话。"又分付："我死后，段子铺是五万银子本钱，有你乔亲家爹那边多少本利，都找与他。教傅伙计把货卖一宗交一宗，休要开了。贲四绒线铺，本银六千五百两；吴二舅绸绒铺是五千两，都卖尽了货物，收了来家。又李三讨了批来，也不消做了，教你应二叔拿了别人家做去罢。李三、黄四身上还欠五百两本钱，一百五十两利钱未算，讨来发送我。你只和傅伙计守着家门这两个铺子罢。印子铺占用银二万两，生药铺五千两，韩伙计、来保松江船上四千两。开了河，你早起身，往下边接船去。接了来家，卖了银子交进来，你娘儿每盘缠。前边刘学官还少我二百两，华主簿少我五十两，门外徐四铺内，还欠我本利三百四十两，都有合同见在，上紧使人催去。到日后，对门并狮子街两处房

子都卖了罢,只怕你娘儿们顾揽不过来。"说毕,哽哽咽咽的
哭了。

西门庆死到临头,于神思恍惚、时昏时睡之中,仍能一笔一笔、准
确无误地向陈敬济报出如此详尽的账目表。这样一个为钱而生、也为
钱而死的新型商人的形象,异常清晰地展现在读者面前。读者也许会
联想起《儒林外史》中的那个严监生。西门庆和严监生对于金钱的痴
迷或崇拜如出一辙,所不同的是,严监生在使用金钱的态度上,是守财
奴般小心翼翼的积攒与存有,而西门庆的特点则在于大肆挥霍与资本
流转。

按照张竹坡的估算,西门庆死后留下的财富不过十万余两,初一
看,似乎并不算多。但明朝一个七品官员,一年的官俸也不过是区区
四五百两——也就是说西门庆留下的财富,已达到七品官员年俸的两
百余倍。我们不妨再做一番比较或换算:苗青在扬州替他购买的千户
家貌若天仙的女孩儿,也只不过花了十两银子。这么一算,西门庆留
下的钱财不可谓不巨。同时,我们还必须将西门庆日常挥霍的特性考
虑在内。

通览整部作品,西门庆挥霍无度、撒泼使钱,自然是为了个人纵
欲,但他对一般妓女出手也很阔绰——这也是众多妓女竞相与他交
往示好并争风吃醋的主要原因;在对家人伙计乃至朋友、邻居的接济
上,西门庆也很慷慨大方。举例来说,应伯爵手头拮据,来向西门庆借
二十两银子,西门庆觉得二十两不好意思拿出手,便给了他五十两官
银。第五十六回,常峙节(十兄弟之一)债台高筑,家无隔夜之炊,连

皮袄都典在了当铺里，且又被房主催债，妻子整日责骂不歇，便约应伯爵来向西门庆借钱。西门庆因去东京给蔡太师家送礼，花了大笔的钱财，手头也不宽裕，但仍给了常峙节十二两碎银子救急，甚至还让常峙节先去看房，选中了以后，再由西门庆出钱替他买下。至第五十九回，常峙节看中了一处价值三十五两银子的房子，便上门告知西门庆。可他来得不是时候，当时，西门庆的儿子官哥已奄奄一息，眼看着就要断气，家人、媳妇乱作一团。即便如此，西门庆还是强忍悲伤和焦躁，好言打发常峙节先回去："我不送你罢，改日我使人拿银子和你看去。"等到第六十回埋葬了官哥之后，西门庆并未忘记他的承诺，主动向应伯爵问起常峙节买房之事，并让应伯爵将五十两银子转交常峙节，以毕买房之事。他多给的十五两，让常峙节再开个小店铺，夫妇俩每月赚些钱度日。

西门庆的生意伙伴黄四，因丈人陷入人命官司而焦头烂额，登门请西门庆从中设法搭救。西门庆"沉吟良久"后，答应请临清钞关钱老爹出面，转求雷兵备，以平息此事。黄四为此奉上一百石米帖外加两封银子，让西门庆转送钱老爹，作为打点之资。西门庆拒不接受，只是说，事成之后，他自己备礼答谢钱老爹。后经伯爵多方劝说，西门庆只收了他的礼帖，银两悉数退回。连绣像本的批评者，也禁不住赞叹西门庆，说他"临财往往有廉耻，有良心"。

在《金瓶梅》中，西门庆为朋友办事出头的地方甚多，但很少收礼。如韩道国、何九之类，往往如此。平常但有酒宴，西门庆总是将朋友、亲戚乃至下人伙计，不论贫贱富贵，一律叫来吃喝，一个不落。在过年过节时，西门庆还要给朋友、下人送礼，出手也很大方。比如在第七十八回,年关将近时,西门庆于腊月二十七日,打发家人去送年礼:应伯爵、谢希大、常峙节、傅伙计、甘伙计、韩道国、贲第传、崔本等人,每家半口猪、半腔羊、一坛酒、一包米、一两银子;给院中妓女、来往粉头如李桂姐、吴银儿、郑爱月之辈,也是每人一套衣服,三两银子;给寺庙送去香油、米面、银两,给家中伙计、小厮、丫头和媳妇派发礼物与赏钱。崇祯本的眉批曾这样评价西门庆:

> 西门庆不独交结乌纱帽、红绣鞋,而冷亲戚、穷朋友无不周济,亦可谓有财而会使者矣。

在朋友家人面前,西门庆临财一掷千金的仁义与慷慨,与他在生意场上精于算计、锱铢必较的商人本色,以及他在官场上贪墨狠毒、不顾天伦人常的行事风格,都形成了强烈的反差。而正是这种反差或内在矛盾,反映出西门庆在对待金钱的态度上不同于一般守财奴的特点——既不同于《儒林外史》中视钱如命、走火入魔的严监生,也不同于莫里哀笔下的阿巴贡,甚至也不同于巴尔扎克笔下那个渴望用尘世间积攒的金钱换取天国理想地位的葛朗台。西门庆作为 16 世纪中国社会的新型商人,他有着全新的金钱观,并试图构建一种迥异于传统伦常的金钱伦理。这是一种积攒与挥霍并举的伦理行为。从这个人物身上,也折射出明代中后期社会的商业经济伦理,以及在摆脱旧有的道德束缚的同时,尝试用一种新"金钱秩序"来取代旧有的"宗法或道德秩序"的潜在冲动。

概而言之,西门庆对待金钱的复杂态度,有两点值得注意:一为金钱崇拜,二为货币崇拜。

若以金钱崇拜而论,金钱所具有的使用和交换价值,为他纵情声色、豪奢浮华的享乐生活提供了保证。可以说,西门庆这个形象的新颖之处,不在于他对金钱的积攒和占有,而恰恰在于挥霍。通过挥霍,他在社会、官场、朋友圈和家庭之中建立某种权威。官员、朋友、妻妾、妓女和下人与西门庆的关系,毫无疑问,构成了一种全新的经济依附关系,而非传统的宗族和道德关系。也就是说,依靠金钱的魔力,西门庆正在试图重塑他的"欲望乌托邦"。而他作为一个恶人的"乐善好施",为自身的存在价值提供了有力的证明,为他带来了"大善人"的美誉。西门庆是一个窦婴式的沾沾自喜者,他不仅需要自己过上奢华的生活,某种意义上,更希望别人对他的这种生活产生羡慕,以满足自己的虚荣心。在这样一种自适而满足的生活状态下,他刻意将自己打扮成一个慈善家,来虚伪地重建自己的人格。

简单来说,他的欲望不仅仅是声色之欲,更是一种集"慈善家"和"商业英雄"理想人格为一体的形而上欲望——这正是近代资本主义社会伦理的核心内容。西门庆人格的矛盾与伪善,毫无疑问,与当前资本主义社会的矛盾与伪善如出一辙。

另外,西门庆的金钱观中,也有明显的货币崇拜的成分,这一点尤其值得重视。如果说金钱崇拜是以使用和交换价值为目的,那么货币崇拜则是一种对符号的崇拜。后者为投资者不顾一切地赚取利润和财富的行为提供了源源不断的非理性动力。在小说的第五十六回,西门庆在与应伯爵聊天时,说出了这样一段耐人寻味的话:

> 兀那东西(银子),是好动不喜静的,怎肯埋没在一处。也

是天生应人用的,一个人堆积,就有一个人缺少了。因此积下
财宝,极有罪的。

西门庆从不真正"积累"财富,他相当一部分的财富不过是账目
表上的抽象数字而已。他的目的在于流通或流转——一方面将钱投
入再生产的流通中以获取更大的利润;一方面则大肆挥霍、纵情声色,
同时也接济亲友,甚至以乐善好施者自居。

这段话若出自洛克菲勒或卡耐基之口,我们大概也不会感到奇怪
吧。

白银货币

在《金瓶梅》中，不论是朝廷的赋税与货币结算，还是民间的买卖和日常用度，基本上都以白银折算与流通。《金瓶梅》中的买卖和交易，在绝大部分场合都使用白银。作品写到以铜钱作为交易货币的地方极其罕见，更不用说纸币和"宝钞"了。西门庆一家经手之白银，按粗略估算，即可达十五万两至二十万两。小说所描述的以白银作为主要交换货币的情形，正符合明代中后期的经济与货币状况。

当然，虽说在买卖和流通过程中，《金瓶梅》中的人物大多使用白银，但银子的成色显然存在着等次差异。小说第一回，西门庆"热结十兄弟"之时，按约定，兄弟们每人都须交纳"分资"，以备结拜之日的花销。花子虚最大方，他送来了一两"分资"，而且是"一两无虚"，表明他的银子成色很好；而应伯爵只拿来了一钱二分的银子，且只有百分之八十的成色，算起来还不足一钱。至于其他的那些个弟兄，有送三分的，也有送五分的，不仅各啬小气，而且银子的成色极差。吴月娘当即嘲笑西门庆说，他的那些狐朋狗友送来的份子钱，"都是些红的，黄的，倒像金子一般"。想必只是一些含银量极低的铜罢了，与西门庆在正式和重要场合使用的官银、纹银或雪花银不可同日而语。这固然说明了当时白银开采、冶炼技术的高低以及来源渠道方面的差别，导致银子的成色不同；同时也反映出，不同成色的银子在市场或日常生活交易流通时,其实际价值和购买力有很大的差异。

《金瓶梅》中多次提到的钱铺和银行(指的是从事白银兑换的店铺),当为不同成色白银(包括钱币)之折算、估价和兑换的场所。但不管怎么说,在《金瓶梅》所描述的世界里,白银是首屈一指甚至唯一的流通货币,则是明显的事实。而在明代中后期的社会中,白银逐渐成为主导货币,也是史学界的普遍共识。

按照黄宗羲在《明夷待访录·财计》中的描述,中国古代征收赋税乃至商品交易,多用粟帛。三代以后,铸钱与粟帛互为补充,直至唐代,始终维持着钱、帛同时使用的局面。黄宗羲认为,唐以前的赋税和民间商业交易,与金银没有什么关涉。自宋代开始,出现了以金属(铜铁)铸钱为主、纸币为辅的局面,而绢、帛作为货币的功能则逐步丧失。白银虽然也开始少量进入流通,但仍以钱币为重[①]。

白银作为货币在市场上合法流通,始于元代。元代的货币政策,将统一发行的纸币与作为保证金的现银联系起来,纸币和白银同时进入流通,两者可以互相交易。明兴之后,朝廷一方面沿袭了元代的纸币制度,实行钱、钞兼行,大力推行所谓"宝钞",并有意减少铜钱的供应量,与此同时,朝廷明令禁止金银在市面上流通。百姓可以用金银向政府兑换纸币,但不允许民间以金银私自交易。与元朝不同的是,明朝将纸币的发行与现银准备金脱钩,导致了纸币的滥发和贬值,整个金融系统很快崩溃,纸币的信誉更是一落千丈。

据《明史》记载,至明仁宗监国,货币体系的混乱局面已不可收拾。

---

① 《明夷待访录译注》,李伟译注,岳麓书社,2008 年 5 月第 1 版,第 148—151 页。

一方面朝廷禁止用银交易的法令越发严苛：交易用银一钱者，罚钞千贯；赃吏受银一两者，追钞万贯。但另一方面，禁令日益加剧了民间对于金银的崇拜，以至于民间实际上的私下交易"惟用金银"。到了正统元年（1436），英宗迫不得已，开用银之禁，禁令一开，一发而不可收。遂出现"朝野率皆用银""钞壅不行"的状况 ①。

问题是，朝廷一纸明文宣布白银可以合法地成为流通货币是一回事，而白银得以像《金瓶梅》中所描述的那样实际上成为唯一的货币则是另一回事。其中的关键，在于白银的实际供应量，是否能够满足将白银作为主导流通货币这一需求。这其中至少涉及到三个方面的问题：

一、中国的白银储量；

二、开采及冶炼技术；

三、银矿开采的成本、代价及其道德、政治后果。

关于明代白银储量以及勘探、开采及冶炼技术等方面的情况，文献记载不多，但当时的采矿及冶炼技术十分低下，却是一个明显的事实——成化年间，朝廷开湖广金矿，二十一座金矿每年使用民夫五十五万人，死者无算，最后只炼得黄金三十五两，就是一个很有说服力的例子。另外，就银矿开采的政治后果而论，明代统治者屡申禁令、不敢轻言开矿的考虑是有道理的。在朱元璋开国之时，即屡有大臣请开银场，而太祖不为所动，仍严令禁止。他的理由是：

> 土地所产，有时而穷。岁课成额，征银无已。言利之臣，

---

① 《明史》卷八十一，中华书局，1974 年 4 月第 1 版，第 1964 页。

皆戕民之贼也。[①]

洪武十九年（1386）后，银矿开采禁令稍有松弛，但实际的开采量极少。浙江七县之银场，一年向朝廷上交的银两，不过区区两千余两。

明代经济的繁荣，特别是运河开通之后的商业繁盛，在纸币的信誉日渐低落的前提之下，使得朝野上下对于作为传统硬通货的金银的需求，出现了大幅度增加。

至宣德、弘治后，朝廷禁开银场之令几成一纸空文。"奸民"私开坑穴，互相杀伤；矿盗蜂起，屡禁不能止。贪吏趁机加紧向朝廷游说，索性由朝廷督开银场，利益归于中央。等到万历年间，朝廷大规模开采银矿之时，虽然"中使四出"，"无地不开"，因矿穴私采严重，矿脉久绝，所获甚微。更有贪官污吏借开采之名"横索民财，陵轹州县"。稍有德性的官员顾恤百姓，被以阻挠之罪，即行罢免[②]。

由此可见，万历后全国性的金银开采，不过是给了贪墨横暴官吏搜刮民财、凌辱百姓的机会而已，出现了"富家巨族则诬以盗矿，良田美宅则指以为下有矿脉，率役围捕，辱及妇女，甚至断人手足投之江"[③]的局面。乱象丛生，酷掠横行。为此，河南巡按姚思仁上疏极言开矿之弊：

一为矿盗哨聚，易于召乱；二为矿头累极，势成土崩；三为矿夫残害，逼迫流亡；四为雇民粮缺，饥饿噪呼；五为矿洞遍开，无益浪费；六为矿砂银少，强科民买；七为民皆开矿，农桑失业；八为奏官强横，淫刑

---

① 《明史》卷八十一，中华书局，1974 年 4 月第 1 版，第 1970 页。

② 同上，第 1970—1971 页。

③ 同上，第 1972 页。

激变。

他最后的结论有点危言耸听:"(如果不加以阻止)虽倾府库之藏,竭天下之力,亦无济于存亡矣。"①

《明史》也认为,明朝最终之覆亡,实肇于此。

可以说,自明代肇兴直至灭亡,银币制所导致的问题,特别是银荒问题,自始至终困扰着统治者。黄宗羲在《明夷待访录·财计》中感慨说:"夫银力已竭,而赋税如故也,市易如故也。皇皇求银,将于何所?"② 因而发出了"后之圣王而欲天下安富,其必废金银乎"③ 这样的呼声。明代隆庆朝"应诏陈理财"的靳学颜甚至认为,天下之民,皇皇以匮乏为虑者,非布帛五谷不足,而是白银的供应量短缺。与黄宗羲一样,靳学颜对朝廷废钱而独用白银的国策,感到难以理解④。

明代社会经济的大规模发展,与作为统一货币的白银供应不足,构成了根本矛盾。从表面上看,明代经济的主要难题是"银荒",但实际上,问题要复杂得多。关于这一点,我们后文还要加以讨论。

话又说回来了,我们在阅读《金瓶梅》的时候,不仅没有感受到白银供应短缺的问题,相反,小说中写到的清河或临清,就不啻是一个大银窖——白银的流通,动辄百千巨万,所谓钱过北斗、金银遍地的盛景,到底是怎么回事呢?

或者说,那些滚滚而来、滔滔而去的白银,又是从哪儿来的呢?

---

① 《明史》卷八十一,中华书局,1974 年 4 月第 1 版,第 1972—1973 页。
② 《明夷待访录》,李伟译注,岳麓书社,2008 年 5 月第 1 版,第 151 页。
③ 同上,第 148 页。
④ 《明史》卷二百一十四,中华书局,1974 年 4 月第 1 版,第 5669 页。

同心圆

在《金瓶梅》中，我们很容易发现明代社会经济运行中"同心圆"的存在。这个"同心圆"，以南京、无锡、苏州至杭嘉湖的江南地区为中心，渐次扩展至长江流域，然后是两淮流域，并波及到山东至河北的北方地区。而《金瓶梅》中的临清，实为江南经济向北方辐射的襟喉要津。当然，这个"同心圆"的辐射过程，并不仅仅局限于经济方面，从文化和时尚来说，南方同样具有主导作用。永乐后，政治中心迁往北京，南京成为陪都。但至明代晚期，南京的人口大约是一百万，而北京仍只有六十万，且北京城中流行的官话仍然是南京话。由此可见，南京仍然享有文化、经济中心的特殊地位。在《金瓶梅》中，文化上的"南京崇拜"十分明显。

德国学者贡德·弗兰克（Andre Gunder Frank，1929—2005）在勾画1400—1800年间的世界经济地图时，看到了另外一个"同心圆"。它是以中国长江流域或中国南方作为最核心的一圈——中心位于苏松地区的太仓（郑和下西洋的起锚地）一带，然后辐射至东亚朝鲜半岛和日本、中亚以及东南亚的更为广袤的地区。它的外围，甚至扩散到欧洲和南美洲。

很显然，弗兰克的这个"同心圆"，与我们在《金瓶梅》中看到的"同心圆"，有一部分是重合的。区别仅仅在于：《金瓶梅》所反映的，是以运河经济为依托的国内经济贸易,作者的视野受到很大的限制;而弗兰克则着眼于以海洋为贸易通道的全球经济运行,他看到了《金瓶梅》的作者所没有看到的部分。元代大运河的开通,使得明朝的统治者可以更多地依赖内河大动脉,源源不断地将南方的物产(特别是稻米和纺织品)运往北方,而用不着经由成本高昂且常有海盗攻击的海上运输线。弗兰克也认为,明代统治者在所谓海上航运和运河航运(南方海上利益集团与北方大陆利益集团)的政治、经济冲突中,明显地偏重于后者①。其中很重要的原因,是军事方面的考虑——中国历朝历代,受到匈奴、蒙古等北方游牧民族的攻击压力,远远高于东南沿海。

　　但问题是,有明一代,海上运输和海上贸易,实际上从来没有停止过。到了16世纪中期以后,东南沿海的海上贸易发展加速,明显活跃。明代的航海技术和造船技术之先进,由于郑和下西洋这一历史事件的存在,是不用怀疑的。东南沿海的倭寇之乱也提醒我们,在明代的海洋贸易中,实际上存在着一个被滨下武志称之为"纳贡贸易体系"的中国—日本—东南亚贸易通道和网络。也就是说,所谓"纳贡",不过是名目而已,实际上是一种变相的商业贸易体系。

　　合法的纳贡贸易,被称为"勘合贸易"——由明政府向日本足利义满幕府发给"勘合",而没有取得"勘合"的商船则为海盗。顺便说一句,据《明史》记载,日本的"朝贡使团"在从宁波前往北京的途中,经过《金瓶梅》所描述的临清,曾对这样一个富庶之地大肆劫掠②。

---

① 〔德〕贡德·弗兰克《白银资本》,刘北成译,中央编译出版社,2000年3月第1版,第158页。

② 《明史》卷三百二十二,中华书局,1974年4月第1版,第8347页。

　　"纳贡"作为一种政治上的怀柔政策,在中国有很长的历史渊源。对于明代统治者来说,接受纳贡,在经济上其实是很不利的——宗主国向朝贡国偿付数倍于贡品的物品和金钱,给朝廷财政带来相当大的压力。正因为如此,明朝政府从现实考虑,尽量控制、压缩朝贡的规模,也在情理之中。到了后来,朝廷甚至不得已而采取了闭关绝贡的极端政策。当然,这一政策的政治后果非常严重。对北方瓦剌的马市的限制或冷淡,是导致"土木之变"的重要原因;而对日本采取闭关绝贡,则与 16 世纪的倭乱有明显的内在关联。"绝贡"直接导致了海盗的猖獗,这一点,并不难理解。《明史》中说,真正的日本人在所谓的"倭寇之乱"中,其实只占到人数的十分之三;而严如煜在《洋防辑要》中则认为,"真倭"只占到"倭寇"的十分之一,大量的中国沿海不法商徒混迹并啸聚其间。因此,严令禁海的明代官员朱纨在自尽前给朝廷的疏文中说:去外国盗易,去中国盗难。去中国濒海之盗犹易,去中国衣冠之盗尤难 [1]。

　　从朱纨的这段话中,我们不难看出其中沉痛的所指——即中国南方海洋贸易集团(比如新安商人)走私贸易的规模以及他们在所谓的"倭乱"中所扮演的角色。因此,虽然一般来说,"倭乱"之平息可以看成是戚继光、俞大猷在军事上的胜利,但明朝统治者重新恢复了航海贸易,也起到了相当关键的作用。

　　"勘合贸易"也好,海盗走私也好,从日本输入中国的不仅有小刀和扇子一类的工艺品,还有大量的白银。在弗兰克看来,中国与日本

---

[1] 〔日〕陈舜臣《中国历史风云录》,陈亚坤译,广西师范大学出版社,2009 年第 1 版,第 345 页。

及周边国家的纳贡贸易体系,年代久远,不仅辐射至东亚和南亚,实际上也是一个更大的非洲—欧洲—亚洲贸易网的组成部分。而到了明清之际,欧洲人开始把盛产白银的美洲纳入该体系。因此,"美洲的白银或者通过欧洲、西亚、印度、东南亚输入中国,或者用从阿卡普尔科出发的马尼拉大帆船直接运往中国。"[1] 由于中国的白银短缺(特别是由于张居正的"一条鞭法"采用的白银税制,中国工商业的繁荣对金银的要求成倍增加),它像一块巨大的磁铁吸附着世界各地的白银。通过所谓的中国—马尼拉—墨西哥的贸易航道,美洲的白银被源源不断地运到中国,使中国成为一个天然的"秘窖"和白银最终的"天然中心"[2]。

在《金瓶梅》写作的那个年代,在以中国南方为中心而波及北方、东南亚乃至于南美洲和欧洲的经济贸易"同心圆"中,海外白银大量输入中国,显然是一个不争的事实。但当时日本出口到中国的白银,比从太平洋上运来的美洲白银要多六到七倍[3]。因此,我们如果据此判断,《金瓶梅》里那些虚构人物(如西门庆)所使用的白银中,有相当部分来自日本,也许并不完全是一种玩笑性的推测。

贡德·弗兰克的《白银资本》,着眼于经济全球化的东方,确立了中国在 1400—1800 年间世界贸易体系中首屈一指的中心地位,这或许是一个事实。但问题是,欧洲何以后来居上? 弗兰克的解释是:欧洲

---

[1]　〔德〕贡德·弗兰克《白银资本》,刘北成译,中央编译出版社,2000 年 3 月第 1 版,第 167 页。

[2]　同上,第 166—169 页。

[3]　同上,第 206 页。

仅仅通过美洲白银的输入，就轻易地平衡了中国巨大的贸易顺差，从而站在了巨人的肩膀上。换言之，既然中国的白银输入使得大量资源或财富外流，那么在元代已经开始有效发行纸币的情况下，明代的"白银崇拜"是如何出现的呢？另外，就算是中国一度取得了世界中心的地位，可是这种中心地位为何又突然丧失了？

明代的经济繁荣，随着李自成攻入北京以及北方女真人的南下而崩解，这当然不是弗兰克所关心的问题，但却是黄宗羲、顾炎武等人在明亡之后所要面对的现实。正如《金瓶梅》中的西门庆，家资巨万，富甲一方，可一旦去世，所有的财富便灰飞烟灭，代之以《金瓶梅》后二十回刺心蚀骨的荒凉。所谓其兴也勃，其亡也忽，始终不出"一治一乱"的传统循环。

因此，明代的白银短缺问题，并不仅仅是一个经济或金融问题。从根本上说，它也涉及到明代的政治、思想、法律以及社会管理体系。全球格局的重大变化，特别是经济格局的变化，迫使中国自明代开始，出现了微妙而深刻的社会转型。传统道德、法律及社会管理模式与经济发展的惯性和动能之间，产生出极大的冲突和矛盾。而所有这些方面的冲突和矛盾，在《金瓶梅》中都得到了充分的展现。

礼与法

　　若论社会治理，中国古代社会一直奉行礼法并重的理念。所谓礼，虽偏重于道德、教化，用以规训、激发个体内心的道德律令和良知，但实际上"礼"也是"法"，甚至是凌驾于法律之上的最高原则。有人认为，这种礼仪制度，实际上是中国古代社会的"宪法"——虽无形，但无处不在。

　　中国第一部成文法的雏形，最早可以追溯到春秋时代。郑国国相子产将法律条文铸于鼎上，以名条律，以示森威。子产铸刑律于鼎，反映了中国古代统治者"以法治天下"的初始冲动。但这一做法，立刻遭致晋国叔向的明确反对。他写信给子产加以驳难，引发了中国历史上的第一次礼、法之争。不过，总体而言，中国传统社会的治理模式虽是礼法并重、礼法二元，但实际上却是礼重于法，以礼为主，以法为辅。这一模式，始终没有根本变化。到了宋、明以后，随着社会经济的发展，特别是工商业的兴起以及商业伦理的初步形成，在商业法规特别是经济契约方面，中国的法律取得了长足的进步，这在《大明律》中得到了明显的反映。然而，传统社会的礼法二元结构，并未发生根本动摇。在明末，由陈子龙等复社人物所编选的《明经世文编》中，马文升曾在一篇疏文中这样写道：

　　窃惟为治莫先于德教,辅治莫先于刑罚。非德教无以化导乎人心,非刑罚无以惩戒乎奸宄。故帝舜之世,契敷五教,而皋陶典刑,以弼其教,是知自古帝王之御天下,未有舍此而能致治者也。[1]

　　《金瓶梅》不过是一部文人世情小说,作者无意于撰写一部16世纪的经济史和法律史。但由于作者在修辞上采取了极端的写实或“自然主义”的方式,其反映的明代社会的基本状况——特别是经济、商业活动和礼法观念,倒是极为清晰,颇值得重视。

　　前文说到,西门庆作为一个16世纪新型商人的化身,堪称“经济人”。同时,从某种意义上来说,西门庆也可以被视为“法律人”。西门庆的几乎所有社会活动(主要是经济活动),均在法律的名目下或打着法律的旗号进行。西门庆的主要社会活动舞台只有三个:经济事务、衙门和官场。而官场不过是经济与法律的交汇点或结合部而已。换句话说,《金瓶梅》中的官场,不过是官员们通过衙门和法律赤裸裸榨取利益的场所。

　　具体到礼法观念而言,西门庆虽说徇私枉法、胆大妄为而“久惯牢成”,但在他的言行背后,仍可以看到传统礼教的熏染、影响和限制。西门庆作为山东第一财主,虽然在日常生活中可谓无恶不作,但宗法和道德律令对他的限制和束缚,却并未稍减。

　　在西门庆中意的众多妇女中,其妻吴月娘被描写得貌若天仙。但

---

[1] 《明经世文编》卷六十四,陈子龙等选辑,中华书局影印版,1962年6月第1版,第549页。

奇怪的是,小说中涉及西门庆与吴月娘性行为的描述极少(如果我没有记错的话,大概只有一次。写到正妻,作者或许不得不有所顾忌)。用作品中的话来说,吴月娘的首要角色,不过是"虽然枕上无情趣,睡到天明不要钱"的家庭主妇而已。吴月娘在众多妻妾中拥有的真正财富,其实不是她的美貌,而是建立在"明媒正娶"基础上的家世清白、门第纯正和"德行"出众。加上她吃斋念佛,明于教化,足以使她处于实际的家庭主管地位,并在道德上建立起巨大的优势。每当她与潘金莲发生争执乃至冲突时,西门庆心里怎么想我们可以不管,但至少在众人面前,在所谓"情理"的巨大威慑力面前,西门庆不得不一次次未加任何解释地维护吴月娘的"正统"地位。盖因潘金莲后娶,排行第五,且德操有亏。

春梅以一个奴婢的身份,居然得以在西门庆家中颐指气使、横冲直撞,弄得人人皆怕,即便是吴月娘也让她三分,足见春梅在西门庆心目中的特殊地位。有意思的是,当春梅与吴月娘发生冲突的时候,西门庆几乎不问是非曲折,明显地在维护吴月娘的地位。西门庆对吴月娘的袒护,实际上也是出于对传统礼仪的敬畏——吴氏为"正头娘子",而春梅则为婢女。

那么当春梅与如意发生争执的时候,西门庆会站在哪一边呢?读者一定会认为是春梅吧,没错,小说中正是这么写的。原因很简单,春梅虽说是吴月娘、潘金莲的奴婢,但好歹也算是个家人,而如意只是一个连丈夫的存在都成为谜团、被人临时叫来照顾孩子的奶妈。

从吴月娘、潘金莲、春梅、如意的伦理序列中,我们不难看出西门庆想维护或者说"被迫维护"的是什么。当然,这一排序,是宗法伦理和礼仪方面的排序,而非真正意义上亲疏远近的情感排序。可是,若要认为这种等级次序不过是表面文章,没有什么实质性的意义,那就大错特错了。西门庆一死,吴月娘作为当家主管的权力即刻膨胀,马上将春梅、潘金莲扫地出门,其背后的宗法、道义力量拨云见日,令人生畏。

礼制森严与等级分明,在官场的接接与酬酢往来中,体现得最为典型。明代的宗臣在《报刘一丈书》中,曾以讥讽的笔调,绘声绘色地描摹出官场"谒见"的规制和礼仪,尤其是下层官员"候见"时的苦痛、酸楚与耻辱。这一描述恰好与《金瓶梅》的某些章节构成互文关系,或者说,为《金瓶梅》中的同类场景做了十分生动的注解。这也从一个侧面反映出,《金瓶梅》的作者对当时的官场礼仪和规制极为熟悉。

《金瓶梅》第五十五回,西门庆去东京给蔡太师拜寿。抵达东京之后,未见主人,先得去拜见管家翟谦,第二天才能去太师府。晚上西门庆一夜难挨,眼巴巴等到天明,已牌时分,就早早起床梳洗。等到了蔡京的府中,中门居然关着,只能从角门进入,且每道门都有武官把守。等他转过重重回廊之后,终于来到大厅堂前,看见蔡京端坐于虎皮高椅之上,身穿大猩红蟒衣,屏风后二三十位美女手执巾扇,侍立两边。西门庆不由分说,朝上拜了四拜。此时,管家翟谦走到太师身边,暗暗地说了几句话下来——这几句话小说没有交代,从上下文关系来看,应该是向蔡京说明,西门庆有意在太师面前认个干儿子。西门庆默默会心,赶紧朝上又拜了四拜。整个过程,蔡京不答一语,也不回礼,而这正是西门庆所盼望的——因为据说父亲受儿子四拜,是无须答礼的。反过来说,蔡京不回礼,等于是默认了拜干爹这一事实。因此,接

下来,西门庆一开口,便对蔡京以父子相称:

> 孩儿没恁孝顺爷爷,今日华诞,特备的几件菲仪,聊表
> 千里鹅毛之意。愿老爷寿比南山。

蔡京这才命座,西门庆再次朝上作揖,道一声"告座了",方退至一旁,坐地吃茶。由于带来了重礼,且有翟谦多方协力,西门庆的谒见之旅也还算顺利。

至第六十五回,殿前钦差六黄太尉为迎取"花石纲",由山东河道而来,路过清河县。当地两司、八府官员凑了份子,由黄主事出面,借西门庆家设宴,迎接六黄太尉。御前钦差的仪仗所经之处,鸡犬不闻,樵采遁迹,其威势之煊赫、仪仗之饬严,自不必多说。至西门庆家下轿,众官员便前来拜谒,整个过程,规制堂皇,不越雷池一步。巡抚都御史、巡按监察御史前来参见,太尉依礼而答;布政使、参政、参议、提学诸人上前参拜,太尉稍加优礼;知府八人拜见,太尉仅答以长揖而已;至于统制、都监、团练一类的官员,太尉则端坐不动,稍加训诫后,众人即退过一边。

西门庆以提刑副千户的身份,作为整个宴请的东家主人,倒贴了许多银两,且夹在李瓶儿的丧仪中,忙乱了好多天,最后只落得个"献茶"的机会,远远地朝太尉望一眼罢了。

自始至终,六黄太尉与主人西门庆未交一语,尊卑等级之严,由此可见一斑。

在日常生活中,"礼"的约束也随处可见。李瓶儿死后,西门庆备下金帛厚礼,请宋真宗宁和殿的侍者杜子春来题写铭旌。按西门庆的

意思，当写"诏封锦衣西门庆恭人李氏柩"。平常嬉皮笑脸、很不正经的应伯爵，这次总算正经了一回。他再三阻挡西门庆道："见有正室夫人（吴月娘）在，如何使得？"伯爵的意思是，恭人为正室命妇之称，且须有爵位，不应用于瓶儿侧室。可叹西门庆正处于悲痛之中，全然不顾丧仪之礼，一定要为爱妾争个名分。争了半日，最后还是不得不去掉了"恭人"二字，改为"室人"，就这样糊涂过去了。

初一看，《金瓶梅》的世界，就是一个礼法世界。官场迎送之礼，尊卑贵贱，等级分明；家庭生活，宗法俨然，礼数周全；人情往来和待人接物也颇有敬让谦抑之风。吴月娘的哥哥吴大舅，身居闲官，每次见到妹妹，都以"姐姐"相称。他尊称妹婿西门庆为"姐夫"，西门庆受之若素；西门庆称自己的女婿陈敬济为"姐夫"，敬济也坦然受之。至于称弟为哥，称哥为爹（仿佛人人竞相自轻自贱），在小说中随处可见，几为通例。这大概是山东清河一带，世代相袭的成规礼俗吧。

西门庆虽只粗通文墨，但每与人交接，亦颇善客套。他升官之后，心心念念要延请一位有学问的先生来家坐馆，专管案牍文书和信件往来，遇事有说帖，送礼有礼帖。这足以表明他对礼仪的重视。西门庆虽然没有读书的习惯，却辟有专门的"书房"（实际上成了蓄养男宠或纵欲之后用来静养的场所），身边也有"书童"跟随，虽然不谙音律，也还每筵必唱。

《金瓶梅》的主旨之一，在于揭露礼法的废弛、混乱与衰颓。但它并未直接描写礼之不存、法之缺失，而是反其道而行之，着力铺叙礼法的崇隆和森严。作者通过礼之伪善、法之矫饰，来揭示世态之乱象丛生、人情之凉薄险诡、道德之颓朽衰败。因此，《金瓶梅》与其说着眼于对礼法、道德状况进行严厉批判，还不如说，它要向我们展现的，其实是"名实分离"。那些掩盖在礼法表象之下的真正内容，一旦敞开，暴露于光天化日之下，才会让我们感到触目惊心。《金瓶梅》这么写，固然有修辞和技法方面的考虑，但更重要的是，这种"名实分离"的状况，正是明代中后期社会状况的真实反映。换言之，中国传统社会的礼法、伦理和道德，与正在发生深刻变化的实际生活之间的距离，已足以构成反讽。

蒋竹山的借票

第十三回至第十九回，西门庆与李瓶儿墙头密约，往来成奸，气死花子虚，占了他家房屋及许多家私银两，随后西门庆在家里大兴土木，搭盖三间玩花楼并卷棚。按照西门庆的如意算盘，只等五月十五日佳期一到，就将李瓶儿迎娶过门。没想到，人在家中坐，祸从天上来，因受杨戬被参劾一案的牵连，西门庆和他的儿女亲家陈洪，无端被卷入一场不测之灾。

西门庆连夜派来保打点金银财宝，往东京蔡京门下行贿打探。家中大门，日日紧闭。李瓶儿眼见得良辰吉日将近，却不见西门庆那头有丝毫的消息，只得让冯妈妈前去打听，没想到冯妈妈一连来了两趟，都见大门关得像铁桶一般。李瓶儿不知道西门庆出了什么事，只以为是西门庆心意生变，因而积郁在心，生出一场大病来，夜夜梦见隔壁乔皇亲家花园里有狐狸抛砖掠瓦，渐渐不思饮食，形容枯黄。

来给瓶儿诊病的郎中名叫蒋文蕙（竹山）。蒋竹山虽生性浮浪、见识迂腐，但借看病之机，一来二去，居然便与瓶儿成了好事。李瓶儿一不做、二不休，索性许下终身，将蒋竹山招赘入门，做了个倒插门的夫婿。等到来保在东京贿赂蔡京事成，西门庆安然脱祸之时，蒋竹山已经和李瓶儿一家一计地过起了太平日子。李瓶儿趁着西门庆大祸临头的当儿，将蒋竹山招赘在家倒也罢了，偏偏还为他凑了三百两银子，打开两间门面，像模像样地开起了生药铺子。以往蒋竹山给人看病，都是走着去的，如今发了家，居然也买了一头驴子骑着，在大街上往来招摇。

我们已经知道，西门庆的父亲西门达，就是做生药铺子起家的。到了西门庆手里，虽说生意的规模、经商的行当早已今非昔比，但生药铺无疑仍然是西门庆最看重的身份象征。小说中提到西门庆，多称他为"县前开生药铺的西门大官人"，可见生药铺对西门庆而言，不仅是本行主业和立身之基，而且是商业招牌，意义自然非同小可。明代商业伦理的基本行规是各有地盘，各有所属，人走一道，互不相扰。《金瓶梅》中对此多有描述，此不赘言。

蒋竹山不仅趁人之危，夺人之妻，且在"西门大官人"眼皮底下开起了生药铺子，似乎有意与西门庆唱对台戏。这就犯了大忌——从中我们不难看出蒋竹山的迂腐和李瓶儿的拙智。西门庆处心积虑地想要教训一下蒋竹山，也就不难理解了。

按说，西门庆是一方财主，与李知县、夏提刑等官员都是朋友，要想摆布一下手无缚鸡之力的蒋竹山，也不算什么难事。但他最后请出街头小混混草里蛇鲁华、过街鼠张胜来摆平此事，明摆着是不想走官家（衙门）这条路（大概是碍于李瓶儿的情面）。他给了两人四五两碎银子，许诺事成之后再谢，目的也只是为了出口气。张胜和鲁华接过银子，便对西门庆说："你老人家只顾家里坐着，不消两日，管情稳拍拍教你笑一声。"

奇妙的是，张胜和鲁华想出来整治蒋竹山的招数，竟然是伪造一份借款文书，逼勒蒋竹山还钱，借机痛打他一顿，最后，一根绳子将他绑了，拉他去见官。也就是说，即便是街头上的架儿、泼皮无赖和鸡鸣狗盗之徒，想要设局整人，竟然也要借助法律和官衙的力量。他们事先伪造了契约，确保一旦见官，在大堂之上要有必胜之把握，可见两人经过了周密的筹划。由此可见，在《金瓶梅》中，法律及其威严，确实无处不在。

事实上，张胜和鲁华的设计是有道理的。他们费了这么多的周折去摆布一个人，并非多事。相反，这一计划显示了张胜、鲁华的深谋远虑。我们不妨假设一下，如果张胜、鲁华像黑社会一般地行事，找上门去打人，打了人就跑，会有什么结果呢？毫无疑问，喜欢咬文嚼字的迂腐郎中蒋竹山，照例要去报官申冤。张胜、鲁华是街头有名儿的小混混，平时劣迹斑斑是一定的，到时候一旦官府依律拿人，他们必然会陷于被动，说不定反而还要西门庆替他们出面，拿银子去打点搭救。

那么，假如蒋竹山无端被打，他是否一定会报官呢？答案是肯定的。这涉及到明代特殊的法律制度和法律教育普及等问题，《金瓶梅》对此多有反映，关于这一点，容后再谈。

我们不妨来看一看张胜和鲁华所伪造的这份借票：

> 立借票人蒋文蕙，系本县医生，为因妻丧，无钱发送。凭保人张胜，借到鲁（华）名下白银三十两，月利三分，入手用度。约至次年本利交还，不致少欠。恐后无凭，立此借票存照。

小小借票，看似细枝末节，实则大有讲究。

首先，街头混混张胜、鲁华写不出这样的借票，需请人代写。且借票中写明蒋竹山借款之缘由为"妻丧，无钱发送"，亦符合事实。可见，两人事先必定经过仔细的谋划和斟酌，说不定还请教过"法律专家"，此为省叙，兹可不论。

其次，按照明代借贷之法，凡借贷契约须由中间人担保，还须写明借款数额、利率和还款日期。以上种种，借票并无遗漏，一应俱全。可见，张胜、鲁华所伪造的这张票据，当出于刀笔讼师之手。一旦作为呈堂证物，完全经得起法律的勘核。

按照徐忠明的研究，这张借票与今存明代契约的样式完全一致。最值得注意的是，明代法律中，法定的民间借贷利率为月利百分之三，而《金瓶梅》中多为百分之五。徐忠明认为，在民间的借贷关系中，百分之五的月利似乎是比较普遍的。在《金瓶梅》中，也惟有蒋竹山借票的利率为月利百分之三，其他的地方写到借款利率，均为百分之五。而蒋竹山的借契是伪造的，显然是为了专门应付官司而准备的，写明是百分之三，目的在于与相关法律条文相一致，从而使得这张借票在法律上无懈可击①。

这张借票的行文，足以见出《金瓶梅》的作者在写实方面的精微与审慎。当然，我们据此也可以看到，在当时的社会中，契约与合同在日常经济事务中，已开始扮演非同一般的角色。

---

① 徐忠明《〈金瓶梅〉反映的明代经济法律释论》，《南京大学法律评论》，1997 年秋季号，第 106 页。

"契约社会"的脆弱

在《金瓶梅》所反映的明代经济活动和商业事务中，作者对于契约和合同的描述极其细致，不厌其烦。借款有借票，雇佣有契据，合伙有合同，典当有当票，盐引有勘合，买丫头有文契，就连投靠亲友居然也还要有"投靠文书"。这足以说明，契约和合同，在当时的经济、贸易与社会生活中，已具有举足轻重的地位和作用。

在大部分场合，西门庆并不直接从事经济事务。他的生意，不论是南下江浙的货船，还是清河本县的铺面，自有韩道国、来旺、来保、贲四等伙计们去打点。除了纵情风月、聚众吃喝之外，西门庆最重要的日常工作，无非是"写文书""批合同"。而作为妻子兼管家的吴月娘，只管打开柜门，将来自各方的银锭纳入其中，一锁了之。也就是说，通过文牍和契约往返，天下即可传檄而定。因此，若将《金瓶梅》中所描写的商业社会视为中国"契约社会"的雏形，也不是没有根据。在这样一个社会中，以契约为核心的商业伦理已经逐步成形。西门庆在平时的生活中纵欲滥情，在官场上也是贪婪成性，可在商业和经济活动中，尚能信守承诺，依约办事，甚至还时常客串一下扶贫济弱的慈善家角色。小说中极少提及西门庆在商业活动中的违规与欺诈，就是一个很有说服力的例子。

这样一个"契约社会"的出现，其背后的推动力，实源于宋代以来的经济发展与商业兴盛。中国民间的商业与贸易往来,需要在传统的德治、礼治和宗法制度之外,另建一套保证其商业运行的"契约机制"。换言之,这样一个具有初步"契约机制"的社会,是在民间商业活动的内部生根发芽、逐渐成形的,而并非是国家(朝廷)法律设计、引导和催生的结果。在明代的法律中,虽然增设了金钱借贷方面的条文,但这并不能说明明代的统治者有意去建立这样一个契约社会。法律上的调整,更像是一种事后的追认,是迫于当时社会业已出现的商业贸易运行压力,顺势而为,以法律的形式对之加以约束和规范而已。

当然我们也必须看到,在明代中后期逐渐成形的这样一个"契约社会",并不是一个全新的机制,它与传统道德和宗法制社会仍有着千丝万缕的联系。从根本上来说,它是十分脆弱的。一般而论,契约也好,合同也罢,在商业活动和贸易往来中要得到遵守和执行,所能依靠的无非是以下两个方面的力量:其一是商业伦理影响之下的道德自觉,也就是所谓的诚信原则;第二就是社会的法律系统。

就前者而论,商业伦理中的诚信自律虽然在贸易和商业事务中起到一定的约束作用,但从根本上说是靠不住的。因此,在商业活动中融入某种传统宗法社会的道德规范,就显得特别重要了。

在《金瓶梅》中,受西门庆雇佣而从事生意的人被称为"伙计"。而伙计这一角色,既不同于现今社会的"职业经理人",也不同于临时雇佣的人力和帮手。这些人兼有家人与合伙人、生意伙伴和雇工等多重身份。韩道国、甘出身、贲四、来保之流,要么住在西门大院中的偏屋厢房,要么住在狮子街的铺子里,从理论上来说,与西门庆似乎是一家人。他们通常称西门庆为"爹",西门庆平常对他们也待之以"家人之礼"。韩道国、来保每有外出经商,西门庆必先给几两碎银子,让他们置办服装,并安顿家小。一旦货船从江南返回,必然要摆下宴席,为这些伙计们接风洗尘。可谓十日一大宴,五日一小宴。即便是贵客临门,酒宴上也都有伙计们的身影。西门庆常常让应伯爵作陪,与伙计们喝酒、逛妓院,嬉笑喧闹,纵情欢娱。每到四时八节,西门庆还要给这些伙计们送礼。而伙计们央求西门庆办事,送来的礼物和银两,西门庆却一概不收。更为重要的是,每一桩生意成功,有了利润,西门庆还要依照原先的约定,给伙计们分成。

伙计们的妻子也称西门庆为"爹","西门老爹"亦可随便与这些伙计的媳妇们上床——伙计们大多装聋作哑,视而不见,甚至乐观其成(来旺是个例外。早在他妻子宋蕙莲被西门庆霸占之前,他就与西门庆的小妾孙雪娥勾搭成奸)。对这些伙计们来说,西门庆显然具有"家长"的风范与威严;而对于西门庆来说,这些伙计们也明显有着家庭成员的影子,受到西门庆的照顾和保护。

这种将雇佣的经营者纳入家庭伦理的序列,待之以家人之礼的"伙计制度",并不像有些学者(比如余英时)所认为的那样,是一种全新的商业制度设计。实际上,在中国社会的雇佣关系中,这类现象古已有之,且十分普遍。宋明之后"伙计制度"的出现,更像是一种在法律缺失、诚信不足恃的社会环境下的被动反应,或者说是一种权宜之计。更何况,将以家庭亲情为内核的伦理关系扩大至全社会,并致力于"大同社会",也是一种十分古老的理念。在中国的君臣、父子、夫妇、昆弟和朋友伦理体系中,关于友朋的伦理,实际上就是对家庭兄弟情谊的模仿和借用。在《金瓶梅》中,西门庆待伙计以家人之礼,在商业活动中导入亲情关系,借助于家族伦理的道德力量,既可以作为对商业契约的一种补充,同时也是这种契约得以贯彻的一种象征性保证。

顺便说一句,现代社会所谓中国式企业的管理或经营模式,并非仅仅依靠直系或旁支亲属进入企业的管理层,对企业加以控制,同时也要求对非亲属企业成员给予家人式的关切,并与之建立一种超越契约关系的特殊亲情或认同关系。从某种意义上来说,或许后者更为重要。

然而,具有讽刺意味的是,时至《金瓶梅》写作的那个年代,人与人之间的道德关系渐渐为赤裸裸的金钱和功利关系所取代,道德溃败已达于极端化的可怕境地,甚至波及到了家庭关系内部。这种引入亲情伦理的"伙计制度"也是徒有其表。所谓"蛇入筒中曲性在,鸟出笼轻便飞腾"。西门庆与伙计们的关系,表面上似乎很亲近,但充其量不过是一种心理安慰,并不能掩盖真实人际关系中的算计、冷漠或互相提防。这种关系的虚伪性,西门庆知道,伙计们也知道,彼此心照不宣罢了。伙计们对西门庆的恭顺与服从,与其说是对西门老爹恩惠的报答,还不如说是慑于西门大官人的显赫权势与经济地位,而采取的暂时性的隐忍策略。关于这一点,小说第八十一回中的一段描述尤其让人触目惊心。

韩道国与来保押着西门庆的货船从南方一路而来。此时的韩道国和来保并不知道主人西门庆已死:

> 一日到临清闸上,这韩道国正在船头站立,忽见街坊严四郎,从上流坐船而来,往临江接官去。看见韩道国,举手

说："韩西桥，你家老爹从正月间没了。"说毕，船行得快，就
过去了。这韩道国听了此言，遂安心在怀，瞒着来保不说。

这段文字之所以让人惊心动魄，除了事件本身的出人意表之外，
还与叙事速度的突然加快有很大的关系。韩道国在外多日，对家中的
情况一无所知，西门庆年纪轻轻，素无疾病，正值官运亨通、生意兴隆
的黄金年龄，他的突然暴亡，韩道国闻讯想必也会魂飞魄散吧。如此
重大的消息，通过严四郎的船与韩道国的货船在临清闸交错而过的一
刹那而道出，无疑增强了它的突然性。"说毕，船行得快，就过去了"，
这十个字，可谓字字珠玑。而韩道国一闻此言，遂"安心在怀"，说明韩
道国的背叛歹念，几乎是出于一种本能，从一刹那中陡然生出，恐怕就
连他本人也会吓一跳吧。

值得注意的是，韩道国的下意识背叛，之所以让读者感到可怕，是
因为他临时起意，决计拐卖西门庆的钱财，事先并无任何深思熟虑，而
是"先拐了再说"。这种人物心理在刹那间的变化，其实已经超越了道
德范畴，让我们看到的是人心的深邃、诡异与难测。韩道国发卖了西
门庆的部分货物，拐了一千两银子跑回家，当然是瞒着来保。来保后
来终于明白过来了，也马上见样学样，偷了西门庆八百两货物，装上大
车运回家中。

既然建立在亲情宗法关系之上的商业伦理不足恃，那么，明代"契
约社会"的运行，能否在法律系统的层面上获得支撑呢？

从前面提到的蒋竹山被打一节中，我们似乎可以看出某些端倪。
即便蒋竹山的借票是真实的，蒋竹山与张胜、鲁华之间的纠纷也仅仅

是一桩民事或经济纠纷。但张胜、鲁华痛打蒋竹山在先，然后又砸了人家的铺子，地方保甲却不分青红皂白，将被害人蒋竹山拴了去见官。可见当时的法律实践，是典型的民、刑不分。一干人等到了提刑院开庭，审判官夏提刑对蒋竹山拍案大怒，不问情由即选大板痛打三十，打得蒋竹山皮开肉绽，鲜血淋漓。夏提刑打人的理由，竟然是："看这厮咬文嚼字的模样，就像个赖债的。"整个审判过程没有任何司法程序可言，审判者个人的意志占了很大比重，案情的真伪无人追查，也不容申辩，"契约社会"赖以立足的法律公正更是无从谈起。

虽然司法体系的腐败、草率和贪渎是《金瓶梅》的重要内容之一，但作品中所反映的明代司法状况，其实还要复杂得多。

法律与政治

明朝开国之初，鉴于元代法律废弛、贪腐成风的现实，明太祖朱元璋有意凸显法律的作用。至洪武十七年(1384)，建三法司"贯城"于太平门外、钟山之阴。所谓三法司，指的是刑部、都察院和大理寺三个相互制衡的法律机构——刑部受天下之刑名，都察院纠察，大理寺驳正。至十八年颁布《大诰》，明代法律(刑法)大致格局初步成形。然而朱元璋建立"贯城"的微义，在于"法天"，所谓"贯索七星如贯珠，环而成象名天牢"[①]。三法司乃是天道的象征，而立法的初衷，仍然不外乎天道、德治、法律三位一体。朱元璋曾这样诫谕臣子：

> 古人制刑以防恶卫善，故唐虞画衣冠、异章服以为戮，而民不犯。秦有凿颠抽肋之刑、参夷之诛，而图圄成市，天下怨叛。未闻用商、韩之法，可致尧、舜之治也。[②]

又说：

> 仁义者，养民之膏粱也。刑罚者，惩恶之药石也。舍仁

---

① 《明史》卷九十四，中华书局，1974 年 4 月第 1 版，第 2305 页。
② 同上，第 2319 页。

义而专用刑罚,是以药石养人,岂得谓善治乎?[1]

弹的仍然是礼法并行、仁德为主、刑罚为辅一类的老调。

更何况,统治者让法律行之于世的根本目的,在于"帝祚永固,江山一统",更多的是出于政治方面的考虑。一旦有所需要,政治压倒法律、权力消弭仁慈的情形必然屡屡发生。明初的重典酷刑,令人咋舌。苏州的姚润、王谟被征召不至,即被诛杀而籍没其家;胡惟庸、蓝玉两案,株连死者竟高达四万[2]。明成祖起于靖难之时,为了止谤息议,族诛绝种,无所不用其极。

不过,明代的刑罚,似乎有意将官吏与平民区别对待。对待官吏,惟用重典,频下猛药;而对待老百姓则宽容有加。所谓"猛烈之治,宽仁之诏,相辅而行"[3]。这显然是出于政治上的考虑。在对待平民的律法方面,有许多地方值得我们留意。比如说,制定《大诰》时,朝廷就遵循法律简明、务使人人知晓的原则;再比如,为使百姓皆知律条,明了"趋吉避凶之道",朝廷大力推进法律普及运动。朝廷甚至规定,凡是家中藏有《大诰》或通晓《大明律》的罪犯,可一定程度减刑或免刑。一时间,统治者似乎产生了"以法治天下"的冲动。而这种民众人人皆知法意的状况,在《金瓶梅》中也有反映。不论是武松、宋仁、蒋竹山、陈敬济乃至吴月娘,一旦遇到冤屈和纠纷,似乎本能地会想到依靠法律的手段去解决。

---

[1]　《明史》卷九十四,中华书局,1974 年 4 月第 1 版,第 2319 页。

[2]　同上,第 2318—2319 页。

[3]　同上,第 2320 页。

　　另外，《大明律》对刑讯拷问的规定十分谨严，要求案件判决必须审慎。"凡内外问刑官，惟死罪并窃盗重犯，始用拷讯，余止鞭扑常刑。"[1] 在一般案件中，严禁使用挺棍、夹棍、脑箍、烙铁、一封书、鼠弹筝、拦马棍、燕儿飞、灌鼻、钉指等手段获取口供，哪怕是用未去棱节的竹片鞭打脊背、脚踝而致伤，审问者也会被问罪、充军[2]。明仁宗时，刑律方面有了许多特殊的规定，比如在"己丑诏书"定下律制，禁用鞭背、宫刑及连坐等暴酷之法。而明宣宗甚至一闻奏囚，即面色惨然，食不下咽，并亲自撰写《帝训》五十五篇，其一即是关于恤刑。

　　明代法律对于用刑的规定，不可谓不细密；对于防范严刑逼供，不可谓不重视。然而这些规定在实际执法过程中，完全走了样。刑讯拷问的滥用，在《金瓶梅》中尤其令人胆寒。不论是作为正千户提刑官的夏龙溪，还是作为其副手的西门庆，或者如李知县、霍知县等官员，每逢犯人到庭，不问是非，不询情由，不辨曲直(用《金瓶梅》中最常用的话来表述，叫做"不由分说")，必然严刑拷打。拷讯之刑以拶指、夹棍、打板子较为多见。西门庆似乎很喜欢使用榔头(大概是木制的吧)，打得犯人"胫骨皆碎，杀猪也似喊叫"。

　　不单是西门庆，《金瓶梅》中的绝大部分刑官都有刑讯逼供的嗜好。比如说小说的第四十七回，苗青为谋财害命，伙同陈三、翁八将主人苗天秀利刃刺死，一闷棍打入水中。后来，苗天秀的尸体从上游漂入新河口的港汊之中，当地负责承办此案的狄县丞找到尸体之后，因见不远处有座慈惠寺，即将长老等僧众拘来，先把长老一箍、两拶、一夹、

----

[1]　《明史》卷九十四，中华书局，1974 年 4 月第 1 版，第 2315 页。

[2]　同上。

一百敲,再赏给众僧二十大板,拷得口供,收入狱中,就万事大吉了。

由此可见,在《金瓶梅》中,使用刑具几乎是所有庭讯的开堂锣鼓,没有任何例外。而屈打成招,则是可以想见的最终结果。拷讯并非是审问案情的辅助手段,而是按照刑官主观意愿定案的最省事的杀手锏。如此一来,其背后的贪污或人情往来、权钱交易就可想而知了。《金瓶梅》所反映的明代中后期的法律状况可谓天昏地暗、满盘皆墨。在小说所涉及的大小案件中,没有一个案件的审判是公正的,无论是法律程序还是其结果。

曾孝序作为小说中为数不多的几个清官之一,其下场却也令人唏嘘——先是从巡按御史贬为陕西庆州知州,然后蔡京随便找了个借口,逮其家人,锻炼成狱,将孝序除名,使他狼奔豕突,窜于岭表。《金瓶梅》中并非没有清官,而是没有清官的存身之地。虽有清官,而无所用其力,其结局除了被杀身死或窜于岭表之外,不外是与流俗同其污浊。值得注意的是,《金瓶梅》所描述的司法及社会状况与《水浒传》中迥然不同——《水浒传》虽说是官逼民反,但朝廷对梁山好汉的大规模围剿乃至剿抚并用,仍然体现出当局试图"恢复秩序"的强烈愿望。而在《金瓶梅》中,统治者是沉默的。或者说,统治者已被日益强大的利益集团所挟持。朝廷本身的"意志"如何,事实上无关大局。末代的庄烈帝,倒是很想励精图治,挽狂澜于既倒,但他的作为,不过是加快了王朝崩溃的速度而已。不论是正德、嘉靖还是万历,要么好大喜功,四处巡游狩猎,要么迷恋道教、青词,使朝臣专权,以售天下。从朝廷至民间,从皇帝到大臣、士人乃至庶民,随处弥漫着一股强烈的纵情享乐的虚无主义气息。

　　因此,《金瓶梅》中表现的司法腐败,不能仅仅从所谓人治／法治、政治／法律二元对立的立场加以分析或解释。比方说,朱元璋在明初采用"猛烈之治"与"宽仁之诏"相辅而行的方略,政治残酷,用重典以惩一时,虽有以政治取代法律的倾向,但朝廷对社会的控制力并未稍减。以民间刑案的发生率来看,至建文元年(1399),刑部报因比以往减少了三成;而宣宗、仁宗一改过去的严刑酷法,用法日轻,依律科断,法虽轻,但"贪墨之风亦不甚恣"①。由此可见,政治手段之严与松,虽说不能导致真正意义上的公平和公正,但对社会秩序的控制却同样有效。可以说,《金瓶梅》所反映的是末世的失序状况:政治、社会道德和社会管理,同时陷入了普遍的崩溃与混乱,法律的腐败不过是其突出的表征而已。

　　导致这种失序状况的原因,除了前文所论及的政治荒弛、朝臣专权之外,最根本的原因在于,当时明代经济和工商业的发展,导致了商业及消费文化的泛滥。世风尚利,人情日伪,整个社会陷于纵情声色的享乐主义氛围之中。在商业利益面前,传统的礼义道德对个人的约束力日渐衰微,而与之相适应的新的社会管理模式尚未建立,社会的政治、法律及原有的制度设计,出现了空前的危机,社会逐渐陷入无序状态。

---

① 《明史》卷九十四,中华书局,1974 年 4 月第 1 版,第 2322 页。

法律的实质

　　《金瓶梅》中并非无法，相反它所呈现的是一个处处有法、事事依法裁断的"法治世界"。当然，这个世界是极度荒诞、扭曲的。普通百姓懂法、讲法、依法行事的例子，在小说的情节中随处可见，不胜枚举：蒋竹山受到张胜、鲁华的构陷，本能的第一反应，就是拉对方去见官；开棺材铺的宋仁，因见女儿被逼身亡，拦住尸首不让火化，要到抚按那里去告西门庆强奸；在武大郎被毒死之后，打虎英雄武松想到的第一件事，就是请人写状纸去衙门告官；西门庆死后，女婿陈敬济整日上门胡搅蛮缠，弄得吴月娘担惊受怕，她的哥哥吴大舅建议告官，做一劳永逸的了断。

　　这种知法、懂法，对法律的信仰或幻想，与明代统治者有鉴于元代百姓昧于教化被动犯罪，从而大力推行法律普及、务使人人知晓律意的政治举措有关。《金瓶梅》中每有案件发生，围观者当即就能随口说出法律判决的刑种和刑期，与《大明律》的规定若合符节，不免令人称奇。例如，小说第八十回，西门庆死后，他那位出身于妓院的小妾李娇儿，以"弃旧迎新"为本，要从西门庆家脱身，以图改嫁。离开前，李娇儿不仅索要几十两"遮羞钱"，还要将服侍自己的两个丫头元宵和绣春一起带走，而吴月娘坚决不肯，生死不予，双方僵持，各不相让。吴大舅在一旁也束手无策。小说中有"吴大舅居着官，又不敢张主"这样一句话,颇耐人寻味。吴大舅当了个穷官,其实无权无势,但若要出面袒护自己的妹妹,反而会授人以柄,徒然给人"以势压人"的口实。最后,吴月娘一句话吓退了李娇儿:"你倒好,买良为娼!"这句话的神奇效果,可能连月娘自己也未想到吧。盖因李娇儿出身娼门,而元宵、绣春则是良家妇女。吴月娘的这句话虽然普通,但它所依据的却是法律条文,背后支撑她的是法律的威严。李娇儿只能羞惭而退。

法律意识的萌动,对法律的信仰或执着,确实也反映了明代法律观念深入民间社会的普遍状况。不过,百姓对法律的信仰是一回事,而一旦到了法庭上,就是另一回事了。前文已提到,《金瓶梅》中涉及的法律判决,没有一次是公正的——这固然反映了明末法律及社会的一般状况,也与作者浓烈的愤世嫉俗和悲观主义意识有关。在地方衙门,正义得不到伸张,冤屈得不到昭雪,百姓唯一可做的,自然就是越级上访,乃至于赴京师告状。

越级上告之事例,在《金瓶梅》中多有描述。如安童告苗青一案,其结果仍然是沉冤莫雪。至于赴京师越诉,《金瓶梅》倒没有涉及。据《明史》记载,百姓因见地方司法不公,越级上访乃至进京告状的例子层出不穷。开始朝廷还虚与委蛇,派人查实复核。大概是案件数目过于庞大,到了后来,干脆就不问虚实,对凡到京师越诉的访民,一律予以逮捕,发往边关充军。事已至此,百姓可以采用的最后一个选择,大概就是将法律彻底抛在一边,依靠法律之外的极端手段,有仇报仇,有冤报冤。武松如此——他遇赦后,直接手刃潘金莲和王婆,为兄报仇;来旺如此——从徐州刑满释放后,立刻将西门庆的小妾孙雪娥拐走,作为报复。《金瓶梅》真实地反映了一般百姓从懂法、守法到反受法律戕害，并最终罔顾法律，铤而走险的全过程。

在这里，我们也许可以提出这样一个问题，就《金瓶梅》所揭示的明代社会而言，法律的实质到底是什么？或者我们也可以这样问：在《金瓶梅》中谁最需要法律？而法律事实上又在保护谁？

《金瓶梅》中最成功的"职业法官"当属提刑夏龙溪。此人以正千户提刑官的身份，与当地知县共同掌管地方刑法。官职虽然不高，但他将法庭完全视为谋取私利的场所。仅苗青一案，他从西门庆手中分得的赃款即达五百两之巨。明代官员的俸禄之菲薄，于史有载，多遭后人诟病；而另一方面，当时社会的一般状况，则是商业繁华，生活奢靡，风尚骄浮，道德荒佚。两者之间形成极大反差。顾炎武在《天下郡国利病书》中曾概括说，当时的社会，事实上已经完全为金钱所控制，所谓"金令司天，钱神卓地"。官员到了地方，莫不以官父之衣冠临天下，以胥吏之心计谋利禄，权钱交易盛极一时。夏龙溪以区区刑名小官，而要谋取暴利，不从法庭上受贿，岂有他途？

夏龙溪在千户提刑官的职位上如鱼得水，食髓知味，而朝廷对他的工作也十分满意。在一份由兵部签署的考察各地卫司官员的照会上，上峰称他："资望既久，才练老成，昔视典牧而坊隅安静，今理齐刑而绰有政声，宜加奖励，以冀甄升。"可当夏提刑看了自己即将升官的邸报，却"大半日无言，面容失色"。他买通林真人，让其下帖，逼着朱太尉去找蔡京疏通，目的竟然是取消朝廷对他的奖励和升官的任命，仍想以正千户提刑官的职位在原来的岗位上为百姓再"服务"三年。《金瓶梅》善用反讽之笔，此为一例。

就《金瓶梅》所反映的官场情形而言，闲官乃至高官而无利可图，则一文不值。这是一个基本的为官法则。不过,夏提刑在京师的活动,没有起到什么效果,他最终"被迫"升官。他的职位由西门庆代替,而西门庆的副千户一职,则为何太监的侄子所谋得——何太监为了让他的侄子得到这个位置,竟然央及皇妃刘娘娘,由皇帝本人直接传旨,足见掌管律法的提刑官职位,实为官员们趋之若鹜的肥缺。这也从侧面烘托出当时社会的司法已经腐烂到了何种程度。

在马克思看来,法律本身并不是社会正义的必然保证,它不过是统治阶级意志的体现。《金瓶梅》中所反映的法律,正是官员们巧取豪夺、济私助焰之具。而法庭几乎已等同于官员们的提款机。因此,当夏龙溪升官之后,西门庆再次与他见面,改口称他为"堂尊"之时,无论是读者,还是夏龙溪本人,听上去怎么说都有点讽刺的意味吧。

夏龙溪的怫然不悦,就很可以理解了。

法律之外

西门庆曾在一时得意之中,向吴月娘说出了就算强奸了嫦娥和织女也无妨的豪壮之言。这话也不是随便说说的,他当然有足够的本钱说这样的话。家有万贯钱财,朝廷又有老蔡京给他罩着,在地方上他本人就是法官,当地的达官贵人"都来走他的门路"。如此说来,在尘世之中,似乎再也没有什么能让"西门大官人"感到害怕的人和事了。但西门庆对这个世界依然有着极深的恐惧。

那么,他怕什么呢?

小说的第七十一回,西门庆在东京加官进爵后,返回山东老家。当时正值数九寒冬,点水成冰。一路上净是些荒郊野路,枯木寒鸦,疏林淡日影斜晖,暮雪冻云迷晚渡。再加上一阵恶风吹来,刮得周遭天昏地暗,西门庆忽然无端地害怕起来,立即躲入黄龙寺借宿。他的恐惧不无道理:在荒郊野岭,林子中随便钻出几个剪径的"小人",就会要了他的老命。由此可见,一旦离开了大队随从和军士,离开了法律的保护,西门庆其实非常脆弱,什么都不是。这段描写着实充满了禅意和警训。

即便在清河县的家中或衙门里,西门庆也时常感到一种莫名的恐惧。他几乎一听见武松的名字,便要倒吸一口凉气。似乎武松一日不死,他的心一天也放不下来。当然,小说中最让西门庆害怕的人,既不是树林中剪径的强人，也不是不解风情的莽汉武松，而是一个名叫花子由、人称"花大"的家伙。

花子由是花子虚的堂哥，李瓶儿的大伯子，在花家四兄弟中排行老大。西门庆与李瓶儿做手脚，气死了花子虚，霸占了人家的所有财产，"接管"了人家的妻子。花家兄弟对此事如何反应，这是西门庆的一块心病。西门庆如剑悬顶般的恐惧，深入骨髓。

花大第一次被正式提及，是西门庆决定迎娶李瓶儿之时，由吴月娘"不经意"而道出：

> 你不好娶他的。……常言"机儿不快梭儿快"，我闻得人说，他家房族中花大，是个刁徒泼皮，倘一时有些声口，倒没的惹虱子头上搔。

吴月娘的一番话，对西门庆无疑是当心一拳。花大素来行径，小说中未详写，但从吴月娘口中"我闻得人说"数字可知，此人"滚刀肉"般的泼皮之性早已声名远扬。接下来，小说中不厌其烦地刻画了西门庆对花大无时不在的恐惧。他先是向潘金莲流露了自己的担心："倒只怕花大那厮没圈子跳……怎生计较？"然后又转而向李瓶儿坦言自己的忧虑，李瓶儿以"叔嫂不通问"一语宽慰其心，可西门庆仍然不能释怀。几天后，他再次向李瓶儿提及此事，问她烧灵除服办酒宴，要不要请花家兄弟来？李瓶儿说："我每人把个帖子，随他来不来。"

那天家里办了"除服宴"，西门庆因给应伯爵过生日，没在家。但他的心，一刻也没有放下来。他借故出来更衣，将随从玳安叫到静僻处，郑重其事地问他："今日花家有谁来？"玳安告诉他，花大倒是来了，可是吃了斋饭，即先行离去了。西门庆又赶紧问他："他没说什么？"
玳安说，他没什么言语，只说到李瓶儿过门之后他要来走亲戚。西门
庆又再次追问道："他真个说此话来？"玳安道："小的怎敢说谎。"至此，
西门庆满心欢喜，一颗悬着的心，终于暂时地放了下来。

按理说，西门庆因惧怕花大对自己不利而落下心病，此事只有吴
月娘、潘金莲和李瓶儿略知一二，作为好友的应伯爵，没有任何理由知
道备细。但应伯爵在与西门庆喝酒时，却主动提到花大不足惧，并且
坦言：只要西门庆吩咐，他们几个兄弟可以出面从中斡旋。实在不行，
情愿为他赴汤蹈火。一番话，句句打在西门庆心坎上。西门庆在心里
藏得很深的那点隐衷，竟然能为应伯爵轻易看破，应伯爵的过人之处
由此可见一斑。当知所谓的"帮闲"，也不是随便什么人都可以做的。

当时的西门庆虽然还未执掌刑律，但李知县、夏提刑都是他的恩
主和生意伙伴。按理说，法律既然站在自己一边，区区一个泼皮花大，
何以让西门庆食不知味、眠不安枕呢？西门庆的恐惧，恰恰在于他深
谙法律的边际。至少在西门庆看来，泼皮花大、武松和林中强人，都具
有同样的性质：他们都看透了法律的虚伪，都置身于法律之外。他们
大概是不屑于与西门庆玩什么法律游戏的，一有不忿，必然就会拔刀
相向。

这是藏在法律深处的一个古老秘密。

卷二

思想与道德

阳明学的投影

关于《金瓶梅》与阳明学的关系，研究界较少正面阐述。偶有论列，要么断定《金瓶梅》的作者属于阳明学一脉，与王学左派（尤其是泰州学派）渊源颇深；要么于《金瓶梅》中提炼出若干主题、旨趣和思想观念，并将它们与阳明语录，特别是李贽的言论加以比照——比如有论者就从《金瓶梅》中抽绎出所谓的"尊情观"，并追溯其在阳明学思想脉络中的呈现。由于《金瓶梅》的作者至今没有定论，我们无法去考察《金瓶梅》的作者与阳明门人师承交往的诸多细节，大部分的表述不过是一厢情愿的猜测罢了。至于将"情"与"色"作为《金瓶梅》的核心主题，逆推至李卓吾的"童心说"，则不仅是对《金瓶梅》的简化和误会，同时也是对李贽的误读。

更为棘手的问题是《金瓶梅》的作者身份。简单来说，其作者有两个：一为词话本或万历本的作者；一为绣像本或崇祯本的作者。后者对前者的修改、增删、补缀不仅仅反映在词句、回目调整和结构安排上，而且其思想观念也与前者有很大的差异。我们不难发现，绣像本对词话本的删改，表现出强烈的"去道德化"的倾向，因而，这位作者的思想意识和观念毋宁说是全新的，他的删改有一种固执地要将后者纳入自己思想轨道的"不容已"冲动。比较两个不同的版本系统，我们很容易看出，其实后一个作者所表现出来的相对激进的思想观念，与阳明学的关系更为紧密。

王阳明生于 1472 年,历成化、弘治、正德与嘉靖四朝,卒于 1529 年。《金瓶梅》词话本作者的生卒年代不可考,但《金瓶梅词话》成书的年代,应为嘉靖末期至万历十年之间。也就是说王阳明的活动年代与《金瓶梅词话》作者所处的时代或有交集而前后相续。列出时间上的这一关联,并非仅仅想从时间上证明《金瓶梅》的创作可能受到阳明学的影响,而是为了说明这样一个事实:他们大致生活于同一个时代,却以各自不同的方式对这个时代的现实状况的混乱、矛盾乃至巨大变革做出了反应。考虑到晚明社会的变化速率,《金瓶梅》创作时代的社会问题之复杂和严峻程度,也许远甚于阳明时代。

阳明学说对于程朱理学的反动和矫正,从思想史的脉络来说,自有其历史和学理渊源。除陆象山之外,一般而言,在明代首开阳明学端绪的,当为推崇"自得之学"的陈白沙。而在陈白沙之前,则有吴与弼。当然,也有人将"陆王"与"程朱"之争,追溯至北宋元祐年间的程(颐)苏(轼)之角立,进而认为,姚江"良知"之学的血脉实源于东坡[1]。考虑到在程朱与陆王的思想论争中,对苏东坡的评价始终是一个绕不过去的话题,这一看法显然极富洞察力。

然而,从另一方面来说,阳明学说承续孟子,推崇陆象山,而处处与朱子学针锋相对、分庭抗礼,以救"朱门末学之弊",实有不得已的苦衷。王阳明对程朱的驳难,除了学术思想上的分歧之外,也有着深切的现实忧虑。也可以说,阳明学说出现的原因之一,正是为了"救世",

---

[1] 任访秋《中国新文学渊源》,《任访秋文集》第五册,河南大学出版社,2013 年 7 月第 1 版,第 375 页。

或者说是为了更好地应对社会现实层面的种种挑战。王阳明在《答顾东桥书》中,对当时的社会现实以及学界的种种弊端有过这样一番描述:

> 圣人之学日远日晦,而功利之习愈趋愈下。其间虽尝瞽惑于佛、老,而佛、老之说卒亦未能有以胜其功利之心;虽又尝折衷于群儒,而群儒之论终亦未能有以破其功利之见。盖至于今,功利之毒,沦浃于人之心髓,而习以成性也几千年矣。相矜以知,相轧以势,相争以利,相高以技能,相取以声誉。其出而仕也,理钱谷者则欲兼夫兵刑,典礼乐者又欲与于铨轴,处郡县则思藩臬之高,居台谏则望宰执之要。故不能其事,则不得以兼其官;不通其说,则不可以要其誉。记诵之广,适以长其敖也;知识之多,适以行其恶也;闻见之博,适以肆其辨也;辞章之富,适以饰其伪也。是以皋、夔、稷、契所不能兼之事,而今之初学小生皆欲通其说,究其术。其称名僭号,未尝不曰吾欲以共成天下之务;而其诚心实意之所在,以为不如是则无以济其私而满其欲也。呜呼!以若是之积染,以若是之心志,而又讲之以若是之学术,宜其闻吾圣人之教,而视之以为赘疣枘凿,则其以良知为未足,而谓圣人之学为无所用,亦其势有所必至矣!呜呼,士生斯世,而尚何以求圣人之学乎!尚何以论圣人之学乎!士生斯世而欲以为学者,不亦劳苦而繁难乎!不亦拘滞而险艰乎!呜呼,可悲也已!所幸天理之在人心,终有所不可泯,而良知之明,万古一日,则其闻吾

拔本塞源之论,必有恻然而悲,戚然而痛,愤然而起,沛然若决江河而有所不可御者矣！非夫豪杰之士无所待而兴起者,吾谁与望乎？①

这里有两点值得注意:首先是所谓的"功利之习",其次则是士人死守朱子学教条而导致的"临事乖离"。当时的社会,里甲制已全面动摇,几近分崩离析。"由于在乡地主的没落、奴仆沦为佃户或走向自立之趋势的增强以及佃户地位的提高等因素,乡村的血缘性结构面临动摇和解体的危机。"②土地兼并导致产生了大量的社会游民,另外,随着工商业的发展,商贾逐利天下,务农与从商的本末关系发生了严重的颠倒,"士农工商"的传统伦理次序亦发生松动。至嘉靖、万历年间的北方临清,终于出现了《金瓶梅》中所描述的"全民皆商"的极端状况。诚如顾炎武所说:

> 出贾既多,土田不重。操资交捷,起落不常。能者方成,拙者乃毁,东家已富,西家自贫。高下失均,锱铢共竞,互相凌夺,各自张皇……末富居多,本富尽少。富者愈富,贫者愈贫。起者独雄,落者辟易。资爱有属,产自无恒……富者百人而一,贫者十人而九。贫者既不能敌富,少者反可以制多。③

---

① 《传习录》中卷,《王阳明全集》,上海古籍出版社,1992年12月第1版,第56—57页。
② 〔日〕沟口雄三《中国前近代思想的屈折与展开》,三联书店,2011年7月第1版,第84页。
③ 顾炎武《天下郡国利病书》原编第九册,《凤宁徽》。

很显然,以父子血缘关系为基础、以君臣上下等级观念为延伸的朱子学治世伦理面临严峻的挑战。换句话说,在乡村社会中,以朱子学为基本伦理依据的社会管理模式,其效能日渐式微——如前所述,在《金瓶梅》中,西门庆与伙计们的关系模式,虽然还保留了"爹"(家长)的称谓,但与传统"地主/奴仆"的依附式的家长制已不可同日而语。伙计可以说也是"家人",但同时是有独立人格的合伙人与生意伙伴。在金钱与功利面前,这种隶属与依附关系,仅仅是象征性的。

在这封写给顾东桥的书信中,王阳明观察和讨论的对象,主要是官场的功利之习。大概作为一个官员,阳明对明代中后期的官场更为敏感吧。"功利之毒,沦浃于人之心髓",应是当时官场的普遍现象,王阳明对此痛心疾首,实有所指。另外,作为社会精英的读书人和以读书人为主体的官员,对于时代变化的反应不仅极为迟钝,甚至深陷于这样一种功利之习中不能自拔。所谓"相矜以知,相轧以势,相争以利,相高以技能,相取以声誉",真正意义上的学术或"圣人之学",实际上已是无从谈起。而对于当时学术的失望,阳明在下面这段话中表达得更为痛切:

> 于是乎有训诂之学,而传之以为名;有记诵之学,而言之以为博;有辞章之学,而侈之以为丽。若是者,纷纷籍籍,群起角立于天下,又不知其几家,万径千蹊,莫之所适。世之学者,如入百戏之场,欢谑跳踉,骋奇斗巧,献笑争妍者,四面而竞出,前瞻后盼,应接不遑,而耳目眩瞀,精神恍惚,日夜遨

游淹息其间,如病狂丧心之人,莫自知其家业之所归。①

这恐怕是王阳明提出"方圆规矩之变",重返至易至简、易知易从的"圣人之学"、复心体之同然的出发点所在。

王阳明对朱子学的质疑、诘难与驳正,涉及天理、性命、格物和亲民等诸多方面,然而作为其学术的荦荦大端,并对晚明至清代学术产生重要影响的内核,大致可以归结为以下三个方面:知行合一说、良知说以及无善无恶论。

针对阳明学在思想史上产生的重要作用,日本学者沟口雄三曾做过系统的论述:

首先,"王阳明看到了朱子学式的理观(君臣上下一元化的'一'之定理) 已无法充分应对当时的乡村内外的各种矛盾,在这种现实认识的基础上,他针对各种矛盾具体探索能适应现状的秩序伦理(事上磨练),并且,他还把这种伦理判断的实施全权委托给了实际面对这些矛盾的现场当事人"②。也就是说,王阳明提出"临事"的重要性——"天下之大乱,由虚文胜而实行衰也"③;因而强调"事上磨练"——喜怒哀乐,富贵贫贱,患难生死,皆是事,而"事变亦只在人情里"④;而"临事"必须以"事变"为要——事变之亟,舜可以不告而娶,武王可以不葬而兴师⑤。

① 《传习录》中卷,《王阳明全集》,上海古籍出版社,1992年12月第1版,第55—56页。
② 〔日〕沟口雄三《中国前近代思想的屈折与展开》,三联书店,2011年7月第1版,第88页。
③ 《传习录》中卷,《王阳明全集》,上海古籍出版社,1992年12月第1版,第7页。
④ 同上,第15页。
⑤ 同上,第49—50页。

其次,在朱子学的框架下,依靠士大夫的道德完善,自上而下地感化民众,被认为是维持乡村秩序的关键所在。而王阳明摆脱了这种格物穷理式的认识论和方法论,将道德的承担者从官僚士大夫扩大至地主、市井商人、农民和工匠。所谓人人可以致身尧舜,"满街皆圣人"。心即理,良知即为是非之心,不虑而知,不学而能。这样的表述,无异于唤醒了各阶层民众的主体意识,并由此开辟出使"理"相对化的道路。

最后,破除理障、强调"无善无恶"以及"吾心之是非",排斥了"理"的既成规定性,并把现实关系纳入"心即理"的认识模式中,由此,欲望进入理的内涵之中的路径也被打通了①。

然而,如果将阳明学看成是对朱子学的彻底抛弃和反正,将王阳明视为反体制的或反君臣一元化伦理秩序的思想家,则是有问题的。事实上,王阳明何尝不认同并维护"天理"的重要性,何尝不讲求孝悌,何尝不对耳目声色之害深恶痛绝,何尝不强调恻隐、羞恶、辞让和是非这四端之心。他曾多次对门下弟子诫训,要他们"念念要存天理"②,"只要去人欲、存天理,方是功夫"③,而且"静时念念去人欲、存天理,动时念念去人欲、存天理,不管宁静不宁静"④。

应当说,阳明学对朱子学有因有革,有承续也有扬弃。最重要的是,王阳明在一定程度上改变了朱子学的认识论和方法论。在理、

---

① 以上三个方面的相关论述,参见〔日〕沟口雄三《中国前近代思想的屈折与展开》,三联书店,2011 年 7 月第 1 版,第 88—89 页。
② 《传习录》中卷,《王阳明全集》,上海古籍出版社,1992 年 12 月第 1 版,第 11 页。
③ 同上,第 13 页。
④ 同上。

气关系上,主张理、气一元;在性、理关系方面,主张心即理,强调心外无理、心外无物;在对善恶是非的判断上,改"迁善去恶"为"无善无恶",善恶为一物,善恶皆天理。最后,由于他把现实社会的紧张关系纳入到了天理的范畴之中,这就等于打开了所罗门的瓶子,为"理观"的进一步变革——最终将普遍意义上的人欲乃至情欲一并纳入"天理"——而打开了大门。

如前所述,阳明学的初衷,是为了重组正在面临崩溃的社会伦理秩序,以良知之学来应对急剧变化的社会现实。在《答聂文蔚》一书中,他的这一急迫心情表达得更为清晰:

> 仆诚赖天之灵,偶有见于良知之学,以为必由此而后天下可得而治。是以每念斯民之陷溺,则为之戚然痛心,忘其身之不肖,而思以此救之,亦不自知其量者。天下之人见其若是,遂相与非笑而诋斥之,以为是病狂丧心之人耳。呜呼!是奚足恤哉!①

不过阳明的这一救世愿望,在客观上或许加速了社会体制的崩溃和瓦解。换句话说,他时时刻刻强调天理,却最终走向了人欲。至王船山,"人欲之大公即天理之至正"这样的经典表述终于被堂而皇之地提了出来,成为明末清初的主流思想。

至于说阳明学在后世的传播、变异乃至曲解,则是另一个问题了。王阳明生活的弘治、正德年间,与嘉靖以后的明末社会之间存在着一

---

① 《传习录》中卷,《王阳明全集》,上海古籍出版社,1992 年 12 月第 1 版,第 80 页。

个明显的界限。也就是说,嘉靖以后的社会,具有更加浓郁的晚明末世色彩——社会风尚更为颓废,价值观空前混乱,社会矛盾和冲突进一步加剧。阳明学到了王龙溪、王心斋、李卓吾、赵大洲、邓豁渠等人那里,其思想、学说与王阳明时代相比已经发生了进一步的拓展、转折和变异。

有迹象表明,王阳明在世时,对于其学说在后世的变化与深化,实际上并非毫无预料。比如说,王龙溪在《天泉证道记》中所记述的师徒二人在天泉桥上的对话(著名的"四有""四无"之辨),已经昭示出阳明对其学说在后世的命运有了基本察觉,并有一定的心理准备。不过,阳明学说在明末被简化和曲解,甚至成为颓废士人纵情声色、善恶不分的借口和方便法门,可能是阳明始料不及的吧。实际上,即便是阳明弟子也为此感到忧虑。明末的"渐、顿之辨"以及关于"无善无恶论"的巨大争论,都可以视为明末知识界对于"王学末流"的主动纠偏。

实际上,阳明心学在明代的出现,可以被看做是中国社会在明清之际发生的思想革新运动的重要组成部分。这个革新运动自吴与弼、陈白沙(献章)开始发端,自阳明而大成,至黄宗羲、顾炎武、王船山而开出新局。思想界的大变革,总是与思想背后的政治、经济、社会生活状况密不可分。那么,在15、16世纪的中国社会,究竟发生了什么?或者说,到底是怎样的社会现实导致了思想界的这一转折?

应当说王阳明在弘治、正德年间所目睹的社会现实的重大变化,《金瓶梅》的作者在嘉靖、万历年间也看到了,而且他看得或许更为真切,更加触目惊心。《金瓶梅》的作者,未必有王阳明那种创立新说以救时代之偏的自觉意识,但他却用章回体小说这一特殊的形式,对现实本身展开了全方位的描述和批判。虽然阳明学的出现与强烈的现实关怀有着不可分割的关系，但其主要关注的对象则是官僚与士人，其理论探讨也主要集中在传统的经学与佛学层面。对《金瓶梅》的作者来说，由现实变革而引发的担忧与深创剧痛，与王阳明如出一辙。《金瓶梅》所展开的现实批判，针对的主要是市井和世俗生活。锋芒所指，官员、士人、商人、平民、妓女、游民及街头架儿，尽数囊括其中，涉及价值系统、家庭伦理、商业道德、经济法律等诸多方面。可以说，由于他们所目睹的是同一个社会现实，《金瓶梅》的这种小说化呈现方式，与阳明学的思辨方式恰好构成了互文关系。如果说，将《金瓶梅》看成是阳明学得以产生的"现象学"的注脚，亦无不可。也就是说，我们虽不能证明《金瓶梅》的作者本人即属于阳明学一脉或者直接受到阳明学的影响，但也不能完全无视两者在观察、思考同一个社会现实时可能会有的共通点。何况，《金瓶梅》文本所呈现的观念及旨趣，与阳明学之间也显然存在着某种思想脉络或方法论上的联系。具体地来说，有以下四个方面的情形尤其值得关注：

一是"佛道世界观"及其方法论；

二是"无善无恶论"式的道德相对主义；

三是对情欲和欲望的批判性展现；

四是由"理"的相对化所导致的"去道德化"的冲动。

佛道世界观

　　阳明门下弟子中，有一个名叫萧惠的人喜好佛、道。阳明大概觉得他这样沉溺于佛、道的"异端之说"很危险，希望以自己的亲身经历对他加以警策，便教训他说：

> 吾亦自幼笃志二氏(仙、释)，自谓既有所得，谓儒者为不足学。其后居夷三载，见得圣人之学若是其简易广大，始自叹悔错用了三十年气力。大抵二氏之学，其妙与圣人只有毫厘之间。汝今所学乃其土苴，辄自信自好若此，真鸱鸮窃腐鼠耳！①

　　话虽说得很严厉，但也留下了把柄。不开眼的萧惠便立即抓住这个把柄不放，随即向老师追问佛、道之妙。王阳明似乎很不高兴，他斥责弟子说："向汝说圣人之学简易广大，汝却不问我悟的，只问我悔的！"②在老师的断喝下，萧惠感到惭愧而惶恐，便改口向老师请教圣人之学。可王阳明早已没有了兴致，余怒未息，道："已与汝一句道尽，汝尚自不会。"③

---

① 《传习录》中卷，《王阳明全集》，上海古籍出版社，1992年12月第1版，第36页。
② 同上，第37页。
③ 同上。

在这段公案中,阳明的夫子自道,至少向我们透露出以下两个信息:第一,他本人曾陷溺于佛、道中,下了三十年的工夫;第二,他认为二氏之学,自有其神妙,且与圣人之学(儒学)只有毫厘之差。至于说二氏之学妙在何处,阳明没有向萧惠说明,但在《传习录》的师徒问答中,曾反复涉及。比如,阳明认为,在对酒色财气以及耳目声色之害的拒绝和批判方面,仙、释与儒者的立意大致相仿。释氏"于世间一切情欲之私都不染着"的色空观,对于明代社会日趋功利化的现实而言,无疑是当头棒喝。阳明对此抱有同情与好感,自无需多言。释氏务养心,儒者亦须涵养其心志,但两者之间却有"毫厘之差":

> 吾儒养心,未尝离却事物,只顺其天则自然,就是功夫。释氏却要尽绝事物,把心看做幻相,渐入虚寂去了,与世间若无些子交涉,所以不可治天下。①

在阳明看来,就《大学》章句中的"明明德"而言,佛、老与儒者之旨本同。而儒者在"明明德"的同时,更需"亲民"。仙、释二氏,外异人伦,入于虚寂,为儒者所不取。阳明或许还认为,圣人之学那种至易至简、至广至大的圆融境界,要比仙、释更为高妙。他在比较佛儒之别时,曾有"佛氏不着相,其实着了相;吾儒着相,其实不着相"之论,并接下来解释说:

> 佛怕父子累,却逃了父子;怕君臣累,却逃了君臣;怕夫妇累,却逃了夫妇:都是为个君臣、父子、夫妇着了相,便须逃

① 《传习录》中卷,《王阳明全集》,上海古籍出版社,1992年12月第1版,第106页。

避。如吾儒有个父子,还他以仁;有个君臣,还他以义;有个
夫妇,还他以别:何曾着父子、君臣、夫妇的相? [1]

概而言之,阳明学或"良知"之教,发端于儒学内部。阳明本人主
观上亦始终持儒学的基本立场,这本身并没有问题。但阳明心学既然
要重新确立"心"的地位,致力于人的生命意识和主体意识的觉醒,并
试图重构主体与外部世界的关系,这样一来,它与佛、道(尤其是佛教)
的世界观便形成了重叠和复杂的纠缠。也就是说,阳明学本身即隐伏
着仙、释二氏的"幽灵"或"结胎"。更何况阳明本人醉心于佛、道三十
余年,多年熏染习得,若推究其"顿悟"式的悟道经历、其论道与传教
的方式、其认识论与方法论,仙、释二氏的魅影亦在背后若隐若现。《传
习录》的话语方式,实际上也受到佛教经典文本的影响。比如说"心
即理也""心外无理""心外无物"这样的语录,与达摩《血脉论》中"心
外无佛,佛外无心""心即是佛,佛即是心"一类的表述,涵义和句式都
极为相似。

如果说阳明还试图恪守儒家的基本教义与立场,佛儒之间的界
限还能勉强维持的话,到了他的门人即再传弟子那里,这种界限便很
快瓦解并化迹于无形了。其大弟子王龙溪公然将"良知"之说置于儒
道释三教之宗的位置,并声称:"学老佛者,苟能以复性为宗,不沦于幻
妄,是即道释之儒也。为吾儒者,自私用智,不能善物而明宗,则亦儒

---

[1] 《传习录》中卷,《王阳明全集》,上海古籍出版社,1992 年 12 月第 1 版,第 99 页。

之异端而已。"① 似乎在一味地模糊儒与佛、道的区分。耿定向也说，能出世的人，亦能经世，释氏广大慈悲之教，对国家亦有导俗善世之用②。而杨复所则干脆认为，释、道二氏与儒学"教异道同"，儒者亦可学之③。而焦竑则对阳明所谓佛、道"弃人伦、遗物理"的论断提出质疑，认为佛氏也有三千威仪、八万细行，既没有抛却物理，也没有夷灭人伦，并进而推断，王阳明正是得到了"直指人心"的佛学之助，推至儒学，才有"良知"之说。阳明之悟道，实由读佛书而来④。

　　如果说王龙溪、耿定向、杨复所诸人，还只是在理论上来探讨仙、释二氏与儒学的"教异道同"，并力图打通三者之间的阻隔，阐明仙、释二氏导俗善世的效用，那么赵大洲、李贽与邓豁渠等人则由儒入佛，以佛证儒，并将佛教信仰直接付诸实践。赵大洲在母亲去世后，兼修出世之业，习静于古刹之中，衣不解带者数年，并于晚年致仕之后专注于将儒与佛、经世与出世熔于一炉的《二通》之写作⑤。李贽则于晚年落发，居于麻城龙潭湖上，与僧人聚会并访游四方。至于"狂禅"的代表人物之一邓豁渠，虽推崇阳明为"孔子之后，一人而已"，但同时也认为王阳明的良知之说了不得生死，遂慨然落发，号为太湖，从此开始了苦行僧般的"云水瓢笠"访师求法的历程。他在游历了大半个中国之

----

① 《王畿集》卷十七。转引自〔日〕沟口雄三《中国前近代思想的屈折与展开》，三联书店，2011 年 7 月第 1 版，第 161 页。
② 参见〔日〕沟口雄三《中国前近代思想的屈折与展开》，三联书店，2011 年 7 月第 1 版，第 138 页。
③ 同上。
④ 同上，第 137—138 页。
⑤ 〔日〕荒木见悟《赵大洲的思想》，《明末清初的思想与佛教》，上海古籍出版社，2010 年 6 月第 1 版，第 65—68 页。

后,病殁于河北涿州的荒山野寺之中①。

在儒家学者试图打通儒佛界限,研修佛学并以佛证儒的同时,佛门中的高僧大德亦开始兼修儒学,以儒证佛。有"万历三大僧"之称的紫柏真可、憨山德清和云栖袾宏可以视为这方面的典型代表。紫柏真可与憨山德清在弘扬佛法的过程中,也在相当程度上介入到社会现实政治的批判之中,并与朝廷和官府形成了尖锐的对立。德清不仅精研儒学,而且对老庄也有很深的研究,他的《庄子内篇注》堪称佛家庄子研究的代表作。另外,与《金瓶梅》的作者处于同一时代的道人陆西星,则是由文儒而入仙释,并提出著名的"三教一致"论,将丹法修行与"性命双修"联系在一起,了性了命,无为而有为,出世与入世之间的关系是他所关注的中心议题之一。

应当说,儒道释三教之间的互相渗透和彼此影响,实际上早在唐宋就开始了,我们也不难从程朱理学的思想表述中发现佛学的因素。到了明代中期,三教合流的趋势已日益显现。《西游记》对此也有一定程度的反映。但三教合流与佛儒互证成为思想界的流行观念,并形成全国范围内的思想论争,阳明学都是其重要的枢纽。因此也可以说,三教合流、三教一致论的大范围流行,是晚明思想潮流的主要特征之一。问世于万历年间的《性命双修万神圭旨》是这样来描述三教合流的旨归的:

> 三教圣人,以性命学,开方便门,教人熏修以脱生死;儒

---

① 〔日〕荒木见悟《邓豁渠的出现及其背景》,《明末清初的思想与佛教》,上海古籍出版社,2010 年 6 月第 1 版,第 133 页。

家之教,教人顺性命以还造化,其道公;禅宗之教,教人幻性
命以超大觉,其义高;老氏之教,教人修性命而得长生,其旨
切。教虽分三,其道一也。[①]

如果我们不把《金瓶梅》置于晚明三教合一观念大流行的思想背
景中去考察,此书复杂的思想观念和独树一帜的修辞手法,都无法得
到合理的解释。这不仅因为《金瓶梅》一书本身即是儒道释三教一体
的,而且,《金瓶梅》的佛道世界观与儒家关怀(社会政治现实关怀)之
间构成了一种全新的关系。正如我们在前面所讨论的那样,这种以佛
道价值观统领全书、将佛道的出世观视为人生解脱的不二法门以及现
实人生最终归依的思想倾向,至少在章回体小说作品中是空前的。

在明初的《三国演义》中,作者罗贯中及润色者毛宗岗,虽一反陈
寿以魏为正统的不得已,沿袭民间故事中拥刘反曹、复兴汉室的情感
脉络,但细究其思想观念的实质,无非是君仁、臣忠、友义而已。孔明
之忠、关张之义,昭然如日月,人所共仰,与儒家传统思想的天统君、君
统民,君臣民一体的伦理纲常一脉相承。其所致意者,乃是忠与奸、君
子与小人、贤与不肖、义与利之辨正,自始至终在儒家的伦理秩序中展
开叙事,与佛道的出世及超越观念略无干涉。《水浒传》的故事在取材
上与《金瓶梅》有重合的地方,而且《水浒传》对活泼的世态人情的重
视,以及在人物刻画乃至基本笔法,都对《金瓶梅》产生了重要影响,
但"忠义"二字,仍然是《水浒传》的重要主题。金圣叹对《水浒传》的

[①] 〔日〕荒木见悟《明末清初的思想与佛教》,上海古籍出版社,2010 年 6 月第 1 版,第
126—127 页。

腰斩与修改，固然使《水浒传》的主旨发生了一定向度的偏转，强化了对现实政治及人情之伪的批判，增加了人物命运的悲剧色彩，但其主要思想倾向仍不越仁、义、礼、智、信的范畴。而《西游记》以唐代高僧玄奘去西天取经的历史事实为基本叙事线索，不免给人以劝学、谈禅乃至讲道的印象，但无论如何，《西游记》并不是一部弘扬佛法真谛的作品，更不是一部宣扬"出世"价值观的小说。所谓佛法无边，其象征意义远胜于它的实指意义。鲁迅、胡适以及陈元之等人，不约而同地将它视为一部充满游戏和滑稽特征、用尖刻的玩世主义来反抗既有秩序的神魔小说。毋庸讳言，在《西游记》的嬉笑怒骂和戏谑恣肆中，"佛"和"天宫玉帝"等诸神成了作者嘲弄的对象。鲁迅先生认为，《西游记》明显受到明代"三教同源"或"三教合流"的影响，释迦、老君、真性、元神无所不有。不过作者的本意不过是借用庄子"以天下为沉浊，不可与庄语"的启发，笔触入于仙佛虚玄，随意比附而已，与《金瓶梅》中的三教合流之旨不可同日而语。

《金瓶梅》是一部激愤之书。由于作者对当时的社会政治过于绝望，对社会生活和人情洞察过于峻厉，对人性的理解又过于透彻，因此，他所构建的政治批判、社会批判和道德批判，终于走到了一个十分危险的境地。换句话说，作者在作品中所要批判、揭露乃至全面否定的，不仅仅是政治、经济与法律，也包括颓败的道德、虚伪的人情以及装腔作势的伦理纲常。一言以蔽之，作者对社会的否定是全方位的，没有保留的。这种思想意识和观念的呈现，在中国文学史上是石破天惊的第一次，具有强烈的"晚明色彩"。

我们首先要推究的问题是，这种破天荒的决绝之态是如何产生的。如果我们不把《金瓶梅》置于宋元至明代的社会演变和历史大背景中去考察，如果我们不把《金瓶梅》的思想观念置于阳明学谱系及其流变的思想脉络中加以分析，如果我们不考虑明代中期以后儒道佛三教合一思想的巨大影响，《金瓶梅》的这种决绝，就无法得到有效的解释。比方说，在迄今为止《金瓶梅》的相关研究中，有一种十分流行的见解，认为《金瓶梅》对社会人情世态的恶劣丑陋描述得十分生动，但缺乏应有的批判精神。不用说，这种见解，本身就是自相矛盾因而无法自圆其说的——对社会及人性的恶劣与丑陋加以揭露，如果不是批判，那又是什么？还有一种意见，认为《金瓶梅》固然对晚明的社会政治现实以及道德状况做出了严厉批判，但思想倾向过于悲观，没有给人指出应有的出路——在中国式的马克思主义者那里，这种出路一度被理解为《金瓶梅》问世三四十年后的张献忠、李自成农民起义。这种判断的前提部分没有问题，但结论却似是而非。《金瓶梅》的作者实际上明确地给出了出路——这就是在此要着重讨论的佛道价值观，但论者却故意对它视而不见。当然，你可以不认同这种价值观，但却不能无视它的存在，更不能无视作者的用心和文本意图。

如前所说，正因为作者对社会现实政治乃至人情世态的批判和揭露过于彻底，作品有陷入虚无主义的危险。对现实否定的决绝之态，确实导致了"价值真空"的出现。为了弥补这一"真空"或"裂隙"，作者引入了佛道的价值维度，并将以儒学伦理为核心的传统价值系统相对化，将"出世"视为超越极端功利化、欲望化现实境遇的一条可能途径。作者这么做，固然是出于激愤与现实判断的不得已，同时，也明显受到了佛道思想世俗化潮流，特别是三教合一思想的熏染和影响。这种激愤和不得已，在王阳明、王龙溪、赵大洲、李贽等人的思想中都有不同程度的反映。当然，《金瓶梅》作者批判现实的动机，与阳明学诸人也没有什么根本的不同。

这里需要说明的是，正因为作者引入了佛、道的价值维度，使作品中的"隐含作者"获得了一种全新的视野，从一个新的价值层面来打量世俗世界的功名利禄和酒色财气，从仙佛的"空寂"立场来观照现实中的人生境遇——既是出世的，又是入世的；既是激愤和批判，又是超脱与悲悯。这一思想倾向与叙事策略，极大地影响了《红楼梦》的创作。

很显然，《红楼梦》中的佛道框架，实由《金瓶梅》脱胎而来。所不同的是，《红楼梦》中的"仙佛"已经演变成了一个类似于神话的外在模式。曹雪芹将佛道置于现实生活的外层，而在《金瓶梅》中，佛道则是从日常生活的内部自然生长出来的，两者水乳交融，不可分割。也就是说，曹雪芹在继承《金瓶梅》的这一叙事结构的同时，也对它进行了重要的改造。这一改造的基本策略在于将"佛道框架"神话化，让它与现实生活加以区分与隔离，并通过神话般的处理，使"仙佛"结构相对化，并在一定意义上限制了它的功能，从而避免使作品陷入虚无主义和相对主义。

关于这一点，我们后面还会谈到。

参禅与念佛

在《金瓶梅》一书中,作者对佛教的态度比较复杂,字里行间,亦颇多矛盾、歧互之处。加之词话本与绣像本在行文上的差异,读者往往易生误会。实际上,作者的态度虽然矛盾复杂,但整体而言,大致的脉络和褒贬还是清楚的。关键在于,作者是在两个完全不同的层面上来处理佛教问题的:

其一,叙事者是在"诵经念佛"以求富贵生子等世俗功利的层面上描述佛教。在这个层面上,作者的态度十分清晰,基本上采取的是讥讽、否定乃至批判的立场。

其二,作者引入佛教义理(特别是禅宗)的价值维度,借此给读者指出一条出离人世无常、度脱苦海、超越功名利禄的道路。从这个层面来说,佛道价值观,正是体现作者意图的内核之一。

关于这两个层面的区分、关联与对话关系,兹略作分说如下。

在《金瓶梅》中,和尚、尼姑、沙弥一类的角色,常被玳安(西门庆的随从)称之为"秃驴"或"贼秃囚"。而西门庆本人,也直呼薛姑子为"贼胖秃淫妇"。类似的轻慢和秽语,在作品中随处可见,足以表明当时社会中一般人对于佛僧的态度。吴月娘生性好佛。对于她时常吃斋念佛、诵经讲道以求生子的行为,叙事者亦时常加以嘲讽,处处反衬月娘的痴愚。小说中直接描写佛僧的地方甚多。比如第八回,潘金莲毒杀武大郎之后,西门庆照例给了潘氏几两碎银子,让王婆从报恩寺请来六个和尚做水陆法会,超度武大亡灵。可众和尚一见潘金莲美色,一个个都瞬间迷失了佛性和禅心,关不住心猿意马,七颠八倒,酥成一块,把经都念歪了,所谓"大宋国错称作大唐国,武大郎几念出武大娘,打鼓错拿徒弟手,磬槌敲破老僧头。从前苦行一时休,万个金刚降不住"。这一篇"和尚听淫声"的文字,虽充满戏谑色彩,但回末的结诗,却清楚地表明了作者对于这类法事的态度:

　　　　果然佛法能消罪,亡者闻之亦惨魂。

　　值得注意的是,潘金莲毒杀武大郎一节,《金瓶梅》多用《水浒传》文字,而这一段和尚法会,却是《金瓶梅》的作者"特意"加入的,其"作者意图"十分明了。而在小说的第四十九回,西门庆在永福寺为蔡御史饯行,得闲步入佛寺禅堂,撞见从西域"密松林""齐腰峰"下来的梵僧,向他讨要春药。这个和尚不仅喝酒吃肉,而且随身带着"快美终宵乐,春色满兰房"的虎狼销魂药。所谓密松林、齐腰峰以及西门庆给梵僧安排的酒饭名色,亦暗谐男女交合之名目——酒瓶是"腰州精致的红泥头",酒则是"一股一股邋出"的滋阴白酒,刻意将梵僧和纵欲联系在一起。这倒不是作者的发明,在明代的色情小说中,这一类的情僧欲火焚身的故事早已司空见惯。但作者既然这么写,也从一个侧面反映出作者对于僧侣和尚的一般态度。

　　不过小说中形象最为生动的"佛门中人",却是两个尼姑:一个姓薛,一个姓王。这两个人从小说的中段开始出现,与吴月娘过从甚密,一直持续到小说的末尾,可以说这两个人也是西门庆家族由盛转衰的

见证人。小说的第五十一回中,叙事者用这样一个情节来刻画薛姑子的出身:

> 吴大妗子道:"只怕姐夫进来。我和二位师父往他二娘房里坐去罢。"刚说未毕,只见西门庆掀帘子进来,慌的吴妗子和薛姑子、王姑子往李娇儿房里走不迭。早被西门庆看见,问月娘:"那个是薛姑子?贼胖秃淫妇,来我这里做甚么!"月娘道:"你好恁枉口拔舌,不当家化化的,骂他怎的?他惹着你来?你怎的知道他姓薛?"西门庆道:"你还不知他弄的乾坤儿哩!他把陈参政的小姐,吊在地藏庵儿里和一个小伙偷奸。他知情,受了三两银子。事发,拿到衙门里,被我褪衣打了二十板,交他嫁汉子还俗。他怎的还不还俗?好不好拿来衙门里再挦他几挦子。"月娘道:"你有要没紧,恁毁僧谤佛的。他一个佛家弟子,想必善根还在,他平白还甚么俗?你还不知,他好不有道行。"西门庆道:"你问他有道行,一夜接几个汉子?"月娘道:"你就休汗邪,又讨我那没好口的骂你。"

按理说,薛姑子此前的种种劣迹和丑态,经西门庆和盘托出且言之凿凿,吴月娘该有所醒悟才是,但她被薛姑子和王姑子善偷衣胞、"一服即可生子"的许诺迷乱了心性,佞佛而偏执,实际上是沉湎于自己炽热的欲念之中不能自拔。在这里,作者不仅指出了世俗"佛法"的虚妄,同时也对世人拜佛的愚昧与褊狭表达了明确的嘲讽与哀矜。后文写到薛、王二人说通李瓶儿和西门庆,认捐了一千五百卷《佛顶心陀罗经》，为西门庆、李瓶儿之子官哥消灾祈福，从而骗取了大笔的银两。至第五十九回，官哥生命垂危、奄奄一息之时，薛、王二人却"在印经处分钱不平，又使性儿，彼此互相揭调"，对官哥的生死全然不放在心上。李瓶儿认捐的一千五百卷《佛顶心陀罗经》最终未能挽救官哥的性命，薛、王二人又如何面对这一尴尬的局面呢？薛姑子对李瓶儿是这么解释的：那官哥本不是你的儿女，而是宿世冤家转世。他来到世上的唯一目的，就是想化身为你的儿子，要来害你报冤。正因为你舍得银两，印了《佛顶心陀罗经》一千五百卷，杀人凶手自取灭亡却丝毫害你不得。

薛姑子伶牙俐齿，反应敏捷。这番鬼话，几乎是不假思索，却居然能够自圆其说。其应变之神速，令人可畏。不过，官哥死后不久，不及旋踵，李瓶儿本人也呜呼哀哉，追随官哥一同往生西方极乐净土，薛、王二人对此又会作何解释呢？

《金瓶梅》中薛、王二姑子的形象活龙活现、如在目前，其言谈口吻，笔笔入画。她们打着佛陀的旗号，为一己之私欲，几乎踏破西门庆家门槛。且两人彼此提防，互相攻讦，常相咒骂厮打。王姑子因为分赃不均，诅咒薛姑子"这老淫妇到明日堕阿鼻地狱"，用的居然也是现成的佛家语言。

对于西门庆这样一个胆大妄为、因贪欲而亡身的"恶徒"来说，他本与世俗佛教无缘。他能说出"只要有了钱，即便强奸了嫦娥也无妨"这样的话，表明他对佛道仙界种种因果不屑一顾，他所信仰的乃是"金钱决定论"。在小说中，他多次对吴月娘的佞佛加以嘲笑，似乎也证明了这一点。

但问题是,西门庆亦非完全不信仙佛。

他经常出入玉皇庙、永福寺,与和尚和道士们时相往来,且多次慷慨捐出大笔银两,接济僧道,修缮寺观。每到紧急关头,走投无路之时,也往往"循例"临时抱佛脚。为官哥印经如此,为李瓶儿请潘道士作法也是如此。尽管如此,西门庆对于仙佛的态度,与吴月娘完全不同。吴氏笃信净土,将自己的身家性命与未来交给了佛僧尼姑,可谓是信念坚执;西门庆则是"不信而姑信",体现的是社会中一般人对于佛道鬼神姑妄听之的惯常态度。在明代特有的社会背景中,西门庆与佛道的关系,也向我们透露出以下几个方面的信息:

首先,西门庆作为16世纪的新型商人,真正信奉的是金钱至上的原则,佛道的说教和戒律对他完全不起作用。

其次,西门庆"不信而姑信"的立场,与中国古人对虚诞邈远的鬼神敬而远之、存而不论的传统理念遥相一致。

再次,西门庆身上这种不信而犹信的矛盾状况,恰好从反面揭示出世俗佛教在日常生活中巨大的影响力。或者说,世俗佛教活动的兴盛,已经成为日常生活的重要组成部分。西门庆虽不信佛,也不得不与佛门中人保持往来,施捐财物。

最后,我们还可以这样说,在明末社会,由于商业发展,社会失序而兴起的金钱至上论,尚未有力量完全脱离传统伦理思想(包括佛道观念)的影响,像欧洲18世纪以来的商业社会那样,建立起牢固而神圣的金钱信仰和全新的资本主义经济伦理。换句话说,金钱虽可满足声色之欲,但还不足以成为一种自足的价值信仰系统。西门庆对已经迂腐而失效的传统价值伦理,仍然心存敬畏。

总而言之,以《金瓶梅》作者的立场而言,不论是吴月娘,还是西门庆,不论是吴氏吃斋念佛的"至诚"和"痴迷",还是西门庆财大气粗的"施舍"与"功德",均未能挽救西门庆欲火亡身的命运,也丝毫未能改变西门庆家族由盛转衰、曲终人散的最终结局。世俗的诵经念佛,其虚伪和诡妄,由此可见一斑。特别需要指出的是,作者对世俗佛教生活的批判,还有一个不容忽视的前提,即明代社会极端功利化的贪欲和"金钱至上"的倾向,已经严重影响到了佛教界。世俗佛教与功名利禄同流合污,客观上已成为个体满足无尽欲望的工具。作者的这一见解,与王阳明的判断一致:"(世人)虽尝瞀惑于佛、老,而佛、老之说卒亦未能有以胜其功利之心。"①

不过,《金瓶梅》虽然对诵经念佛以求福报、施舍积善以图富贵的功利性世俗"佛法",进行了直接的批判和否定,但这并没有影响到作者将佛道的"空观"或"虚寂无为"作为统御全书的主导思想。如前文所说,佛、道的思想贯穿作品始终,成为此书结构的一大关键,实际上已开《红楼梦》之先河。"功名盖世,无非大梦一场;富贵惊人,难免无常二字"(第七十四回)这样的格言警句,到了《红楼梦》中,不过是换了一个说法而已:

纵有千年铁门槛,终须一个土馒头。

不同之处在于,《金瓶梅》从世俗生活渐入佛道之境,可谓由入世而出世,由现实入虚渺;而《红楼梦》则是预先安排了神话式的佛道结

---

① 《传习录》中卷,《王阳明全集》,上海古籍出版社,1992年12月第1版,第56页。

构,可谓由仙界而历红尘,由虚转实,再化实为虚。

《金瓶梅》第一回,写到西门庆热结十弟兄之时,有一个细节颇可留意。西门庆、应伯爵、谢希大等人,聚在一起商议结拜的地点,应伯爵像是漫不经心地问了一句:"到那日(结拜之日),还在哥这里,是还在寺院里好?"谢希大建议说:"咱这里无过只两个寺院,僧家便是永福寺,道家便是玉皇庙。这两个去处,随分那里去罢。"最后还是西门庆拿了主意:"这结拜的事,不是僧家管的,那寺里和尚我又不熟,倒不如玉皇庙吴道官与我相熟,他那里又宽厂,又幽静。"

其实,结拜一事何处不可,为何非得牵扯上僧道仙佛?西门庆所谓"结拜的事,不是僧家管的"一语,尤属可笑。僧家固然不管,道家如何就管呢?真正理想的去处,倒应该是儒家的祠堂,或者是刘、关、张义结金兰的桃园。这段文字轻描淡写,却将此书的一大关键和纲目暗暗托出。最后的结拜之地,选在了玉皇庙,而作为陪笔出现的永福寺,就成了一大埋伏。

永福寺与玉皇庙,分别作为佛、道义理的象征,多次出现在《金瓶梅》中,影影绰绰,时明时暗。直至小说末尾,吴月娘去泰安进香,在碧霞宫遇险而避入雪涧洞,受到普静法师的点化,西门庆唯一的子嗣孝哥在永福寺出家,全书的结构纲目才得以清楚地呈现出来。也就是说,《金瓶梅》全书,实从玉皇庙结拜(热结)始,由永福寺出家(冷收)而终结。在这样一个草蛇灰线、千里埋伏的线索之中,作者由道始,由佛终,道、佛并重而统摄全书。

除了玉皇庙、永福寺之外,小说中写到的其他道观与寺院不下十数个。而出入西门庆之家、与他时相过从的,既有和尚、尼姑,也有道士、真人。这样一来,佛、道所代表的色空观和出世观,与小说现实层面的生活(儒家伦常)就构成了真正意义上的对话关系。佛道世界观与价值观,特别是"真妄之分",既可以视为对世俗欲望及乾坤颠倒之乱象的批判利器和批判动力,也可以被看成是对后者的超越与归宿。

这里需要特别指出的是,在《金瓶梅》中,作者所刻意构建的,并非是佛道与儒家的对立,而是佛道义理与欲望的对立。作者引入佛道系统,也不是为了反对乃至取消儒家伦理,而是出于某种不得已。在明代末世,儒学(特别是程朱理学)对现实生活正在失去应有的作用——在《金瓶梅》所描述的日常聚会中,有圣人之称的孔子,常常沦为戏谑与讽刺的对象。作者引入佛道的苦衷,与王阳明及其门徒"引佛入儒"的动机大致相仿。其根本理由,都是基于对现实社会的绝望。在这个意义上,《金瓶梅》的"作者意图",与阳明学、明末的三教合流及三教一致论,实有很大的内在关联。

客观地说,词话本《金瓶梅》的作者,不仅没有从根本上摒弃儒家思想,相反,字里行间随处充满了乡村学究式的儒家道德说教。值得一提的是,在小说的第九十九回,词话本中有一段归结全书旨意的"开篇诗",在绣像本中遭到了删除:

> 一切诸烦恼,皆从不忍生。
>
> 见机而耐性,妙悟生光明。
>
> 佛语戒无伦,儒书贵莫争。
>
> 好个快活路,只是少人行。

在这首诗中,作者明确将佛道的见机妙悟与儒家伦理的制欲莫争并举,借此批判世俗社会的物欲横流。正因为《金瓶梅》所试图构建的,是佛道义理与欲望的对立,吴月娘式的功利念佛以求欲望满足的"修行",沦为被否定乃至被批判的对象,就很容易理解了。

这里顺便说一下,《金瓶梅》作者对于佛教的态度的复杂与矛盾,特别是"以佛反佛"的观念,实际上与明末佛教内部的禅、净之辨或禅、净对立,也存在着某种微妙的关联。

禅、净之辨

　　日本学者荒木见悟在《中国佛教基本性格的演变》一文中提出，由于传统中国儒学根植于善恶之分的"本来主义"，而佛教则是奠基于真妄之分的"本来主义"，两者的形而上学与人性观，原本就具有相通之处。这不仅可以解释，为何佛教思想一旦传入中国，就牢牢吸引住了中国人的眼光；同时也可以解释，为何立足于"本来主义"的大乘佛教，一直是中土佛教的主流。更不必说，位于"本来主义"顶端的禅宗一脉，何以在唐宋之后具有了压倒性的优势地位[①]。

　　禅宗标榜"教外别传""不立文字"，以见性成佛、即心即佛为根本宗旨，以"无念为宗，无相为体，无住为本"为修行的不二法门，以"直造先天未画前""直指父母未生前"回归"本来"，不论是义理还是修行方式，确与教相佛教有所区别。另外，明代中后期的三教合流和三教一致论中，儒学内部所指称的佛教大多为禅宗。王阳明如此，王龙溪、李贽、邓豁渠等人也都是如此。甚至，在明末的儒佛之辨中，我们很容易发现，论者往往直接用"禅"来指代整个佛教。而在《金瓶梅》中，作者笔下的寺院也多为禅寺，得道的僧人亦为禅师。作者所描述的看透名利、否定欲望、不着名相而直悟真空的思想倾向，也与禅宗义理处处

---

① 〔日〕荒木见悟《中国佛教基本性格的演变》，《明末清初的思想与佛教》，上海古籍出版社，2010 年 6 月第 1 版，第 142—159 页。

暗合。事实上,禅宗义理在明代受到思想界特别的重视,本来就与阳明学的兴起存在着不可分割的关联。

不过,若从整个社会的宗教和精神生活(特别是民间修行)的大势来判断,禅宗当时已呈衰落之势。憨山德清曾敏锐地看到了这一趋势的演变,并在不同场合感慨禅宗的衰微。其中主要的原因,就是净土宗的再度兴盛。

净土宗在明代后期的大兴,与经济发展刺激之下民间世俗社会的形成和日渐壮大,有很大的关系。同时,在物欲横流、纲常失据的末法时代,中下层民众对社会政治和世情普遍感到绝望。人人能修、简便易行、修而能成的净土宗,成为普通百姓安顿性命的最后慰藉,并不难理解。读书人通过禅宗修行,自觉开悟,从而脱离生死轮回,固然没有什么问题;但对于普通民众而言,禅宗义理幽玄高妙,常常被视为畏途。他们转而求助于"民间佛教"净土宗,亦是情理之事。

而在佛教内部,僧人的作为和选择也有所不同。"万历三大僧"中的憨山德清和紫柏真可,儒、佛兼修,希望依靠禅宗的力量为社会正义四处奔走,并与当时的政治与意识形态发生对抗,最终身陷囹圄,舍身弘法;而云栖袾宏则因应时代剧变,隐居杭州,强调净、禅合一,通过净土的方便门径,弘扬"念佛为先"的人间佛法,最后成为明代净土宗的主要代表。

在荒木看来,与禅宗所强调的自觉、直悟与自力修行不同,净土宗以对西方净土的向往为依归,以"称念佛名"为基本修行方法,强调"他力救济",通过念佛,往生西方净土。这样一种截然的对立,如果用来描述日本的净土宗或净土真宗与传统圣教义理的区分,或许没有问题,但若用纯粹的"弥陀本愿他力救济"来指称中国的净土宗,显然是错误的。

自从源空在日本建立净土宗、其弟子亲鸾创立净土真宗以来,日本的净土一脉,都片面强调所谓他力的作用,并将这种作用绝对化——人无论善恶,只要不断称诵佛名、唱念阿弥陀佛,皆可以往生西方净土。而净土真宗主张对佛的信心是第一位的,人在现实世界的善恶(包括杀人),对于往生净土皆无妨害,甚至有所谓"恶人正机"说——恶人更得弥陀青睐,是获得超生和拯救的主体。这种对于佛教经典偏狭的理解,显然是对基本佛教义理公然的违背,从现实政治的角度来说,也产生了恶劣的后果。自明治维新以来,在甲午、日俄以及侵华战争中,日本的佛教各派(特别是净土真宗)都给予了配合与协同,甚至模仿西方天主教,向中国各地派出明显带有文化扩张性质的传教使团。这也从一个侧面反映出在近现代文化史上,中日两国的佛教在因应社会与时代变化时所呈现出的截然不同之发展路向。

而中国的净土宗,"虽主张一切恶人也可以通过修持念佛往生净土,但依据净土经典仍认为根据个人的生前的善恶行为,往生净土的品级是有高低、优劣的,是以善人为往生本位的"[①]。"虽然强调弥陀的本愿的他力具有无限威力,可以接引一切发愿往生的众生到西方极乐世界,但确实也承认个人修持佛法和善行功德是达到往生的重要业

---

① 杨曾文《杨文会的日本真宗观——纪念金陵刻经处成立 130 周年》,载《世界宗教研究》,1997 年第 4 期,第 48 页。

因。"① 也就是说,虽然在民间信仰中,信众或许对"他力救济"有着更多的依赖,但行善布施、发心作愿、持戒修身的自性弥陀,也是往生西方净土的重要法门,而自信弥陀正是明末禅净合一思想流行的重要基础②。

因此,《金瓶梅》中所呈现的结构上的"出离世间"之主旨,与吴月娘式的吃斋念佛之虚妄的对立,与其说是禅、净对立,还不如说是禅宗义理与民间信仰受到污染后之"欲望私意"之间的对立。

吴月娘在日常亲友往来中,通常表现得极为自私、虚伪、吝啬,锱铢必较。在西门庆死后,在对待家人伙计,尤其是潘金莲、春梅等人的处置问题上,更是机关算尽,贪财恋物,全无佛家慈悲之心。另外,她对待女儿西门大姐、女婿陈敬济的态度,也十分悭吝和恶劣。陈敬济被逐出家门、流落街头之时,想取回父亲陈洪寄放在西门庆家中的箱笼金银,遭到吴月娘的断然拒绝。在对簿公堂时,吴月娘仰仗西门庆余荫,授意官府,必欲取陈敬济性命而后安。而在另一方面,她在与薛、王二尼姑的交往中,对寺院和僧尼的施舍,却一掷千金,十分慷慨。在平时的家居生活中,更是口口声声称诵佛名,从未中断。若用《金瓶梅》中的两句俗话来概括吴月娘的"好佛",正是:

> 此辈若皆成佛道,西方依旧黑漫漫。

① 杨曾文《杨文会的日本真宗观——纪念金陵刻经处成立 130 周年》,载《世界宗教研究》,1997 年第 4 期,第 53 页。
② 中国社会科学院张志强先生在阅读本书初稿时,对本节部分观点提出异议,作者采纳了他的意见,并对本节文字做了修改,在此郑重致谢。

　　张竹坡将吴月娘视为"奸险好人",或许有点过分。实际上吴月娘式的佞佛,其愚痴、自私以及人格分裂,正是自范缜的《神灭论》以来儒家排佛的根本理由之一。王阳明在与门下弟子的问答中,也曾直斥佛教的"自私",其针对的,也正是这样一种人格分裂——表面上不染一丝私欲,而实际上却是要实现一己成佛的私意①。

　　《金瓶梅》作者的"以佛反佛",看似矛盾,但实际上是立足于禅宗义理"空"的超越性立场,对世俗欲望(包括这种欲望向民间信仰的渗透)进行尖锐批判和否定罢了。

---

① 《传习录》中卷,《王阳明全集》,上海古籍出版社,1992 年 12 月第 1 版,第 26 页。

无善无恶

　　无善无恶,本是佛家(特别是禅宗义理)的真髓所在。禅宗标榜明心见性,回复人的自性本体,渴望生命圆融无碍,勘破俗世的功名利禄、酒食财气等实体,以毕性命之事。所以,天目中峰将"了悟生死无常"看成是禅家的第一要务。当然,这并不是说禅宗要故意模糊世俗善恶的界限,而是将善和恶都看成是"执念"的两端。行恶固然是罪恶,执着于所谓的"善",亦于性命了无干涉。简言之,让生命活泼的真机,从善恶是非的执限中超脱出来,达到本来无物的空寂与真如,从而在一个更高的维度上担负生命的自觉,才是禅宗的根本要义所在。

　　阳明心学于明代中期出现之后,"无善无恶论"不仅是阳明与门下弟子时常讨论的核心问题,也成为后世阳明学在传承和流播过程中不时引发重大争论的关键所在。关于阳明学与佛教(禅宗)的关系,前文已有所论及,这里不再展开。若说无善无恶论,《传习录》中所记载的两次重要讨论,常常成为后代学者反复争辩的焦点——其一是阳明与弟子在花间除草时的问答,俗称"花间草";其二是阳明在嘉靖六年(1527)远征思、田(广西的思恩和田州)的前夕,与弟子钱德洪、王龙溪在天泉桥上的一段著名对话,世称"天泉证道"。除了《传习录》之外,王龙溪本人的《天泉证道记》对这段公案也有记载。

　　我们先来看看"花间草"。

　　弟子薛侃在花间除草,偶然发了一句感慨:"天地间何善难培,恶难去?"阳明即开示他说,如果你用这种眼光来看待善恶,不过是从躯壳起念,一开始便错了。薛侃有点听不明白,王阳明便进一步开导他:"天地生意,花草一般,何曾有善恶之分? 子欲观花,则以花为善,以草为恶;如欲用草时,复以草为善矣。"薛侃反问道:如果这么说,岂不是无善无恶了? 阳明回答说:无善无恶,是谓至善。薛侃又问:佛教也主张无善无恶,这与"圣人之教"又有什么区别呢? 阳明道:"佛事着在无善无恶上,便一切都不管,不可以治天下。圣人无善无恶,只是无有作好,无有作恶。"薛侃便道:"草既非恶,即草不宜去矣。"阳明道:"如此却是佛、老意见。草若有碍,何妨汝去。"薛侃似乎很为难,对老师的开示仍不得要领。他接着又问,如此不是作好作恶吗? 阳明回答说:"不作好恶,非是全无好恶……谓之不作者,只是好恶一循于理……"①

　　薛侃显然是被他的老师搞糊涂了。即便是当今的读者,对王阳明这段禅宗公案般的开示,也会有难解之处。既然说善恶相对,花有花的生意,草有草的生意,那么草就不该去掉了? 阳明却认为不妨去之。既然可去,那么岂不是与阳明所说的"圣人不作善不作恶"相矛盾了么? 若说好恶一循于理,我们不妨代薛侃再问一句:理又从何而来?

　　阳明语录的难解,与他采取的禅宗公案般的开悟方式有很大关系。从上述这段文字来看,草之去与未去之间,阳明本人似乎也有某种不得已的苦衷。而到了"天泉证道",这个苦衷终于被和盘托出,直露地呈现出来。

---

① 《传习录》中卷,《王阳明全集》,上海古籍出版社,1992 年 12 月第 1 版,第 29 页。

丁亥九月,王阳明起复以征思、田。临出发前,其弟子钱德洪与王龙溪之间发生了一场重要的论辩。谈及先生的"四句教"(即:无善无恶心之体,有善有恶意之动,知善知恶是良知,为善去恶是格物),王龙溪给了一个惊世骇俗的评价:"此恐未是究竟话头。若说心体是无善无恶,意亦是无善无恶的意,知亦是无善无恶的知,物亦是无善无恶的物矣。若说意有善恶,毕竟心体还有善恶在。"据此,钱德洪反驳说:"心体是天命之性,原是无善无恶的。但人有习心,意念上见有善恶在,格致诚正,修此正是复那性体功夫。若原无善恶,功夫亦不消说矣。"①

到了晚上,弟子们侍坐在天泉桥上,钱、王二人各举请正。王阳明是这样来评价两位弟子的论辩的:

> 我今将行,正要你们来讲破此意。二君之见正好相资为用,不可各执一边。我这里接人原有此二种。利根之人直从本原上悟入。人心本体原是明莹无滞的,原是个未发之中。利根之人一悟本体,即是功夫,人己内外,一齐俱透了。其次不免有习心在,本体受蔽,故且教在意念上实落为善去恶。功夫熟后,渣滓去得尽时,本体亦明尽了。汝中之见,是我这里接利根人的;德洪之见,是我这里为其次立法的。二君相取为用,则中人上下皆可引入于道。若各执一边,眼前便有失人,便于道体各有未尽。②

就阳明"四句教"的复杂深微而言,钱德洪的立场无疑是最为稳

---

① 《传习录》中卷,《王阳明全集》,上海古籍出版社,1992年12月第1版,第117页。
② 同上。

妥的。既认识到心体"无善无恶"的至善,同时也能看到世人因受积习的熏染,必须通过格致诚正的功夫,方能达于心体澄明、不拘于物的至善之境。此所谓刻鹄不成尚类鹜也。在王阳明眼中,德洪也不见得就是下根或钝根之人,他只是说,德洪对于"四句教"的见解,可以为其次(下根人)立法。"利根之人,世亦难遇,本体功夫,一悟尽透"[①];但倘若是下根之人,不在良知上实用为善去恶的功夫,"只去悬空想个本体,一切事为俱不着实,不过养成一个虚寂"[②]。此所谓画虎不成反类犬也。

阳明的"四句教",以"无善无恶"与"有善有恶"相资为用,彻上彻下,有经有权,既温柔敦厚,又勇猛刚毅。不过,对"利根之人"而言,王阳明立足于无善无恶、心体澄明的立场,从未有丝毫动摇和退让。他甚至认为"无善无恶"其实也根植于程朱理学的内部,只不过程朱没有说破,不敢承当而已。他们的顾虑,与阳明其实也没有什么不同。而阳明选择这样一个时机将此意说透,所谓天机当泄、不容复秘者,从现实社会层面上来看,亦有它的"不容已"之处。

这里需要说明的是,关于"天泉证道"的始末及细节,《传习录》、钱德洪主撰的《阳明先生年谱》以及《王龙溪全集》中王畿门人辑录的《天泉证道记》都有记述。三种文献或有差异,在某些问题上甚至说法不一。陈来先生在《有无之境——王阳明哲学的精神》一书中对此有

---

① 《传习录》中卷,《王阳明全集》,上海古籍出版社,1992 年 12 月第 1 版,第 118 页。
② 同上。

详细的比较论述,读者可以参看①。

此前所讨论的"花间草"一节中,阳明表达了花与草之间善恶的相对性,也就是说,善与恶,不过是在特定场合的文化规定而已,花和草的生意并无善恶之分。而"无善无恶心之体"所关注的问题,"与伦理的善恶无关,根本上是强调心所本来具有的无滞性"②。因此,阳明的无善无恶论,"不是否定伦理的善恶之分,它所讨论的是一个与社会道德伦理不同面向(dimension)的问题,指心本来具有纯粹的无执着性,指心的这种对任何东西都不执着的本然状态是人实现理想的自在境界的内在根据"③。

随着明代商业经济的繁荣与社会矛盾的日益尖锐,特别是社会日渐功利化的趋势,程朱所谓"圣人万善皆备,有一毫之失,此不足为圣人"④的僵化道德观与善恶观,显然已经无法适应当时的情势。善恶的直接对立、传统的善恶之分应对现实社会秩序的无力,当然不只是王阳明一个人看到了。同时代的很多人,甚至包括王阳明的论敌也不同程度地观察到了这一点。比如说,如何评价因社会商业发展而带来的功利性,如何评价欲望,尤其是情欲,如何应对商人崛起和阶层流动,都是那个时代出现的新课题。万历年代担任首辅(相当于宰相)的政治家张居正,曾明确表述过这样一个看法:

---

① 陈来《有无之境——王阳明哲学的精神》,北京大学出版社,2006 年 2 月第 1 版,第
　180—189 页。
② 同上,第 190 页。
③ 同上,第 197 页。
④ 《朱子语类》卷十三。

故有在昔以为善,而在今以为不善者矣;有在此以为善,在彼为不善者矣。①

无独有偶,李贽也几乎说过同样的话:

夫是非之争也,如岁时然,昼夜更迭,不相一也。昨日是而今日非矣,今日非而后日又是矣。②

在此种情景之下,如果一味地执念于传统善恶之分的僵硬标准,其结果恐怕只能导致"伪善"的出现,甚至只能走到善的反面,即"非善"。关于这一点,李贽说得更加斩钉截铁:如果在一个变化了的世界之中,仍以孔子之是非为是非,其结果就只能是没有是非。

明末社会中思想界的状况,诚如王阳明所批判的那样,孔孟真义已经沦为装点门面、饰智矜愚的训诂之学、辞章之学和记诵之学。而在社会的现实层面,出现了人人都在"行善",而"恶"却周流于天下的悖论。关于这一点,《金瓶梅》表现得尤为深刻。

要想有效地应对这一现实,挽救善恶混乱、伪善涌动的局面,唯一的办法,似乎就是重建一种全新的价值系统来处理善恶问题(依我之见,这正是王阳明引禅入儒的根本原因)。而要建立这个系统,必须首先让心体复归澄明无碍的"本来",回到"空"或"无",回到无善无恶、廓然大公的状态。只有这样,在新的历史条件下出现的"真善"或"新

---

① 《张文忠公全集》文集十一,《杂著》。
② 李贽《藏书·世纪列传总目前论》,转引自《任访秋文集》第五册,河南大学出版社,2013年7月第1版,第369页。

善"才有可能得以进入。这也是王阳明的后继者想要解决的问题。王
龙溪的"四无说",一语道破其师"四句教"所包含的玄机,立足于从
"无"的立场,将"无善无恶"解释为归于"无"的至善。阳明将他称为"利
根之人"的首选,可谓目光如炬。

而李贽则更进一步,连王龙溪的"无"也要否定。李贽对于阳明
的"无善无恶"的理解,更多的是侧重于"无善"上。这毋宁说是源于
他对"伪"的痛恨到了无以复加的地步(如所周知,在晚明社会,不论
是学术论争还是文学艺术创作,"嫉伪"都是其思想倾向的共同特色)。
也就是说,李贽所谓的"无善",在很大程度上是因为社会上流行的
"善"是虚伪的,是做出来给人看的,根本经不起推敲。所以他要回到
彻底的"真空",回到比"赤子之心"更深一层的"童心"上去,就很容
易理解了。

当然,我们不应该误会,认为李贽的"真空"不过是虚空或空无一
物。实际上,他苦心构建这个"真空",正是希望新的"理"能够从中孕
育并生长出来。从这个意义上来说,有伊斯兰教家庭背景的李卓吾,
作为明代思想界的盗火者,或者说作为最具叛逆性格的思想家,他的
"真空观"不能不说是思想界的一大奇迹,其中包含着尼采"重估一切
价值"这样石破天惊的政治、道德和文化诉求。他实在是走得太远了,
就连黄宗羲、王船山都将他视为异端,他在后世之遭人诟病和误解,就
一点都不奇怪了。

说到这里,也许我们还应当提及,李贽历来也被认为是《金瓶梅》
可能的作者之一。考虑到李贽对小说特别是《水浒传》和《西游记》的
兴趣,考虑到他强烈的"嫉伪"倾向以及对于"道学"的深恶痛绝,考虑

到李贽的言论与《金瓶梅》的思想倾向和价值观念有着太多的共同点，这种推测虽然没有确凿证据，但也有一定的合理性吧。

那么，《金瓶梅》与明代中后期思想中流行的"无善无恶"论，到底是一种什么样的关系呢？

《金瓶梅》的立足点，在于对社会现实的全方位批判。这种批判过于严厉峻激，不留任何余地，使作品弥漫着强烈的相对主义和虚无主义气息，以至于作者不得不引入佛道，作为世人在绝望的现实社会中可能的超越性出路。从这个意义上来说，《金瓶梅》中无善无恶的相对主义立场，主要来源于禅宗（也包括道家的"无为"与"虚静"），应该说没有什么疑问。但《金瓶梅》的"无善无恶"，与阳明学的"无善无恶"论，也并非全无关联。如前文所说，王龙溪与李贽等人在继承并推进王阳明的"无善无恶"论之时，主要的侧重点在"无善"上。其中包含着这样一个逻辑前提：在"真空"或"无"的状态下，重新确定善恶秩序。而这种冲动的心理依据则是"嫉伪"。从某种意义上说，《金瓶梅》也是如此。

毫无疑问，《金瓶梅》的世界，从现实社会的层面上说，的确可以称得上是一个"无善"的世界。西门庆就不必说了，从蔡京、翟谦至夏龙溪，大小官员无不忙于权钱交易、徇私枉法、颠倒乾坤、尔虞我诈，为一己之私欲而无所不用其极。开封府尹杨时（龟山）在花子虚、李瓶儿分家财一案中，看蔡京之面收受贿赂做分上，乱判葫芦案，叙事者居然称此人"极是清廉"（第十四回）；清河知县霍大立在吴月娘状告女婿陈敬济一案中，先将陈敬济问成绞罪，后受了陈敬济一百两银子，"一夜把招卷改了"，将死罪改为"运灰赎罪"的缓刑，而使他免于处罚，叙事者仍然称道他"为人鲠直"(第九十二回)。连"极是清廉"的"鲠直之士"尚且如此,当时的宦情之糜烂、法律之贪墨可以想见。作者故作反讽,不仅极写官场的营私舞弊之"无善",亦着眼于官场伦理的善恶混乱、是非颠倒。

因《金瓶梅》刻意描写的是市井生活,故而对读书人着笔不多。有之,则是温葵轩、倪秀才之流的满嘴道学与丑态百出。《金瓶梅》中凡提到读书人,都以"咬文嚼字"四字一笔抹杀:提刑官夏龙溪一见蒋竹山说起话来咬文嚼字,就立刻断定他是坏人;薛姑子为吴月娘讲经说法,竟然也模仿读书人咬文嚼字的腔调;而作者借潘金莲口中"我不信他一个文墨人儿,也干这个营生",更是一语骂倒天下的读书人。

然而官场与读书人阶层的"无善",仅仅是《金瓶梅》所反映的社会现实的一个方面,却不是作品的重心所在。《金瓶梅》真正想要勘破和揭穿的,是世俗的人情。

我们知道,王阳明、王龙溪、李贽诸人所考察的重点,在于宦情与知识分子阶层的一般状况,论辩与驳正也主要在思想界展开。而《金瓶梅》的"无善无恶"则主要是在世俗伦理的层面上呈现。这种世俗伦理,涉及父子、兄弟、夫妇、友朋等诸多方面,涵盖了亲族关系、家庭伦常、朋友往来等日常生活的所有领域。而作者将社会伦理与日常生活判定为"无善",则是源于小说家的观察与日常经验。作者所着力宣扬的"人情之伪",足以对现实和生存本身形成否定。其"嫉伪"之心,比之于李贽,实在是有过之而无不及。

假如说,现实生活是纯然的无善,那么,对"无善"的批判,必然会导致"向善"的力量的出现,或者说导向传统小说"惩恶扬善"的既有主题。可是《金瓶梅》的作者所遇到的困难显然不止于此。世俗生活的无善，不仅不是纯然的无善，反而是处处有善(即伪善)。在《金瓶梅》所描述的人情社会中，官员之交接、友朋之诹迎、妻妾之闺情、生意之往来，甚至娼门之游狎，均披着温柔体贴、克己从人、仗义行侠、恩情不亏、礼仪隆崇之外衣，如迷雾粉墨，弥漫于生活的每一个角落。而只有到了事败人散的最后关头，所谓的离心、倾轧、反目、背叛或落井下石，才会陡然出现。问题是，人情之恶，当露出它的本来面目之时，往往对当事人来说，已为时太晚。

《金瓶梅》中有两句诗，叫做："雪隐鹭鸶飞始见，柳藏鹦鹉语方知。"初一看，极富诗情画意，可是，如果将它直接用来形容人情的险恶，也是很贴切的吧(我们在福楼拜的《包法利夫人》中，也可以看到这种商业资本社会的一般逻辑)。更为糟糕的是，《金瓶梅》中所描写的"无善"，甚至也不仅仅是伪善。真正的情形，应当是伪善中竟然也夹杂着些许的"真善"。也就是说，伪善中有真善，虚假中有真实。《金瓶梅》崇祯本的批评文字中，有一句很有名的话，叫做"世情之假往往从真来，故难测识"。正是由于"良善"的掺入，使得伪善得到了一定的保护和装饰，使人不易辨别。所以说防小人易，防伪君子难。这里的"良善"，类似于人所固有的四端之心，也类似于李贽所谓的"生知"——即耕稼陶渔之人生而就有的善或"佛性"[①]。无论是西门庆、潘金莲这样的"色魔"，还是应伯爵、谢希大这样的"帮闲"，乃至于张胜、鲁华这样的"架儿"，薛嫂、文嫂这样的"色媒"，在日常交往中，他们偶尔也能够

---

① 李贽《答耿司寇》，《焚书 续焚书》，中华书局，1975 年 1 月第 1 版，第 31 页。

表现出天良的灵光一现。问题在于,天良也好,伪善也罢,一旦遇到私利,即如雪见艳阳,顿时化于无形,露出其恐怖和丑陋的底色。对功名利禄的贪婪和无条件追逐,正是伴随着明代商业社会的兴起而出现的基本人情世态。

在这里,《金瓶梅》的作者遇到了和王阳明、李贽几乎同样的问题:如何辨别并区分善恶? 当然,这个问题也可以变成:在伪善甚至是"亦恶亦善"大行其道的新的社会条件下,简单直接地区分善恶,是否还有可能? 是否还有意义?

不过,尽管从导致"无善无恶"论出现的社会机制上来看,《金瓶梅》的写作与阳明学产生的背景没有多大不同,但在对这个问题的处理上,两者却有很大的差异。

阳明学心体澄明的无善无恶,固然是"至善",但它毕竟还要与有善有恶、知善知恶、为善去恶相资为用。阳明的"四有"、王龙溪的"四无"以及李卓吾的"真空",都包含着重建善恶及道德秩序的冲动。尽管如此,当时和后代的学者在批评阳明学的"无善无恶"论时,不约而同地认为他的"救世冲动"恰恰放松了对于恶的抵抗,客观上造成了对现实世界的妥协,从而加速了体制和秩序的崩溃。在这一点上,东林党人对阳明学的批评人所周知,黄宗羲在《明儒学案》中对此亦颇多异议与论辩。

《金瓶梅》的"无善无恶",则退得更远。局部的良善仅仅是伪善的护身,而伪善则是周流于世间而无孔不入的。在其背后起作用的,则是酒色财气一类的私欲。按照这样的观察和逻辑,作者在暗中把是非善恶问题,轻易地转变为欲望问题;把对善恶的区分问题,压缩为受欲望控制的程度问题；把对恶的批判，转变为对欲望的批判。也许是作者对于社会阴暗面的观察太过敏锐，对人性的洞察过于真切，对现实政治与社会状况过于悲观，其"无善无恶"论，一下子退回到了彻底的佛老或禅学立场。同时，其对欲的批判，又必须以正面呈现欲望为前提；而对欲望的呈现方式，亦没有与明代社会大量出现的带有玩世、颓废乃至虚无色彩的色情小说划清界限。《金瓶梅》在后世被目为淫书，被斥责为伤风败俗，作者在见识、思想意识和叙事方法上的局限，确实难辞其咎。

就善恶区分以及"无善无恶"论而言，我们指出《金瓶梅》一书的局限性，不等于说作者在善恶问题上所遇到的难题本身缺乏成色；也不等于说，作者的无善无恶论世界观一无是处。作者一下子退守到佛老和禅学的立场，固然难免消极和虚无色彩，但是这样一个退却的姿态，无意中也带来了新的方法论变革，并催生出了一个完全不同于传统小说"惩恶扬善"的既有价值主题的新维度——我们不妨称之为"真妄"维度。不用说，"真妄观"的提出，作为对"善恶观"的必要补充，大大拓展了中国章回体小说的文化视野和价值空间，在中国小说史上，这无疑是一件划时代的大事。

真 妄

若以传统道德的善恶标准来看,在《金瓶梅》的数百个人物之中,西门庆和潘金莲当属"首恶"。关于西门庆,前文多有论及,这里暂且不谈。至于说潘金莲,其残忍、毒辣和凶险相较于西门庆,或许更令读者印象深刻。我们只消举出她毒杀武大郎、荼毒官哥及李瓶儿、构陷宋蕙莲及奶子如意、结果奄奄一息的西门庆,其病狂丧心、毒辣险狠均令人不寒而栗。至于说到她的淫荡,我们也只消提及她调戏武松、勾搭西门庆女婿陈敬济、与琴童交合、死到临头拿王婆的儿子王潮来"解渴"等情节,她的荡妇之名,亦无所逃遁。即便如张竹坡这样的"模范读者",对于潘氏之毒之淫,亦情不能已,激愤厌恶之意溢于言表。张竹坡大概是实在找不出合适的词语来评价潘金莲,遂用"不是人"或"恶冠于众人"等语加以斥责。张竹坡对潘金莲唯一的"回护",则是于《金瓶梅读法》一文中淡淡提及。他特意指出潘金莲本性纯良,她后来的少廉寡耻,一腔机诈,实由王招宣家"淫风"熏染和张大户教化所致①。这与近代梦生将潘氏之毒归罪于王婆的教唆,可谓所见略同②。反

---

① 张竹坡《金瓶梅读法》,《金瓶梅资料汇编》,朱一玄编,南开大学出版社,2002年6月第1版。

② 参见梦生《小说丛话》,《金瓶梅资料汇编》,黄霖编,中华书局,1987年3月第1版,第339页。

倒是《金瓶梅》崇祯本的无名批评者,能够稍稍跳出是非善恶的羁绊,对潘金莲的妩媚妖娆、慧心机趣赞不绝口。

这位批评者,似乎故意将潘氏为人的道德是非与作品人物形象的瑰丽奇崛混为一谈,节节叹赏而爱屋及乌,转而对潘金莲的命运寄予了深切的同情。我们也不难发现,他对于"慧心巧舌"的潘金莲最终惨死在武松的刀下,感伤哀惋不已。绣像本批评者将潘金莲的结局,与杨玉环之马嵬坡相提并论,伤逝怜惜之意,情见乎辞,与张竹坡的声声叫好乃至拍手称快的"冷血",形成了鲜明的对照。

最近一个时期以来,为潘金莲辩诬乃至翻案的文章层出不穷。这些文章,包括戏曲和舞台剧的改编,大多不约而同地对潘金莲的身世命运抱有相当的同情。研究界的论文,有的采取传统马克思主义的立场,有的持启蒙主义的反封建的立场,有的属意于妇女反抗压迫专制乃至妇女解放的视角,还有的则干脆采用时下流行的女权主义视角,提出或者说发明了许多新方法、新见解。对于这些研究成果,特别是其背后的政治意识、文学趣味和文化策略,这里无意一一加以评论。我们知道,潘金莲绝非是一个历史人物,对这一人物的分析与评价,无法从历史文献中找到立论依据。厌恶与批判也好,同情与赞赏也好,乃至于翻案也好,所依据的基本文本,要么是《水浒传》,要么是《金瓶梅》。这就涉及到了一个文学研究中的常识问题:文学文本中所呈现的"事实",完全不能等同于历史文献中所记载的史实,它不能被直接作为证据来使用。若要援引小说的故事情节作为论据,则必须通过一个中介——即对文学文本中的作者意图、文本意图以及与这些意图相关的整体叙事策略,进行细致的梳理,在此基础上才能展开分析。否则的话,仅仅依据个人的好恶和作品中的片言只字来重构潘金莲的形象,则无异于盲人摸象。

严格来说,《水浒传》中的潘金莲与《金瓶梅》中的潘金莲,并不是同一个人物。《水浒传》如何勾画潘金莲这个形象,与作者的总体意图和叙事目的有关。她在《水浒传》中被简单地塑造成一个荡妇或恶妇的形象,是由作者的思想观念、道德观念和叙事目的所决定的。到了《金瓶梅》,潘金莲这个在《水浒传》中相对次要的插曲式人物,摇身一变,成为书中最重要的人物之一。也就是说,相对于《水浒传》,《金瓶梅》的作者基于完全不同的思想立场,使用了完全不同的修辞方法来重写这个人物。简而言之,潘金莲的善恶问题,不仅涉及到《金瓶梅》作者的一般道德观念,而且还反映出作者所持有的"无善无恶"的相对主义价值立场。另外,潘金莲形象的复杂性,也与作者特有的叙事策略(即"真妄观"),有着千丝万缕的联系。

在《金瓶梅》中,作者对潘氏之恶,对她的机诈与淫荡、毒辣与贪婪,确乎用浓墨重彩刻画之,这一点并无疑问。我们不能魅惑于潘氏之珊珊可爱的形象与凄惨的悲剧命运,而置这一基本线索于不顾。但从另一方面来说,作者对她的天然韵致、妩媚真趣以及重情重义也多所着墨。张竹坡有一点说得很对:作者写潘金莲,不用一处钝笔。对她的行止、心理、话语,作者处处用灵动之笔来刻画其风韵与妙趣。熟悉《金瓶梅》的人,想必都有一个共同的阅读经验:只要潘氏一出现、一开口,文章必然会风生水起、摇曳多姿、满纸烟华,令人读之忘倦。

《金瓶梅》写到潘金莲天真烂漫的地方极多。如元宵看灯、园中掐花、与官哥亲嘴打趣、捉弄陈敬济、吓唬西门庆等,虽多为闲笔,但潘氏之喜动厌静、无事生非之性，娇嗔含酸、爽利刻薄之语，活泼机趣、嫣然百媚之致都写得历历如画，如在目前。

小说的第五十八回，有这样一段情节：潘金莲与孟玉楼等人来到大门外玩耍，见远处走来一个手摇惊闺叶（以八片小铁片用皮绳串起，摇之以惊动闺阁中人的响铁）的磨镜人，潘金莲让平安将磨镜人叫住，然后与玉楼商议，吩咐来安把两人屋子里的几面镜子拿来让他磨。镜子磨完了，给了他五十文钱。那老头接了钱，"只顾立着不去"。玉楼让平安问那磨镜人如何不去，是不是嫌钱少，那磨镜人（类似于今日大街上随处可见的骗子）便编造了一段家计困顿、儿子不孝、妻子卧病的鬼话。玉楼见状，随即让来安去屋内抽屉里拿块腊肉和两个饼锭给他。金莲却直接叫住那老头子，问他："你家妈妈儿吃小米儿粥不吃？"老头儿答道："怎的不吃！那里有，可知好哩。"于是，金莲也叫过来安来："你对春梅说，把昨日你姥姥捎来的新小米量二升，就拿两根酱瓜儿出来，与他妈妈儿吃。"

这段情节中有一点可以注意，孟玉楼每与磨镜人说话，必通过平安转达，严格遵守闺阁女子不与闲人通问的传统礼仪。而潘金莲却顾不了这许多，她直接与磨镜人说话，显示出其性格中落拓不羁的一面。作者这样处理绝非无心，而是处处时时要让潘、孟二人形成对照，将孟氏之深心世故、不露圭角，与潘氏的率性直露、胆大妄为加以比照。关于这段情节中潘金莲的"仁善"之举，张竹坡的看法相对复杂。一方面他承认，即便是潘金莲这样的忤逆之人，天良亦未曾灭绝；另一方面，张竹坡又认为，潘金莲将自己母亲所赠之物转赠他人，而不反思自己不能对潘姥姥尽孝，简直就是猪狗不如。潘金莲好不容易才表露出来的一点点仁善之心，终于被一笔勾销。对于陌生人表现怜惜与慷慨、对自己的父母反而不能尽孝这样的状况，在当今社会也比比皆是。其矛盾与悖谬，本身就是人之常情。张竹坡直斥潘金莲为"可杀"，倒也不能说竹坡本人就是一个道学先生——其对《金瓶梅》的激赏，其极富洞见的批评文字，已经让自己处在了"道学"的对立面，堪称《金瓶梅》的知音。但他将孟玉楼视为全书唯一尽善尽美的理想人物，不遗余力地为她歌功颂德，则是一大败笔，实在难免错勘贤愚之讥。正因为他对孟玉楼表示了无条件的赞赏，对处于孟玉楼对立面的潘金莲，则难免嫉恶如仇。

话又说回来，潘金莲对于其母潘姥姥动辄恶语相加、极尽污言秽语之能事，倒也不是对潘姥姥不愿奉养，而是因为潘姥姥"敌友不分"，多次站在潘金莲的最大情敌李瓶儿一边，并时时称颂李瓶儿之贤德，使潘金莲怒从心头起、恶向胆边生。仅此一端，就使得潘金莲至死不肯原谅其母。作者如此处理，反而是写出了潘金莲一味任性，为一己之欲不惜鱼死网破，知错不改、错上加错的一贯性格。如果说潘金莲与其母的关系中，全无"天良乍现"的一面，恐也未必。至第八十二回潘姥姥死，潘金莲将她的丧事尽托于陈敬济，自己探望一回竟不再露面，固然是冷酷之极。但陈敬济办完丧事后来向她覆命，潘金莲听见她老娘入了土，心有所动，不觉"落下泪来"。 可见其真性仍在，读之令人鼻酸。

潘金莲之并非全无仁义，还体现于她与春梅二人的关系上。自从春梅从吴月娘身边被派入潘氏房中，潘金莲便与她形成了一种特殊的命运共同体关系：既是主仆，又是姐妹，甚至情同母女。两人自始至终相互扶持,相濡以沫。两人之间的关系虽偶有冲撞,总体而言十分稳定,这在《金瓶梅》中是颇不寻常的。诚如田晓菲教授所言,《金瓶梅》中,没有任何一对男子之间的关系,其感情强烈程度可以与潘金莲与春梅的关系相提并论,只有武松待武大差似之[①]。不论是丫鬟、小厮还是奶妈,只要有人与春梅形成冲突,潘金莲始终坚定地站在春梅一边。即便是吴月娘、西门庆、李瓶儿、孙雪娥与春梅发生龃龉和冲突时,潘氏也不顾自身的安危,对她竭尽保护之责。就连潘金莲本人,也常常对春梅屈节下之,处处忍让。潘金莲对西门家中众妇女可谓是人人皆妒,妒则恨不能其死——对吴月娘、李瓶儿、孙雪娥这样的主子如此,对宋蕙莲、王六儿乃至如意这样的下人也是如此。她与孟玉楼时常出双人对,表面上情投意合,宛如姐妹,但一到背地里,张口就骂她"麻淫妇",足见她对孟氏的嫉恨之深。但奇怪的是,对于春梅,潘金莲却全无一点妒意。小说第七十三回,潘金莲回房中,从窗户里看见西门庆坐在床上搂着春梅"一处玩耍"。她不仅没有怀妒含酸,当场翻脸,反而惟恐搅扰了他们的好事,竟自己一个人悄然走开。西门庆死后,春梅被发卖,潘金莲数度哭倒,大放悲声,乃至于一连几天心中伤悲,积郁难排。

当然,对潘金莲的一片护惜之心,春梅亦铭记在心,知恩图报。潘金莲在第八十七回被武都头斫下头颅,挖去五脏,一命呜呼,春梅为她大哭三日,茶饭不思。此时仍念念于潘氏者,敬济而外,世上恐怕也只有春梅一人而已。第八十八回,潘金莲托梦给春梅,泣诉尸首暴露街

---

① 田晓菲《秋水堂论金瓶梅》,天津人民出版社,2003年1月第1版,前言第10页。

心，风吹雨洒，鸡犬作践，无人领埋。春梅即令张胜、李安去县中打听，收拾尸体停当，埋入永福寺之中。这年清明节，春梅亲往永福寺祭拜焚香，以全始终之情。

不用说，在《金瓶梅》错综复杂的人际关系中，不论是男女之情，还是友朋之交，伪善和虚假是其基本底色。若说到超脱一般功利关系的"知己"或"知音"，惟有春梅与金莲的不离不弃，庶几近之。作者如此处理，岂非无因？

除了"天性之良"和"仁义"之外，《金瓶梅》对潘金莲的刻画，多侧重于潘氏沉溺于现实欲望的率性真机，真切刻露，笔笔不虚。小说的第四十六回，有这样一段很有意味的情节：

吴月娘与孟玉楼、李瓶儿诸人，在大门口遇见一个卜龟卦的乡下婆子，就让她来算卦(这既是典型的"提前叙事"——叙事者通过三人的卦象与卦辞，提前告知三人日后的命运，同时也是在刻画人物——写出吴月娘等人对仙道、鬼神之事的迷恋与愚妄)。作者故意漏掉了潘金莲，这一方面说明潘氏不好此道；另一方面，也可看出作者文章技法的故作错综。有意思的是，等到三人算完命，打发卜龟卦婆子去了之后，潘金莲却突然出现了：

> 月娘道："俺们刚才送大师父出来，卜了这回龟儿卦。你早来一步，也教他与你卜卜儿。"金莲摇头儿道："我是不卜他。常言：算的着命，算不着行。……随他明日街死街埋，路死路埋，倒在洋沟里就是棺材。"

这是极高明的写法。潘金莲虽未算命，但她日后"街死街埋"的命运(被杀后尸体抛于大街之上),却由自己口中直接道出,可谓"不算之算",一语成谶。而潘金莲这段陈辞的决绝与慷慨多气,却也清楚地表明,潘金莲只打算在赤裸裸的现实层面承担自己的命运,与吴月娘的道学与佞佛,与孟玉楼的善用腾挪之术,与李瓶儿仁柔示弱以策安全的心机,都构成了强烈的对比。

通过以上分析,我们可以知道,《金瓶梅》的作者是在两个完全不同的层面或维度上来塑造潘金莲这个人物的:

一是传统的是非善恶的维度——从这一维度来说,潘氏之毒辣凶残自然事实俱在,罪不容逭。

二是作者受到佛教(禅宗)以及明末"无善无恶"论的影响而建立起来的另一个维度,即"真妄"的维度。若从这个层面来看,潘金莲的言行举止之中,确有某种活泼的世情与率性真机,隐现其间。

也就是说,作者写出潘氏之恶的同时,也极写潘氏之"真"和"趣",并暗中寻求读者认同。这也是导致潘金莲这一形象,在后世反复引起争议的根本原因所在。因此,我们若无视作者在特殊历史与时代背景中建立起来的"真观"或"真妄观",潘金莲这一人物形象便无法得到完整和准确的评价。

这里我们要注意,从佛教的立场来看,处于"真"的对立面的假与伪,固然属于"妄"的范畴,但"妄"所指的并不仅仅是虚假与虚伪,还指向处于暗昧状态的虚妄不真,比如说"迷""幻""执"。潘金莲深陷于自己的欲望之中不能自拔,从佛教"真妄"的意义上而言,就是最大的"虚妄"。但在世俗人情的层面上说,作者对潘氏作为一个"恶人"的真趣,进行了谨慎、隐晦同时又充满矛盾的肯定。这样一来,"真"所具有的独立价值,第一次从传统的善恶论中被分离了出来。换句话说,《金瓶梅》的作者借用佛教的真妄观,通过"佛眼"的超越性视角,在文学上建立起了全新的"真伪"或"真妄"维度(这一创造性的思路,后来为《红楼梦》所继承),在传统善恶论的背景中,第一次系统地确立了"真"的价值和地位。

举例来说,如果以传统的是非善恶来看待孟玉楼之形象,则全是正面的描写,似乎不染一丝之恶。或者说,在孟玉楼言动行止中,没有什么作恶的明显证据,孟氏可以说是一个地地道道的"好人"。但从侧面的烘托来看,孟氏之行藏,则一味逃是非、做人情,处处尽显伪饰,深冷老成,圆滑世故。

第五十九回,官哥一死,西门一家乱作一团。西门庆于慌乱中对儿子夭折的时辰完全不知,只有孟玉楼像背书似的报出:官哥申时出生,申时亡故,均在二十三日,活了一年零两个月。其心思细密如此,令人胆寒。而对于李桂姐这样"一等一"的聪明人来说,孟氏之为人,也让她十分忌惮。西门庆死后,她力劝李娇儿及早抽身,跳出苦海,其理由之一或许是,她认为李娇儿根本不是"狐狸"孟玉楼的对手。而前文提到的乡下"卜龟婆子",在给孟玉楼算命的时候,更是一语道破天机:"你恼那个人也不知,喜欢那个人也不知,显不出来。"这是典型的骂人不带脏字的春秋笔法。第九十一回,孟玉楼轻描淡写的一句话,就导致玉簪被扫地出门。第九十二回,陈敬济贪恋玉楼的美色,不知好歹赶到浙江严州,将玉楼搂入怀中,将"舌头似蛇吐信子一般"伸入玉楼口中。到了这个节骨眼上,玉楼情急之中,竟然也能忍耐权变,须臾之间,藏起心中的厌恶、愤怒和不屑,满脸堆笑地与他亲嘴。而稍后玉楼整治陈敬济手段之恶毒，堪比王熙凤摆布贾瑞。这段文字，就连将玉楼视为"第一个美人"的张竹坡，似乎也有点看不下去了，说她瞬间变脸，直如"夜叉现形，钟馗出像"。

与孟玉楼的世故老成、冷静圆通相比，潘金莲则显得直率而蛮横，肤浅而愚蠢。即便是作恶，潘金莲也绝不藏头露尾。玉楼处处透出伪饰深藏，金莲则时时露出任情率性的一面。

《金瓶梅》中的善恶维度与真伪维度，可以说相互补充，并行不悖。但由于作者受到禅宗、无善无恶论以及真妄观的吸引，确乎有用真伪维度来取代善恶维度的倾向。或者说，《金瓶梅》在价值和道德层面上，真正关注的与其说是善恶问题，还不如说是真伪问题。这固然是《金瓶梅》的局限所在，但"真妄"或真伪观的确立，也为中国的章回体小说开辟了一个全新的天地。

《红楼梦》的真妄观

与《金瓶梅》一样,《红楼梦》引入佛道结构,透过佛家的真妄维度,来俯瞰人世间的功名利禄与形形色色的欲望,冀此穿透尘世生活的风刀霜剑与铁壁铜墙。《金瓶梅》中"性真"与"情伪"的对立,到了《红楼梦》中则变成了带有强烈形而上哲学色彩的"真假对立"。这里的真假对立,也包含有两个层次的含义:

首先是在佛教真妄意义上的真假,用以穿透世间诸相的虚诞与幻妄。我们从《好了歌》以及"纵有千年铁门槛,终须一个土馒头""身后有余忘缩手,眼前无路想回头"这样类似于禅宗偈颂的诗句中,可以清楚地看到作者的出世情愫。作者也正是在此基础上,对现实社会的欲望和功名利禄展开了批判。

其次,在世俗人情的判断和态度上,真假对立作为一种新的价值尺度,与传统的道德善恶论并驾齐驱。

《红楼梦》中的这种真妄或真假对立,就题旨与整体结构而言,当由《金瓶梅》脱胎而来,而在《金瓶梅》之前,《西游记》中孙悟空与六耳猕猴的对比,似乎已开了章回体小说"真幻对照"的先河。当然,认为这种真假对立,完全出于曹雪芹之"独创",学界也大有人在。

顺便提一下,袁书菲教授在一次有关《红楼梦》的演讲中,提出了一个很有意思的观点。她认为《红楼梦》中的"真假对立"哲学观的产生，与清代"西洋镜"和玻璃镜在贵族家庭的大量使用，存在着重要的关联。正是西洋镜的使用，使实体与幻象之间的关系直观地显现了出来。真与假互为镜像，彼此照映，在一定程度上影响了作者曹雪芹看待世界的方式，并对《红楼梦》中无处不在的"真假对立"产生了重大影响[1]。

这是一个十分新颖且富有见地的论点。不论是清代的器物史，还是西洋镜输入中国的历史，或者《红楼梦》中大量关于镜子的实际描述，都给袁书菲的观点提供了有力的支撑。剩下的问题仅仅在于，在西洋镜传入中国之前，比如说在《金瓶梅》的世界中，镜子作为一种日常生活器物，能否唤起实体与幻象的对立关系？换句话说，我们在完全赞同袁书菲的观点之前，还必须细致地考察中国传统的铜镜在日常生活中（特别是在富贵之家）的使用情况。

我们知道，在《金瓶梅》中，以潘金莲而论，就有梳头的小镜子、照脸的大镜子、化妆打扮的"大四方穿衣镜"等多款镜子。这些镜子从材质上看，当然都是铜镜。时间一长，镜面日渐昏昧，自不待言，故而需要有专门的磨镜人用水银来打磨。尽管被磨后的镜子"耀眼争光"，但其亮度想必不能与"视若无物"的西洋穿衣镜相提并论。否则的话，《红楼梦》中的西洋镜也不会对刘姥姥产生戏剧性的奇幻效果。另外，西门庆家的小厮来安，两手提着大小八面镜子，竟然行走如常，说明在《金瓶梅》中，即便是最大的穿衣镜，体积也不可能很大。而《红楼梦》

---

[1]　袁书菲（Sophie Volpp），加州大学伯克利分校东亚语言文化系及比较文学系教授。她于 2011 年 6 月 29 日在清华大学甲所会议室发表演讲，题目是《探讨怡红院里的跨文世界》。

中的西洋镜既大且多,既亮且奇,既是日常照临之具,亦有装饰和陈设之作用,足以使刘姥姥这样的乡下人产生幻觉。从这个方面来说,《红楼梦》与《金瓶梅》中的镜子,确乎迥然不同。

若说《红楼梦》透过大量有关镜子的隐喻来烘托真假、虚实的对立,强化实体与幻象之间的恍惚效果,当然没有问题。但如果说《红楼梦》的"真假对立"完全是西洋镜的馈赠,则断断不可。因为《红楼梦》中固然有"镜中花",但毕竟还有"水中月"。且不说"镜中花"的隐喻由来已久,即以《金刚经》中"如梦幻泡影"一类的实相非相之喻而论,在一般信众中也都是老生常谈,更不必待西洋镜传入中国才会有所觉悟也。

话说回来,在《红楼梦》中,以世俗人情而论,除了真假对立之外,还有"善恶对立"和"清浊对立"。作者同时在这三个不同的层面上,对笔下的世情与人物进行观照或评判。很显然,"真假对立"是三个评价尺度中最重要的一个,凌驾于另外两种尺度之上。与《金瓶梅》不同的是,《红楼梦》将真假关系放置于中心地位,却并未完全取消善恶是非。而《金瓶梅》中几乎没有一个正面人物,或者说所有的人物都是无善无恶的。在佛家哀怜的目光下,《金瓶梅》中所有人物似乎都成为了无善无恶的"众生";而《红楼梦》则赋予林黛玉"直烈""高标"的君子品格,以及出污泥而不染的理想人格。

问题是,正因为真假对立的介入,传统的善恶是非观具有了一定的相对性。对是非善恶的评价,也出现了全新的变化。举例来说,读书人寒窗十年,博取功名以治理天下,符合儒家传统格物、修身、齐家、治国的理想。它曾经被看成是读书人最大的"善"。不用说,唐传奇、宋元话本以及戏曲、才子佳人小说中，均充斥着这一类俗套情节。在这类作品中，主人公能否在科场上完成"惊人的一跃"而博取功名，往往成为故事情节戏剧性转折的关键。同时，考中状元，通常是"花园私挑"能有一个大团圆结局的重要保证。可所有这一切，到了《红楼梦》中，都发生了巨大的逆转。作者借宝玉之口将那些汲汲于功名、言必称孔孟的读书人称为"禄蠹"；而混迹于大观园中的那些酸腐的秀才文人，与《金瓶梅》中的应伯爵、温葵轩之流，其实也没什么区别。在林黛玉的口中，更是对所谓"蟾宫折桂"极尽讽刺之能事。《红楼梦》倒也不是一味地反对读书。贾宝玉和林黛玉也读书，不论是诗词歌赋，还是《西厢记》，都属于切己真情的流露，与科场功名无关。作者对禄蠹的批判，显然是为了给真情率性和放达自由预留位置。从中我们不难发现，作者对于"真"的追求，实际上主导了对于俗世是非善恶的评价。

再比如说，贾政这个不苟言笑、品行端方的理想清官形象，在《红楼梦》中的面目，显得极为可疑。此人之内心，固然不像贾赦、贾琏之流那样污浊不堪，但却呆板、迂腐、教条，毫无幽默感，俨然是一个吴月娘式的道学先生。他有着坚固的道德信条和儒者的人格，严正而刻板，一举一动都有传统读书人临深履薄的审慎。从他时时刻刻不忘道德说教这一点上来看，不啻是吴月娘的转世和再生。即便在轻松愉快的家庭聚会上，贾母让他出个谜语来取乐，他所设置的谜底，居然还是文房四宝之一的"砚台"。作者倒也没有刻意将他写成一个反面人物，但却对他做了反讽、夸张和戏谑化的处理。此人身上全无一点真气可言，就连他偶尔对儿子贾宝玉的那么一丁点舐犊之情，也必须在责骂中"隐晦"地显现出来。可以说，贾政的天性，在"道学"的压力下受到了严重的扭曲而变形。

相反，对薛蟠这样一个为争丫头，不惜打死人命的"呆霸王"，作者倒反而赋予了他因呆气而显现出来的"性情之真"。换句话说，作者并不因为薛蟠是一个"恶人"，而忽略掉他身上的真情流露——比如说，他与宝玉、宝钗，特别是柳湘莲的交往中，我们很容易发现他身上未经雕饰的天然之性。作者的这种笔法，自然会使我们想起《金瓶梅》；当然，也可能会让我们想起陀思妥耶夫斯基，想到他笔下那些集善恶于一身的"自然"人物。

相对于善恶对立和真假对立，《红楼梦》中的另一组对立关系——清浊对立——也值得一提。我们从柳湘莲"你们东府（宁国府）里，除了那两个石头狮子干净罢了"一类的指控中，可以明显感觉到作者对于"清"与"洁"的追求。从某种意义上说，《红楼梦》中的清浊对立，在一定程度上也覆盖了善恶之分。正如前文所说，君子遗世独立、出污泥而不染的孤傲和高洁，是《红楼梦》的核心价值观之一，也是感动后世无数读者为之涕泪交流的关键所在。但即便是"清"或"洁"，也有真妄之分。换言之，即便是"清"或"洁"，也需要将它放置于"真假对立"中去考察和检验。所谓的孤傲与清洁，一旦流于虚伪，不过是王阳明痛斥的装饰物而已，用《红楼梦》中的话来说，就是"欲洁何曾洁，云空未必空"。

如所周知，《红楼梦》明确地区分了两种完全不同的"洁"的概念，并在此基础上塑造出两类不同的人物。其一是黛玉之洁，其二是妙玉之洁。黛玉之洁是木秀于林，惨遭摧折的刚直与坚守，是《葬花词》"质本洁来还洁去，不教污淖陷渠沟"，是对自身命运的自觉担当，同时也是一种新的道德选择。黛玉之洁,以言行出处之真作为底色,以性情的活泼天然为依托,其不见容于周遭的污秽世界而直道而行,终至于枯萎凋零,令人伤叹。而妙玉之洁,从表面上看,其程度较之于黛玉或有过之,但却凌空蹈虚,矫饰之极。我们可以从妙玉为贾母奉茶弃杯的情节中见其大略。也就是说,妙玉之洁,不过是一种装饰性的处世之道。作者一方面对她的命运遭际表达了"千红一哭,万艳同悲"的怜惜,但同时也用"过洁世同嫌"一类的感慨,对她由清洁而入于玄虚的沽名钓誉,给予了明确的否定。

不论是佛道的真妄世界观,还是在此基础上确立的世俗人情中的真假对立,《红楼梦》都全面继承了《金瓶梅》的思想和方法。如果没有《金瓶梅》的奠基之功,《红楼梦》高屋华厦之建立是完全无法想象的。

"诚" 与 "真"

我们已经知道，无论《金瓶梅》还是《红楼梦》，都是在两个不同的层面上呈现其关于"真"的理念的。首先是在佛道的"真妄"概念上，要求人能够看透尘世生活的幻象，回复无善无恶、无欲无求的澄明与安宁，从而完成对欲望和俗世的超越；其次则是在世俗人情社会的评价方面，让"真伪观"渗入传统的善恶观，并在暗中改变传统道德的定见和教条，重估价值，为精神与道德生活开辟新路。

《金瓶梅》对"真"的非同寻常的追求，并非是一个偶发现象。实际上，明代中后期的中国思想者，包括文学的作者，也在做着同样的事情。简单地来说，不论是阳明及其弟子，还是憨山德清等高僧，或许对"真"的理解各执一词，但"嫉伪"都是其共同关心的主题。以李贽而论，他对"洁"与"真"的向往，给人留下了极其深刻的印象——他对"洁"的过分要求，甚至可以与妙玉媲美。袁中道笔下的李贽，是一个有洁癖的人。他不仅"衿裙浣洗，极其鲜洁"，而且一遇俗客，"即令之远坐，嫌其臭秽"①。而李贽的"嫉伪"，则不仅指向社会的黑暗、思想界的夸饰以及芸芸众生的伪善，同时也指向严厉的自我道德追问和质疑。李贽曾说自己五十岁之前，不过是一条狗，对"圣人之教"没有多少真正的

---

① 袁中道《李温陵传》，《焚书 续焚书》，中华书局，1975 年 1 月第 1 版，第 3 页。

体悟,而是"因前犬吠形,亦随而吠之"。我们仅仅根据这样的伤心语就可以想见,他的"道德洁癖"到了何种严重的地步。我们在此基础上来理解他特殊的"真观"及"童心说",也许会对他生活于浊世的心灵痛苦有更多的体认吧。

现在,我们不妨将明代社会和思想状况暂时放在一边,来看一看在同一时间段中西方世界的情形。

说来也奇怪,真诚(sincerity)和真实(authenticity)这样的概念,作为道德生活的一个全新维度,进入欧洲的视野并在文学作品中得到明确的反映,居然也是从16世纪开始的。

根据莱昂内尔·特里林(Lionel Trilling)的描述,"真诚"这个词差不多是在1530年由拉丁文进入英语的,而法文中的这个词则出现于1475年至1549年之间[1]。也就是说,在欧洲,"真"与"诚"作为一个问题被首次提出来,作为考察道德的一个重要维度,时间与《金瓶梅》成书的年代大致相仿。自此以后,对"真实"这个概念的追问与考辨,牢牢占据着西方思想及文学的中心地位:"真诚这项事业所具有的价值也就成了过去差不多四百年里西方文化的显著特征,甚至是决定性的特征。"[2]

真诚问题作为道德的要素之一,在西方出现,有着极其复杂的社会与文化背景,比如说封建秩序的瓦解和社会重组,比如说以基督教信仰为主体的道德伦理的衰微,教会权威束缚力的松弛,等等。在所有这些因素中,最为根本的原因则是自16世纪开始的社会流动性的

---

① 〔美〕莱昂内尔·特里林《诚与真》,江苏教育出版社,2006年12月第1版,第13页。
② 同上,第7页。

明显增加①。根据特里林的描述,在16世纪这一社会现实中,社会中的个体享有了更多的可能性,许多人脱离原来低贱的阶层,一举跃入较高的层级,而以商人为主体的中产阶级也开始快速崛起。问题在于,这种阶层流动的内在需要,与社会形态相对稳定的道德束缚构成了尖锐矛盾。贵族和绅士阶层与要求跃入这一阶层的暴发户之间所形成的复杂关系,我们也许可以从简·奥斯汀的小说中读到———一方面,贵族与绅士不屑于与暴发户为伍,而固守旧有的门第与身份观念;另一方面,对于那些急于改变阶层地位的人来说,社会所提供的绅士头衔与体面的职位又过于稀缺。这种矛盾或混乱的状况,是导致社会"伪饰"之风盛行的根本原因②。这样一来,对于"真"与"诚"的追求,就为新道德的出现预留了位置。正因为如此,16世纪西方社会中的"坏人"一词的含义也发生重大变化。原先的"坏人"指的是过去封建社会中身份低贱的人;16世纪以后的戏剧和小说中的坏人,则指的是"企图超越他出身的人"。出身微贱的人,惟有通过不可告人的行为,通过伪装和奸诈才能实现他们的反常企图③。

我们在第一卷中,曾着重讨论了《金瓶梅》写作的时代背景。商业经济的发展,社会流动性的增加,"士农工商"等级位序的移动和模糊化,流民的增加,封建里甲制的开始瓦解,旧有的道德和社会管理模式与新生的商业社会伦理所构成的尖锐冲突——所有这些方面的背景,与16世纪欧洲社会出现的变化,似乎可以进行横向的类比。我们

①〔美〕莱昂内尔·特里林《诚与真》,江苏教育出版社,2006年12月第1版,第16页。
② 同上。
③ 同上,第17页。

确实不难发现其中的相似部分——比如社会流动性的加大以及新旧道德的纠缠与更替。但不管怎么说,就"伪饰"的目的与"嫉伪"的所指而言,同处16世纪的中西方世界有着根本不同。

在《金瓶梅》的时代,以程朱理学为核心的传统儒学所要求的"万善皆备"与严格的道德自律,与实际社会生活商业化、欲望化的现实之间产生了巨大的裂隙。正如王阳明所指出的,一般读书人沉迷在自己的欲望和功名利禄中不能自拔,却又要去遵循维护那基本上排斥欲望和功利的程朱的"礼"或"天理",这必然导致人格分裂。在追求自己欲望的过程中,将孔孟教训变成一种装饰物,变成一种炫博矜奇的记问和辞章之学——这可以称之为"理伪",这是阳明创立新学、思以救之的出发点。而在《金瓶梅》所反映的市井和世俗社会中,功利之心和欲望的泛滥,使得传统的伦理和价值观(包括"五伦"关系)受到了极大的威胁。不论是家庭生活中的孝悌,还是友朋关系中的义,在欲望面前都变成了某种虚妄的装饰。也就是说,凌驾于社会关系之上的酒色财气,与传统伦理、礼义秩序构成了冲突。因而,在错综复杂的人际关系网络中充斥着欺诈、伪善乃至背叛,人心也因伪善而变得险恶和势利——这可以称之为"情伪"。

因此不论是在"理观"的层面上,还是在"人情"的层面上,明末社会伪饰之风的盛行,其主要原因在于人在面对欲望和功利时所形成的人格分裂,这与欧洲16世纪贵族阶层和新兴资产阶级的严重对立而导致的伪善与奸诈,存在着很大的不同。

当然,我的意思并不是说,《金瓶梅》中对于"阶层流动"的现实状况,完全没有反映;也不是说,明代中期以后"士农工商"的位序变化,对社会秩序和伦理秩序没有造成冲击。举例来说,西门庆在积攒了足够的财富之后,也产生了跻身社会上层的强烈冲动。他通过送礼和公然的行贿,为自己买到了理刑副千户(后晋升为正千户)的官衔,厕身于达官贵人之列。同时,他对于读书人的风雅,也有向往之心。他雇请温葵轩掌管书信文牍,督促家中的丫鬟(如春梅等)演习吹拉弹唱;改造园林,构筑水榭歌台,并辟有专门的书房;每有宴集,必有海盐弟子陪立左右,猜枚行令,不一而足,着意塑造自己集官员、商人和"风雅之士"于一身的新身份。不过,明代社会阶层的流动,显然不像欧洲社会那么困难,也没有形成欧洲意义上的严重的阶层对立。西门庆在商业上的发迹,使他得以轻松跃入官员行列,并与朝廷和地方官同气相求、同声相应,状元、太监乃至一般读书人都能为其所用。这似乎也从一个侧面,凸显出当时的明代社会不同于 16 世纪欧洲的一个显著特征:利益和利益交换构成了社会结构与秩序发生变化的最大动力。在巨大的利益驱动面前,明代的阶层对立,从来都不是一个严重的问题。

让我们重新回到特里林关于"诚"(sincerity)与"真"(authenticity)的区分上来。

在他看来,所谓的"诚",指的是"公开表示的感情和实际的感情之间的一致性"①。也就是说,不管这个人具体的道德状况如何,他(她)都应该将其自我忠实地袒露在世人面前,而不是通过欺诈的面具文过饰非,给别人制造"善"的假象。不过,这样一种把自己的真实状况不加掩饰地暴露出来的倾向,往往是通过"恶"的形象加以呈现的。到

---

① 〔美〕莱昂内尔·特里林《诚与真》,江苏教育出版社,2006 年 12 月第 1 版,第 4 页。

了18世纪,欧洲的"忏悔录"题材大行其道,将自己的恶赤裸裸地袒露在社会公众面前,成为一种道德时尚。而在文学作品中,从莎士比亚到莫里哀,从狄德罗到卢梭、霍桑,一直到19世纪的福楼拜和陀思妥耶夫斯基,我们不难发现一系列具有"诚实"品格的主人公形象。他们要么丝毫不去掩饰自己身上的恶行,甚至对之夸夸其谈,不知羞耻(《拉摩的侄儿》);要么公然挑战社会秩序,为自己的"恶"进行辩护(《卡拉马佐夫兄弟》);要么将"恶行"定义为人性中最大的秘密,加以极端化的表现(如霍桑的大部分短篇小说)。而到了20世纪,专注于"发现邪恶"的代表人物,也许是海明威。也可以这么说,欧洲自16世纪以来的文学史,从善恶关系的角度来讨论,实际上可以被视为"发现邪恶"的历史。当然,欧洲和美国的小说家,几乎无一例外地为这种主人公身上的恶,进行了坚决的辩护。比如陀思妥耶夫斯基对德米特里·卡拉马佐夫这样一个恶棍的公然辩护,对拉斯科尔尼科夫这样一个杀人犯的辩护和拯救;托尔斯泰对于安娜的辩护;福楼拜对于艾玛,加缪对于莫尔索,罗伯-格里耶对于冷血强奸犯的辩护,等等。文学的作者对"恶"的回护与同情,并非表明他们屈从于恶行或者公开地宣扬"恶",而是在全新的社会条件下对道德的辩证与反思,从而抒发自我在面对不断变化的社会道德时形成的分裂和痛苦,并重构"自我"与"自由"的关系。

就《金瓶梅》而言,作者在塑造西门庆与潘金莲这两个主要人物的形象时,也为他们身上的恶行进行了相当程度的辩护。与小说中众多人物的"伪诈"不同,西门庆与潘金莲这两个恶人身上,笼罩着一层特殊的光晕。他们的恶行冠于众人,固然是一个事实,但他们通常是公然作恶,不加掩饰,甚至沾沾自喜,较少(或不屑)伪装,为自己的恶行感到心安理得,对在世人面前袒露自己的恶也没有什么顾忌。以传统的善恶论视之,恶不知耻,当属极恶。但若从作者强烈的嫉伪之心和对"人情之假"的揭露而言,这种不加掩饰、不屑伪装的率性而为,又暗含着一定程度的"真"。不用说,这正是特里林定义中的"诚",即公开流露的情感与实际情感相一致。

不过,西门庆的言行之中并非没有传统意义上"善"的影子,关于这一点我们在前文已经有分析,这里不再赘述。我们需要留意的是,西门庆在官场酬酢、人际往来、酒食征逐中不仅很少欺骗对方,倒是自己常常成为别人欺骗和捉弄的对象。作者在西门庆的奸恶中,加入了天真和肤浅,特别是孩子气的任性,是很值得玩味的。这里的天真和肤浅,与小说中着力批判的深藏不露、机心难测构成了某种对照。而在潘金莲的言动语默中,我们也同样能够发现与西门庆相似的肤浅、愚庸及率真。她在与孟玉楼、吴月娘、李瓶儿的争斗中,一度建立了巨大的优势。毫无疑问,帮助她确立这种优势的,并非是她的精于世故和老谋深算,而恰恰是她性格中的穷凶极恶与蛮横无理,而在背后支撑她的全部力量,事实上只有西门庆的娇纵。从她在西门庆死后的种种表现来看,此人对自己命运实际上的岌岌可危一无所知,对于人际关系以及人情的凶险没有任何意识,知其然而不知其所以然。她自始至终,生活在欲望和命运的暗箱之中,对人情社会的知晓度极其有限。最具讽刺意味的例子是,她如此处心积虑地加害李瓶儿母子,除了妒忌与争宠的本能之外,仅仅是为了得到与李瓶儿同样的"头面"首饰,或者仅仅为了在李瓶儿死后,从她的遗物中得到一两件心爱之物——

其天性中的愚庸和贪欲之可笑,实在令人唏嘘不已。诚如为了一点可怜的食物而搏命撕咬,潘金莲的生存状态中有着太多的动物性的本能。她的欲望亦不过是本能的动物性欲望——她在王招宣和张大户的高门华屋得到饲养、训练与调教,随后落入武大郎贫寒的马厩,最后则被西门庆豢养在了家中。因此潘氏身上的那一点点"诚",实际上与动物般的本能并无二致。

顺便说一句,在西方近代文学史上,自歌德至卡夫卡,对"人的动物性"的发现,始终是一个重大主题。应当说《金瓶梅》的作者在塑造西门庆、潘金莲形象之时,不因他们的"大奸巨恶"而将他们身上的那一点"率性之诚"一并抹杀,这也从反面显示出作者对于欲望本身的矛盾和复杂态度。甚至,从"嫉伪"以及对"人情之假"深恶痛绝的立场来说,作者这么处理,也包含着对欲望一定程度的容纳与维护。

我们最后再来看看"真"(authenticity)。

如上所说,"诚"在某种意义上是一个道德概念,指的是如实地袒露自己的情感。若以 16 世纪的欧洲文学而言,也特指公开、诚实地袒露自己的恶行。而"真"这一个概念,在特里林看来,远比"诚"要复杂深邃得多,"它更关注外部世界和人在其中的位置"[①]。他所针对的是外部世界(特别是社会生活)的文化、制度幻觉和道德欺骗,试图在自我与对外部世界的认识之间,建立动态的平衡。虽然"真"也在一定程度上与"诚"纠缠在一起,但"真"作为一个哲学概念,与启蒙运动、自然神论、科学与进步思潮以及在此基础上建立起来的科学主义,存在

---

① 〔美〕莱昂内尔·特里林《诚与真》,江苏教育出版社,2006 年 12 月第 1 版,第 12 页。

着千丝万缕的关系。而作为一个文学概念，它则在 16 世纪以来的文学创作和文学理论中备受关注。对"真"的强调和要求，在此后的文学生产和评价体系中，始终处于支配性的核心地位。

西方意义上"真"的概念，与《金瓶梅》的真妄之"真"，有着根本的不同。虽然真实之"真"与真妄之"真"，都强调看破或排除文化的幻觉而归真，但前者是一个动态的过程，随着社会、道德、文化的发展，"真"的要求也会发生相应变化。而后者则是一个绝对性概念，它是静止不动的。因为它将外部世界的"色相"一劳永逸地定义为"妄"，这样一来，也将处于反面的"真"绝对化了。这种"真"不是指向西方意义上的"自然"和"实存"之真，而是指向人心体的"本然"或"本来"之真。

近代以来，西方"真实性"观念对中国现代文学创作以及评价机制产生了巨大影响。在某种意义上，真实性标准成为文学评价的最高原则。尽管如此，时至今日，佛教意义上的"真妄观"，仍在中国的思想意识中占据重要地位。从文学的传承上来看，《金瓶梅》和《红楼梦》所极力渲染的"真妄"之辨，也在近现代以来的文学创作中起着重要而特殊的作用。我们也许只消举出张爱玲的例子，即可清楚地看到这种作用的痕迹。如果说，张爱玲的"虚无主义"存在着一个可以追溯的源头的话，毫无疑问，这个源头正是《金瓶梅》。

恶人之死

迷恋于《金瓶梅》的读者,在面对潘金莲、西门庆乃至于应伯爵的死亡时,想必会产生某种大致相似的道德困惑。按理说,从是非善恶的立场上来看,恶人被杀或死亡,照例会让读者产生大仇已报、称心如意的快感——我们在读《水浒传》时,宋江怒杀阎婆惜、林冲手刃陆虞候,都让我们真切地体味到了这种快意。奇怪的是,到了《金瓶梅》,这一切都发生了根本性的逆转。这些恶人的死亡,读者从中不仅体会不到这种去奸除恶的快感,反而会因为恶人之死,心有凄恻,叹息不已,乃至一洒同情之泪。

关于这一点,崇祯本的批评者代表《金瓶梅》的读者,对这种道德上的困惑做了这样一个归结:"不敢生悲,不忍称快。""不敢生悲"还是从道德是非着眼——恶人之临绝路,恶贯满盈,当属咎由自取;至于"不忍称快",则采取的是一种超越道德的立场,出于对生命本身的消逝和遭难心生悲怜。简而言之,读者在不由自主地为恶人之死悲叹洒泪之时,多少会有一点良心上的自责与不安,并能够意识到自己在道德是非的立场上不够坚定,从而产生出某种羞耻感。为了消除自己心中的不安,祛除心底的那一层羞耻感,读者会本能地采取某种特殊的步骤,努力去挖掘这些恶人身上的某些善良品质,并极力说服自己,这些恶人是配得上自己的同情的,从而抵消掉内心的困惑或矛盾。这或许是一茬又一茬的读者希望为西门庆和潘金莲翻案平反的心理动因吧。

不过,问题的关键显然不在于此。

阎婆惜和陆虞候的被杀,不会让读者感到任何困惑,这并不是说两人身上本无一善,更不能说西门庆、潘金莲乃至应伯爵,在道德上要高于阎婆惜和陆虞候。西门庆和潘金莲之所以让我们感到同情,是因为《金瓶梅》在塑造恶人的形象时,采取了与《水浒传》完全不同的叙事策略。也就是说,我们的道德困惑,根本上是源于作者强大的道德说服力和控制力,是"作者意图"的一个直接后果。说到底,《金瓶梅》的作者有意让我们停留在道德是非评判的暧昧区域,产生困惑或两难,进而去发现作者隐藏在背后的真正意图。不用说,《金瓶梅》的道德是非观念与作者意图,与《水浒传》有着根本不同。

《水浒传》描写武松杀嫂这一情节,十分简单明了。只是让潘金莲跪在武大的灵前,被逼招供,然后用尖刀胸前一划,抠出心肝五脏,旋即"肐察"一刀,割下头颅,便算完事。而在《金瓶梅》中,潘金莲被杀的过程被表现得更为细致,且更具色情意味。杀人之前,武松先将嫂子的衣服剥了个精光(究竟有多大必要,只有作者清楚),然后用手去摊开她的胸脯,"把刀子去妇人白馥馥心窝内只一剜,剜了个血窟窿,那鲜血就冒出来"。这里的"白馥馥"三字当属刻意为之,不是信笔写来。然后再写金莲的反应——"星眸半闪,两只脚只顾登踏"。前半句似乎还在杀人,后半句简直就是在杀猪了。接下来,作者用 "三寸气在千般用,一日无常万事休"这样的俗语寄托伤逝之意,继之以"初春大雪压折金线柳,腊月狂风吹折玉梅花"这样的比喻和联想来暗示武松之辣手摧花,将其复仇的正当性暂时抛置一边。随后的"娇媚不知归何处,芳魂今夜落谁家"二句,颇有五代诗人江为临刑时口占绝命诗的余韵。最后叙事者借"古人"之口赋诗一首,伤悼金莲之死的悲惨,其中"谁知武二持刀杀,只道西门绑腿顽"二句,则尤为惊人心魄。在这里,叙事者有意将西门庆与潘氏极尽淫荡的性爱游戏,与武松杀猪般的肢解过程并置在一起,实际上是欲望与死亡的并置(在作者看来,人生在世,似乎只有两件事情:一为欲望之煎逼与满足,一为死亡)。从这个意义上来看,武松在杀潘氏之前先剥取衣服的举动,似乎可以解释得通——叙事者故意将西门之戏与武松之杀联系在一起,从而使纵欲与死亡互为因果。当然,这两句诗还透露出另外一层含义,即潘氏死到临头仍不知其所以死,既不甘其死,亦不信其真死,浑浑噩噩,莫知其由,亦不知所止,一派懵懂小儿(或动物)的昏昧与愚顽。

在《水浒传》中,武松杀潘氏纯粹是复仇举动,所谓是非明、善恶辨、兄仇报。动机单纯,过程简单,如此而已。而到了《金瓶梅》,则多出了美人遭戮的缠绵悱恻,简单的复仇举动变成了莽汉武松的辣手摧花。潘金莲之死,随之被抽象乃至"提纯"了。从这个意义上来说,《金瓶梅》前承白居易的《长恨歌》,后启《红楼梦》的万艳同悲,但细究其旨趣,又与香山、雪芹判然有别。

与潘金莲一样,《水浒传》中的西门庆,同样是死于武松之手。可以说西门庆的被杀,就"正义战胜邪恶"这一观念的呈现而言,是必不可少的。而在《金瓶梅》中,西门庆之死则被赋予了太多的"贪欲丧命"的色彩。前有西门庆垂涎蓝氏的美貌而不得,急得拿来爵媳妇惠元来泄欲一节——所谓"未曾得遇莺娘面,且把红娘来解馋";后有将王六儿作为蓝氏之替身而一味纵欲,又在昏昏欲死之时惨遭潘金莲喂服胡僧药,终至油尽灯灭,髓竭人亡。从贪欲丧命这个角度来说,读者是否能够对西门庆之死寄予同情,在很大程度上取决于读者对欲望的理解和容忍度,取决于透过西门庆这面镜子反观自身之欲念的"诚实度"。作者对西门庆既同情又棒喝的暧昧主旨,也在暗中悄悄地指向了读者——如果你是一个斯多噶主义者、禁欲主义者或者"道学先生",那么西门庆之死实属咎由自取,死不足惜;如果你与西门庆一样陷入了色欲而难以摆脱,那么你的心态就会立刻变得复杂起来。在这里,《水浒传》中僵硬的是非善恶之辨忽然不见了踪影,取而代之的是"真妄"意义上对欲望的抽象思考。

当然尽管有贪欲丧命这样的主导情节,但西门庆之死也可以被看做是一个普通人的正常死亡。换句话说,西门庆之死固然是恶棍之死,同时也是丈夫、父亲或家中的顶梁柱(对于吴月娘而言)的正常病亡。在小说的第七十八回,西门庆第一次出现死亡征兆,极为突然。他在与应伯爵、吴大舅等人饮酒弹唱之时,陪客人坐着,竟然"在席上眴眴的打起睡来"。在这里,作者看似轻描淡写,但西门庆的反常举动,会让读者明确感觉到某种不祥之兆。到了第七十九回,他在喝酒时的众声喧哗、吹拉弹唱中,再度靠在椅子上"打睡",是对"恶兆"的进一步确证。至西门庆清晨梳头一阵昏晕,跌了一跤,死亡之征,终于表露无疑。吴月娘对西门庆跌跤的反应,是"魂飞天外,魄散九霄",说明她心中既有震惊,也已有了不祥的预感。她的反应,是妻子于丈夫身体突发恶兆之时的自然反应。接下来,西门庆寻医问药,求仙拜佛而渐渐不支,至临终留言交代后事而一命归西,也属于人情常态。作者一步步地铺垫,极其耐心地描写西门庆死亡的全过程,实际上隐藏着这样一个叙事上的用心:作为个别人(西门庆)的死亡,和每一个人的死并无什么不同。在这里,通过自然主义的实写,死亡反而被虚化乃至抽象化了。西门庆之死的每个步骤之所以能紧紧抓住读者的心,是因为叙事者暗中也希望我们从中看到芸芸众生(包括我们自己)的死亡,并在这个基点上来反思我们自己的欲望与"大限"的关系。正因为如此,当西门庆临死而贪生,自知将死而仍然哭着嘱咐潘金莲,让"姐妹们好好守着我的灵,休要失散了"之时,读者心有恻然乃至泪不能禁,亦在情理之中。

换句话说,作者强迫我们从西门庆身上发现我们自己。

不过依我之见,《金瓶梅》中写恶人之死写得最好的,既不是潘金莲,也不是西门庆,而是"谐谑之主"应伯爵的死亡。

应伯爵在小说中的身份,世人多以"帮闲"目之,其实只说对了一半。他固然有依傍豪门、骗吃骗喝的恶习,但他之所以混迹于西门之宅,与西门庆沆瀣一气、形影不离,其主要目的在于介绍生意,做捐客、当中介,为自己谋取佣金。因此应伯爵的真实身份应为经纪人。《金瓶梅》中写到的职业经纪人有好几位,应伯爵算是业余的。顺便提一下,在明代社会中,职业与业余的关系与今天的社会有时完全相反:"专业"往往被人看不起,"业余"反而地位极高。举例来说,明代的业余画家的地位要远远高于职业画家,这是一个基本常识。而在《金瓶梅》中,应伯爵的地位也明显要高于"徐经纪""王伯儒"一类的职业经纪人。

应伯爵圆通机变,伪诈世故,装疯卖傻而深藏不露,往来飘忽,神龙见首不见尾。应伯爵在西门庆死后,居然借祭奠之名赚取亡友的银子和孝绢,若从道德评判的角度来看,此人品行之不堪、人格之低下自不用多说。但此人的好处在于机趣幽默,舌灿莲花,妙语连珠。他还擅长恶作剧,专以插科打诨、胡搅蛮缠为能事。若仅从文章的修辞效果而论,应伯爵形象的生动性似乎还在西门庆、潘金莲之上,在《金瓶梅》中堪称首屈一指。此人之重要,几乎可以说,少了他,《金瓶梅》即无法成立。而且,这个人物在中国小说史的人物画廊里是空前绝后的——前无来迹,后无绍续。笔者在历年阅读《金瓶梅》的过程中,常常有这样无端的猜测:或许《金瓶梅》的作者,就是伯爵经纪人圈子中的一员吧。

那么,《金瓶梅》的作者,是如何交代这样一个人物的最终下场的呢?

我们知道,自西门庆死后,应伯爵即另攀高枝,改换门庭,去了张二官家。他不仅将西门庆的家底尽告于张二官,甚至隆重地向新主人推荐潘金莲和李娇儿,卖故主以求荣,此后便渐无音讯。至小说第九十七回,在西门庆死后嫁入守备府的春梅,要为陈敬济找个媳妇,嘱薛嫂帮她物色人选。过了两日,薛嫂来向春梅报信,说是找到了两位。一位是城里朱千户家里的小姐,今年十五岁,春梅嫌她人小不要;另一个就是应伯爵第二个女儿,年纪二十二岁,"春梅又嫌应伯爵死了,在大爷手内聘嫁,没甚陪送,也不成"。

应伯爵这样一个重要人物的死亡,居然夹缠在陈敬济的婚事中,由春梅之口不经意带出,可谓轻之又轻,冷之又冷,但却笔力千钧。读者阅览至此,恐怕会一时回不过神来吧。

　　读者也许会问:应伯爵是怎么死的? 他的女儿居然落到了大爷手里待聘,那么,应伯爵的妻子应二嫂、小妾春花、儿子应宝又去了何方? 作者一个字也没有交代,但一个显见的事实是,伯爵身后的萧索与败落,比之于西门庆家族更为惨切。所谓人亡迹息,万事荒败。这里的省叙或省笔,冷峻之极,使得伯爵之死显得既苍凉又玄远,与西门庆、潘金莲之死的浓墨重彩构成了明显的反差。

佛 眼

由于《金瓶梅》采取了佛道的框架结构，无善无恶的观念随处弥漫；由于"真妄观"的确立，在一定程度上放松了是非和道德判断，《金瓶梅》中的人物呈现出一种明显"向下运动"的迹象。且不说"参天地之化育"的言行出处，也不论经世安邦的政治情怀，即便是人伦之常的忠孝节义，在《金瓶梅》的人物身上差不多也已经丧失殆尽。明代的谢肇淛批评它"猥琐淫媟，无关名理"[①]，不为无因。实际上，《金瓶梅》中的人物主要是在其动物性的一面（即欲望的一面）展开的，有点类似于卡夫卡笔下的"类动物"。这些人物一旦被褪去了名理和道德的外衣，即迅速地滑向了动物性的生存，变成了与草木同朽的"众生"。在这种"向下运动"的轨迹中，我们很容易发现并捕捉到《金瓶梅》的叙事中所隐藏的那个"超级叙事者"。这正是历代批评者所津津乐道的那个"佛心"或"佛眼"。

在《金瓶梅》中，一方面，作者通过直接的议论或通过叙事代言人来描述并评价人物的言行（在这一点上，词话本与绣像本的作者立场存在着明显的差异，我们不久就要谈到）；另一方面，作者也借助于这个"超级叙事者"，通过高高在上的佛或者仙的眼光，来打量尘世中的

[①] 谢肇淛《金瓶梅跋》，《金瓶梅资料汇编》，黄霖编，中华书局，1987年3月第1版，第4页。

一切,并建立起最终的价值判断。由于这个"超级叙事者"的存在,居于"众生"地位的人,其所作所为是善还是恶,都变成了过眼烟云。

当然,这个"超越性视角"在文学中的运用,并不是《金瓶梅》独有的。举例来说,歌德偶尔也会引入这样一个类似于上帝之眼的"超级视角",来俯瞰人间众生。他曾说,人世间的一切挣扎和奋斗,在上帝的眼中,不过是永恒的宁静而已。再比如说,对于明道先生(程颢)而言,尧舜的千秋功业,从"道"的视角而言,不过是太虚中的一点浮云过目。

但不管怎么说,这个外在的、俯视性的、超越性的视角被引入《金瓶梅》的叙事,导致了两个互为悖谬的后果。

首先,通过佛的眼光来看,人世间的功名、利禄、挣扎、修为乃至背叛,都是欲望的产物,作者依附于这个立场对欲望本身展开终极性的批判。但更为重要的是,作者通过这个"佛眼"又对人世间欲望的煎逼以及人沉湎于欲望的昏昧与愚蠢,给予了无条件的慈悲和哀怜。"佛眼"对于"人"的宽宥和悲悯,与佛对众生(禽兽及草木虫鱼)的慈悲是一样的。不用说,在慈悲的意义上,佛道对于曾孝序与西门庆这样处于善恶两端的人,一视同仁。所谓"虾蟆、促织儿,都是一锹土上人"。这也就在相当程度上模糊了是非善恶的界限。

其次,"佛眼"在《金瓶梅》中同时也形成了一种屏障和保护。正因为这个"永远正确"的"佛眼"的慈悲和保护,作者就理所当然地获得了一种正面描述欲望(特别是赤裸裸的色欲)的道德勇气。从表面上看,《金瓶梅》作者依据的是"展现——批判——超越"这样一个心理逻辑,其道德的正当性似乎不容置疑。但作者对色欲、色情和性事不厌其烦且细致入微的描述,明显超出了主题呈现的必要性。这也使我们有理由去怀疑作者背后暧昧的动机。这里的关键问题,是作者对他所批判的色欲到底是一种怎样的态度。

毫无疑问,《金瓶梅》中的"佛眼",也是一个非人格化的视角。那么它与19世纪以来西方现代主义小说中时常出现的"非人格化"视角,是否存在着某种共通性?

我们不妨以20世纪50年代法国新小说的代表作家罗伯-格里耶为例,将两者做一番比较。

在格里耶的代表作《橡皮》(1953)中,无论是暗杀者格利那蒂(罪犯),还是被杀者杜邦(科学家)或者是侦探瓦拉斯、警察局长罗伦,他们都被作者置于同一个价值层面。这些人物身上所有的是非善恶和道德优劣均被作者以橡皮擦去,一同被擦去的还有人的情感与自主性。罗伯-格里耶所采取的,是一种更为彻底的相对主义立场。在他的另一篇名作《窥视者》(1955)中,杀人犯兼强奸犯马弟雅思,与被杀者(被奸者)、十三岁的牧羊少女雅克莲,也被作者置于同一个相对主义的价值层面。所不同的是,杀人者被作者赋予了更多的"人性"——雅克莲被奸杀后,目击暴行的于连对此事秘而不宣。这个岛上的所有人,都和于连一样,得了一种"冷眼旁观"病。除了彼此间的"窥视"之外,他们什么都不愿意做。也就是说,一个美丽的少女被奸杀这件事,对他们而言似乎完全没有发生过。反倒是罪犯本人因为担心罪行败露而被捕,自始至终记挂着雅克莲。也可以这么说,正因为被奸杀,雅克莲反而在这个世界上获得了一个"关心"她的"唯一者",有了一个"知己"。这当然是罗伯-格里耶惯用的反讽笔法。

罗伯－格里耶的这种反讽，与《金瓶梅》的"非人格化"叙事确有共同之处：两者都采取了大致相仿的相对主义立场，两者都是泯灭了是非善恶之后的"去道德化"，笔下的人物都有一种"向下运动"的迹象——《金瓶梅》中的人物趋向动物性的欲望，而格里耶笔下的人物则更趋向于客观之"物"。透过这种比较，我们似乎马上就会产生这样一种不太自信的猜测：难道说 20 世纪 50 年代在罗伯－格里耶笔下出现的这种"非人格化"叙事，在 16 世纪《金瓶梅》中，就已经有了某种端倪？

情况正是如此。

两者都是"去道德化"的，都滤除是非善恶，使神圣的、有着强烈道德律令及自主性的"人"向下运动，从而成为一般无善无恶的存在。从这一点来看，两者并无多大不同。

不过，假如我们要进一步追问，到底是怎样一种社会、文化和历史因素，导致了这种人物的"向下运动"？《金瓶梅》与罗伯－格里耶的非人格化叙事有着怎样的出发点、功能和效果？两者之间又存在着根本性的差异。

罗伯－格里耶的"非人格化"，可以被称为"物化"或"异化"，其哲学渊源似乎可以一直追溯到黑格尔的《精神现象学》，追溯到后来被马克思多次批判过的"异化"概念。罗伯－格里耶所关注的焦点，并不是一般的道德善恶，而是当代资本主义机制所造成的普遍"物化"：自主的个人，在资本主义市场环境中，变成无目的、无立场、无情感的"物"的存在。打个浅显的比方，人成了机械传送带上的一个零部件。

当然，罗伯－格里耶对"物化"的着迷，终于造成了某种悲剧和灾难性的后果。在他的《海滩》《咖啡壶》特别是《嫉妒》中,随着"非人格化""客观化"和"物化"的视角登峰造极,他的社会批判锋芒变得迟钝起来,"非人格化"叙事也变成了一种精深的修辞学图解。

我们应当注意的是,罗伯－格里耶的"非人格化"叙事之所以得以建立,显然是以基督教的衰落和"上帝之死"为前提,以对基督教文化、道德的批判和质疑为条件的(关于这一点,叔本华与尼采所推动的19世纪反理性的浪潮可以说是一个预演)。恰如陀思妥耶夫斯基所指出的那样,正因为是非善恶的决定权由上帝转交给了资产阶级法律和制度,对资本主义现实展开批判的前提之一,是必须首先质疑这种意识形态化的道德。只有依据这个逻辑关系,我们才能理解自19世纪中期以来西方文学"反道德""去价值化"乃至"物化"等相对主义思潮出现的历史进程。

在《橡皮》中,罗伯－格里耶所要回到的古代精神的原点并不是上帝,而是希腊的索福克勒斯,这也从一个侧面显示出作者的宗教文化态度。

而《金瓶梅》则采取了一个完全相反的路径。作者对明代中后期的社会失控和欲望横流所感到的深切绝望,迫使他寻找能解释并安慰这种生存和文化绝望的超越性价值系统。在基督教传入中国之前,他所能找到的或许只有佛教与道教,即透过"佛眼"来打量并批判尘世的欲望。由于慈悲和哀怜,这个"佛眼"预先就宽宥了人世中的欲望和罪恶,并将人降低到"众生"的地位,一律予以同情。这就造成了一个悖论:欲望和恶,周流于世间,给社会生活的人情伦理造成了巨大的威胁和破坏,而它又是事先被原谅和宽恕的。

坦率地说,悖论式的观念和题旨,在《金瓶梅》中几乎随处可见。这既可以表现晚明社会剧变中新旧观点的驳杂与并置,同时也深刻地反映了包括作者在内的社会大众的道德困惑。这种困惑,集中体现于作者对待欲望(特别是色情)的态度上。

色情问题

被视为阳明学泰州学派重要成员之一的邓豁渠,曾说过这样一句惊世骇俗的话:"色欲之情,是造化工巧生生不已之机。"[①] 说色欲是自然或人性的一部分,这大概没有什么了不起。可要说它是天地造化生生不息之机,那就不是一般意义上的离经叛道了。这是我所见到的明末思想家在论及色欲问题时最大胆的一个判断。此言一出,即遭到耿定向等人的严厉批判,说他是率天下人类而为夷狄禽兽。据说,这句话曾被邓豁渠写进《南询录》的草稿,后来在刻印此书时,这句话或删或改,在《南询录》中已经找不到了。邓豁渠的删改,或许是因为受到了耿定向的指责,但更可信的原因或许是,公开为色欲张目,在当时社会严肃的思想探讨中,仍然是一个极大的禁忌。即便是始终支持邓豁渠并为他辩诬的李贽(他曾为《南询录》写序),面对色欲问题,不管是言论还是行为,都慎之又慎。我们可以推断,单纯的色欲和情欲,在思想界的公开谈论中仍然属于不能触碰的最后秘密。可是这个"秘密"本身,在弘治以降的明代社会的日常生活中,早已暴露于光天化日之下。而从明代色情小说对于这样一个现实的反映来看,对色情的细致

---

① 这句话见于耿定向的转述,收在《耿天台文集》中。而邓豁渠本人的《南询录》中却无记载。参见〔日〕沟口雄三《中国前近代思想的屈折与展开》,三联书店,2011年7月第1版,第152页。

入微、夸大其词的描摹,不仅是世风所趋,而且早已泛滥成灾。

鲁迅先生在《中国小说史略》中论及《金瓶梅》,既说它"时涉隐曲,猥黩者多",又指出此书的写作,在当时实属"时尚"[①]。这里的"时尚"或许有两层含义:一为淫邪之风遍及朝野天下,颓风渐入士流之林;一为专叙床笫之事的小说作品,在当时也已蔚然成风。

在《金瓶梅》中,叙及潘金莲的身世,作者说她九岁就卖在王招宣府里习学弹唱。主人闲常又教她读书识字,因而到了十二三岁,金莲就会"傅粉施朱""品竹弹丝"。十五岁时王招宣死,复以三十两银子,卖入张大户家。张大户竟然也教她习学弹唱。金莲之琵琶技艺,先后有两位"名师"指导,想必更趋精纯了吧。

这一大段描述(为《水浒传》所无),勾画出了潘金莲由王招宣(官宦)蓄养,至张大户(有钱人)教习,最终流落民间,落入武大郎之手的曲折经历。当然,作者为铺排情节、塑造人物计,插入这段出身,不过是小说家言,我们自然不能将其视为社会生活的实录。可是我们若将潘金莲的所谓身世,与明末名妓柳如是的生平做一番比较的话,也许会大吃一惊。柳如是不仅历史上实有其人,而且其身世经过陈寅恪先生的一番梳理,载之史乘梼杌,班班可考。

柳如是也经历了与潘金莲几乎完全一样的命运——幼年时即被盛泽名妓徐佛收为养女,受教诗词歌赋;随后被卖入宰相周道登家为婢女。柳如是之所以被逐出周家,有人说是源于柳如是与仆人之间的情事败露,但实际上是因为她与周道登的"暗通款曲",为妻妾忌惮所

---

① 　鲁迅《中国小说史略》,中华书局,2010 年 1 月第 1 版,第 113 页。

致 ①。这与潘金莲在张大户家的遭遇大致相同。

虽说潘、柳二人均经多次转卖而最终流落民间，但柳如是的命运，似乎要比潘金莲好得多。潘金莲学的是琵琶，识字不多，除了供人赏乐，一无所用；而柳如是学的是更为精深专门的文章诗词，其部分诗作一直流传至今，为风雅之士讽咏不已。柳如是最终流落风气开化、富甲天下的江南，以"自由人"的身份，与江南名士(如陈卧子之流)周旋唱和，并有诗名，最终归于"白个头发黑个肉"之文坛领袖钱牧斋，亦可谓"修成正果"。

由此可见，潘金莲之身世，亦非完全出于小说家的虚构。衡之于当时蓄养伶优唱妓以供富贵之家享乐的普遍风气，也算是"于实有据"吧。

《金瓶梅》中的性事，固然有鲁迅所批判的"专意于性交"的一面，但也写到了作为性风俗和性文化的一面。按理说，既然《金瓶梅》中涉及大量关于妓院的内容，性描写理当于这类场合极尽铺叙才是。可令人奇怪的是，不论是李桂姐家，还是郑爱香家，西门庆、应伯爵之流去"嫖妓"，总是一大帮人，很少有单独前往的。他们在妓院吃喝调笑、唱词吟曲、插科打诨，虽说偶尔也会讲讲荤段子，但作者却极少描写性事场景。可见这伙人去妓院，并不专以性交为事，而只是聚众取乐。虽然每次西门庆都会"留宿"，但作者似乎对留宿后的"事态"没什么兴趣，往往草草交代两笔就算完事。西门庆到了这类场所，亦能遵循妓家之礼节。他虽不识多字，倒也颇能附庸风雅，甚至颇多考虑妓者

---

① 　陈寅恪《柳如是别传》，三联书店，2001 年 1 月第 1 版，第 60—61 页。

的喜好和心理,曲意逢迎。这与他对待家中奴仆妇女如贲四嫂、如意、惠元等人的鲁莽态度——进门就干,完事即走——确乎迥然不同。

由于世风所染,作为靠生意发家的新型商人,西门庆显然不再满足于简单的性事,已经有了将性作为一种文化来消费的明显意图。潘金莲会弹琵琶,孟玉楼会弹月琴,李瓶儿则是一个极有时尚趣味的妇女。春梅什么都不会,但也无妨,西门庆会专门请人来教她演习。不论是在宴席之中,还是在床笫之侧,伶优的浅斟低唱亦无时无之。

然而,将性作为一种带有享乐主义色彩的社会交往和娱乐方式,辅之以戏曲、吟唱、诗词、猜枚行令和投壶等游戏名目,并不自《金瓶梅》始。在唐宋诗词中,这种"春梦朝云"的雅事时常是骚人墨客的固定题目,而这作为一种生活习俗,在宋代的《东京梦华录》中已有了详细的记载。不过,这样一种"风雅",一般来说都局限于帝王贵胄和文人士大夫阶层,而在《金瓶梅》中,这种高度仪式化的"赏心乐事",开始向新兴阶层(如胸无点墨的商人)蔓延。当然,《金瓶梅》对瓦肆勾栏的描述方式,也深刻影响到后世的小说创作。到了近代的《海上花列传》,作者干脆直接将故事的主要情节放在了妓院中。韩邦庆的这部小说虽有"狭邪"之名,但于通篇的风花雪月之中,竟无半字涉及露骨的性事,相较于它所学习的《金瓶梅》,亦可谓有出蓝之概。

问题是,如果说《金瓶梅》在描写勾栏妓院的酒食饮乐时,笔墨尚可节制,可一旦涉及潘金莲、李瓶儿、孟玉楼、庞春梅、王六儿等"家人",其赤裸裸的笔致,可谓不厌其烦、不厌其细,摹声绘影,纤毫毕现。其在当时及后世,受到"淫荡邪乱,贼民蠹国"之诟病,毫不足怪。

《金瓶梅》所写的性事,大致可分为以下三类:

第一类为男女异性之间的交媾，这在全书的色情描写中占了绝大的比重。

第二类即是所谓"男风"，即同性男子之交欢情事。有此种嗜好的人，以"读书人"温葵轩为最。有一次，西门庆傻呵呵地请温葵轩师傅去妓院中开眼，可温师傅却如坐针毡，表情十分痛苦，不久即要告辞而去——温葵轩对花枝招展的女性，并无任何兴趣。应伯爵对西门庆打趣说："你把温老先生有本事留下，我就算你好汉。"可见温葵轩专盯男童屁股之恶名（他的绰号就叫"温屁股"）早已遐迩皆知。

第三类即是以西门庆为代表的"双性"取向。当然，总体而言，西门庆仍以不知疲倦地渔猎女色为首要事务，娈童不过是偶尔为之罢了。而陈敬济齿白唇红、一表人才，不仅惹得妇女们眼馋——潘金莲、庞春梅、冯金宝和韩爱姐等人先后投怀送抱且情义深笃，他在落难后居然成为街头"引车卖浆"之同性玩弄作践的对象。盖陈敬济之同性倾向，实以被迫的成分居多。

至于说到乱伦，考之于小说中的人物关系，也不能说完全没有——比如李桂姐之于西门庆、潘金莲之于武松、王六儿之于韩二等，但作者毕竟没有就这层关系做任何的渲染。也许淫风所及，在当时的底层社会中，像叔嫂、姑侄一类的亲缘乱伦，已经算不得什么大事。《金瓶梅》中唯一称得上有真正乱伦之嫌的，或许只有潘金莲与陈敬济这对"欢喜冤家"。但潘金莲不过是西门庆的第五房小妾，且与陈敬济年齿相近，两人暗中勾在一处，虽有悖人伦，亦非完全不可理喻。而色情小说中常有的女性同性恋、暴力强奸、变态、群交等事，《金瓶梅》则基本没有涉及。

　　按张竹坡的说法，《金瓶梅》的作者蓄意要隐去姓名，而我们后代的读者却硬要将这个作者挖出来示众，似乎多少有点对作者不敬，或者说有点不太人道。照此推论，考虑到作品中大量露骨的性描写，作者显然是在"反正读者不知道作者是谁"这样一个相对安全的前提下开始写作的。作者为彻底隐瞒自己的身份，想必有过一番殚精竭虑的周到安排。这恐怕是《金瓶梅》之作者考证，历时数百年而一无所获的原因之一吧。

　　这种隐去姓名的决绝态度，想必给写作带来了极大的自由。至少从理论上来说，可以在写作中毫无顾忌。那些令人匪夷所思的性交名目，以如此触目惊心的方式直言无隐，与"匿名写作"的策略有很大的关系。

　　不过，世人谈及《金瓶梅》，往往将它视为中国色情小说的鼻祖和渊薮，或者说将它视为色情文学登峰造极的奇观。这当然是一种误解。事实上，在对色情的描写方面，《金瓶梅》既不是第一部，也不是最露骨、最大胆的一部。鲁迅所说的"时尚"也可以从这个层面来理解。

　　按陈大康先生的描述，早在《金瓶梅》问世数十年前的弘治、正德年间，像《花神三妙传》《寻芳雅集》《天缘奇遇》《如意君传》一类有大量色情内容的作品，已先后问世①。而《如意君传》作为描写武则天与薛敖曹性事的小说，在社会上流布极广。它不仅是《金瓶梅》所仿效的对象，甚至也是明代很多色情小说如《痴婆子传》《绣榻野史》的

———————————

① 　陈大康《明代小说史》，人民文学出版社，2007 年 4 月第 1 版，第 422—423 页。

蓝本之一。而若要说到性描写之刻露、恣纵,与《金瓶梅》同时或稍后的色情小说如《痴婆子传》《绣榻野史》《浪史》《僧尼孽海》《灯草和尚》《欢喜冤家》《玉闺红》《弁而钗》《宜春香质》《素娥篇》等作品,则更为大胆和无所顾忌。部分色情作品中的淫秽文字,已不是一般意义上的男女交合,涉及到了比单纯性事更为隐秘或幽暗的"性虐"领域:比如对性变态或性扭曲的刻画入微(《欢喜冤家》),带有道家房中术色彩的性爱招式大全(《素娥篇》),专门描述肛交的"男风宝典"(《龙阳逸史》),津津乐道于扒灰偷媳、叔嫂乱伦的痴女自传(《痴婆子传》),以多人群交、乱伦及窥视癖为能事的"吕氏春秋"(《绣榻野史》)[①],写母女同事一男、兄妹相奸却"别有情趣"的浪子纵欲(《浪史》)。这类作品的旧刻本,往往还配有春宫图示或图解,堪称"左图右史"。可以说,即便是今天消费性的成人电影或网络上流行的"耽美"小说,恐怕也要相形见绌。这类小说,在历代严遭毁禁,是理所当然的事。

所有这些色情小说关注的性事和性幻想,侧重点或有不同,但都无一例外披着一层道德说教、因果报应的外衣。对性放纵和对欲望的批判,往往是虚晃一枪,实际上成了作者们创作这类小说的道德外衣。一方面是批判社会的不成体统,揭露纵欲的后果及报应,用以劝诫世人;但另一方面,又对笔下的淫秽内容穷搜逖览,津津乐道。某些相对严肃的作者,确实构建了主人公严酷乃至悲剧性的结局和果报命运,以图劝世。但大部分作者由于提前知道了读者在阅读此类作品时的真正着眼点,所谓的道德说教和因果报应,往往点到为止,其真正的

① 《绣榻野史》据传为吕天成所作,但没有定论。

"作者意图"，毫无疑问，不过是宣淫诲亵，以逞其快。确如鲁迅所言，作者专意于铺叙的，无非是性交罢了，其越人伦常情，如有狂疾。

而作为描述 16 世纪广阔社会生活的百科全书，《金瓶梅》的主题涉及社会的商业、经济、市井文化、法律、道德及文化观念等众多领域，"性"不过是作品中众多主题之一。其与明代社会勃然兴起的色情小说，固然存在着根本的不同，但倘若仅就色情和性描写而言，毫无疑问，《金瓶梅》仍然处于这个色情泛滥的文化系统之中。

如果我们将《金瓶梅》放到整个明代的色情文学背景中来考察，我们便能够准确地把握住其作者对于性或欲望的矛盾和暧昧态度。和明代的色情小说一样，《金瓶梅》同样披着道德说教的外衣，打着批判的幌子，为自己所披露的猥亵和淫荡内容寻求道德庇护。不用说，在色情内容的呈现上，《金瓶梅》无法与这些作品完全划清界限。换言之，这种貌似不留余地的批判和说教，与同时期色情小说的写作套路没有什么不同。

那么接下来的问题是，这种赤裸裸的色情描写，到底在多大程度上是正当的，或者说是有意义的？要回答这个问题，我们也许首先要去反问：为何中国的色情文学创作，会选择在明代中期至明末这个特殊的时代里集中喷发？它是偶然的吗？

对于《金瓶梅》的历代读者或研究者来说，他们在为《金瓶梅》的色情内容进行辩护时，其理由往往集中在以下两点：

其一，当时的社会风气本身就是淫荡的，小说不过是一种隐喻和记录而已。对明代社会史的研究，确实可以找到这方面的证据。谢肇淛所说的"娼妓满天下，终日倚门卖笑"的社会风气，可谓南北皆然。

正因为如此，很多色情小说的作者，在其弁言中，往往都宣称自己的作品是"实录"。尤可骇怪者，如《浪史》一书，竟然一反"纵淫贪欢，必致髓尽人亡"的传统套路，公然宣称，放荡的生活不仅不会有碍身体健康、导致家破人亡，反而可以得道成仙。《浪史》的主人公，最终隐居在湖畔幽美的园林之中，与他的几十个妻妾其乐融融、与世偕忘，并最终得道，位列仙班。由此可以想见，当年的淫佚之风之惊世骇俗，已到了何种程度。

其二，由于明代中后期的政治衰弛，社会与道德混乱，士大夫和文人大多深感绝望。由于找不到出路，他们可以做的似乎只有两件事：一是纵情于男女声色；一是构建亭台楼阁，在封闭的园林中"洁身自好"，逃避政治，并培养醉生梦死的所谓"个人趣味"。这也可以解释，为什么在绝大部分色情小说中，都有相对封闭的华美庭园；也可以解释，为何直到清军占领北京并攻击南下之时，那些"愧无半策匡时难"的江南文士，竟然还在忙着修亭造园，纵情于诗酒歌妓。

以上两个理由，似乎都是有道理的。但问题的复杂性，显然不止于此。

伦理学的暗夜

我们知道,尽管《金瓶梅》对于色欲采取了强烈的批判或否定态度,但从某种程度上说这种姿态是虚伪的。《金瓶梅》的叙事者对色欲其实并不反感。否则,他就不会在作品中连篇累牍且乐此不疲地加以赤裸裸的呈现了。我们也知道,《金瓶梅》这种对色欲既否定、批判又呈现、欣赏的方式,在明代色情小说序列中是十分常见的做法。道德上的批判或说教,往往不过是一个幌子而已。然而,奇怪的是,当严格意义上的色情小说在欧洲 18 世纪大规模出现之时,西方的作家们,竟然不约而同地采取了与中国明代同类作品完全一样的做法。

比如说笛福(Daniel Defoe)的《摩尔·弗兰德斯》、约翰·克莱兰(John Cleland)的《范妮·希尔,或一个荡妇的回忆》、努加雷(Pierre Jean Baptiste Nougaret)的《沦落风尘的村姑》等作品,都无一例外地以道德训诫和说教,作为"情色"的外衣。即便是狄德罗《拉摩的侄儿》这样的"反道德小说",也设置了一个狄德罗与"侄儿"的对话结构——叙事者所扮演的,是一个道德说教者的角色;而"侄儿"的言行所呈现的,则是具有强烈叛逆性格的"恶"和"异化"。

我们套用西蒙娜·波伏瓦的概念来说,在中西方不同的历史进程中,都出现过一个被称为"伦理学暗夜"的时期——西方社会公开质疑上帝及其基督教伦理,中国则是质疑程朱理学及其世俗化的社会道德。两者的出发点都是大规模经济发展所导致的价值和道德困惑。在新思想冲决旧有的道德藩篱的过程中,它需要一种既维护旧道德(主要是策略上的说教),同时又让新的思想观念得以出现(多半是以"恶"的形式)的矛盾结构。我们知道,黑格尔在解读《拉摩的侄儿》一书时,一眼就看出了前者(道德说教者)的惺惺作态,而认为后者(赤裸裸呈现的"恶行")才是狄德罗作品中唯一重要的东西。

值得一提的是,像《摩尔·弗兰德斯》或《范妮·希尔,或一个荡妇的回忆》等情色小说,都无一例外地采取了主人公独白或回忆的方式,即第一人称叙事,通过主人公自己回忆性的陈述,来向读者披露其"堕落"的历史。不用说,这种叙事方式与奥古斯丁以来就流行的"忏悔录"体,有着很深的关系。事实上,"忏悔"本来即是一个理想的"矛盾结构"——忏悔是对道德的维护(一种隐藏得很深的自我保护),而忏悔的内容,往往才是作者真正的意图所在。如果说西方文学的第一人称叙事是由 18 世纪的情色小说(包括"忏悔录"文体)而发端的,恐怕并非无据。有意思的是,与《范妮·希尔,或一个荡妇的回忆》一样,明代万历年间的《痴婆子传》,竟然也采取了第一人称的"予",通过主人公阿娜的回忆来讲述其一生的淫荡史。奇怪的是,这种第一人称叙事的手法,在明代的小说创作中不过是昙花一现。

若把 18 世纪欧洲所谓的情色文学,与中国明代的色情小说做一个对比,我们就会发现,西方情色文学在《绣榻野史》《欢喜冤家》《痴婆子传》这类作品面前,简直就像是一个青涩而害羞的小学生。这些作品连性器官都不敢实写,而仅仅由比喻来暗示,其因色情而遭到禁毁,往往令后世的读者困惑不解。

　　导致这种差异的原因很多。但我想,其中一个值得注意的原因是:欧洲 18 世纪的情色小说(除极少数的例外,如法国的《好家伙修士无行录》),绝大部分都署上了作者的真名,即便他们在描写色情时处处小心翼翼,因书籍被禁而遭逮捕入狱的事也时常发生。而中国明代的色情小说则一律是匿名写作,作者写作这类作品的目的往往是为了满足读者的色欲想象与好奇,刻诸枣梨以获利。

　　我的意思当然不是说,在欧洲 18 世纪的文学作品中,就找不到一部堪与明代"禁毁文学"相媲美的真正意义上的"色情小说"。在这里,我们或许应当提及法国作家萨德(Marquis de Sade)的作品。不论是对社会道德攻击的激烈程度,还是其色情描写的大胆,萨德都堪称是 18 世纪欧洲情色文学首屈一指的典范。

　　在《金瓶梅》中,西门庆临死之前,曾可怜而伤感地拉住潘金莲的手,满眼落泪地对她说:"我的冤家,我死后,你姐妹们好好守着我的灵,休要失散了。"西门庆一生的理想,或许就是拥有一个巨大的花园,让众多姐妹都环绕在自己身边,长相厮守。他一面在物色各种美女,并把她们弄到家中;一面盖造园林,让花枝招展的女人簇拥在自己身边,纵情享乐。《红楼梦》中的大观园可以视为西门庆宅院的改建与扩大。它既在尘世之中,又在尘世之外,仿佛是"人迹希逢,飞尘不到"的太虚幻境在人世间的投影,与外部世界既保持着联系,又相对封闭独立。

　　由大观园,我们几乎立刻可以想起萨德的那个远离尘嚣的拉科斯特城堡——在这个城堡中,萨德建立了一个与世隔绝的"淫荡天国"。当然,我们或许还可以提到,当明末《春梦琐言》的作者需要为笔下的性爱男女找到一个理想的性交地点时,他马上想到的就是陶渊明的《桃花源记》,其"理想国"的规制与景物,与陶渊明笔下的"桃花源"十分类似。

在萨德的《索多玛的一百二十天》中,四位淫乱者身处森林深处的城堡中,和他们的性奴们一起与世隔绝。在罗兰·巴尔特看来,这座人迹罕至、飞尘不到的隐秘处所,具有童话般的性质:陡峭的山峦,只有独木桥可通行的绝壁、围墙与深沟,甚至还有令人惊恐的大雪①。这些纵乐者除了睡眠和饮食之外,照例是一刻不停地进行着鞭打、肛交、残酷的肉体折磨、吃粪等各种疯狂的性虐。阅读这部小说或观看由意大利导演帕索里尼所改编的同名电影,我们不难发现,所有的性虐过程,似乎都是一幕幕预先经过彩排的戏剧。华美的舞台布景、服装和道具,都具有某种梦幻般的舞台效果。小说中不厌其烦加以刻画的精致美食,则与性放纵相辅相成——为这些纵欲者所安排的饮食,必须能够迅速补充精液的消耗,同时能够使那些受虐女子变得肥胖,为变态狂提供"圆润丰满"的阴道。某些食物能使受虐者产生催眠效果,另一些则会人为地导致腹泻,以便施暴者满足嗜粪之欲。

我们知道,在《金瓶梅》中,精美的饮食同样得到了非同一般的强调,旺盛的食欲总是与淫乱的能力互为表里。当西门庆食欲减退,只能喝粥或喝汤时,他的身体随之变得衰弱,生命也就走到了尽头。

尽管萨德笔下的暴虐、乱伦、性倒错乃至杀戮是如此的令人瞠目和惊怵(萨德不仅是西方"黑色小说"的始祖,甚至是弗洛伊德的先

①〔法〕罗兰·巴尔特《萨德》,《罗兰·巴尔特文集》,李幼蒸译,中国人民大学出版社,2011年8月第1版,第2页。

导），但罗兰·巴尔特却认为，萨德并不是一个严格意义上的"色情作家"。他的那些"色情"，至多不过是一些语言或文字上的游戏——它并不是对尘世生活中性乱的反映，而仅仅是一种没有任何道德约束的空洞想象。与其说它是色情，还不如说是色情修辞；与其说它是可能之事，还不如说是一种恶作剧式的舞台场景的组织和连缀（萨德本人是总导演）①。比如说，"他在两分钟之内给了我一百二十次高潮"这样的句子，并不指向一个事实，而仅仅具有某种修辞或象征意义，在现实生活中是绝不可能发生的。正因为如此，罗兰·巴尔特将萨德的作品，视为一种深思熟虑的"非现实主义"寓言②。

　　不过，对统治者（书报审查机构）来说，或许真正危险的并非是色情，而是对色情的想象以及乌托邦式的写作。萨德成年后的大部分时间，都是在监狱中度过的。他两次被判死刑，三十八岁之后受到了永久的监视与囚禁。在贵族主导的历史时期，他被关在巴士底狱的时候，还有机会"疯狂地写作"，通过仆人将作品带出监狱去发表（电影《鹅毛笔》演绎了这个传说）。而到了资产阶级上台，他与墨水、纸张的关系被彻底斩断，意识形态机器转而宣布他为疯子。也许萨德只有通过偶尔被允许的"狱中散步"，在大脑中构思并阅读那些匪夷所思的小说了。应当说，萨德笔下的性虐事件，与《金瓶梅》中的自然主义色情完全不同——前者是夸张的，虚饰的，幻想性和象征性的，而后者则是一种现实意义上的实录或模拟。

---

① 〔法〕罗兰·巴尔特《萨德》，《罗兰·巴尔特文集》，李幼蒸译，中国人民大学出版社，2011 年 8 月第 1 版，第 12 页。
② 同上，第 22 页。

但是在萨德的作品与《金瓶梅》之间,并非没有值得我们关注的思想或价值共同点。

作为正在没落的贵族阶层中的一员,萨德对正在上升的资产阶级既憎恶又恐惧。他不愿意与新兴的资产阶级共享权力,但又无能为力。因此,作为一个暗喻,在两性关系中平等的、共享的性享乐,也让萨德感到厌恶而不能接受。用他自己的话来说,任何共同分享的快感,都是不能接受的。这是萨德式暴虐(即透过不平等的虐待获得快感与满足)产生的重要原因。当然,在私生活中,萨德本人也只有通过频频光顾妓院去虐待妓女,才能重温贵族阶级正在失去的统治权,他所付出的报酬,正是对"暴君角色"或"贵族身份"进行赎买的佣金。我们在福克纳《喧哗与骚动》的那个昆丁身上,也能清晰地看到贵族庄园制被破坏后,给他造成的某种"性倒错"。

顺便说一句,将萨德描述成某种意义上的"社会主义者"是完全错误的。他固然要求建立一种全面的"社会主义",来废除私有财产,但他又矛盾地要求在这个社会中保留自己的城堡和土地。他呼吁社会主义,是出于对资产阶级意识形态"孩子式"的反抗。这样一个处处受到伤害和羞辱的旧贵族,唯一能做的事,就是在纸上建立一个孤独的、与世隔绝的剧场和乌托邦,通过变态的性虐来维持君主权威的幻觉。

而《金瓶梅》中的西门庆毫无疑问是一个新兴商人阶层的代表,是16世纪中国流动社会中出现的"新帝王"。通过大运河从南方运来的美食(鲥鱼和枇杷),居然在抵达皇宫之前就进入了他的家中,被摆上餐桌。与萨德的落魄、潦倒和变态不同,西门庆是踌躇满志、洋洋自得的。而《金瓶梅》中的性爱及其隐喻，也与萨德的相关文字判若霄壤。西门庆像收藏家一样地收藏女人，通过占有女人的多少来丈量自己新兴王国的疆域。西门庆的行为也是"孩子式"的，他通过从生意和官场中得到的金钱，致力于建立一个理想的女儿国。在财富所带来的纵欲和挥霍中，"性"始终是一个象征着征服与权力的隐秘中心。

西门庆的宅院虽然不像萨德的城堡那样远离尘嚣，但却并非没有"乌托邦"性质。萨德的乌托邦崩溃之后，他唯一可去的地方就是监狱；而西门庆则是迅速走向自己的死亡。在西门庆的全盛期，他想要的女人可以尽数到手，背叛他的人(如李桂姐)也会向他认错，重归他的麾下，并接受他的保护。不过这同样是一种幻觉。黄氏、蓝氏无声的拒绝，则轻易地让他的梦幻世界瞬间倒塌。因此，《金瓶梅》中的乌托邦世界，是处于上升期的新兴阶层的"南柯一梦"。

西门庆与萨德及其笔下的主人公一样，都具有强烈的反道德倾向。他们从根本上憎恶美德，藐视法律。萨德的反道德和藐视法律，是因为他的贵族梦正随着上帝的死去而衰歇，他在无所适从中通过想象的恶作剧方式向这个社会发出抗议，通过变态的扭曲和戏仿，来对这种异己的意识形态进行嘲讽。从某种意义上说，西门庆的行为也是玩世不恭的、恶作剧式的，他对道德与法律的不屑一顾，源于他作为新兴阶层志得意满的权力幻觉(在《红楼梦》中则变成了好淫者"恨不能尽天下之美女供我片时之趣兴"的巨大梦幻)，他能说出"即便是强奸了嫦娥也无妨"这样的话，表明他对自己权力的不受约束、他的性爱王国的无边无际信以为真。

自然、本然与虚无

我们或许还可以从另外的角度，来理解萨德或《金瓶梅》。

萨德不遗余力地攻击上帝和基督教神学。萨德的作品中并非没有恐惧，但却从未有过对于上帝或彼岸世界的恐惧。他声称，对于上帝的遵从，是人类唯一无法原谅的错误。除了现世的享乐（它能够为感官所确证），世界上根本就没有什么末日审判或宗教裁判所。而在这样一个感官世界中，情色是首要的动力和最后的目的。

萨德不遗余力地攻击现世的法律。他认为法律是人为的，甚至是任意的，根本经不起任何推敲。法律从未带来任何形式的公平和公正，相反，它加剧了世俗世界的不公正："他赞成私刑复仇，而不是法庭：人可以杀人，但不能审判。法官的自负要比暴君的自负更咄咄逼人。因为暴君仅限于与自我相符，而法官却试图将自己的观点订立为普遍法则。"[①] 实际上，在萨德看来，所谓的法律，不过是资产阶级共同利益的另一个隐秘表述而已，因此，反抗这个罪恶的社会的首要前提，就是把自己变成一个罪犯。他致力于建立一个没有任何法律约束的革命政权。

萨德不遗余力地攻击道德和美德。在他看来，所谓的道德或美德，

---

① 〔法〕西蒙娜·德·波伏瓦《要焚毁萨德吗》，周莽译，上海译文出版社，2012年1月第1版，第83页。

不过是弱者的"屈从性"概念(这与尼采的表述是多么一致!)。美德是不公正和暴行的装饰品,因为所谓美德与善,既不存在于上帝的天国,也不存在于世俗世界的任何地方。道德是资产阶级人为且刻意建立的、故弄玄虚的普遍准则,因而总是披着伪善的外衣,任何美德都服务于提倡者的利益。致力于善,不过是屈从于恶。因此,萨德希望用玩世不恭的享乐主义,与虚伪的道德相抗衡。

那么,萨德的这些重要思想究竟是如何产生的?或者说,导致这些思想出现的哲学基础是什么?答案因人而异。但在我看来,构成萨德思想的背景中唯一重要的因素,是对"自然"的发现。我们也许可以追溯到18世纪欧洲(尤其是在法国)兴起的"自然神学"。卢梭、孟德斯鸠和狄德罗的思想对于启蒙运动的影响已人所共知。而布封、普吕什神父、温克尔曼和林奈,不约而同地醉心于自然史和博物学的研究,致力于在社会秩序与自然秩序之间建立某种联系。从18世纪30年代起,法国所出现的有关自然的专著,自《自然之奇观》(普吕什,1732)至《自然研究》(贝尔纳丹·德·圣比埃尔,1784),可谓层出不穷,数不胜数①。

没有多少直接的证据能够证明,萨德受到了上述这些思想家的影响——在萨德的晚年,他在监狱中曾经要求看守提供卢梭的作品,但遭到了拒绝。但"自然神论"在思想界的发酵与传播,已迅速影响到了社会政治和一般公众的思想意识,萨德当然也不应例外。举例来说,在沃尔夫·勒佩尼斯看来,法国大革命(萨德经历了全过程,并深深地

---

① 〔德〕沃尔夫·勒佩尼斯《何谓欧洲知识分子》,李焰明译,广西师范大学出版社,2011年6月第1版,第243—244页。

被卷入其中）就是一场以"自然"之名发动的革命，以至于"在巴黎的街道和广场上，每个人都在说一个词，这就是'自然'"①。孟德斯鸠也在《论法国》中宣称："自然是一位猜不透的女士，如今人人都在夸口说对她了如指掌，就这样败坏她的名声。"②具有讽刺意味的是，罗伯斯庇尔在处死"自然崇拜者"孔多塞侯爵的时候，使用的理由竟然也是"奉自然之命"③。

我们也很容易从这些法国大革命时期的政治家身上，看到萨德的影子。波德莱尔曾说过这样一句很有名的话："法国大革命是一帮好淫者搞起来的。"④米拉波、罗伯斯庇尔、拉克洛和卢韦等人，都创作过为数不少的情色小说和诗歌⑤。也就是说，在色情文学的出现与"对自然的发现"之间，确实存在着某种"自然"的联系。

不过，萨德对自然的态度，是充满矛盾和犹疑的。正如西蒙娜·波伏瓦所指出的那样，"他抄袭自然，同时憎恨自然"⑥。一方面，自然是沉默而残酷的，它有着自己的法则。人类依附于自然，依附于康德所谓的包围着岛屿的"幽暗大海"，就像是泡沫和蒸汽一样——可以存在，也可以不存在⑦。自然依据自身的装置和逻辑，默然地重复着吞吐人类

---

① 〔德〕沃尔夫·勒佩尼斯《何谓欧洲知识分子》，李焰明译，广西师范大学出版社，2011 年 6 月第 1 版，第 242 页。

② 同上，第 243 页。

③ 同上，第 241 页。

④ 刘文荣《欧美情色文学史》，文汇出版社，2009 年 2 月第 1 版，第 141 页。

⑤ 同上，第 141—142 页。

⑥ 〔法〕西蒙娜·德·波伏瓦《要焚毁萨德吗》，周莽译，上海译文出版社，2012 年 1 月第 1 版，第 73 页。

⑦ 同上，第 61 页。

的机械运动；而另外一方面，人应该在一个更高的意义上，以一种伦理学的决断为前提，挣脱自然的束缚，重获自主性和创造力。

这一观念，与19世纪中期出现的尼采的相关论述，具有惊人的一致性①。尼采曾这样来描述自己的抱负和使命："我的任务是：自然的非人化，然后是人的自然化，当他赢得了'自然'这个纯粹的概念后。"②西蒙娜·波伏瓦曾明确指出，萨德的思想宣告了尼采、施蒂纳、弗洛伊德以及"超现实主义"的出现。

所谓自然的非人化，指的是重新评价"非自然"的人类文化，并重新估价一切价值系统，对基督教神学及其所庇护的道德原则进行坚决的批判；而人的自然化，则是聆听自然之神"狄俄尼索斯"的智慧，进而了解到"人是一个高于自身的存在"，在与世俗权力、道德与庸俗的享乐主义的不懈斗争中，重建人的自由与尊严。

应当说，在尼采生活的19世纪中叶，科学对于自然的研究和阐释，远远地超越了萨德的时代。与黑格尔一样，尼采预感到了人类历史出现终结的巨大威胁。尼采笔下的"自然"，更多地与"起源"或"终结"这样的概念联系在一起。人类在萨德的笔下是泡沫或蒸汽，而在尼采的笔下则变成了病菌。

坦率地说，我并不认为"虚无"这个概念是尼采或施蒂纳发明出来的，从某种意义上说，"虚无"正是那个时代知识界和大众生活的"心

---

① 〔法〕西蒙娜·德·波伏瓦《要焚毁萨德吗》，周莽译，上海译文出版社，2012年1月第1版，第4页。

② 〔德〕吕迪格尔·萨弗兰斯基《尼采思想传记》，卫茂平译，华东师范大学出版社，2010年11月第2版，第262页。

灵现实"。尼采恰恰生活于"祛魅"的现代思想与庸俗乏味的虚无主义的夹缝之中。通过对犬儒式的享乐主义的批判,他发现了其背后"虚幻而软弱"的集体意识;通过这种集体意识,他发现了法律、道德及种种权力构架;他最后找到的,是苏格拉底的"理性",并以此作为他的批判出发点。

尼采的道德批判令人印象深刻。与萨德一样,他认为道德的基础,恰恰就是不道德。它是伪善的,也是任意的,是一种人为的假定。主宰道德的,不过是这样一种斗争关系:弱者视强者为恶;强者视弱者为贱。与萨德一样,他也求助于残酷和冷漠无情,求助于那个沉默而神秘的自然,求助于自然之"恶"——他甚至公然宣称"残酷属于人类最古老的节日的欢乐"①,并试图透过"强力意志",承担起"人类在整体中没有目标"的虚无。

谈到19世纪西方思想界对于自然的关注或研究,也许我们还应该提到麦克斯·施蒂纳。作为青年黑格尔派的代表人物之一,施蒂纳曾受到恩格斯和费尔巴哈的推崇。他1844年发表的《唯一者及其所有物》,被认为对尼采的思想产生了重大影响。他对人的定义是,人类不过是在面对自然时会产生出幻觉并受这种幻觉所支配的动物。施蒂纳发现,当上帝和彼岸世界被摧毁之后,人类心中那个充满幻觉的彼岸世界却依旧存在。而自然(实存)是先于本质的,个人如要获得自由,就必须回归到这个自然中去,把人从"本质"的监狱中解放出来。宗教、美德、人道主义、社会、国家和法律不过是这种"本质"的衍生

---

① 〔德〕吕迪格尔·萨弗兰斯基《尼采思想传记》,卫茂平译,华东师范大学出版社2010年11月第2版,第212页。

品 ①。麦克斯·施蒂纳之所以被后人视为一个不折不扣的虚无主义者、无政府主义者或如马克思所批评的"城市小市民",其中很重要的一个原因,是他的思想过于惊世骇俗。有一种说法,当时的德国人几乎都在公开场合批判其作品的伤风败俗与荒诞不经,却在私底下贪婪地阅读,为他着迷,并赞不绝口——这与李贽在明末清初的思想界所受到的矛盾待遇有点类似。在今天,更多的人愿意给予施蒂纳极高的评价——尽管他受到了马克思的嘲笑,但他对马克思和恩格斯的启发是明白无误的。

应当说在西方 18 世纪至 19 世纪出现的反道德主义、虚无主义和反理性主义的思潮背后,对"自然"的发现、诠释和辩论,始终扮演着极其重要的角色。在萨德之后,"自然"这个概念一直以不同的面目出现,比如说尼采的"狄俄尼索斯"、康德的"物自体"、叔本华的"意志"、施蒂纳的"实存"、海德格尔和萨特的"存在",而到了阿多诺,他似乎更愿意恢复其本来的名称,即"自然"。

当然,在《金瓶梅》写作时的晚明社会,现代科学意义上的自然概念还无从谈起。但在 18 世纪至 19 世纪西方思想界所发生的那个重大的观念变革,在某种意义上,也在明代中后期的中国发生了。两者出现的社会背景也有很多相似之处,比如说经济的飞速发展、阶层流动性的增加、新兴商业伦理的初步形成。另外,明代地方经济势力(如晚明的东南沿海集团)迅速膨胀,开始影响到皇权政治,单单依靠旧有的"一贯式"儒家道德、伦理,已无法对社会进行有效的管控。明代社

---

① 〔德〕麦克斯·施蒂纳《唯一者及其所有物》,金海民译,商务印书馆,1989 年 12 月第 1 版。

会法律意识的觉醒以及对法律的倚重,在中国历史上是空前的。而在新旧交替的背景下,法律的运行和实施,也出现了很大的问题。所有这些内容,在《金瓶梅》中都有着明确的反映。

我们知道,西方社会"重估一切价值"的冲动,首先从宗教开始,依次波及到道德和法律层面。中国社会并无西方式的宗教系统,因此思想变革主要在道德的领域内展开。不用说,《金瓶梅》正是这样一部对社会政治、道德、法律的伪善展开批判,并对传统社会人情伦理的"虚妄"进行全面质疑的作品。如前所述,西方的社会革命与思想变革,是在"自然"的名义下进行的,或者说,对"自然"的发现,构成了反基督教主义、反道德主义以及反理性主义的一个重要参照。《金瓶梅》的"嫉伪"和道德批判,也找到了一个重要的参照物,它当然不是萨德、施蒂纳、尼采的"自然",而是佛教与阳明学"无善无恶"的"本然"。

西方"回到自然"的观念,是建立在博物学、实验神学、宇宙起源学说以及科学主义的基础之上的。而《金瓶梅》所强调的回到"本然",虽说有"直造先天未画前"的意味,但主要还是回到心体的空寂、澄明和"无"(很显然,那是一个排除了欲望乃至于是非善恶的"空寂")。因此,"回复本然"的观念,既提供了社会道德批判的动力,同时也暗示了"出离世间"的归宿。众所周知,儒学内部的"本然"或"本来主义"是建立在"性善论"的基础上的,即由《周易》所确立的天地万物造化流行之"至善"。虽说在程朱的时代,理学受到佛学的重大影响,但朱子并未将"本然之性"与"气质之性"绝对分开。通过格物,个人完全可以排除昏昧与蔽障,达到对本体的洞彻。然而阳明学的无善无恶论之流行,有了更多的禅宗意味,至《金瓶梅》,则有了用禅宗的"真妄"

来取消善恶是非的倾向。这必然就有了陷入价值相对主义和虚无主义的危险。

这里应当说一下，《金瓶梅词话》的作者虽然以勘破人情伦理的虚妄为己任，但作者通过议论或诗词，也进行了不厌其烦的道德说教。这种说教大部分浅显质朴，有时甚至沉闷乏味，但它毕竟在质疑道德的同时，构筑了道德保护。《金瓶梅》的这种特殊修辞，我们将之称为一种"既是又非"的策略。前面已经说过，西方18世纪的情色小说，以及明中期以后的色情小说，都采取了大致相同的策略。但绣像本（崇祯本）的作者，在"反道德"的立场上要比词话本激进得多。他将《金瓶梅词话》中的道德说教进行了大量删除，代之以驴唇不对马嘴的"艳情诗词"，同时也"别有用心"地修改了部分文字的内容。

坦率地说，绣像本作者的增删与修补，对《金瓶梅》一书贡献卓著。其中很多的内容，都反映出他在文体意识和修辞技法方面的技高一筹（我有时会纳闷，为什么《红楼梦》就没有遇到这样一位才华相类的后继者？）关于这方面的比较，已有学者做了大量的研究，这里不再重复。但是对于崇祯本作者强烈的去道德化的倾向，则较少有人关注。毫无疑问，崇祯本作者的"去道德化"，客观上使《金瓶梅》一书增加了更为强烈的虚无主义色彩。

由于崇祯本是较为流行的一个本子，我猜测曹雪芹读到的正是崇祯本。

虽说善恶是非或许因为伦理纲常的过于机械而变得"虚妄"，虽说"理性"可能扮演着"恶"的帮凶，虽说"人情"裹着一层伪善的外衣，令人觉得凶险难测，但干脆取消是非、善恶、理性和人情，这个世界会有怎样的危险？这是我们最后要讨论的问题。

　　从某种意义上说，康德也许是最早的反理性主义者，但他的一只脚仍然留在理性之内（尼采却毫不犹豫地跨了出去），他只是将理性放在了引号中，——如有必要，这个引号是可以拿掉的。也就是说，康德并未最终取消理性，这种态度是意味深长的。18世纪狄德罗《拉摩的侄儿》一书，因其反道德的因素，一夜之间传遍了整个欧洲。席勒、歌德、黑格尔都深受影响。但歌德对《拉摩的侄儿》的仿写（《少年维特之烦恼》），则对狄德罗所嘲讽的"旧时代的高贵"重新给予了正面评价。正如莱昂内尔·特里林所特意指出的那样，维特这个诚实而纯洁的灵魂，是穿着深蓝色的外套、黄色的马甲和靴子自杀的。维特具有强烈的分裂意识，但他却顽固地保持诚实的灵魂。正是这种在分裂中坚定地维持信念的固执，使他遭遇了毁灭①。而到了19世纪中期，陀思妥耶夫斯基差不多与尼采同时开始了他的创作。他们两人都意识到了这个世界的分崩离析，都意识到了善恶的相对性。但与尼采超人意识的"孤绝"所不同的是，陀思妥耶夫斯基在对基督教的上帝进行质疑的同时，也从它那里继承了博爱和谦卑，从而把他的头垂得更低。

　　如果说《金瓶梅》是对一个世界的蓄意颠倒的话，那么，它伟大的后继者《红楼梦》则对它进行了再次颠倒。

---

① 〔美〕莱昂内尔·特里林《诚与真》，江苏教育出版社，2006年12月第1版，第51页。

倒 影

　　没有《金瓶梅》就没有《红楼梦》，这是一个十分常见的说法。它所强调的是《红楼梦》与《金瓶梅》之间的承续关系，在《金瓶梅》的研究界，很多人都把这句话当成了口头禅。可惜的是，这种人云亦云的说法，大多停留在对于结构、手法等叙事修辞的比较层面，较少注意到两者在思想和文化观念方面的复杂关系，更无法说明《红楼梦》对《金瓶梅》的重要改造与超越。其实自从《红楼梦》问世以来，清代后期至民国一直流行着另外一个观点，即认为《红楼梦》是《金瓶梅》的倒影（苏曼殊亦主此说）。就两者之间的关系而言，"倒影说"显然更能切中肯綮，言简而意深。

　　从人物关系上来说，《红楼梦》之继承《金瓶梅》，不是简单的移植或模仿，而是经过了一番深思熟虑的综合和重组。吴月娘之变身为贾政，这是男女易位；潘金莲之于林黛玉，这是脱胎换骨；李瓶儿之于秦可卿，这是由实入虚；西门庆之于贾宝玉、薛蟠和贾琏（西门庆的孩子气以及钟情于群芳的痴憨都为混世魔王贾宝玉所继承，而他的贪欲、蛮横和轻狂则分给了薛蟠和贾琏二人），这是一而多，多而一。同样，从孟玉楼这个人物身上，我们也能看到薛宝钗、探春或熙凤的影子。

　　就真妄与善恶观而言，《金瓶梅》是用真妄取代善恶，因而是"无善无恶"，最终落入了空寂与虚境；而《红楼梦》则是两者兼有，彼此照应,并行不悖。因为有了"真妄",善恶之分被放置到了一个更严格的系统中加以观察而见出真伪。但曹雪芹只是将"善恶"放在引号中,并未最终取消它。除了真妄与善恶之辨外,《红楼梦》的作者还引入了一个全新的维度,即"清浊"之分。

从情与欲的关系上看,《红楼梦》既有欲又有情,而《金瓶梅》则是一个无情或无善的世界。用"尊情"这样的概念来指称《红楼梦》则可,来描述《金瓶梅》则不可,因为《金瓶梅》中几乎是"无情可尊"。《红楼梦》让它最重要的男性形象贾宝玉始终处于未成年状态,是极富深意的。西门庆遍揽美色入其彀中的无休止纵欲,到了贾宝玉身上,则被抽象为一种对"美人"的倾慕与博爱,我们姑且称之为"贾宝玉主义"。不是说贾宝玉没有情欲,而是这种情欲必须以对女性的"利他性"尊重与崇拜为前提;不是说贾宝玉对待女性没有亲疏之别,但这种亲疏之别,必须以"千红一哭,万艳同悲"的悲悯作为其基础。《金瓶梅》的世界是一个充满尔虞我诈的功利性"成人世界",《红楼梦》则致力于描述一个流溢着青春、幻想与诗意色彩的少年世界——大观园为抵抗世俗社会的风刀霜剑提供了一定的保护。

从某种意义上说,林黛玉是雌雄同体的。作者一方面对她娇媚、柔美、纤弱和聪慧的美人特质大书特书,同时也赋予她刚直不阿、知其不可而为之的君子品格。她孑然一身,遗世独立而高标自守,拒绝与世俗世界同流合污。黛玉身上也有世俗女性(如潘金莲)的善妒、小心眼儿、自高和争强好胜,说起话来,也像潘金莲那样机趣刻薄。但在《红楼梦》中,这种对境遇的不安和落落寡合,一变而为君子不见容于当世的卓尔不群。中国自古以来,就有以"香草美人"比拟君子的传统。

从《离骚》的"惟草木之零落兮,恐美人之迟暮",至李商隐的"为芳草以怨王孙,借美人以喻君子",可以说这一传统在诗词歌赋中一直连绵不绝。而明确地将君子之品格寄托于女性之身,并与以男性世界为象征的污浊、功利和肮脏相抗衡,在小说史上,《红楼梦》是破天荒的第一次。

我们说林黛玉是雌雄同体的,还有一个重要的理由。《红楼梦》中所描述的"宝黛之恋",既非一般意义上的两情相悦和男女私情,甚至也不仅仅是我们通常所津津乐道的"爱情"。在宝黛关系中,最让人感动的,不是相恋而是相知。换句话说,"宝黛之恋"的隐秘核心,不是"有情人成了眷属"的恋人关系,而是知己关系。林黛玉对爱情的渴望,不是对举案齐眉的婚姻的渴望,而是对知己的渴望,是对"真"和"洁"的非同一般的追求。作者将往往只有在描述友朋关系时才会出现的高山流水式的知音主题,融入到了爱情关系中,这就使得《红楼梦》与传统意义上的"才子佳人小说"有了严格的切割和区分。

最后,我们再来说说两部作品都涉及的"绝望"问题。《红楼梦》继承了《金瓶梅》的佛道结构,也在相当程度上继承了《金瓶梅》的相对主义,将出家或对世俗世界的逃离作为其基本归宿(虽说后四十回为续作,但原作的这一意图可以从"三春过后诸芳尽,各自须寻各自门"一类的提前叙事中,看出端倪)。也就是说,《红楼梦》继承了《金瓶梅》对这个世界的批判、否定乃至绝望,但《红楼梦》的佛道结构是寓言性的,并非实指,这与《金瓶梅》有着根本的不同。《金瓶梅》中的佛道归宿,是世俗个体的唯一出路,而在《红楼梦》中则是象征性出路。在佛与道的俯瞰之下,在世俗世界的内部,曹雪芹笔下的人物虽不免悲观,但仍然知其不可而为之,对绝望本身发出挑战。

　　《红楼梦》的第七十六回,林黛玉和史湘云置大观园摇摇欲坠、"悲凉之雾遍被华林"的现实于不顾,在水边联诗觅句,不顾今夕何夕,不管今世何世,充满了激越的旷达、忘我和喜悦。小说的叙述语调,也随之变得欢快、高亢起来。直到"寒塘渡鹤影,冷月葬诗魂"一联在不经意中被说出,冰冷而残酷的现实世界才再一次抓住了她们。

卷三

修辞例话

老 虎

西门庆抬头一看，只见两边门楹上贴着一副对联道：

洞府无穷岁月

壶天别有乾坤

上面三间厂厅，却是吴道官朝夕做作功课的所在。当日铺设甚是齐整，上面挂的是昊天金阙玉皇上帝，两边挂着的紫府星官，侧首挂着便是马、赵、温、黄四大元帅。

——第一回 [1]

绣像本第一回，写了两件大事。其一为"西门庆热结十兄弟"；其二则是"武二郎冷遇亲哥嫂"。绣像本几乎重写了词话本第一回的内容。词话本以武松为开篇（沿袭《水浒传》），绣像本则以西门庆作为叙事的出发点。若以武松开篇，由武松、武大至潘金莲，由"帘下勾情"带出西门庆，可谓顺理成章。但以西门庆为叙事起点，如何将叙事的重心，由"西门庆热结十兄弟"而过渡到武松，则是一大难题。因为在道观结拜之时，西门庆与武松还八竿子打不着呢。当然，按照中国章回体的一般套路，作者可以采用"花开两朵，各表一枝"这样省心或偷

---

[1] 以下各节的《金瓶梅》引文，除特别标明出于词话本者外，均依据秦修容整理《金瓶梅》会评会校本，中华书局，1998 年 3 月第 1 版。

懒的做法,强行过渡。不过,绣像本的作者并没有这么做。这也反映出绣像本作者在结构章法上不同于一般章回体的过人之处。

篇首这段文字看起来稀松平常,似乎不值得批评者加以特别的关注,但从文章结构上而言,这段文字是叙事发生转折的重要信号,实为暗度陈仓的津梁要冲。如果我们说武松的身影已经"埋伏"在这段文字中,读者想必会觉得不可思议吧。

张竹坡在评点这段文字时,特意点出,"昊天金阙玉皇上帝"与"紫府星官"均为陪笔,而"马、赵、温、黄四大元帅"才是正笔。若照我说,四大元帅中的马、温、黄均是闲笔,而只有赵玄坛元帅方是正笔。也就是说,玉皇上帝、紫府星官也好,马、赵、温、黄四大元帅也好,他们的画像出现在道观的场厅本是应有之事,句句写实,一笔不落空。可是在这个场景的描述中,又藏着一大机关。作者要为武松的出场预留田地,这是此段文字的主要叙事意图所在。只有赵玄坛元帅可以引出武松,所以是正笔。

那么,这个赵玄坛元帅与武松到底有什么关系呢?

马、赵、温、黄诸人都是传说中道家的护法神将。一般作马、赵、温、关(如词话本《金瓶梅》第三十九回),亦有马、赵、温、周的说法(如《红楼梦》第一百零二回)。四人之中,只有赵玄坛头戴铁冠,手执铁鞭,常常骑着一头猛虎作战。

西门庆、应伯爵、谢希大诸人在结拜当日,对道观中挂着的护法神将之画像,指指点点,一一加以品评议论。由三只眼睛的马元帅而至通身染蓝的温元帅、威风凛凛的黄将军,中间还穿插着应伯爵讲的一个笑话,最后落笔在黑面元帅赵玄坛身上,众人即开始对着赵元帅身旁的那头猛虎议论纷纷。绕了半天的弯,老虎总算是出场了。而随着老虎的出场,打虎英雄武松的矫健身姿亦可谓呼之欲出了。

众人的议论和哄笑,引出了吴道官的一段话:"官人们讲这老虎,只俺这清河县,这两日好不受这老虎的亏! 往来的人也不知吃了多少,就是猎户,也害死了十来人。"接下来,由于西门庆的好奇发问,吴道官这才正面提及景阳冈上的那条吊睛白额大虎。读过《水浒传》的人,仿佛可以看见武二郎手执哨棒,踏着月光,带着浓浓的酒意,正朝着景阳冈的方向一路而去。点出景阳冈和老虎之后,叙事者又虚晃一枪,将这头老虎轻轻放过。

吴道官的一段话,被应伯爵的又一个即兴笑话打断,叙事再次回到了"热结十兄弟"的仪式现场,由兄弟排位序,至吴道官宣读"结拜疏文"。接下来,照例是酒食款待,随后西门庆、花子虚提前离席。西门庆归家之后,日日与病妾卓丢儿厮守。武松真正的出场,还要等到七天之后。

一天,西门庆在家中正要请太医来给卓丢儿诊脉,应伯爵突然笑嘻嘻地前来造访。他告诉西门庆,昨日清河县出了一件稀奇事:前日吴道官所说的景阳冈上的那只大虎,已被一个名叫武松的人一顿拳脚打死了。西门庆不信,应伯爵便邀请他一同到县衙门口观看。二人在途中遇见谢希大,大街上早已是拥挤不堪。西门庆等人只得站在邻街的一处酒楼上,朝下观瞧。骑在大白马上的武松终于第一次进入了西门庆的视野。随着武松在众人的簇拥下进入县衙,西门庆已经看不见武松了,叙事视点这才形成了彻底的转换,通过知县升堂,自然转入武松的答话,由此完成了由西门庆向武松的过渡。

　　绣像本的这番铺垫、伏脉、过渡与转换，为《水浒传》和《金瓶梅词话》所无。作者凭空造出这段文字，若出造化之巧，流水无痕。其极大的叙事耐心和出神入化的笔法，有如老吏断狱，令人称奇。《金瓶梅词话》落入这样一位补续者的手中，并在这个陌生人手里翻新出奇，原作者若九泉有灵，也会像我们一样感到欣慰吧。

十兄弟

一个叫作白赉光，表字光汤。说这白赉光，众人中也有道他名字取的不好听的，他却自己解说道："不然我也改了，只为当初取名的时节，原是一个门馆先生说我姓白，当初有一个甚么故事，是白鱼跃入武王舟；又说有两句书是'周有大赉，于汤有光'，取这个意思，所以表字就叫做光汤。我因他有这段故事，也便不改了。"

——第一回

西门庆结交十兄弟之事，词话本原来似乎也有，但写得影影绰绰，亦虚亦实（参见词话本第十六回）。绣像本将十兄弟之结交置于篇首，郑重其事并大书特书者，原因大抵有三：

首先，为摆脱以《水浒传》武松杀嫂为叙事起点的"演义体"而另开炉灶，直接切入西门庆家族故事，为西门庆作传之意甚明。

其次，从结构安排来说，由于"热结"之仪式的存在，小说中的重要人物，如吴月娘、李瓶儿、花子虚、玳安等人得以尽数登场。特别是吴月娘，她一出场，就对西门庆结交之事冷嘲热讽，其声口之世故、老辣、诙谐，光彩夺目，令人读之不忘。而在词话本中，这些重要人物正式出场并开口说话，还要等到第九回以后。绣像本这样的结构安排，远胜词话本，自不用多说。

最后，我们知道，勘破人情之虚假，是《金瓶梅》一大主题。绣像本作者将"十兄弟"这样一帮獐头鼠目、蝇集蚁聚之辈置于篇首，先声夺人，无疑是对《三国演义》《水浒传》中"兄弟情义"的反写。对于凸显《金瓶梅》的"嫉伪"主题，起到了提纲挈领的作用。

至于十兄弟（除西门庆外一共九人）之来历与名号，则全用游戏笔墨。表面上言之凿凿、一本正经，实际上却是似幻似真、鬼话连篇，极尽虚诞之能事。这种借人物名号以喻物寓意的笔法，后来为《红楼梦》所借用——到了《红楼梦》的"真事隐去""假语村言"，可以说又是一番新的面貌。如果说在《金瓶梅》之草创阶段，作者之意多在嘲讽，以供人一哂，《红楼梦》则亦庄亦谐，寓意更为深远幽眇。

我们不妨来看看，与西门庆结交的这帮兄弟们的名号及其寓意。

应伯爵，字光侯。伯爵喻"白嚼"；光侯，则指光凭喉咙混饭的帮闲。

谢希大，字子纯。子纯者，"紫唇"也。

祝实念，字贡诚。祝实念者，"着实念"也。念什么，读者自然可以想见。张竹坡认为是"住十年"，不知何意。

孙天化，字伯修。天化者，"天话"也。伯修者，"不羞"也。

吴典恩，"无点恩"也。

云理守，字非去。因为是"云里手"，一遇到紧急，自然是要"飞去"的。

常峙节，字坚初。常峙节，"常时借"也。

卜志道，"不知道"也。

白赉光，字光汤。"白赖光"了，自然就"光汤"了。

　　小说中还有一些名号,如许不与(许了又不给)、车淡(扯淡)、管世宽(管事宽)、游守(手)、郝贤(好闲)等人,寓意更加露骨,这里不再一一列举。

　　也许作者觉得这些人物的名号过于玩笑扯淡了,独独挑出一个不太重要的人物白赉光(词话本原作"白来创"),来介绍他名字的来历。当然这段交代更是奇中出奇,令人喷饭。出生于正德年间的归有光,似乎也是根据《尚书》中"于汤有光"一语而取名,不过人家取的是"有光",而不是什么"光汤"。这段描述看似兴之所至、闲笔插入,但通篇的人物介绍,一字不板,错落有致。绣像本的批评者赞扬它:"磊落写来,于结处独以此段潆洄,便觉须眉生动。"

　　当然,关于十兄弟结拜一事,最让人觉得不可思议的,倒不是兄弟们名号之荒诞,而是其中的卜志道,尚未等到结拜那天就一命呜呼了。读者肯定要问,既然这个人还没等出场便已丧命,那么作者为什么要写他呢?

　　由于卜志道的突然死亡,十兄弟之中必须补入一人,此人正是李瓶儿的丈夫花子虚。如此一来,花子虚的出场就显得煞有介事且极其自然。也就是说,作者正儿八经交代的卜志道,不过是为花子虚出场而设的陪笔和错综。顺便说一句,第一回中,西门庆的妾卓丢儿,也是未现身便故去了。正因为她的亡故,后文孟玉楼的入门顶替,就显得不突兀了。

　　读者或许又要问了,既然是"陪客",写什么人不行,为什么非得是"卜志道"呢?要回答这问题也不难。小说的第八回,写到潘金莲怒中撕扇,西门庆伸手去抢,说此扇撕不得,是一个名叫"卜志道"的朋友送的。词话本中的卜志道，原非十兄弟之一，只是西门庆的一个朋友。而绣像本将他拉入到十兄弟的名单中来，可谓废物利用，也可谓一箭双雕——既有了陪客，又补缀出词话本中卜志道的来历，移花接木，天衣无缝。

至于说绣像本的批评者读到潘金莲撕扇一节时，对死掉的卜志道在此处再度被提及而赞赏作者的线索周密，却是倒因为果。这只能说明这位批评者从未见到过词话本。

遗憾的是，作为卜志道的替补而出场的花子虚，不久之后也死了。顶替他位置的，是一个名叫贲第传的人。在张竹坡看来，此人的名字取得也不怎么样：贲第传，即背地传话者也。

邻居们

众街坊问道:"大郎得何病患便死了?"那婆娘答道:"因
害心疼,不想一日日越重,看看不能勾好。不幸昨夜三更鼓
死了,好是苦也!"又哽哽咽咽,假哭起来。众邻舍明知道此
人死的不明,不好只顾问他。众人尽劝道:"死是死了,活的
自要安稳过。娘子省烦恼,天气暄热。"

——第六回

潘金莲毒杀武大郎的次日,众邻居们闻讯之后都来看望。"大郎
得何病患便死了?"这里的一个"便"字,已隐隐透露出邻居们的纳罕
与警觉之意。金莲答话后,邻居们的劝慰之词也颇耐人寻味。"死是
死了,活的自要安稳过"是一句囫囵语,心中狐疑未去,又不愿意深究
此事。邻居们既没有马上就相信潘氏的一面之词,又不便追问大郎之
死的真实情由,话只能这么说,可以说一字都不能易。而"天气暄热"
四字(为《水浒传》所无),则更为传神。邻居们明显流露出没话找话、
转而谈及天气的尴尬,且有告退之意。

等到西门庆偷偷地趁着夜色将潘金莲娶回家之后,目睹此事的邻
居们又是怎样的反应呢?——"那条街上远近人家无一人不知此事,
都惧怕西门庆有钱有势,不敢来多管。"不管也便罢了,也许是他们的

正义感无处安放,便编出一个顺口溜来在坊间流传:

> 堪笑西门不知羞,先奸后娶丑名留。
>
> 轿内坐着浪淫妇,后面跟着老牵头。

顺口溜,自古以来就是民间特有的"清议"方式。如果当时有互联网的话,我们可以想象此事在网络上的火爆程度。

接下来,武松归家,众邻居"都吃一惊,捏两把汗",私下议论道:"这番萧墙祸起了! 这个太岁归来,怎肯干休?"都抱着一种"有好戏看"的期待。可等到武松午夜梦醒,疑心哥哥死得蹊跷,在街上挨门挨户地访问邻舍的时候,他们都像是事先商量好的一般回答道:"都头不消访问,王婆在紧隔壁住,只问王婆就知了。"将此事推得一干二净。还有多嘴的人提到了郓哥和何九,一方面让自己处在安全的位置,什么都不肯说,但同时又暗中向武松提示查问底细的关键线索。

从众邻居对武大之死一事的反应来看,我们不难得出以下结论:不论作恶者手段如何巧妙隐蔽,不论权势者如何凶残、如何势甚焰烈,邻居们的眼睛是雪亮的。日月昭昭,是非公道自在人心,毫厘不爽,自古皆然。这没有什么问题。邻居们慑于权势的淫威,在面临可能的危险时,一味自保避祸,本能地采取回避或沉默的态度,也是人之常情。尤其是《金瓶梅》所描述的那样一个法律废弛、官商勾结、有权者一手遮天的现实之中,邻舍们采取这样的态度,虽然世故狡黠,也不能过于苛责。得罪西门庆的后果,他们是知道的——开棺材铺的宋仁之下场就是现成的例子。他们的沉默不能表明他们没有正义感和道德感,他们毕竟没有认假为真,更没有助纣为虐。不过其言谈的分寸,在残酷现实的规训中,拿捏得如此恰到好处,也不能不让人感到吃惊和悲凉。

若说邻居们深明世故,敏于自保,胆小怕事则可;若说他们从不多管闲事则不可。如果没有什么危险或伤害,如果让自己处于相对安全的"看客"的位置上,他们是很喜欢管闲事、凑热闹的,有时甚至还要去扮演"正义"与"公道"的角色。比如在西门庆与潘金莲通奸之初,邻居们怂恿"愣头青"郓哥前去捉奸,就是一例。从某种意义上说,对武大郎之横死,邻居们的"多事"是有一定责任的。

再比如说,小说的第三十三回,王六儿与自己的小叔子"二捣鬼"通奸,这本来不碍邻居们什么事,可他们偏偏很生气。不仅晚上趴在人家院墙上偷看取乐,甚至还派出一个小孩儿假装捉蛾子,白天藏在王六儿家中,以便等到邻居们晚上来捉奸时能及时地打开院门。众人抢进房门时,一个个手脚麻利,十分敏捷。"二捣鬼"还想夺门而逃,早被人打倒拿住。而赤身裸体的王六儿正要穿衣服,不料冲进一个人来,不由分说,先把她的裤子抢在手里。当嫂子王六儿(至少未穿裤子)与光溜溜的"二捣鬼"被游街示众时,整个街巷为之轰动。

看客中有一个陶姓的老者,一面欣赏裸体游行,一面还煞有介事地点了点头,评论道:"可伤! 原来小叔儿要嫂子的,到官,叔嫂通奸,两个都是绞罪。"按照大明律,叔嫂通奸确为绞罪,这说明老者闲来无事,在法律方面颇下了点工夫(《金瓶梅》中的邻居们对法律条文大多谙熟于心,这足以说明当时朝廷的"普法运动"效果卓著)。"可伤"二字,表明老者多少还算是一个"软心肠"的人。只有当别人问他:叔嫂通奸是绞罪,你老人家一连扒了三个儿媳妇的灰,又该论什么罪呢?

老头儿眼见问者不善,这才"低着头一声儿没言语走了"。

王六儿与其丈夫韩道国都是身份低微的人。邻居们在不用害怕他们报复的前提下,是很乐意去干"捉奸在床"一类的勾当的。不仅自己欢度节日,还顺便可以维护一下社会道德。

每读《金瓶梅》,常常会不自觉地将当时社会的世情与今天的现实进行比较。世道人情,历四五百年而没有什么大的变化,甚至更为败坏,这倒用得着陶姓老者的"可伤"二字。

薛 嫂

这娘子今年不上二十五六岁,生的长挑身材,一表人物,打扮起来,就是个灯人儿。风流俊俏,百伶百俐,当家立纪,针指女工,双陆棋子,不消说。不瞒大官人说,她娘家姓孟,排行三姐,就住在臭水巷。又会弹一手好月琴。大官人若见了,管情一箭就上垛。

——第七回

薛嫂在《金瓶梅》中,是个次要人物。平常卖花翠,兼作媒婆。从小说的实际内容来看,走门入户地卖花翠,或许不是薛嫂的正业,至多不过是掩人耳目的幌子而已。她的主要工作是做媒和倒卖人口(主要是妇女),从中赚取赏钱和回扣。从小说第七回登场,至第九十七回消失,薛嫂的行迹,可以说贯穿于全书始终,堪称西门大院由兴盛至败亡的见证人。

小说第七回,薛嫂提着花厢儿来找西门庆。她此行的主要目的,是怂恿西门庆娶回孟玉楼,来"顶死了的三娘(卓丢儿)窝儿"。她对西门庆答应这桩婚事有着十足的把握。首先,卓丢儿刚死,家里需要补个人;其次,她知道西门庆爱钱,而孟玉楼的丈夫是个布商,死于贩布途中,留下了大笔的遗产:"南京拔步床也有两张,四季衣服,插不下

手去，也有四五只箱子。金镯银钏不消说，手把现银子也有上千两，好
三梭布也有三二百筒。"再说，她知道西门庆好色，且喜欢风雅，而孟玉
楼长相俊美，还会弹一手好月琴。因此薛嫂的一番说辞，句句打在西
门庆心坎上。

但不利的因素也有两个。

一是孀居的孟玉楼年纪偏大，已经过了三十。薛嫂通过隐瞒（减
去四五岁），就轻松地解决了这一问题。后来西门庆和孟玉楼二人相
见，孟玉楼如实报出自己的年龄时，薛嫂在一旁不仅一点不尴尬，而且
立刻恬不知耻地插话说："妻大两，黄金日日长；妻大三，黄金积如山。"

另外一个不利因素是，孟玉楼丈夫的舅舅，因担心孟氏外嫁而导
致财产流失，使得她年仅十岁的小叔子失去怙恃，必然会从中阻挠（事
实也正是如此）。但这个问题同样也难不倒薛嫂。她建议西门庆去贿
赂孟玉楼的姑奶奶。此人若是肯出面做主，舅舅家毕竟隔着一层，不
好强拦。而要摆平姑奶奶，绝非难事，只消"买上一担礼物""许他几
两银子"，便可"一拳打倒他"。后来发生的事，完全证明了薛嫂料事之
准确。可见对事情的全盘掌控，本来就是媒婆的本色。

薛嫂如此为西门庆卖力，自然意在回报。她开出的价码是：等孟
玉楼嫁过来之后，房子空了，指望典她两间来住住。这当然是说说而
已，未必是实指。可她无意中提及的另一个要求，却值得读者留意。
她提醒西门庆，去年买春梅时，西门庆答应给她几匹大布，但至今未
给。她央求西门庆这次事成之后，一并兑现。张竹坡读到这里，有一
段行批："我不知何故，看到此处，满身痛快，要跳要舞。其文字之妙，
我更批不出也。"这段平常文字，何以让竹坡先生手舞足蹈，大呼痛快

呢?

熟读《金瓶梅》的人都知道,玉楼是经由薛嫂的手嫁入西门庆府中的,后来西门庆死,玉楼也由薛嫂带出去改嫁,可谓有始有终。孟玉楼再嫁时,已过三十七岁。薛嫂故伎重演,说媒时再次虚报孟氏年龄,也可谓有始有终,首尾映照。若要细较起来,孟玉楼是在清明节上坟的途中路遇李衙内的。二人见面之初,即已眉目传情,秋波暗送。衙内遣"官媒"陶妈妈前去提亲,这当中本来没薛嫂什么事。只是作为一家之主的吴月娘,坚持要用"原媒"薛嫂来说此亲事,薛嫂这才得以二度出山,再做冰人。虽说是首尾照应,有始有终,但对称中略有错综,可见作者笔法之灵动。

春梅就大不相同了。她作为丫鬟的地位,不能与"正头娘子"孟玉楼相提并论。所以春梅被月娘扫地出门时,明说了是"发卖"。月娘记得当初由薛嫂手中买入春梅时,花了十六两银子,这番发卖仍要十六两银子。吴月娘之刻薄可以想见。薛嫂嘴上不说,心里很不高兴,她背地里对春梅抱怨说:"还要旧时原价,就是清水,这碗里倾到那碗内,也抛撒些儿。"令人绝倒。春梅被薛嫂带出发卖一节,《金瓶梅》第八十五回、第八十六回叙之甚详。而春梅当初是如何被薛嫂买入西门庆家的呢? 作品却没有正面交代,而是通过第七回薛嫂向西门庆讨要布匹的一句闲话,轻轻地带出来。同样是有始有终的对称之法,春梅之进出,与玉楼之离合,笔法又全然不同。

张竹坡称许《金瓶梅》文字之妙,不仅仅着意于薛嫂人物形象的逼肖传神,更多的应该是在赞叹文章的章法。竹坡多次感叹说,《金瓶梅》深得《史记》纤秾合度、简繁有致之旨,亦非过誉之词。

除了卖花翠、做媒人和倒卖人口之外，薛嫂还偶尔扮演"色媒"的角色——为男女勾引情事牵线搭桥，收取佣金。小说第八十五回，陈敬济出离门户之后，因思念潘金莲心切，欲火如蒸，又不得其门而入，就来找薛嫂，给了她一两银子，让她去给潘金莲送封信。

薛嫂一听见陈敬济居然与潘金莲成奸，第一反应是"拍手打掌"地大笑起来，说道："谁家女婿戏丈母，世间那里有此事！"随后，又对陈敬济调笑道："姑夫，你实对我说，端的你怎么得手来？"薛嫂好声口，好神态，活灵活现，宛在目前。薛嫂得了银子，倒也忠人之事，立刻提着花厢，来到了西门院内递信。先去看月娘，坐了一会儿，又去孟玉楼房中闲话片刻，然后才到金莲房中。看人的次序很有讲究，可以见出此人行事之老辣。

拜见潘金莲、春梅之后，因偶然看见台阶下有两条狗在交尾，恋在一处，薛嫂又笑了起来，脱口道："你家好祥瑞！"话锋之妙，也许作者落笔之时也会得意地暗笑吧。薛嫂等金莲看完信，写了回信，这才去向陈敬济交账。其间还不忘了如此这般怂恿潘金莲："少要心焦，左右爹（西门庆）也是没了，爽利放倒身大做一做，怕怎的？点根香怕出烟儿；放把火倒也罢了。"

薛嫂与文嫂、王婆、薛姑子、王姑子等一干人，在《金瓶梅》中被统称为三姑六婆。这些人见人说人话，见鬼说鬼话，搬弄是非，见风使舵，伶牙俐齿，却又老谋深算。不用多说，作者对这些人没有好感，屡次明言这些人的可憎、可恶与可畏。

但如果说薛嫂这个人一团漆黑，全无一点天良，倒也不见得。

小说第九十四回，孙雪娥落入春梅手中。春梅因对其恨之入骨，便让人叫来薛嫂,嘱咐她只要卖八两银子,但条件是一定要把孙雪娥卖入妓院,并拉下脸来,对薛嫂加以警告和恐吓。薛嫂表面上一口答应,领走了孙雪娥之后,却反过来劝慰雪娥,并对她坦诚相告:"他(春梅)千万分付,只教我把你送在娼门。我养儿养女,也要天理。等我替你寻个单夫独妻,或嫁个小本经纪人家,养活得你来也罢。"薛嫂也敬畏"天理",且敢于承当,公然违抗春梅之令,将雪娥嫁与一个山东来的棉花客去了。可悲惨的是,这个由中介领来的棉花客,是由妓院老板化装的。也就是说,雪娥注定要在娼门了结性命。这只能说明人情之险恶,令人防不胜防。但薛嫂初衷的一番天良乍现,却不能抹杀。

《金瓶梅》在薛嫂这样一类小人物的身上肯下死工夫,绝不因为是次要人物而作简单化、脸谱化的处理。每个小人物,哪怕是"一过性"人物,都尽可能写得生动准确、自然合理,着实令人赞佩。

孙歪头

这婆子原嫁与北边半边街徐公公房子里住的孙歪头。歪头死了,这婆子守寡了三四十年,男花女花都无,只靠侄男侄女养活。

——第七回

这是薛嫂在怂恿西门庆去拜访杨姑娘(孟玉楼的姑奶奶)时,所说的一段话。在这里,叙事者也顺便交代了一下杨姑娘的出身,提到杨姑娘死去的丈夫孙歪头。

如前文所述,《金瓶梅》在人物塑造方面,不论是主要人物、次要人物、陪衬人物或者串场人物,都写得栩栩如生,令人叹服。在这里我们不妨提出一个或许有些极端的问题:在《金瓶梅》中,什么是最小化的人物塑造?

引文中的杨姑娘,是由主要人物孟玉楼引出的,自然属于次要人物。而杨姑娘如何会守寡,且如何会成为西门庆的座上客,当然有必要稍稍提及她的丈夫。那么杨姑娘的丈夫则属于次而又次的人物无疑。他在作品中的分量,轻得如同一个水泡。不写固然不合适,写多了又都是无用的废话。在上述引文中,作者两次提到他,一次是孙歪头,一次是歪头,总共只给了他五个字的篇幅。我要问的问题是,五个字也能写活一个人物吗？答案是肯定的。

作者所用的办法，是给他取了一个让读者过目不能忘的名字。用绣像本批评者的话来说，孙歪头这三字"写得活现，恰像真有其人"。要知道"孙歪头"其实不是名字，而是叙事。或者说，作者将原本属于形象描写的"状貌"，强拉到他的名字(称呼)之中，从而完成了最小化的人物塑造——"孙歪头"三字一出，其人仿佛立刻就站在读者面前。

作者在《金瓶梅》大小数百个人物的塑造上，可谓费尽了心思。这个本可以一笔带过的人物，居然也没有轻松放过，其鬼斧神工之精、天心独运之妙，于此可以略有所窥。

回前诗的删改

色胆如天不自由,情深意密两绸缪。

只思当日同欢爱,岂想萧墙有后忧。

只贪快乐恣悠游,英雄壮士报冤仇。

天公自有安排处,胜负输赢卒未休。

——词话本第九回

感郎耽凤爱,着意守香奁。

岁月多忘远,情踪任久淹。

于飞期燕燕,比翼誓鹣鹣。

细数从前意,时时屈指尖。

——绣像本第九回

绣像本《金瓶梅》对词话本多有删改。凡是比较过两个版本的读者,想必对此有深切的体会。删改的内容包括回目、诗词、字句,也有错讹订正、情节补缀以及结构上的调整。若将增删和改易的内容进行一番比勘,我们不难发现,绣像本的作者在修辞、技法、章法结构上的造诣和修养,要远胜于词话本作者。虽然有些地方的修改过于生硬,某些文字的删减过于武断,但总体而言,从小说的文学性和完整性等方面来判断,绣像本都要优于词话本。可以说,大部分的修改都是有道理的。关于这个问题的讨论,学术界已有不少的著作和论文,这里不再赘述。而我所关心的问题,并不在于两个本子的优劣,而是绣像本作者在对词话本进行删改时,依据的是怎样一个心理逻辑和原则,特别是,在这样的逻辑和原则的背后,反映出修改者怎样的趣味和价值观。

这里仅仅就两个版本的"回前诗"的比较,做简要分析。

就本节前所引的第九回的两首诗而论,任何一个有一定文学修养的读者,都能立即看出高下。词话本这首诗的粗疏、随意和浅陋,一望而知。别的不说,单是诗中"只思当日"与"只贪快乐"的简单用词重复,即可见出词话本作者在"作诗"时的漫不经心。此诗全无一点诗意,形同大白话。而绣像本的这首诗,虽然亦不甚佳,但从文辞上说,显然要雅致、工稳许多。尤其是末一联(细数从前意,时时屈指尖),思妇之形貌及心理已呼之欲出。词话本作者诗词修养不高,多是乡村学究的口吻,难登大雅之堂。但更大的问题或许是,此一作者对遣词用句全不在意,其轻率让人难以忍受。比如说第一回的回目:

　　　景阳冈武松打虎　　潘金莲嫌夫卖风月

前一句有七个字,后一句则有八个字。更奇怪的是第六十三回,回目居然是:

　　　亲朋祭奠开筵宴　　西门庆观戏感李瓶儿

后一句硬生生地多出来两个字，文字修养再差也不至于此。这只能说明词话本作者对于诗词之工稳、文句之整饬没有什么追求。回前有诗，是词话本《金瓶梅》结构的一大规制。但到了第四十八回，回前诗忽然就没有了，取而代之的，是一则滥俗的"格言"，简直不伦不类，让人哭笑不得。

由此我们可以看出，绣像本删改词话本回前诗的第一个原则，可以说是化粗率为工稳。

我们也注意到另外一些例子。词话本中有些诗原本写得不坏，但也遭到了绣像本作者的删改，比如说第二十二回、第九十九回等等。原诗虽说直白俚俗，但颇有忧世伤生之意，绣像本作者一律删除，代之以"公子怀春""美人迟暮"一类的诗词小曲。绣像本作者似乎很喜欢这一类吟风弄月的情调，也不嫌连篇累牍令人生厌，也不管与内文是否匹配、衔接。绣像本作者新加的这些诗词曲，有一些可以看出是他自己创作的——比如第七十六回开篇诗中"简点惟无温秀才"一句，明显是紧贴着内文的情节敷衍出来的。但更多的诗词，都是现成的搬用或移植。比如说，他时常挪用李清照、范仲淹、周邦彦等人的词作为开篇。作者这一类的删改，依据的是化朴拙为绮靡、变劝诫为风月的原则。很多地方的改易，反不及词话本来得自然朴素、富有真趣，其出发点在于作者的"风雅"趣味——不用说，这种雕字琢句、满纸云烟的趣味，正是晚明文风的熏染所致。

由此，在仔细比对两个版本的回前诗之后，我们也可以发现绣像本作者改诗的终极原则——那就是"去道德化"原则。

绣像本的作者遵循十分严格的"个人趣味"，对词话本的诗词逐一进行过滤。凡是涉及到道德说教的诗词，一概删去。可以说一丝不苟，没有什么商量的余地。作为一个反证，我们注意到，词话本回前诗中那些同样写得不怎么好，但却没有道德说教的诗词，大多都得以保留。这反映出绣像本作者对道德说教的深恶痛绝。

但问题是，词话本作者由于意识到自己作品中的淫秽内容极容易遭人诋毁，乃至有败坏风教的危险，本能地用大量说教与道德劝诫来加以"对冲"，希望在两者之间达成某种平衡。这种煞费苦心的伎俩，在明代色情小说中可以说屡见不鲜。由于绣像本尽数删除了这些内容，而代之以风花雪月的情调，抛开修辞上的效果不说，这就使得《金瓶梅》的劝世和诫世主题发生了重要偏转，使作品的相对主义、悲观主义和虚无主义气息空前浓郁。

由于张竹坡、曹雪芹以及后世的很多读者看到的《金瓶梅》多为绣像本，绣像本作者"去道德化"的倾向所导致的《金瓶梅》主题的偏移，是很值得关注和研究的。

撞了个满怀

他(花子虚)浑家李瓶儿,夏月间戴着银丝鬏髻,金镶紫瑛坠子,藕丝对衿衫,白纱挑线镶边裙,裙边露一对红鸳凤嘴尖尖趫趫小脚,立在二门里台基上。那西门庆三不知走进门,两下撞了个满怀。

——第十三回

这是西门庆与李瓶儿第一次私下照面。崇祯本眉评说,此一撞,可谓五百年风流孽冤。细绎这段文字,总觉得这一撞有点不可思议。西门庆前往花子虚家,约他去吴银儿家喝花酒,还是大白天。且李瓶儿站在二门的台基上,台基高于地面是肯定的。从大门进来的西门庆,如果不是以百米冲刺的速度飞奔的话,是无论如何也撞不到李瓶儿身上的。即便按照张竹坡的暗示,西门庆故意要硬撞,多少也有点一厢情愿。但作者这样描写,也有他的道理。不管怎么说,西门庆与李瓶儿的私情,需要有一个开始。通常的写法,必是以言语挑逗或试探为先导。而在这里,叙事者在描写言语私挑之前,先让这两个冤家没头没脑地"撞了个满怀"。此一撞,生人撞成了熟人。此前,西门庆与李瓶儿在西门故庄上远远见过一回。西门庆早早就存了心,瓶儿也未必无意。这一撞,有意也就撞成了有情。其中省掉了多少文字,又深藏着多少暧昧！

有了这一撞，紧接着，当李瓶儿与西门庆初次会面，即说出"好歹看奴之面"这样具有明显勾引意味的"托熟"之言时，就显得极其自然了。瓶儿的言辞，仿佛已经是"老情人"的口吻了。有这一撞打底，两人之间的言谈不论多么的冠冕堂皇，总让人感觉到有浓郁的"私情"萦回其间。换句话说，这里的"撞了个满怀"虽然有点生硬和唐突，但考虑到后文的修辞效果，应当说，作者特意安排的这一撞，还是有道理的。

按理说，这"五百年风流孽冤"的一撞，既已达成叙事上的使命，便可退出历史舞台了。但奇怪的是，还是在同一回中，作者让西门庆和李瓶儿又撞了一回。

这一撞，发生在花子虚张罗的重阳节赏菊聚会上。众人饮酒到掌灯时分，西门庆忽然走下席来，到外面去小解，"不防李瓶儿正在遮槅子边站立偷觑，两个撞了个满怀，西门庆回避不及"。这一次，西门庆因内急而往外走，速度想必比较快，而李瓶儿正在遮槅子边探头探脑（此处补写李瓶儿对风流倜傥的西门庆之爱恋和焦渴），加之掌灯时分，屋内的光线相对幽暗，两人撞在一处，从情理上说是有可能的。

当然，这一回也没有白撞。两人之情谊，又往前进了一层，以至于李瓶儿在相撞之后，马上派出丫鬟绣春趁黑来向西门庆传话，要把自己整个的献出去，西门庆当然"欢喜不尽"。可话说回来，在同一回中，同样的两个人没头没脑地一连撞了两个满怀，怎么说都有点过分吧。莫非作者很喜欢借助这样一个无巧不成书的戏剧性把戏，来表现男女私挑的情状？或者说，在西门庆勾引妇女的种种手段中，故意撞人，正是他屡屡得手的独门秘技？

没准还真是这样。

我们不妨再来看看小说第二十二回的一段文字：

> 一日，月娘往对门乔大户家吃酒去了。约后晌时分，西门庆从外来家，已有酒了。走到仪门首，这蕙莲正往外走，两个撞个满怀。西门庆便一手搂过脖子来，就亲了个嘴……

西门庆对宋蕙莲也已垂涎很久，将她的丈夫来旺支到杭州去，本来就是存心要调戏她。这一天不过是天假其便，又喝了点酒，趁势一撞，搂过来便亲嘴，一撞即入港，可谓简单直接。

《金瓶梅》中"撞个满怀"或者"撞遇"一类的情节很常见。作者似乎对"撞人"这一标志性的戏剧化手段情有独钟。此外，"撞个满怀"一类的事屡屡发生，恐怕也与古代社会的家居环境有关。

在一般大家庭的深宅大院中，大门、仪门、中门、腰门、侧门、月亮门之类通道玄关，极为繁复，加之以回廊、穿廊、影壁、假山、通幽曲径这样的建筑构件，拐弯抹角的地方极多。且行人大多穿着布底鞋，妇女们又裹着尖尖巧巧的小脚，走起路来悄没声息，尤其是到了夜深人静的晚上，"撞个满怀"一类的事情，想必是会经常发生的吧。

我们知道，以"撞见"为借口，在大院和花园中偷听别人谈话，正是《金瓶梅》推动情节发展的重要手段之一。至少潘金莲就很喜欢干这一类的勾当。她那小脚走路无声，仿佛随时可以悄悄地出现在西门大院的任何地方。潜踪所至，令人防不胜防，足以让孙雪娥这样的人杯弓蛇影，落下疑神疑鬼的心理疾患——雪娥曾这样对小玉抱怨说，潘金莲"单会行鬼路儿，脚上只穿毡底鞋"，无论她走到哪儿，都听不见脚步响。

李瓶儿

妇人(李瓶儿)道:"既有实心娶奴家去,到明日,好歹把奴的房盖的与他五娘在一处,奴舍不的他好个人儿。与后边孟家三娘,见了奴且亲热。两个天生的,打扮也不相两个姊妹,只相一个娘儿生的一般。惟有他大娘,性儿不是好的,快眉眼里扫人。"西门庆说道:"俺吴家的这个拙荆,他到是好性儿哩。"

——第十六回

李瓶儿风姿柔媚,赋性风流,且通体雪白(西门庆在瓶儿死后犹念念于此)。因出身于老公公府内,算是见过大世面的人。且兼家道殷实,手里的稀罕之物,大多为西门庆闻所未闻。春宫画、西洋大珠子、蟒衣玉带、帽顶绦环,可谓应有尽有,至于金银财物和日用首饰衣裙,更是不计其数。其时髦的身份,与一般市井妇人不可同日而语。李瓶儿在嫁入西门大院之后,老天也似乎颇看顾她,不久之后即产下官哥,所谓母以子贵,加之西门庆非同一般的宠爱,其地位之尊崇自不待言。

这样一位拥有如此雄厚之资源,且处处占得先机的人,可以说手里握有一把好牌,却终于被她打得稀烂,最后落得子丧人亡、含恨九泉的结局,让读者为之痛惜深叹。

盖金钱、美貌和地位，在天下将乱而未乱之末世，固然是立世之资本，但同时更是取祸之道。瓶儿之见识不及于此，动辄得咎、处处乖离而至死不悟，惜哉！

若从情感的冷热来看，瓶儿自是情热之人，而热中有冷。她一经西门庆勾引，便投怀送抱，且将自己所有的身家性命兜底寄于西门庆一身。在自己丈夫还在狱中之时，李瓶儿就将家中财物细软连同房产，全部转移至西门庆之手。设若花子虚不死，瓶儿又将如何自处？子虚既死，她便一门心思盼望着嫁入西门庆家，其逼勒催促之急，几同怨妇，甚至说出"到你家住一日，死也甘心"这样的话。问题在于，就在"将嫁而未嫁"这个节骨眼上，西门庆遭遇重大变故，李瓶儿趁着西门庆为脱祸而狼奔豕突、无暇他顾之时，竟然锐身嫁与"镢枪头"庸医蒋竹山，让包括西门庆在内的所有人都感到莫名其妙。所谓情热之人，一疏即歇也。

但瓶儿性格中也有深冷的一面。比如说，西门庆在花子虚出狱之后，碍于十兄弟的名分，要从瓶儿转移过来的数千两财产中拿出几百两给花子虚买房子，被李瓶儿一口回绝。说起来，李瓶儿整治花子虚的手段，堪比潘金莲药鸩武大郎。

若论见识的愚智和深浅，瓶儿当是识浅之人，而浅中有深。引文中李瓶儿与西门庆的一段对话，是在李瓶儿嫁入西门庆家之前，对西门庆众妻妾的一番评论。她对毒如蛇蝎、人人避之犹恐不及的五娘潘金莲，竟然评价最高，故而要求西门庆将自己安排在潘金莲的近处居住，不由得让读者为她捏把汗。李瓶儿对孟玉楼的评价次之，且认为潘金莲与孟玉楼仿佛一母所生、情同姐妹，同样是荒谬绝伦。而对于吃斋念佛、待人处世还算公平的"潜在盟友"吴月娘,瓶儿论断尤恶。或许是瓶儿在入嫁之初,想当然地将家主婆大娘子视为主要劲敌所致。

这段对话,作者全用反笔,活脱脱地写出了李瓶儿生性浅陋、识人不明、断事愚妄的一面。对于李瓶儿的这番议论,西门庆心里作何感想,我们不得而知,但他的答话也颇值得玩味。他纠正了李瓶儿对吴月娘的错误看法,却将潘金莲轻轻放过,一字不提。这是典型的"春秋笔法"。西门庆的话中颇有弦外之音,一个"倒"字,包含着多少未尽的余韵,惜乎瓶儿不察。

但李瓶儿也有深心周虑的一面,可谓愚者千虑,必有一得。她在临终前对吴月娘所说的那番话,虽属旁敲侧击,但用心险仄。可以说此言一出,已决定了潘金莲陈尸街头的命运。

若论临事的刚柔,瓶儿则一味用柔,绝无半点刚强。这固然是她温柔的性格所致,但也和她见识之短浅有很大的关系。瓶儿既入西门之家,亦渐渐发现潘氏之毒,自不在话下。她所采取的对策,是一味地退缩、忍让——用衣饰钗环一类的"宝物"结之以利,不成;怂恿西门庆去潘氏之屋歇宿,以遂其欲,又不成;每遇潘氏挑衅邀战,则处处低眉顺眼以示弱,以熄其焰,更不成。瓶儿能采取这种谦让忍辱之术,所殷殷寄望于日后翻身的靠山,惟有一官哥而已。至官哥被害,自己也重病在床、奄奄待毙之时,她竟然还想最后一次扮演"好人"的角色——强作笑脸,劝西门庆去潘金莲屋里睡,以显示自己的大度,可以说是柔弱忍让的惯性使然吧。

西门庆走后,瓶儿环顾四周,官哥已不在。冷月在天,满室萧然。瓶儿所能做的,只有任凭眼泪扑簌簌地掉落,长吁一口气而已。吾览

《金瓶梅》至此，几有不忍卒读者，正是：

心中无限伤心事，付于黄鹂叫几声。

与《金瓶梅》作者处于同一时代的洪应明，曾说过这样一段话："处治世宜方，处乱世宜圆。处叔季之世当方圆并用。"《金瓶梅》之世，当属叔季之世也。当此万事颓唐之衰世，一味用圆的后果，可于瓶儿身上见之。

瓶儿死后，她留下来的皮袄子，很快就穿到了潘金莲的身上。

邸 报

兵科给事中宇文虚中等一本，恳乞宸断，亟诛误国权奸，以振本兵，以消房患事。臣闻夷狄之祸，自古有之：周之猃狁，汉之匈奴，唐之突厥，迨及五代而契丹浸强，又我皇宋建国，大辽纵横中国者已非一日。然未闻内无夷狄，而外萌夷狄之患者。谚云：霜降而堂钟鸣，雨下而柱础润。以类感类，必然之理。

——词话本第十七回

第十七回，西门庆辞别周守备后，并未回家，而是来到李瓶儿家，云雨缱绻。正在饮酒调笑之际，忽听得"外边一片声，打的大门响"。玳安慌忙来报，告以东京事变。西门庆匆匆忙忙赶回家中，见"后堂中秉着灯烛"，女儿女婿连夜来家，带着许多箱笼床帐，就先吃了一惊。由亲家陈洪的书信，西门庆知道了祸事的大概，但毕竟未知端详。他立即叫来吴主管，给了他五两银子，让他"连夜赶往县中承行房里，抄录一张东京行下来的文书邸报来看"。

上录引文，便是该邸报的开头部分。

邸报，又称邸抄。据史料记载，汉唐时，郡县或藩镇在京师设邸（有点类似于今天地方政府的驻京办），传抄奏章、诏令等朝廷文书，故而称为邸报,实际上是朝廷的官报,也有人称之为"中国最早的报纸"。至宋代以后,邸报不仅在官员中传抄阅览,亦出现了商人抄录邸报、贩售以牟利的情况。在《金瓶梅》第十七回,西门庆尚未当官,按理说是无权阅读邸报的,但他为了及时获得相关政治情报,派吴典恩拿五两银子去打点,连夜去县中抄录,足见及时掌握准确的政治信息是多么的重要。西门庆虽在慌乱之中,仍然不失应有的冷静。他通过邸报,获知了整个事件的来龙去脉,随后便当夜打点金银宝玩,让家人来保、来旺星夜赶往东京,疏通关节,可以说一分钟都没有耽误。这对后来西门庆顺利脱祸起到了关键作用。

《金瓶梅》中写到邸报的地方有很多处,大多与官员的升迁或罢免有关。当然,若要及时或提前得知官场及朝廷动态,光依靠邸报是不够的。一般来说,朝廷奏章、昭告或政令,一旦形成邸报,多半生米已经煮成熟饭。能否在邸报出笼之前,提前获悉相关政治情报,就显得十分重要了。为此,西门庆不惜重金,去结交在蔡京身边答应的翟管家——此人往往在邸报形成之前,第一时间将朝廷政情预告西门庆,使得后者在与同僚的争锋中牢牢占据了主动。

我们还是回到这份邸报上来。

在《金瓶梅》一书中,作者很少直接去表露自己的政治观点,这不是什么缺点,而恰恰是此书的高明之处。而这份虚拟的邸报,倒是提供了这样一个机会,让我们得以窥探到作者对于当时社会政治所持有的基本立场。

首先,这份邸报虽然被假托于宋代的宇文虚中(1079—1146)之手,但仍能反映出叙事者对当时社会朋党固结、内外蒙蔽、政治荒弛的现实，感到忧心如焚：

> 数年以来，遭灾致异，丧本伤元；役重赋烦，生民离散……天下之膏腴已尽，国家之纲纪废弛。

这是对天下大势的基本判断。我们知道，这份奏章的中心主题，说的是边患和虏情。作者将当时的大明朝，比喻为一个渐入膏肓的病人。而面对边患外敌的威胁，当务之急是“元气内充，荣卫外捍”，以培养恢复元气，上应天意，下抚人心，而不是轻启战端，迭招兵戈，以希宠固位，利禄自资。

在这份邸报中，最让人感到意味深长的是这样一句话：“然未闻内无夷狄而外萌夷狄之患者。”大概是因为这句话说得有点拗口，绣像本的作者将这句话改成了：“然未闻内无蛀蠹而外有腐朽之患者。”绣像本的修改，着眼于对“蛀蠹”的批判，矛头直指当权误国的奸臣，当然也可以读得通。而词话本将“内夷狄”与“外夷狄”并置，实际上别有所指。

“内夷狄”者，买办也，或者说，是“外夷狄”的国内代言人。不论是万历年间福建、浙江的倭乱，还是崇祯朝辽东沿海的女真之患，“内夷狄”的身影，可谓是若隐若现。万历朝的硬骨头官员朱纨，正是因为厉行海禁以息倭乱，反遭“内夷狄”的弹劾，最终服毒自尽。而后来崇祯朝的袁崇焕，竟然也惨死于“内夷狄”之手。由于明代海洋贸易的大规模发展，内、外夷狄基于共同利益的互相勾结，可以说是明代政治和军事面临的一大痼疾。《金瓶梅》作者如此措辞，似不为无因。

联想到宋代的宇文虚中的一生行藏，也让人不胜唏嘘。他因出使金国而滞留外邦，"卧底"十八年，心心念念要保辅徽宗、钦宗二帝南归，最后落得个全家百余口尽数丧命的下场。实际上他并非死于金人罗织的"图书案"，而是死于秦桧等"内夷狄"之手——秦桧不仅将宇文虚中实为大宋卧底的情报，故意泄露给金人，甚至不顾宇文虚中的强烈反对，将他在南京的一家老小尽数送往金国，很明显是暗示他打消"南归"的念头。

《金瓶梅》将这样一份邸报，托于宇文虚中之手，想必不是信手涂鸦。

囫囵语

　　一日，七月中旬，金风淅淅，玉露泠泠。西门庆正骑马街上走着，撞见应伯爵、谢希大两个，叫住下马。(应伯爵)唱喏问道："哥，一向怎的不见？兄弟到府上几遍，见大门关着，又不敢叫，整闷了这些时。端的哥在家做甚事？嫂子娶进来不曾？也不请兄弟们吃酒。"西门庆道："不好告诉的，因舍亲陈宅那边为些闲事，替他乱了几日。亲事另改了日期了。"

——第十八回

　　西门庆遭遇飞来奇祸，命悬一线。好在来保、来旺在东京的活动卓有成效，终于云开雾散，逢凶化吉。用《金瓶梅》中的两句诗来说，叫做：

　　　　落日已沉西岭外，却被扶桑唤出来。

　　西门庆得知凶信而魂飞魄散，是在五月二十日深夜。而脱祸后在大街上撞见伯爵和希大二人，是在七月中旬。那么，在西门庆罹祸的这将近两个月的时间中，作为十兄弟重要成员的应伯爵、谢希大等人都干了些什么事，他们对西门庆的"祸事"又抱有怎样的态度和看法，有着怎样的对策，小说中一个字都没有交代。但有一点是可以肯定的，那就是,在这两个月的时间中,伯爵等人一次都没有登门。这是省笔,也可以说是"不写之写",其中包含了多少人情的势利和凉薄,读者想必可以体会。《金瓶梅》中有句俗话,用在这里,倒是简明贴切:

　　　　时来谁不来,时不来谁来?

　　西门庆躲过灭顶之灾后,故态复萌。"门也不关了,花园照旧还盖,渐渐出来街上走动。"当他撞见应伯爵、谢希大等结拜兄弟时,一番尴尬或许是免不了的。可令人吃惊的是,作者笔触之含蓄和深藏不露,就像是什么事都没有发生过。对于兄弟们蓄意的冷落与远遁,叙事者既未点破,西门庆本人也装着不知道。

　　应伯爵不仅毫无愧怍之心,甚至反客为主,一口气向西门庆抛出了三个问题:一向怎的不见?端的哥在家做甚事?嫂子(李瓶儿)娶进来不曾?这是先声夺人、以守为攻之法。第一问似乎给人这样的印象,兄弟们两个月不见,仿佛是因为西门庆故意躲着所致(仅从事实而言,确乎也是如此)。第二问简直有点幽默,使得西门庆的形象变得有些滑稽——言下之意,不知道他整日大门紧闭,在家干什么勾当。第三问就有点反讽意味了——因为不测之事,李瓶儿此时已嫁给蒋竹山,西门庆还蒙在鼓里,知道底细的应伯爵却一味地装疯卖傻。就这样,应伯爵通过短短的三句问,把自己的势利和不义抹得一干二净,借此蒙混过关。

　　在这里,张竹坡用这样一句评论来提醒读者:"竹山且知,况伯爵辈乎?"也就是说,西门庆遭祸一事,连街上的庸医蒋竹山都知道,更何况走门串户、信息灵通且有帮闲之名的伯爵之流呢?

西门庆的回答十分老实而周到，表现出西门庆在与应、谢等人打交道时一贯的"厚道"和"天真"。但如果说西门庆对于伯爵的狡黠和搪塞之言完全没有察觉，那也过于低估西门庆的智商了。西门庆当然知道伯爵在装聋作哑，只是没有点破；而伯爵也知道西门庆明白自己的欺瞒，也不点破。双方都漠然注视着人情世故中那层脆弱的浮冰，故意不去留意底下的湍流。

所谓"囫囵语"，有点像打哑谜：双方都知道答案，但又要合力不让这个答案浮出水面。这大概就是我们安身立命于其中的虚妄人情吧。应伯爵作为帮闲趁趣者的首领，很擅长这类囫囵语。在西门庆娶李瓶儿这件事上，伯爵的囫囵语说了一路，每次都恰到好处，技巧高超。

花子虚是十兄弟之一，且待朋友慷慨、宽厚。西门庆与他妻子勾搭成奸在先，花子虚入狱后，又图谋人家的房产和金银。花子虚郁郁而终之后，西门庆又公然将李瓶儿娶回家来。从基本的伦理道德来说，不用说别人，就连一贯贪财的吴月娘都看不下去。作为十兄弟之一的伯爵，对此事的态度也很值得玩味。

伯爵当然是听到了一点风声，不敢遽信，又不敢不信。他深知此事非同小可，必须做到十拿九稳。因为此事极不道德，他不便唐突地向西门庆本人求证，而是试图透过西门庆的贴身随从玳安，逼问实情。即便是面对玳安，"李瓶儿"三字，亦不敢贸然出口，而是以"十八子"来借代，与玳安打起了哑谜。当然，聪明伶俐的玳安绝非一般人，伯爵费尽心机，也无法从他嘴里套出片言只字。

有一回，西门庆、应伯爵等人在妓女李桂姐家喝酒。伯爵忽然对虔婆开玩笑道：

你拿耳朵来,我对你说:大官人(西门庆)新近请了花二哥表子,后巷的吴银儿了,不要你家桂姐哩!

这句玩笑话说得十分高明。这里的"花二哥表子"既可以理解为李瓶儿,也可以理解为已故花子虚的相好吴银儿。而从老鸨的答话来看,她是按后一个意思理解的。伯爵这句话说得既大胆又含蓄,既真切又含混。因此,崇祯本的评点者说它是"双关语惊人"。

伯爵说这句话的实际目的,并不是与虔婆开玩笑,而是敲打西门庆,借此观察西门庆的反应。想必应伯爵一边与老鸨说话,一边两眼直勾勾地盯着西门庆吧。不过,西门庆当时没有接话,伯爵终于未能从他口中套出一字半句的实情。

尽管伯爵对西门庆娶李瓶儿一事的态度,小说中完全没有提及,但我们还是可以从伯爵的囫囵语中推测出他的基本心理轨迹:

先是听到街谈巷议,然后发现蛛丝马迹,随后小心求证。伯爵的好奇、震惊乃至内心可能有的鄙夷和不屑,都一概省略。而一旦得到了准确的结果之后(西门庆私下与玳安的对话被伯爵偷听到),才逼着西门庆摊牌。接下来,将死去的花子虚抛在一边,对这门亲事公然地表示赞美、怂恿和阿谀奉承,就成了伯爵的日常工作之一。

夫妻交恶

　　西门庆见月娘脸儿不瞧,就折叠腿装矮子,跪在地下,杀鸡扯脖,口里姐姐长,姐姐短。月娘看不上,说道:"你真个怎涎脸涎皮的,我叫丫头进来。"一面叫小玉。那西门庆见小玉进来,连忙立起来。无计支他出去,说道:"外边下雪了,一张香桌儿还不收进来!"小玉道:"香桌儿头里已收进来了。"月娘忍不住笑道:"没羞的货,丫头根前也调个谎儿!"小玉出去,那西门庆又跪下央及。月娘道:"不看世人面上,一百年不理才好。"说毕,方才和他坐在一处,教玉箫捧茶与他吃。

——第二十一回

　　吴月娘与西门庆交恶,是在第十八回。两人闹别扭斗气的原因还在李瓶儿身上。月娘闻听西门庆要娶李瓶儿,便用三个理由加以劝阻:第一,李瓶儿孝服不满;第二,西门庆与李瓶儿的丈夫花子虚是结拜兄弟;第三,西门庆与李瓶儿勾搭上后,做手脚占了花家的房子和许多财物,花子虚虽死,但他族中的哥哥花大是个刁徒泼皮,倘若一时闹起来也不是好惹的。三个理由,说得西门庆闭口无言。最后,西门庆只得转而向潘金莲问计,潘金莲提出了一个折中方案:等家中的房子刷上油漆,装修完毕,李瓶儿的孝服也该满了,那时再娶不迟。

可就在这个节骨眼上,东京事发,西门庆家中乱成了一锅粥,迎娶李瓶儿一事就此耽搁了下来。等到西门庆平安脱险之后,听说李瓶儿已改嫁了蒋竹山,如何能咽得下这口恶气? 回到家中,大发雷霆,迁怒于他人是情理中事。他虽然踢的是潘金莲,但从他嘴里骂出来的"淫妇们"一语中,淫妇们的这个"们"字,是包括吴月娘在内的。后来经过潘金莲的挑唆,西门庆就将李瓶儿落入他人之手的全部责任,都记在了一度劝阻他的吴月娘账上。自此以后,两人闹起了别扭,彼此照面都不说话。西门庆来月娘房中取东西,月娘只让丫头答应,自己一概不理,"两个都把心来冷淡了"。

从叙事时间上来说,俩人斗气从第十八回开始,至第二十一回结束,共费四回之篇幅;从故事时间上来说,两人交恶是在七月下旬,而和解则是在十一月底,已到了下雪的时节,前后历时四个多月。

从吴月娘的立场来说,她明白无误地向丈夫表达了自己的劝阻之意,可西门庆最终还是强行拆散了李瓶儿与蒋竹山的婚姻,将李瓶儿娶回了家中。而且李瓶儿的富贵和美貌,对自己的地位都构成了莫大威胁(在这方面,吴月娘对李瓶儿显然有点估计过高),心中愤恨切齿,也是常理。因此就出现了第十九回中奇怪的一幕:李瓶儿送亲的轿子到了西门庆院门前,居然无一人前去迎接。接下来在新婚合卺的宴席之上,吴月娘听到伯爵等人夸赞李瓶儿"寰中少有,盖世无双","普天之下也寻不出来",又听戏文中有"永团圆,世世夫妻"的唱词,更是旧愁新恨,恼上加恼,一并聚上眉梢。种种情节,自然可以想见。她的中途退席,闺房独坐而郁愤难平,也就可以理解了。

　　而从西门庆这边来说,他自从与月娘交恶之后,首先忙着要摆布蒋竹山以报仇雪恨,继而迎娶李瓶儿效鱼水之欢,正在兴头上,无暇他顾。加上应伯爵等人三番五次邀他去妓院玩乐,西门庆似乎也并不急于与吴月娘和解。就算他有此心,吴月娘也不会配合——每当他到了月娘房中,吴氏总是侧身待之,一言不发,冷若冰霜。

　　不管怎么说,在这样一个大家庭中,作为一家之主的西门庆与家主婆吴月娘"冷战"长达四个多月,毕竟不是一件寻常的事。且不说西门庆与吴月娘别扭,就连家中的妾侍丫鬟、跟班伙计看着都别扭。家中诸事都没有着落,甚至还差点闹出人命来。因此就有了孟玉楼的一番劝,敦促月娘与西门庆一笑泯恩仇,以便让家庭生活恢复正常。两人置之不理。接下来,吴大舅本人亲自出面,从中斡旋。

　　吴大舅劝妹妹的一番长篇大论,都是陈词滥调式的说教,活脱脱地刻画出一个穷官的迂腐和庸愚。不过,吴大舅那番说辞中有这样一句话,似乎一下子打中了妹妹的心坎,让吴月娘在赌气任性的不理智中猛然觉醒:

　　　　姐姐你若这等,把你从前一场好都没了。

　　这句话规劝中有警示,说教中有威胁,辞近而意远。它的潜台词是:月娘之所以在西门庆家中有别人无法企及的牢固地位,除了正妻上房的名分之外,靠的就是刻意扮演的"好好先生"的形象。换言之,那么多年的好好先生都做过来了,还在乎多出一个李瓶儿么?偷娶潘金莲的时候你怎么没闹?计娶孟玉楼的时候,你怎么也能委曲求全?既然"好"是做出来的,你不妨接着做下去吧。

今后，他行的事，你休要拦他……你两口儿好好的，俺每走来也有光辉些。

吴月娘听完哥哥的话，马上就哭了起来，这一哭，省掉了月娘心中无数心酸忍辱的不平事。可以说，吴大舅的规劝为两人后来的和好，做了必不可少的铺垫。

月娘既有心和好，西门庆那方面又如何呢？

西门庆的回心转意，实由于一件未料之事的触发心机。应伯爵与西门庆等人从常峙节家会茶出来，伯爵因见天上彤云密布，纷纷扬扬地飘下满天的雪花，不禁动了雅兴。便对西门庆建议道："哥，咱这时候就家去，家里也不收。我每许久不曾进里边（妓院）看看桂姐，今日趁着落雪，只当孟浩然踏雪寻梅，望他望去。"伯爵的口角，令人喷饭。不过，西门庆虽然去了，但却扑了个空。

西门庆从老鸨口中得知，自己花二十两银子包养的妓女李桂姐，因为她的五姨妈过生日，被人用轿子接走了。西门庆倒也没往心里去，便让李桂姐的姐姐李桂卿接待，一干人筝排雁柱，歌按新腔，在酒席上猜枚行令不提。未料正在饮酒之时，西门庆往后面更衣，忽听得东耳房内有笑语声，便走到窗下，偷眼观觑。原来李桂姐压根儿就没去她的什么五姨妈家做生日，而是躲在静僻的耳房内，与杭州来贩绸绢的丁二官打得火热。西门庆见自己花钱包养的人，居然在陪那位戴方巾的南蛮饮酒取乐，不由得心头火起。他回到酒桌边，一手将桌子掀翻，把碟儿盏儿打得粉碎，并喝令平安、玳安、画童、琴童几个跟班，把妓院的门窗户壁和床帐都打了个稀烂。伯爵等人再三劝拉不住，西门庆大闹一场,在大雪天里上马回家。

西门庆在归家途中,心里作何感想,我们无由揣度。倒是第二十回末的一首小诗,极为贴切地照映出西门庆此时的内心活动:

> 宿尽闲花万万千,不如归去伴妻眠。
>
> 虽然枕上无情趣,睡到天明不要钱。

经过这么一番细致且极富叙事耐心的铺垫,西门庆与吴月娘的和解,已如箭在弦上,不得不发了。作者一路写来,句句不空,笔笔不苟,长达四个月的冷战,终于到了冰雪消融的时候。可是和解的过程,却又颇费周折。

先是西门庆进了家门,走到仪门内粉壁前,"偶然"撞见吴月娘在穿廊之下,摆着香桌,正在焚香祝祷。吴月娘高声朗诵的祝词是这样的:

> 妾身吴氏,作配西门,奈因夫主留恋烟花,中年无子。妾等妻妾六人,俱无所出,缺少坟前拜扫之人。妾夙夜忧心,恐无所托,是以发心,每夜于星月之下,祝赞三光,要祈佑儿夫早早回心,弃却繁华,齐心家事。不拘妾等六人之中,早见嗣息,以为终身之计,乃妾之素愿也。

这一篇祝祷文显得极其刻意,煞有介事,仿佛预先做过彩排,故意要让西门庆听到。尤其是祷词在西门庆心心念念的"子嗣"上做文章,西门庆听了,不由得不"满心惭感"。他大踏步地从粉壁间攻了出来,上前一把抱住月娘,开始了深刻的自我反省。

当时正是雪夜,西门庆从妓院中受气回家,在大门前呼喊小厮开门,其动静之大,可以想见。吴月娘要在他所经之处安排这么一场戏剧,让西门庆"撞见",其实不难做到。张竹坡认为吴月娘的这篇祝词字字是假,从"不拘妾等六人之中,早见嗣息"一语中,尤能看出这位道学先生的演技。话说得虽然有些刻薄,但也并非没有道理。

紧接着,西门庆跪在地上央求月娘原谅,正是他的拿手好戏。他跪在地下,杀鸡扯脖,甚至不惜折叠腿装矮子(可见西门庆海盐戏看多了)来调笑。西门庆步步紧逼,可吴月娘一步不让,故作嗔语呵斥,可以算做寻常夫妻间每每上演的日常闹剧,自不足论。但吴月娘佯装余怒未消,不肯立即妥协,一定要把戏做足,还有一个很重要的原因。她和西门庆的交恶,旷日持久。如果轻易和解,传出去,对自己的家主婆地位与威严有损。她知道,当时在场的丫鬟如小玉、玉箫等人没有一个是省油的灯,背地传闲话,正是她们的本职工作之一。所以,戏还得接着往下演。一个攻城掠地,一个步步为营;一个嬉皮笑脸,一个金刚怒目。最后,自然是以一场云雨之欢来收场,夫妻俩重归于好,皆大欢喜。

顺便说一句,《金瓶梅》中,涉及到西门庆与吴月娘交媾的细节描写,仅此一处。

至此,夫妻自交恶至和解的一场大戏终于落下帷幕。但这一出戏剧还留下了两处余波,颇值得留意。

其一是,西门庆在与吴月娘和好之后,立刻将自己在妓院中受到的委屈向吴氏和盘托出,显示出对吴月娘孩童般的依恋——从这个意义上说,吴月娘和西门庆的关系怎么看都不像是夫妻,反而有点像姐弟,甚至是母子。这也反衬出西门庆在李桂姐家中受到背叛与伤害,是促成夫妻和解的重要前提。

其二是,第二天一大早,孟玉楼即赶往潘金莲房中,将"老公婆两个"和好一事,当做新闻,向后者大肆渲染。其中当然也少不了在丫头、小厮们口舌间滚动的性交秘闻。在夫妻交恶之初,孟玉楼和潘金莲都曾力劝月娘与西门庆和好。可等到两人真的和好了,潘、孟二人又突然心生愤怒,怅然若失,转而对吴月娘大肆攻击,甚至责怪吴月娘没有"硬到底"。从中不难看出所谓的人心和人情,在境遇改换之下的瞬息变化。

加西亚·马尔克斯在《霍乱时期的爱情》中,也有关于夫妻冷战的著名章节。但比之于《金瓶梅》,则有小巫大巫之别。《金瓶梅》中的夫妻交恶一节,写尽了人情世态之玄奥幽深,而又若出自然,让人不禁为之击节赞叹。

越　界

这蕙莲在席上斜靠桌儿站立，看着月娘众人掷骰儿，故作扬声说道："娘把长幺搭在纯六，却不是天地分？还赢了五娘。"又道："你这六娘，骰子是锦屏风对儿。我看三娘这幺三配纯五，只是十四点儿，输了。"被玉楼恼了，说道："你这媳妇子，俺们在这里掷骰儿，插嘴插舌，有你甚么说处！"把老婆羞的，站又站不住，立又立不住，绯红了面皮，往下去了。正是：

谁人汲得西江水，难洗今朝一面羞。

——第二十三回

作家库切在他的小说《耻》中，细致地描述了当代南非社会的种种"越界"行为：白人殖民者对南非统治所造成的历史创伤记忆，使得黑人和土著以强奸白人姑娘作为复仇手段，这是种族越界；白人教授勾引自己班上的学生，最终被迫离职，这是道德与法律的越界；一个衰老的五十多岁的老人，为满足自己肮脏的欲望，将生殖器插入少女的阴道，这是代际伦理的越界。诸如此类。所有的越界行为，所导致的后果都是"耻"。从表面上看，每个人都是自由的，但由于种族、宗教、政治、法律和道德的限制，实际上每个人都处于一种孤绝的状态，动辄得咎。文化、道德、政治和话语控制,在南非社会中无处不在。

从某种意义上来说,《金瓶梅》也可以被看成是一部关于"越界"的小说。在 16 世纪的中国社会中,由于经济的发展和道德伦理观的剧变,传统社会的等级、阶层和身份都发生了重大变化,士农工商的位序出现松动和调整,阶层之间的流动性突然增加。西门庆以商人的身份跻身于官员的行列,威震一方,权倾一时。但是社会的宗法规制和礼仪毕竟都在,西门庆尽管常常会有皇帝般的感觉,可他内心十分清楚,自己其实不能越雷池一步。《金瓶梅》对社会普遍的越界行为,多有反映;同时,对权力、伦理和秩序界限"死而不僵"的无形威力,也颇多留意。这种"越界"与"伦理限制"的微妙互动,也反映在西门庆的家庭生活中,尤以主仆关系为最。而在主仆关系中,又尤以"宋蕙莲之死"一节,令人印象最为深刻。

宋蕙莲本名宋金莲,原是卖棺材的宋仁的女儿。她先是被卖在蔡通判家里当使唤丫头,后来因为"坏了事"(无非是偷养汉子一类)被驱逐,嫁与厨役蒋聪为妻。蒋聪与厨役斗殴身死,又嫁与西门庆伙计来旺。从她的身世与地位来看,当属极其微贱无疑。可这样一个人物,偏偏有"金莲"之名,且其宛若天仙、妖冶迷人的美貌,亦不在潘金莲之下。甚至,她的一双小脚,远比金莲要纤细周正得多。不仅如此,她到了西门庆家,因见金莲打扮入时,便也跟着学,"把鬏髻垫的高高的,头发梳的虚笼笼的,水鬓描的长长的",乔模乔样,故作张致,终于引起了西门庆的注意。

叙事者在强调她身份低贱的同时,也处处刻画她"小媳妇子"出身的行止。比如说,她上身穿着红袄,下身却配着一条紫裙子;说起话来样态轻浮,极没分寸,动辄爆出粗口;走起路来,则是"两三步扠出来";西门庆给她的银子,她也是随便"塞在腰间"——《金瓶梅》的文辞之妙,妙就妙在这些细微之处。一笔不肯苟且,一句不肯放松。

可以说,蕙莲一出场就注定了她日后的悲剧命运。

西门庆只用一匹"翠蓝兼四季团花喜相逢"的绸缎,就顺利地将她弄到了手。因有西门庆的宠幸,家里的正头娘子、正经妻妾似乎都让着她三分。小说第二十三回,孟玉楼、潘金莲、李瓶儿等人趁着西门庆和吴月娘不在家,请蕙莲来烧猪头吃酒。宋蕙莲有一门独家绝活:只消用一根柴火,就能把猪蹄烧得稀烂,"香喷喷五味俱全"。有了西门庆的溺爱,加上烧猪蹄的功劳,宋蕙莲开始出现了天真的幻觉,竟然忘了自己的出身,以为自己可以和那些正牌妻妾平起平坐,终于在"越界"的道路上越走越远。这就出现了本节引文中所描述的一幕。

蕙莲在看"娘"们掷骰子玩耍时,居然在一旁拿腔拿调,妄加评论且指指点点。按理说,吴月娘是正头娘子、管家婆,对家人媳妇负有管教之责;潘金莲又是火爆脾气,眼睛里最容不得沙子。但奇怪的是,最先跳出来训斥宋蕙莲的,竟然是孟玉楼。从后文的情节来看,玉楼对宋蕙莲竟然要与自己平起平坐一事,最感耻辱,多次去潘金莲那里添柴拱火,对宋氏之死起到了推波助澜的作用。此处孟玉楼最先发难,明白无误地向我们呈现出这样一个事实:宋蕙莲的"上位"企图,所得罪的不仅仅是嫉妒心极强的潘金莲,而是整个妻妾"贵妇"阶层。玉楼的一番话,是对于蕙莲越界的明确警告。话说得直截了当,让宋蕙莲几无立锥之地。宋蕙莲本当反躬自省,有所收敛,但她仗着西门庆的宠幸,变本加厉,愈发地癫狂疯痴,在家败人亡、绝门绝户的悲惨道路上加速飞奔。

《金瓶梅》的批评者，大多认为宋蕙莲死于潘金莲之手。从小说的表面情节来看，这种观点无疑是有根据的。宋蕙莲与潘金莲两个人物有太多的重合之处：姓名、美貌、小脚、笼络男人的手段、在"献身"之后向西门庆索取财物的方式。尤其让人感到不可思议的是，宋蕙莲与潘金莲所争夺的，似乎还不只是一个西门庆，甚至还有西门庆的女婿陈敬济。

第二十四回，在前往狮子街看灯的途中，蕙莲当着潘金莲的面，居然公开与陈敬济嘲戏调笑。更有甚者，宋蕙莲为了让人知道她的脚比潘金莲小巧，不仅直接向西门庆炫耀（被潘金莲偷听到），而且还当着陈敬济和众人的面，把潘金莲送给她的鞋套在自己的鞋上穿。最要命的是，走起路来，潘金莲的鞋居然还不时往下掉。对于这种公开性的羞辱，潘金莲嘴上不说什么，心里或许已经暗暗生出杀机了吧。

宋蕙莲的忽然得宠，固然使得孟玉楼、潘金莲等人如坐针毡，骨鲠在喉，必欲去之而后快。就连与她同处仆役阶层的惠祥、贲四嫂等人，也感到芒刺在背、妒火中烧。平时碍于西门老爹的情面，慑于西门大官人的权势，她们不便发作。可一旦有事，这些"下人媳妇"是很乐意去做含沙射影乃至落井下石的勾当的。第二十四回，惠祥与宋蕙莲的公开对决就是明显的例子。宋蕙莲第一次自杀未遂，西门庆不敢怠慢，只得亲自前去慰问。目睹这一场面的贲四嫂，对于蕙莲的危在旦夕毫无同情之心，脸上一直挂着笑。她在向惠祥转述这一场景时，还出语轻佻，冷嘲热讽：

看不出他旺官娘子,原来也是个辣菜根子,和他大爹白搽白折的平上。谁家媳妇儿有这个道理!

在宋蕙莲的生死关头,惠祥仍然念念不忘揭她的老底:

这个媳妇儿比别的媳妇儿不同,从公公身上拉下来的媳妇儿。

可以说,由于越界,宋蕙莲同时得罪了两个阶层。以此之故,至大祸临头时,除了自己那个卖棺材的可怜父亲之外,蕙莲已没有任何一个同盟者,成了孤家寡人一个。她在第一次上吊不成功之后,只能再次上吊,结束了自己二十五岁的生命。

主仆间的越界行为,同样也发生在宋蕙莲的丈夫来旺身上。来旺在知道蕙莲与西门庆有奸之后的勃然大怒,虽属人之常情,但也有反应过度之嫌。因为在此事发生之前,他早已将西门庆的小妾孙雪娥占为己有(这也反映出明末社会主仆关系的混乱失序)。他在西门庆面前恭顺地称对方为"爹",却在背地里称他为"那没人伦的猪狗"。他管不住自己的嘴巴,应是取祸之道。他先是喝醉了酒,扬言要杀西门庆和潘金莲。紧接着,又在睡梦中,被窗外一个奇怪的声音唤醒(张竹坡评论说"黑魆魆写的怕人"),中了西门庆的拖刀之计。《水浒传》中林冲误入白虎节堂的一幕,再度在《金瓶梅》中上演。若不是一个名唤"阴骘"的正直官员出手搭救,来旺早已死无葬身之地了。

最后,我们再来看看西门庆对宋蕙莲的真实态度。

对于宋蕙莲的索要财物,西门庆几乎有求必应。宋蕙莲不知天高地厚,惹出种种事端之后,西门庆也略不经意,曲意护佑。来旺事发后,在宋蕙莲的苦苦哀告之下,西门庆一度心软,甚至打算放了来旺。宋蕙莲第一次自杀未成,西门庆派人去她房中轮流值守,未有丝毫松懈。从这些情节来看,西门庆对蕙莲不可谓无情义。但另一方面,在西门庆眼中,蕙莲不过是一个暂时可供他纵欲的低贱仆人媳妇而已。因此,在蕙莲第一次自杀后,西门庆去看她,脸上居然还带着笑。当蕙莲再次自缢身死后,家人还担心西门庆回来发作,没想到西门庆听说此事后,只是淡淡地说了一句 "他恁个拙妇,原来没福",就此将她的死,轻轻丢过一旁。足见蕙莲在西门庆心中的真实分量,有如鸿毛般轻微。而宋蕙莲刚死,顶替她位置的"奶子如意",即在第三十回出场。

邈 远

> （宋蕙莲）忽见铖安儿跟了西门庆马来家，叫住问他："你旺哥在监中好么？几时出来？"铖安道："嫂子，我告你知了罢，俺哥这早晚到流沙河了。"

——第二十六回

每每读《金瓶梅》至此，常不免废卷浩叹，对作者笔力之通神高妙，赞佩不已。"流沙河"三字之妙，无论给予怎样的评价都不算过分。

此前，宋蕙莲因为丈夫系狱而出面向西门庆求情。西门庆不仅答应将来旺放出来，而且许诺让来旺与宋蕙莲离婚，另替来旺找个老婆。甚至，西门庆还打算在街对面乔大户家，买下三间房子，把宋蕙莲养起来。因此，宋蕙莲安心在家，整日盼着来旺出狱。从引文中"你旺哥在监中好么？几时出来？"一句，可以看出蕙莲殷殷盼望之情。她对于潘金莲出面干预所导致的后果——来旺递解徐州城，一无所知。西门庆为防止宋蕙莲知道真相，对家人伙计发布禁令，严防消息外泄，合家上下，只瞒蕙莲一人。

而铖安是个嘴巴没遮拦的小伙子，不小心道出了实情。一盆冰雪水泼向宋蕙莲的猝不及防，于"俺哥这早晚到流沙河了"一语中尽皆见出。可以说，一句话写尽了宋蕙莲的天真痴心与冷酷现实之间的巨大反差。

"流沙河"既是由临清至徐州必经之地的真实名称,同时也可以被视为钺安的一个比喻性说法。"流沙河"三字玄幽邈远,且又真实可信,几有鬼神不测之妙。当时电影虽未发明,但《金瓶梅》对于这种因场景陡然切换而导致强烈戏剧性反差的叙事技巧,已运用得炉火纯青。我们仿佛可以看见来旺佩戴枷锁,在公人的押送下,在流沙河外的徐州官道上踽踽而行。

"流沙河"与西门大院的距离,正是宋蕙莲不切实际的幻想与冰冷世情之间的距离。

冰鉴定终身

春梅道："那道士平白说戴珠冠，教大娘说'有珠冠，只怕轮不到他头上'。常言道凡人不可貌相，海水不可斗量，从来旋的不圆，砍的圆。各人裙带上衣食，怎么料得定？莫不长远只在你家做奴才罢！"西门庆笑道："小油嘴儿，你若到明日有了娃子，就替你上了头。"

——第二十九回

张竹坡将《金瓶梅》的第二十九回，视为全书的一大关键。他的理由是，前文第二十八回，小说中的所有重要人物都已经一一登场亮相。第二十九回的"遥断结果"，既是对前二十八回的一个小结，同时也为后七十二回预设了人物命运的总纲目。在他看来，至第二十九回，全书的大框架已定，后文不过是更为细致的展开与印证而已。因此，此回当为全书的一大机轴。这一看法是极有见地的。而绣像本作者将词话本回目的"贵贱相人"，改为"冰鉴定终身"，想必与竹坡抱有同样的看法。

这一回中，西门庆家中忽然来了一个人。此人是守备府周爷推荐来的一位相面先生，名叫吴奭，道号守真，人称吴神仙。周守备无故差遣这么一个道士上门，或许是因为他算命精准神通的缘故吧。西门庆与他寒暄之后，照例是献茶赐斋，并随即请他算命。先由西门庆本人开始，次及众人。

吴月娘、李娇儿、孟玉楼、潘金莲、李瓶儿、孙雪娥、春梅这样一个顺序安排，有如梁山泊好汉排座次，考虑到了以下两个原则：其一为嫁入西门庆家时间的早晚，吴、李、孟、潘及瓶儿的排序即遵循这样一个原则。这涉及到伦理纲常和名分的既有秩序，并不因西门庆最宠爱潘金莲、最鄙视李娇儿而使两人易位。但这个原则也不是绝对的，若说嫁入时间早晚，孙雪娥远在孟、潘及李瓶儿之前。她的排名位于各位"正头娘子"之后，而列于丫鬟春梅之前，也恰如其分地说明，孙雪娥的地位实际上在妻妾与仆役之间。因此，这个排序也适当考虑了亲疏远近这样的原则，可谓有常有变，有经有权。这种常、变与经、权关系，多少也反映了那个年代名教伦理的一般状况。

吴神仙不仅为每个人都算了命，看了相，告知吉凶祸福，而且为每个人都下了"判词"。从修辞技法上说，这是典型的"预叙"，即在人物命运尚未充分展开之时，预先向读者暗示其最终结局。不消说，《红楼梦》继承了这一技法，并使它更为严密、整饬和系统化。

从情理与情节安排来看，吴神仙算命一节，读起来相当粗率，且不合世态人情。且不说每个人的灾难与厄运都直言无隐，判词也下得简陋、粗暴和直白，殊不合常理。比如，吴神仙当面点出李娇儿是"娼门女"，说潘金莲"好淫"与败坏人伦，骂孙雪娥为"贱人"且有沦落风尘之虞，众人居然不以为怒，相反"皆咬指以为神相"，显得十分可笑。当西门庆问他自己命中是否"有败"时，吴神仙用"年赶着月，月赶着日，实难矣！"这样的无奈之语作答，西门庆居然满心欢喜，更属不伦。

而到了《红楼梦》则完全不同。第五回的"贾宝玉神游太虚境警幻仙曲红楼梦",由宝玉在秦可卿卧房梦游太虚幻境为开端,渐入玄幽,饮仙醪,览宝册,最后再由"警幻仙子"出面指点迷津,已非《金瓶梅》中的"村野卖卜人"可以望其项背。《红楼梦》的提前叙事,既有画,又有诗,兼有曲,付诸南柯一梦。其规制之庞大,形式之整饬,辞章之华美,氛围之神秘,判词之含蓄,都远远超拔于《金瓶梅》之上。话虽如此,《金瓶梅》在结构安排上这种独出机杼的首创之功,也是不能轻忽的。

在《金瓶梅》的这个情节设置中,最值得留意的人物当属春梅。她以一个丫鬟的身份而获得看相算命的机会,固然说明她在西门庆眼中非同一般的地位,同时,从结构章法上来说,作者也为小说的最后二十回文字早早埋下了伏笔。此回算命,吴神仙由周守备府派出,而在西门庆死后,春梅最终也以守备府为最终归宿,其暗中照应之法,可谓滴水不漏。

最有意思的是,春梅不仅判词冠于群芳,且吴神仙明确告诉她,早年必戴珠冠(意为当上官太太)。在吴神仙告退之后,这个判词还引发了吴月娘与西门庆之间的一番争论。

从引文中春梅的一番说辞可以看出,春梅对于吴月娘在背后嘲讽她的一番怀妒含醋之词,已经全部知晓。须知,吴月娘"就有珠冠,只怕轮不到他头上"那番话,是西门庆和吴月娘夫妻之间在后厅的"私房话",其时并无别人在场,春梅何由得知?且西门庆在吴月娘说完这番话后,手摇芭蕉扇出来散步,即唤春梅伺候。春梅得知吴月娘之谤讪,何其速也!这只能说明潘金莲或春梅在吴月娘处安排了眼线。这些关键之处,作者皆用省笔,一丝不肯露出马脚。

　　而对于春梅将来必戴珠冠的理解,不论是吴月娘,还是西门庆本人,都出现了巨大的错误。吴月娘一不相信西门庆会当官,二不相信西门庆当了官之后,珠冠会落到春梅这样一个丫鬟头上。当然,她万万无法料到日后夫死家败,春梅嫁给周守备,从而戴上珠冠这一"既定结局"。作者这么写,有力地反衬出命运的神秘莫测。而西门庆的判断,也高明不到哪儿去。由于他的过分自恋,总想着春梅的"珠冠",必源于自己当官后的"携带"。而仅仅过了半个月,西门庆果然加官进爵,他想必会更加佩服吴神仙的神机妙算,且做着适时将春梅"扶正"的美梦吧。

　　春梅"莫不长远只在你家做奴才罢"一语,明言珠冠在别处,倒是判断对了大方向,且出语硬朗,心高眼远。从这番话中似乎也可以看出,她对吴月娘的恶语伤害,采取了尽量隐忍的态度,故语调平和。但她心中翻江倒海般的愤怒以及不甘人下的高傲,直至第八十五回之"扬长决裂而去"、第八十九回之"永福寺撞遇吴月娘",才得以真切表露出来。所谓草蛇灰线,千里伏脉者,殆非虚语也。

　　若说此回吴神仙算命一节,专为春梅而写,似乎也无不可。

两个太监

　　笑乐院本扮下去,就是李铭、吴惠两个小优儿上来弹唱。一个揝筝,一个琵琶。周守备先举手让两位内相,说:"老太监分付,赏他二人唱那套词儿?"刘太监道:"列位请先。"周守备道:"老太监,自然之理,不必过谦。"刘太监道:"两个子弟唱个'叹浮生有如一梦里'。"周守备道:"老太监,此是归隐叹世之辞,今日西门大人喜事,又是华诞,唱不的。"刘太监又道:"你会唱'虽不是八位中紫绶臣,管领的六官中金钗女'?"周守备道:"此是《陈琳抱妆盒》杂记,今日庆贺,唱不的。"薛太监道:"你叫他二人上来,等我分付他。你记的《普天乐》'想人生最苦是离别'?"夏提刑大笑道:"老太监,此是离别之词,越发使不的。"

——第三十一回

此一段妙绝天下的文字,值得我们细细玩味。

西门庆升做副千户指挥使之职务,同时李瓶儿生下官哥,加之西门庆本人的生日,可谓三喜临门。当地达官贵人、四衙同僚都纷纷前来贺喜。西门庆即锦屏罗列,绮席铺展,在家中大摆宴席。在送礼贺喜的官贵之中,还夹着两位太监,一个姓刘,一个姓薛。

　　按照一般常识，读者或许会问，太监不好好呆在宫里，跑到遥远偏僻的清河县来干什么？实际上，太监因外派或退休返籍，流寓京城之外的例子其实很常见，明代更加普遍。《金瓶梅》中写到的太监，还不止这两位。比如说与李瓶儿有私的花太监，此人死后留下大批的金银宝物，虽有宫廷赏赐，看来也没少在地方上搜刮民财；与李三、黄四过从甚密的徐内相，在清河公然放起了高利贷，更是令人咋舌。

　　此处的刘、薛两位太监，一位是朝廷派来打理砖厂的，另一位则是皇家田庄的管理者。常言道，三岁内宦，居于王公之上。太监的传统地位，自非一般官员可比。所以，在西门庆家的宴席上，周守备、夏提刑、荆都监诸人，在礼数上不敢差池，必要两位太监上座，点戏也让太监居先。可朝廷外放的太监（管理砖厂和皇庄），自然也不能与宫中内相相提并论。地方官员对他们的尊重，仅仅停留在礼仪上，内心的轻慢和不屑十分明显。其中的微妙，从周守备两次当众拂逆刘太监点戏，微微露出嘲讽之意，夏提刑在薛太监点戏后居然朗声大笑等情节中，可以看出究竟。

　　《金瓶梅》文字的曼妙多姿，不仅在"事件叙事"的春秋笔法上有所反映，更多地体现于人物"话语叙事"的精确、自然与生动。就后者而言，即便是《红楼梦》也有所不及。《金瓶梅》写商人有商人的口吻，写帮闲有帮闲的口吻，写官员有官员的口吻，孩童、腐儒、妓女也都各有其声口。这里写到了太监，虽然着墨不多，但口角逼肖，形象生动，令人称奇。

　　刘、薛二位太监在点戏时，往往先说出戏文小曲的词句，而漏掉了曲目名称（薛太监虽提及《普天乐》，但印象最深的仍然是"想人生最苦是离别"），这说明太监多有观赏演剧的机会，耳濡目染，对戏词内容已能够脱口而出，但对于哪出是哪出，全是一笔糊涂账。其口角之懵懂，正是这些人昏聩迟钝，对词曲一类的时髦玩意既熟悉又陌生、全不在意的真实写照。再者，刘太监在西门庆"三喜临门"的宴席上，竟然连点两出悲苦之戏来煞风景，也说明他对人情世故非常隔膜。薛太监眼见得老刘两番出丑，为避免尴尬，只得抢过话来，可他所点的"想人生最苦是离别"，则更加不伦不类，终于引发了夏提刑抑制不住的大笑。

太监点戏这一情节，从小说的主旨和结构上来说，亦非仅仅为了点染人物身份，聊发读者一笑，其中也包含着重要的言外之意和韵外之致："叹浮生有如一梦里"，可谓是全书悲凉之旨的总纲。而《陈琳抱妆盒》杂记，则暗示着官哥的不幸夭亡——这出戏是元代杂剧，全名《金水桥陈琳抱妆盒》，读者所熟知的"狸猫换太子"的故事即本于此。陈琳本人就是太监，所以刘太监点这出戏并非无缘无故。而"想人生最苦是离别"，则暗示了李瓶儿、西门庆诸人的死亡。这也可以说是另外一个意义上的"提前叙事"。

需要注意的是，作者并非为了表达的需要，随手虚构出这样的叹世离别之词来衬托主题，其实所有的戏词皆有真实底本。《陈琳抱妆盒》自不用说，"想人生最苦是离别"这句词，原出于《普天乐》，而在小说的第六十五回李瓶儿死后，这则《普天乐》再度出现：

> 洛阳花，梁园月。好花须买，皓月须赊。花倚栏杆看，
> 烂熳开。月曾把酒问，团圆夜。月有盈亏，花有开谢。想人

世最苦离别。花谢了，三春近也。月缺了，中秋到也。人去了，何日来也？

我们知道，小说中所引诗词歌赋、杂剧唱词，绝大部分皆有出处，这是《金瓶梅》叙事上极为重要的一个特点。而《普天乐》在《金瓶梅》中两度出现而略有错综——前为"热场"，由太监随口引出；后为"冷局"，西门庆听得满眼含泪，足见作者针脚之细密，照应之周全，章法之谨严。

说太监昏聩迟钝则可，说太监对世俗人情隔膜或全不着意亦可，但若说太监全无功利之心和待人处世的机心，则也不尽然。其实作者重点描写的这两个太监，虽说形影不离，同进同出，有二人合传之意，但刘、薛二人之秉性、做派，各不相同，绝不混淆。两位太监因点戏而出尽洋相之后，夏提刑仗着他提刑官的名分，只得亲自出马，点了一处《三十腔》，并卖弄说，今天是西门庆加官进禄的日子，又是生日，且兼弄璋之喜，理应唱这套《三十腔》。这里的弄璋之喜，突然点醒了薛太监。从他追问"怎的是弄璋之喜"一语便可知道，薛内相只知西门庆加官及生日，并不知李瓶儿生下了官哥。正因如此，他此前的礼物——一坛内酒，一牵羊，两匹金段，一盘寿桃，一盘寿面，四样嘉肴，并无官哥降生之贺礼。在获悉真实情况后，薛太监立即对刘太监说："刘家，咱每明日都补礼来庆贺。"

那么刘太监事先是否知道弄璋之喜这一消息呢？小说故意没有交代。而对于薛太监"明日补礼"的倡议，刘太监也没有接话。到了第二天，薛太监果然早早就来补礼。这一次，薛太监送来的礼物，包括：

焖红官段一匹

福寿康宁镀金银钱四个

追金沥粉彩画寿星博郎鼓儿一个

银八宝贰两

值得留意的是，这里的"彩画寿星博郎鼓"，不仅仅是一般礼品的陈列，在小说中还有特殊的功能。至第五十九回，官哥死后，李瓶儿见棺材起身，悲痛欲绝，一头撞在门底下，金钗坠地，众人好不容易才将她劝回房中。瓶儿见炕上空落落的，只有孩子玩耍的寿星博郎鼓还挂在床头，便再度拍桌大哭。此处的博郎鼓在喜庆场景中悄悄出现，早已在暗中伏下冷案。所谓吉凶相伏，祸福相倚，小小物事点缀其间，正可谓以乐景写哀，而倍增其哀也。

话又说回来，刘、薛二位太监，相比较而言，刘太监显然要吝啬得多。小说中两次详细列出薛太监所送之礼，而对刘太监则一字不提。薛太监或许对老刘的吝啬十分了解，故在补礼时见到西门庆，劈头一句话就是："刘家没送礼来？"西门庆的回答是："刘老太监送过礼了。"谁都知道这是一句客套话，无论刘太监是否送过礼来，从礼节上说，西门庆都只能这么回答。那么刘太监到底送过礼没有呢？这虽是枝节，但小说的后文还是对此进行了补叙。《金瓶梅》的写作就是这样，该有的，一句都不会少。

在第三十二回的后文，通过吴月娘与李桂姐的对话，读者终于确切地知道，"那姓刘的没来"。但吴、李之间的对话，在补映前文的同时，却又牵扯出了另外一件事。

　　薛太监补礼来贺之后,照例留下来饮酒听曲。席间薛太监十分变态,对身边伴唱的李桂姐又是掐,又是拧,把李桂姐吓得魂都没有了。可笑的是,吴月娘在李桂姐向她诉苦之后,对她的安慰竟然是:"左右是个内官家,又没甚么,随他摆弄一回子就是了。"月娘的口角丑中有俊,世故中有幽默,令人叫绝。这段补叙,可谓针脚细密,错落有致。

"青刀马"与"寒鸦儿"

（玳安）一手拉着一个，都拉到席上，教他递酒。郑爱香儿道："怪行货子，拉的人手脚儿不着地。"伯爵道："我实和你说，小淫妇儿，时光有限了，不久青刀马过，递了酒罢，我等不的了。"谢希大便问："怎么是青刀马？"伯爵道："寒鸦儿过了，就是青刀马。"众人都笑了。

——第三十二回

《金瓶梅》中采用了大量的双关语、谐音、暗语、隐语和江湖上的切口，加上叙事中杂糅了不止一个地方的方言，使得个别文字不太容易理解。上引的这段文字，就是最著名的难解例案之一。这段话不太好懂，并不是说文句本身有多么艰涩深奥，关键是对其中的"青刀马"与"寒鸦儿"作何解释。

历来《金瓶梅》的读者和研究者对此众说纷纭。"青刀马"一语，读上去很像是寻花问柳之辈的习用语或切口，但问题是，连深谙此道的谢希大，都不知道"青刀马"是什么意思。他向伯爵问及，而伯爵的解释等于是没解释，却又多出了一个"寒鸦儿"。有研究者认为，"青刀马"是妓女的俗称，但与文意殊为不合，且无法读通。也有人认为，"寒鸦儿"与青刀马"皆为黄岩方言，大意是说，敬酒的仪式过去了，现在该快递酒,让我们一饮而尽——这里的"青刀",实为"清倒"。这种解释,更加荒谬。这种解释不仅与小说的情节风马牛不相及,更何况,如果仅仅是倒酒,那么众人为何"都笑了"呢?

细玩前文,伯爵不耐烦郑爱香、吴银儿等人唱曲,让她们直接来递酒(伯爵与薛太监有相同的嗜好,喜欢在人递酒时,在她们的腿上又掐又拧),郑爱香骂了他一句,说他"门背后放花儿,等不到晚了",是在讽刺伯爵性急,亟待入港。从上下文的关系来说,伯爵的"青刀马"一语,明显是对郑爱香的回应,应当与色情有关。

白维国主编的《金瓶梅词典》(中华书局 1991 年版),对"寒鸦儿"和"青刀马"都做出了极为明确的解释。"寒鸦儿"是"寒鸦儿抖翎"的缩略,模拟两性在性事中的身体反应,而"青刀马"指的就是精液。寒鸦儿过了就是青刀马,实为性事隐语。《金瓶梅词典》的解释,当为正解。

至于说全句如何翻译,语属不雅,读者自可理会,这里不再赘述。

白赉光

且说平安儿正在大门首,只见白赉光走来问道:"大官人在家么?"平安儿道:"俺爹不在家了。"那白赉光不信,径入里面厅上,见槅子关着,说道:"果然不在家。往那里去了?"平安道:"今日门外送行去了,还没来。"白赉光道:"既是送行,这咱晚也该来家了。"平安道:"白大叔,有甚话说下,待爹来家,小的裏就是了。"白赉光道:"没甚么话,只是许多时没见,闲来望望,既不在,我等等罢。"平安道:"只怕来晚了,你老人家等不得。"白赉光不依,把槅子推开,进入厅内,在椅子上就坐了。众小厮也不理他,由他坐去。

——第三十五回

上一回,西门庆与男宠书童干下"醒醒营生",此回,从永福寺归家,急不可待地要与书童旧梦重温,故下马就吩咐平安:"但有人来,只说还没来家。"就在这个时候,排在"十兄弟"之末的白赉光前来造访。平安对西门庆的嘱咐自然不敢怠慢,将白赉光拦住了。只是平安的一番谎话,没能瞒过白赉光的眼睛。他在将信将疑之际,径自来到大厅坐下,并朝槅子内探头探脑,说明此人也有鸡贼老道的一面。白赉光既吃了闭门羹,却又不甘心离去,显然颇为狼狈。平安的每句话,都含有逐客之意,白赉光假装没听懂而不依不饶,执意要在厅内坐等,说明此人很不识趣。平安既称他为白大叔,表明他们两人是认识的。但平安冷淡的态度,也反映出白赉光在他眼中的分量。而在门首答应的众小厮,居然也不理他,由着白赉光在厅上一个人干坐着,却又是为什么呢? 原来白赉光那天穿着一身穷酸、寒碜且不伦不类的衣服(由后文补出)。人情世故的炎凉厚薄,已经从小厮们的眼中隐隐映出。

在所谓的十兄弟中,西门庆对众人的态度有淡有热,有远有近。关系最密切、来往最频密的,首推应伯爵,其次为谢希大,这自然无需多说。西门庆待孙寡嘴、祝实念诸人,也还算客气。孙、祝二人,时常出现在西门庆的宴席上。他们奉承赔笑、插科打诨的本领,仅次于应、谢二人。到了第六十九回,两人与一帮架儿犯下事端,在提刑所派人缉拿的紧要关头,西门庆暗中将他二人的名字抹去,也算有情有义。至于云理守、吴典恩,虽是见风使舵、见机而作之辈,但也受到西门庆很大的恩惠和照顾。即便是穷得叮当响的常峙节,西门庆在爱子亡故的当天见他来借款,仍温颜待之,不忘接济。惟独这个白赉光,西门庆似乎对他全无好感。他在第一回结拜仪式上叨陪末座,不是没有道理的。

白赉光似乎对自己低微的身份没有什么意识。进门被拦,见逐不退,最后终于不小心撞见了西门庆,弄得主客之间十分尴尬。西门庆推托不在的谎话,既然被白赉光的坚持不懈所戳穿,西门庆也只得耐下性子与他周旋,硬着头皮陪他说话。西门庆将自己迎来送往的官场之事与日常活动,像报账似的对白赉光说了一遍,固然有炫耀的成分,同时也在明确地向白赉光暗示:自己如今的身份,与热结十兄弟之时已迥然不同。更多的时候,他是没话找话,语言枯索,味同嚼蜡。按捺不住的焦躁和厌烦,虽一字未露,却也跃然可见。说了半天的话,来安才上了茶，怠慢之意，已经很明显了。白赉光端起茶来，刚呷了一口，西门庆却因夏提刑的突然驾临，忙不迭地赶去迎接，再次将白赉光丢在了一旁。这里忽然接入夏提刑造访，作者明显是要将西门庆对白、夏二人的冷热态度做一番对照。

与白赉光的吃闭门羹相对应，夏提刑人还没到，大跟班玳安早已"拿着大红帖儿往里飞跑"。西门庆也急忙更衣，换上官服出迎，两个叙礼而坐。不一时，棋童儿就已献茶两次。夏提刑谈完事要走，西门庆留他又吃了一道茶，客人这才告退。西门庆送完客人之后，回到内室换下官服，走到大厅上，吃惊地发现白赉光居然还在！此人堪称西门庆的"天下第一厌友"，其不知好歹，简直有些让人啼笑皆非。

西门庆又只得陪他坐了一会儿。见他始终没有想走的意思，万般无奈之下，只得请他吃饭——简单的四碟小菜，外加面筋、烧肉而已。最后，西门庆又拿"大钟"给他斟酒，明显是在催他起身。临别，西门庆只送到二门便停了下来，说："你休怪我不送你，我带着小帽，不好出去得。"

《金瓶梅》正面刻画白赉光行止，仅此一回。要么不写，要么写透，可谓文字老辣，刀刀见血。白赉光造访，自始至终备受冷落，形同乞丐，固然是人情温凉之常态，亦源于"光汤"的不知进退、呆钝托大。在西门庆的结拜兄弟中，白赉光既无伯爵之机智风趣，又无吴典恩之权变谄媚，甚至也没有常峙节那样的老实忠厚、惹人怜爱，其在"十兄弟"中的地位，可想而知。

在应伯爵所谓"拿着大本钱做买卖，还须带三分和气"的末世年景中，像白赉光这样地位微末的人，一味拿腔作调，撑硬船，拉硬屎，其平白遭受这一番折辱，固其宜哉！

价值观之混乱

> 妇人（王六儿）道："这不是有了五十两银子，他到明日，一定与咱多添几两银子，看所好房儿，也是我输了身一场，且落他些好供给穿戴。"韩道国道："等我明日往铺子里去了，他若来时，你只推我不知道，休要怠慢了他，凡事奉承他些儿。如今好容易撰钱，怎么赶的这个道路！"

——第三十八回

《金瓶梅》凡一百回，末回中王六儿、二捣鬼叔嫂二人，于千里之外的湖州成其夫妇，虽大出读者意外，亦是乱世可想之局。而其根蘖初萌，是在第三十七、三十八回。小说的结构章法和情节安排，常有神妙莫测而出人意表者，此为一例。

蔡太师的管家翟谦，给西门庆带信，让他在地方上物色一女子，送去东京侍奉起居。西门庆即找来冯妈妈，令她代为寻访。没想到，冯妈妈最终看中的这个女孩，正是韩道国的女儿韩爱姐。西门庆惟恐冯妈妈老眼昏花，看走了眼，亲自登门相看。当粉妆玉琢的韩爱姐出现在西门庆面前时，他却连正眼儿都不瞧她一眼，一门心思都在其母亲王六儿身上。王六儿不施粉黛，却也淹淹润润，眉如远山，眼若秋水，更兼体态妖娆，月意风情，西门庆一见之下即傻了眼，心摇目荡，不能定止。而王六儿与西门庆照面后，所说的第一句话，也很暧昧：

> 俺们头顶脚踏都是大爹的，孩子的事又教大爹费心，俺两口儿就杀身也难报大爹。

六儿一开口，就暧昧有情，句句撩人。西门庆见她如此美貌，且说话乖觉，爹长爹短，当即就动了将她占为己有的心思。于是接下来，便有了下面这一段值得玩味的文字：

> （西门庆）临出门上覆他："我去罢。"妇人道："再坐坐。"西门庆道："不坐了。"于是出门。

张竹坡评论这段文字时曾说："三句九字，勾魂帖，定情书。""我去罢"三字是明显的留恋之语，实际上心有不舍，不肯就去。王六儿一定是听出了西门庆的弦外之音，便说"再坐坐"，文字精省，语含私挑，却不露声色。而"不坐了"，则是既恨又悔，却又无可奈何。西门庆心中的无限惆怅，于三字隐隐见出。

《金瓶梅》写西门庆勾引霸占伙计媳妇的事端甚多。如宋蕙莲、贲四嫂、如意儿、惠元等人，各不相犯，各不靠色。不仅人人口角、秉性、意态各异，勾挑的过程也很不相同。此处写王六儿，又是一篇崭新的文字。套用脂砚斋的话来说，真不知道作者胸中，埋伏着多少伙计媳妇！

与蕙莲的"献身"以求上位，甚至要与"娘"们平起平坐的天真相比，王六儿要老成得多。给人的感觉，她只是时时刻刻想着要满足"西门大爹"一切过分乃至变态的性要求，却绝不给西门庆增添任何麻烦。即便是索要财物，也用暗示之法轻巧带出，出语老练且谨慎。她说自从女儿去了东京之后，凡事都要自己动手，西门庆立即给她买来了丫头锦儿使唤；她抱怨说自己住在偏僻的巷子里，连打个酒都不方便，西门庆便马上替她在狮子街买了房子；她一次也没向西门庆要钱，西门庆却主动给了她丈夫五十两银子。西门庆与她枕席欢耍之时，银托子、硫磺圈无所不用，胡僧药、后庭花无所不至，王六儿不仅甘心忍受，甚至口口声声自称"淫妇"，以助其性。当西门庆话里话外对韩道国心存顾虑之时，王六儿立刻宽慰他说"咱行的正，也不怕他"，"爹心里要处自情处，他在家和不在家一个样儿"。言下之意，西门庆无需考虑奸情外露的后果，更不必在意她丈夫韩道国的存在。这是一个成熟、世俗、"懂事"且又善解人意的妇人。自她与西门庆相识，直至西门庆死亡，她一直牢牢地占据着"大爹"的心，享受着"大爹"的照抚和宠幸。有人说，西门庆实死于王六儿之手，也不能说完全没有根据。西门庆死前最后一次纵欲的对象，正是王六儿，而王六儿、韩道国的"拐财远遁"，对西门庆的家道败落也起了推波助澜的作用。

　　同样是被人戴了绿帽子，韩道国的反应与来旺也截然不同。西门庆第一次来家相看女儿，韩道国就躲了出去，将妻子一人丢在房中，明显地有"纵妻行淫"之嫌。王六儿之所以敢对西门庆打包票，说什么"他在家和不在家一个样儿"，想必夫妇二人对委身于西门庆这件事早已进行过一番商量。至少，王六儿对韩道国的乐观其成，有着十足的把握。反观王六儿与小叔子"二捣鬼"之间的私情，韩道国想必早知实情而眼睁眼闭,他所算计的,或许是弟弟手中靠赌博赢来的几个钱。西门庆死后,王六儿再次委身于湖州贩私棉的何官人,可谓是故伎重演。也就是说,韩道国是对妻子的"不贞"全不在意且"心胸宽阔"的一类人。他把问题想得很"透彻"——他的妻子供"大爹"享乐,他再从"大爹"处弄来钱财,在杭州、南京一带包养情人,纵情声色。

正因为如此,在上述例文中,韩道国从东京回家之后,妻子就将自己与西门庆的私情(包括行淫的次数)都向他做了如实汇报。当韩道国听说备细之后,不仅不怒,反而喜上眉梢。"如今好容易撰钱,怎么赶的这个道路"一语,明白无误地表现出韩道国心中的庆幸,且带一点自嘲。他甚至鼓励妻子在为"大爹"服务时不仅不要拘束,而且要服务周到。

我们也可以这么说,王六儿与西门庆的私情,不仅仅是一个伦理行为,同时也是一个经济行为——即韩道国蓄意以妻子的身体作为资本,投入交换和流通领域,以谋取富贵钱财的商业行为。可怕的是,夫妻二人自以为得计,洋洋自喜,不以为耻,反认为自己行得正、坐得直,冠冕堂皇,甚至不屑于避人耳目。可见在当时的社会中,在商业与经济伦理的冲击下,普通人的价值混乱已到了何种惊人的程度。作者在这里处处使用反讽之笔,其伤生悲悯之微意,读者自可细细理会。

道佛之别

　　孟玉楼走向前,拿起来(小履鞋)手中看,说道:"大姐姐,你看道士家也恁精细。这小履鞋,白绫底儿,都是倒扣针儿,方胜儿锁的,这云儿又且是好。我说他敢有老婆!不然,怎的扣捺的恁好针脚儿?"吴月娘道:"没的说。他出家人,那是有老婆!想必是雇人做的。"潘金莲接过来说:"道士有老婆,相王师父和大师父会挑的好汗巾儿,莫不是也有汉子?"王姑子道:"道士家,掩上个帽子,那里不去了!似俺这僧家,行动就认出来了。"金莲说道:"我听得说,你住的观音寺背后就是玄明观。常言道:'男僧寺对着女僧寺,没事也有事。'"月娘道:"这六姐,好恁六说白道的!"

——第三十九回

　　《金瓶梅》写出世,原有佛、道二途(《红楼梦》亦如此)。开篇第一回,结拜十兄弟是在道观(玉皇庙),第一百回孝哥出家归结全书,则是在永福寺。两者遥遥相对,未尝偏废。

　　道观做醮,纯属男人世界,西门庆、应伯爵、谢希大等人常在那里厮混,或做法事,或聚众取乐,但绝无任何女性杂入;佛教讲会,则是女人们的世界,吴月娘在家听经说因果,必有一帮妇女、丫头侍奉在侧,且紧闭门户,绝不涉及男性。两者遥遥相对,各安其分。小说中道士、和尚如影随形,于西门庆宅中进进出出,亦男女有别,各有所属。而第三十九回,则是唯一的一次将佛、道两个世界比并而列,相映相照。从词话本的回目来看,"西门庆玉皇庙打醮,吴月娘听尼僧说经",让佛、道世界互为镜像,彼此观照之意甚明。或许是嫌文字对仗不够工稳,绣像本将它改为"寄法名官哥穿道服,散生日敬济拜冤家",这一改,文字倒是对仗了,却将词话本作者一番关涉结构章法的深意苦心,尽皆抹去。另外,陈敬济拜生日一节,在此回中属于一笔带过之文字,绣像本将它移至回目中醒人眼目,也属勉强。

实际上,第三十九回,只写了两件事:一为西门庆与吴大舅、应伯爵、谢希大、陈敬济等清一色男子前往玉皇道观做醮,为官哥寄名;一为吴月娘、潘姥姥、杨姑娘、大妗子及潘、孟、李、孙众妇女,听两个尼姑在家中讲经说法。

本节所引的这段文字,可谓别出心裁。通过一个小小的道具(小履鞋),硬是将玉皇庙打醮与家中尼姑诵经这两件原本不相干的事拉至一处,似乎一定要让读者对佛、道法事的荒诞不经进行一番比较。

由于玉皇庙的道士送来了厚礼,潘金莲从那些"四张桌子还摆不下"的礼品中,挑出了一双小履鞋来看。孟玉楼心细且思路缜密,因见小鞋白绫底、倒扣针、方胜儿锁、云彩绣得那么好,便断定此鞋不可能出于男人之手,便有了"道士有老婆"这样的奇想。吴月娘老实,而且两位尼姑也在场,不宜当众毁佛谤道,便微露嗔意,加以回护。可孟玉楼既然开了头,潘金莲这样一个无事生非、伶牙俐齿且对佛道极无好感的人,怎肯轻易放过? 她的接话,不仅将"道士有老婆"作为事实加以认定,同时又由道士养妇过渡至尼姑养汉,将大师父与王姑子两位尼僧也扯了进来,且有试探二人反应之意。其无法无天的性格和恶作剧的口吻,均活灵活现。

王姑子的答话尤为奇妙。她对潘金莲的诘问,未做正面反驳,反而开口便攻击道士。仿佛道士有了帽子的掩护,骗财骗色较为方便,而尼姑僧家落发标志明显,作奸犯科殊为不易。这段话说得似真似戏,且拖泥带水。潘金莲接下来的戏弄之语,更加露骨,吴月娘不得不正色喝止。佛、道俱妄,从孟玉楼、潘金莲的一番戏言中,已隐隐带出。这段情节,堪称"道观打醮"与"尼姑讲经"两段文字之间的津梁。

接下来,叙事自然过渡到月娘闭门讲经一节。词话本中关于禅宗五祖弘忍的故事及大段经文偈颂,绣像本删除了一大半。此处的删减,从叙事上来说很有必要,因为这些内容枝蔓纷披,且过于拖沓。绣像本的作者改词话本的"场景"为"概述",既使叙事简洁流畅,又保持了文意的贯通。

对于尼姑的讲经唱曲,众丫鬟、妇女起先都怀有极大的兴趣和期待。连在厨房打杂的媳妇惠香都要挤进来听经,众人的兴致想必很高。但在尼姑讲经的过程中,这些妇女终于不堪忍受,逃的逃,打瞌睡的打瞌睡,坚持到最后的几个人也都面露困倦,呵欠连天。她们没有离去,不过是看着吴月娘的面子而已。这一番困倦之情,次序井然,历历如画,既暗示了众人对佛法的厌倦,所谓乘兴而至,兴败而困,又暗暗衬托出吴月娘对佛事的坚执和迷信。

潘金莲是第一个逃走的,且不打招呼,很符合她的性格。而吴月娘是众妇女中唯一的真正听众。等到四更鸡鸣,众人散去之时,月娘与王姑子睡到炕上,她还在追问五祖成佛的过程。

如此彻上彻下之笔,可与《红楼梦》第七十六回的"中秋赏月"参看。《金瓶梅》此回写困倦一节固妙,《红楼梦》化用此法,又开出新境,亦妙。

方巾客

> 二人看了一回，西门庆忽见人丛里谢希大、祝实念同一个戴方巾的在灯棚下看灯，指与伯爵瞧。因问："那戴方巾的，你可认的他？"伯爵道："此人眼熟，不认的他。"西门庆便叫玳安："你去下边，悄悄请了谢爹来。你休叫祝麻子和那人看见。"
>
> ——第四十二回

西门庆在狮子街与应伯爵等人元宵节看灯，因见谢希大、祝实念与一个方巾客也在街上看灯，便将那位戴方巾者指与应伯爵辨认。应伯爵若真的不认识此人，只回答"不认的他"即可，为何还要加上一句"此人眼熟"呢？

事实上，这个戴方巾者并非一般人物，他是王招宣府里的王三官，号"三泉"。读者应该还记得，潘金莲就是从他家出来的。王招宣府也算是巨族高门，世代簪缨，只是到了王三官这一代，家道稍显萎顿。俗话说，"金盆虽破分量在"，虽说家境不比从前，但身份、底子和显赫的社会关系般般俱在。因此王三观属于典型的"官二代"无疑。他与谢希大、祝实念、孙寡嘴诸人整日厮混，吃喝嫖赌，无所不为。这样一个恶少闻人，应伯爵怎么会不认识他呢？前文曾提及，伯爵好为"囫囵语"。说此人眼熟,表明应伯爵与此人时常照面;推说不认得他,是因为应伯爵知道,王三官眼下正与西门庆包养的妓女李桂姐暗中来往。

西门庆与王三官,他哪个都不愿意得罪。

从整部小说的构架上来说,王三官也算是不可或缺的重要人物之一。前文有潘金莲出身的一番牵扯,后文则有王三官义拜西门庆为父的一段"佳话",且有西门庆与王三官的母亲勾搭成奸,并试图以此为跳板谋取他十九岁的妻子黄氏等情节。此处让王三官现身,用崇祯本批评者的话来说,是"文情得空便入"。从章法上来说,是承上启下、必不可少的铺垫和补叙。奇妙的是,王三官在此回第一次出场却头戴方巾,一晃而过,面目未露,文章织体之细密、叙事之详略错综,可谓匠心深湛。

顺便说一句,《水浒传》写潘金莲出身来历,只有张大户一家。《金瓶梅》于张大户之外,凭空又插入一王招宣。《水浒传》中的张大户,只是作为一般背景交代,用过就丢弃了,而《金瓶梅》却非泛泛而写。我们知道,王招宣有一个儿子,这就是王三官;张大户也有一个儿子,名为张二官。此二人皆在《金瓶梅》中粉墨登场。王三官为"官二代",张二官则为"富二代",两人的形象合在一起,则是又一个西门庆。

从某种意义上说,这两人都是西门庆的影子和替身。西门庆死后,必有这两人在清河县取代他的地位,继而兴风作浪。西门庆死后,应伯爵即依附于张二官门下讨食,便是明证。二官、三官之名都是基于西门庆"大官人"之名而取的,明摆着是西门庆的"继承人",此等关节读者不可等闲视之。

更有甚者,王三官号"三泉",西门庆号"四泉",亦极富深意。

泉者,钱也。世人多谓王莽代刘汉而称帝,因钱字的"金"旁,犯了"卯金刀之刘"的忌讳,故而"以泉称钱",其实自周代开始即泉、钱通用,字异而意同。而作为货币称谓的"泉布"一词的使用,很可能要早于"钱"——段玉裁即有"钱行而泉废"之说。古代以泉称钱,盖取其泉水广流天下,源源不竭之意,图个吉利。

"三泉""四泉"之号,表明西门庆与王三官实为一条道上之人,都对金钱有着贪得无厌的嗜好,也暗示出那个重商逐利的"经济社会"金钱崇拜的普遍风尚。也就是说,单单从人物名号即可隐约看出,《金瓶梅》的主题或重心,实与金钱有关。不过,王三官拜西门庆为义父之后,他的"三泉"之号,就构成了对西门庆名讳的冒犯("三泉""四泉"有如平辈兄弟,且"三泉"为大),所以王三官很知趣,他悄悄地把自己的号改为"小轩"了。

读者也许会问,《金瓶梅》中既然写到了"三泉"和"四泉",那么应该还有"一泉"和"两泉"吧?没错。前文已经说过了,《金瓶梅》该有的,一样都不会少。"两泉"是尚举人,"一泉"是蔡蕴蔡御史。除了这四个人之外,小说中还有一个"天泉",那就是最后才出场的何太监的侄子何永寿。作者一口气写了五个"泉",从"钱"的角度来说,应该不是无缘无故的吧。

我们再回到开头的这段引文上来。

西门庆让玳安悄悄地将谢希大"捞"上来,而不要惊动祝实念和方巾客。这一细节,再此凸显出西门庆对"十弟兄"诸人之远近亲疏。不过,在人流稠密的街市中,以玳安之聪明伶俐,这事当不难办到。

祝实念在发现谢希大"突然不见了"之后,一定会有白日见鬼的

狐疑吧。他四处寻找而不获,只得陪方巾客先去办事。他们来到孙寡
嘴家,三人会齐,一同前去拜访一个名叫"许不与"的放债者。王三官
要向许不与借三百两银子,请祝实念与孙寡嘴充当借款的保人,打算
买一个"武学肄业"之名分,为日后的仕途做准备。

祝实念让孙寡嘴把借款文书写得"滑头"一些,以便日后赖账方
便。按照祝麻子的想法,必须有以下三种情形出现,借款人才能还款,
美其名曰"立三限":

> 头一限,风吹辘轴打孤雁;
> 第二限,水底鱼儿跳上岸;
> 第三限,水里石头泡得烂。

此虽为玩笑、扯淡之语,孙寡嘴当然也没那么写,但由民谚的"立
三限"一说,也可见出当时民间借贷之哄骗欺瞒乃至赖账成风的一般
状况。当然,作为放债者的许不与,看来也不是好惹的。单从他的名
字——许了还不与,即可看出此人行事的刁滑。

不过,祝实念帮助方巾客办完了借款这件事,并没有放弃继续寻
找谢希大的努力。冷静下来之后,祝兄弟终于做出了正确的判断。当
他找到西门庆在狮子街的别院之时,西门庆与谢希大的尴尬是不难想
见的。"众人都不言语",堪称活画。而祝麻子看见他苦苦寻找的谢希
大,此刻正与西门庆在一起悠闲地吃饭,他满腹的委屈和愤怒,是这么
表达的:

"你两个好吃!可成个人?"

祝麻子这次真的是急眼了。

改文书

　　……正值李智、黄四关了一千两香蜡银子，贲四从东平府押了来家。应伯爵打听得知，亦走来帮扶交纳。西门庆令陈敬济拿天平在厅上兑明白，收了。黄四又拿出四锭金镯儿来，重三十两，算一百五十两利息之数，还欠五百两，就要捣换了合同。西门庆分付二人："你等过灯节再来计较，我连日家中有事。"那李智、黄四，老爹长，老爹短，千恩万谢出门。

——第四十三回

　　《金瓶梅》写日常生活中的人情世故，常用烟云模糊之法，往往点到为止，语多蕴藉、含蓄，而意在言外。但若涉及经济事务和商业往来，则纯用细笔记述，周详而细密，几乎纤毫毕现，一笔不苟。这种"模糊"与"精确"所形成的张力，是《金瓶梅》叙事的一大特色。

　　兹就这李三、黄四与西门庆之间的借贷关系做一番描述，对《金瓶梅》在叙写商业活动时的一丝不苟进行简要分析。

　　李三、黄四是利用民间资本，承揽官家及朝廷的生意，干的是空手套白狼的营生，俗称"揽头"。对于民间借贷的利率，朝廷有明文规定，为月利三分，可民间借贷的实际利率要高于官定利率，一般为月利五分。前文已说过，《金瓶梅》涉及到的民间借贷，月利均为五分。惟有在第十九回张胜、鲁华伪造假合同来陷害蒋竹山时，月利为三分，但那明显是用来对付官司的（与法律条文相一致），这说明作者对当时商业借贷的细节与法律规定都十分了解。李三、黄四做生意需要资金，一般来说通过民间借贷获取这些资本并不困难。比如说，按照李三的想法，可以直接向专门放债的"徐内相"拆借，月利也是五分，且易如反掌。那他们为何要费尽心机来找西门庆呢？他们所看重的，当然是西门庆"执掌刑名"的官员身份。既然是官家生意，作为法庭官员的西门庆的"入股"，自然非同小可，无疑在地方上为他们撑起了一张保护伞，其中的便利无需细述。

小说的第三十八回，李三、黄四由应伯爵做中间人来向西门庆借款，西门庆一开口就回绝了。他的理由是：这些"揽头"常常以假充真，以次充好，买官让官，无法无天。出了纰漏，得由西门庆担着，少不得还要动用衙门的力量替他们摆平。碍于应伯爵的情面，西门庆做了让步，最后拆借银子一千五百两，入了伙。但西门庆还是没忘记让应伯爵传话给李三、黄四："不叫他们打着我的旗儿，在外边东诓西骗。"这说明西门庆对"揽头"一类角色的所作所为，早已心知肚明。

引文中所描述的，是李三、黄四获利后向西门庆还款时的情景。他们兑付了一千两银子的本金（还欠五百两）。一千五百两银子按月利五分计算，两个月的利息应该是一百五十两，他们用四锭金镯（重三十两）来交付。按照当时的金银比价一比五来计算，三十两黄金恰好是一百五十两白银。这样算来，他们还欠西门庆五百两本金，所以才有"捣换合同"一说。

西门庆对李三、黄四所说的那句话，"你等过灯节再来计较，我连日家中有事",似乎话中有话,语调十分冷淡。西门庆的本意,是将旧合同文书作废,另写一份五百两的借款合同。西门庆想见好就收,流露出控制风险的明显意图。这番没有说出口的意思,黄四从西门庆的语调中当场就琢磨出来了,因而忧心忡忡。他们之所以还了一千两本金及全部利息,拖欠五百两不还,其真正意图,一方面是想让出资人尝到一点利息的甜头,另一方面是希望他再次追加投资,以便牢牢地控制西门庆,借着他的名头继续坑蒙拐骗。关于这一点,我们从后文应伯爵对黄四献计,让他"香里头多放些木头,蜡里头多掺些柏油","借着他这名声儿,才好行事"的一番话中,可以看出大概。

接下来,在应伯爵的斡旋与撮合之下,西门庆将那四锭金镯(折银一百五十两)作为追加投资,又凑了三百五十两银子,再加上原先的五百两欠款,另外改写了一个一千两银子的借款文书,此事才告一个段落。而实际上,这种部分还款,通过"捣改文书"迫使出款人追加投资的方法屡试不爽,合同文书一改再改的连轴转,西门庆至死都未能摆脱。

西门庆临死之前,曾将女婿陈敬济叫到床边,告诉他,李三、黄四陆续还款后,还欠他六百五十两银子(五百两本钱,一百五十两利息),让他讨回来作为葬埋之资。可见西门庆在弥留之际,头脑还相当的清醒。但西门庆不清醒的地方在于,如果他活着,法律和衙门都由他掌控,从李三、黄四手里讨回这六百五十两银子,自然不是难事。但随着他的死亡,保证他收回投资的所有前提,都在转瞬之间不复存在了。这六百五十两银子的欠款,就会立刻出现问题。

趁着西门庆尸骨未寒,新上任的提刑官何千户(就是名号为"天泉"的那个人）前来吊孝，吴大舅借机威胁"保人"应伯爵，要把欠款一事，写成状子递到衙门里，请何千户做主。

即便如此，已经有了新靠山的应伯爵和李三、黄四等人，也只是以祭奠西门庆的名义，象征性地还了二百两，剩下的四百两（吴大舅因收了他们二十两贿赂，做人情饶了对方五十两），再次改办了文书合同。双方约定，往后有了买卖，陆续交还。

这是与西门庆有关的最后一次"文书改写"。

不论是吴大舅还是吴月娘，其实内心十分清楚：剩下的这四百两，他们是无论如何也拿不回来了。

贲四嫂宴客

　　先是那日贲四娘子打听月娘不在，平昔知道春梅、玉箫、迎春、兰香四个是西门庆贴身答应得宠的姐儿，大节下安排了许多菜蔬果品，使了他女孩儿长儿来，要请他四个去他家里坐坐。众人领了来见李娇儿。李娇儿说："'我灯草拐杖——做不得主'，你还请问你爹去。"问雪娥，雪娥亦发不敢承揽。只等挨到掌灯已后，贲四娘子又使了长儿来邀四人。兰香推玉箫，玉箫推迎春，迎春推春梅，要会齐了，转央李娇儿和西门庆说，放他去。那春梅坐着，纹丝儿也不动，反骂玉箫等："都是那没见食面的行货子，从没见酒席，也闻些气儿来。我就去不成，也不到央及他家去。一个个鬼撺掇的也似，不知忙些甚么，教我半个眼儿看的上！"

——第四十六回

　　这一年的元宵节，西门庆及其家人悉数出场，分做三拨过节。第一拨，西门庆请应伯爵、谢希大、傅伙计、韩道国、贲四、陈敬济等人在大门首张灯结彩，架围屏，饮酒赏灯。第二拨，吴月娘率领孟玉楼、潘金莲、李瓶儿、西门大姐及吴银儿凡六人，前往吴大妗子家赴宴——吴家的小厮来定，指名要请李娇儿、孙雪娥同去，可见吴大妗子深知月娘的刻薄为人,知道她不会带上李、孙二人,故特意说明。可吴月娘最终还是没有带,她说李娇儿腿疼去不了,孙雪娥要在家里上灶做饭,一句话就将两人打发了。第三拨,由于贲四嫂的忽发"雅兴",春梅、迎春、玉箫、兰香四位丫鬟,去贲四嫂家吃请。三拨人既分叙其事,又暗中联络,条分缕析,手法精纯。

贲四嫂于蕙莲、王六儿受宠之际,已有了仿效之意。此回的宴客,可以见出其心思之活络。然贲四嫂为一下人媳妇,即便是请客,也断断不敢邀约月娘、玉楼、金莲等正牌娘子,更不用说家主西门庆了。此回趁着月娘等人不在、西门庆正与男人们饮酒赏灯,便开始动了笼络丫鬟的念头。西门庆家中的丫鬟仆役甚多,也不能都请,她所精心挑选的丫鬟,显然都不是一般人。除了西门庆宠爱的因素外,春梅是潘金莲的丫鬟,玉箫是月娘的使唤丫头,迎春由李瓶儿带来,兰香则是孟玉楼的贴身侍女。名单的选择,可以看出贲四嫂"下人见识"的想当然。不过,按照当时的尊卑礼仪,即便是宴请下人丫鬟,还得经过主子的同意才行。她们先是去找李娇儿,李娇儿用一句"灯草拐杖——做不得主",推得一干二净。孙雪娥呢? 按照孙雪娥凡事强出头的秉性,她倒是有可能会管这闲事的。引文中的"亦发"二字,不可轻易放过。她想必是听说李娇儿都不敢做主,才加以推脱的。贲四嫂想请客,"偷偷摸摸"自不用说,两次派女儿长儿来请,却到掌灯时分都没有获得批准,可话都说出去了,又不能收回。穷人请客的悲哀和尴尬,读来可发一叹。

最后,这些人没有办法,还得央求李娇儿去报告西门庆。可春梅却不干了,她的态度是,即便去不成,也不到央及李娇儿的地步。她对出身娼门的李娇儿公然的鄙视，足见其恃宠骄横、心高气傲的性格。眼见得这场聚会就要流产，多亏西门庆的男宠书童主动出面，向西门庆求情，获得批准之后，四人才得以成行。顺便说一句，书童之所以肯出面，是因为他与被邀者之一的玉箫有私情。与西门庆一样，他也是一个双性恋者。

　　贲四嫂眼见得四位姐姐在下雪天光临其屋，"同天上落下来的一般"。很明显，她此前对这番聚会已不抱指望，其喜出望外的庆幸，亦可想见。

　　不过贲四嫂的宴客还是深深地得罪了一个人。此人是吴月娘身边的另一个丫鬟，名叫小玉。贲四嫂不可能知道的是，在《金瓶梅》中，小玉绝非一般丫头——全书结尾时，小玉与玳安结婚，正式接管了西门大院的一切事务，就连吴月娘都要仰仗二人养活。小玉未在被邀请之列，她的愤怒与嫉妒是可想而知的。她在背地里将那四个赴宴的人一律称为"淫妇"，且在事后对玉箫说出"姐姐们都吃够了，也没见身上长块肉"这样的话，可谓如见其肺肝。在贲四嫂宴客这样一个极不重要的场合，作者忽然安排一个终结全书的人登场亮相，为后文预先埋伏，这是《金瓶梅》在叙事章法上的惯用故伎。

　　贲四嫂的宴会正在兴头上，忽见平安来报，告知西门庆那边已经终席。玉箫、迎春和兰香一下就慌了神，连告辞都忘了，一溜烟都跑了。可见这些人眼中只有一个西门庆，事有紧急，连起码的礼数都抛到了九霄云外。最后只落下春梅一人。她倒是不慌不忙，"拜谢了贲四嫂，才慢慢走回来"。

　　读者当知，在词话本中，见平安来报，慌得一溜烟跑掉，连告辞也忘记，甚至把兰香的鞋子都踩掉了的人之中就包括春梅。绣像本将春梅独独挑出来做了改写，刻画她临危不乱的举止，甚至将兰香的一番骂人的话移花接木，由春梅口中说出来，凸显春梅的遇事不慌，可谓化朽为神之笔。这样一改，不仅写出了春梅不同于一般丫头的身份，又突出了她遇事镇定、卓尔不群的"大家风范"。

我以为，绣像本作者的这一番改动，显然是受到了《世说新语》"德行"篇中华歆与王朗"乘船避难"典故的启发。春梅受到贲四嫂的邀请，本不欲去，既去而能遇事不慌，以全礼节者，盖表明春梅之品节出于群伦之上。与《世说新语》华歆、王朗二人的优劣之分，事实与寓意都如出一辙。

苗青案

> 到十九日，苗青打点一千两银子，装在四个酒坛内，又宰一口猪。约掌灯已后，抬送到西门庆门首。手下人都是知道的，玳安、平安、书童、琴童四个家人，与了十两银子才罢。玳安在王六儿这边梯己又要十两银子。须臾，西门庆出来，卷棚内坐的，也不掌灯，月色朦胧才上来，抬至当面。
>
> ——第四十七回

《金瓶梅》的叙事，故事紧凑，情节集中连贯，直贯式的叙事线索很少中断。而至第四十七回，作者置主体故事于不顾，忽然宕开一笔，另开炉灶，从与清河县有千里之隔的扬州落笔，叙述扬州员外苗天秀被杀一案。由于叙事章法上这一罕见的"变调"，此回颇受书评者及研究界的瞩目。

苗天秀在前往东京游玩的途中，在运河的"徐州洪"陕湾一段，被其家人苗青联络船工陈三、翁八杀害抛尸。苗天秀的贴身小厮安童，虽也被闷棍打落水中，但并未死去。安童在被渔翁搭救之后，在鱼市上撞见陈三和翁八，即前往提刑院密告。陈三、翁八到案后，供出了主谋苗青，提刑院即差人缉拿。此时的苗青，正投宿在王六儿家隔壁的经纪人乐三家中。闻知事发，苗青便透过王六儿向西门庆行贿，以图脱身。

引文中所描述的，正是西门庆"暮夜受金"的情形。这是一起图财害命的普通刑事案件，历朝历代，不绝于书。即便在今天的社会中，这样的事也屡屡发生，本不足为奇。作者为何要大费周折，于千里之外另起头绪，述此一案呢？

张竹坡认为，作者的主要意图，是想将苗员外与西门庆做对比，通过苗天秀遭仆人暗算的横死，来反衬西门庆的至死不悟。这一说法似乎不无道理，但却并非本回的叙事重心所在。我认为，作者插入苗青案的主要目的，在于通过这起普通刑事案，来呈现当时社会的官场和法律状况。苗青案所涉及到的官员，可分为以下四个类型：

一、西门庆、夏提刑；

二、曾孝序；

三、黄通判（黄美）；

四、狄斯彬。

以下逐一论述之。

西门庆是从他情妇王六儿口中知道苗青的藏身地点的。他还知道苗青有通过行贿来脱祸的意图。只不过，苗青一开始只给了王六儿五十两银子。用区区五十两银子，就想赎买一个"凌迟之罪"，实在是过于异想天开了。西门庆便嘱咐王六儿，将收受的五十两银子，原封不动退给苗青。苗青很快再次送来了礼帖——上面所写的数字，已经变成了白银一千两。

苗青将银子装在四个酒坛内以遮人耳目，趁着夜色的掩护，上门行贿。西门庆则端坐在卷棚内，也不掌灯，等到月色朦胧之时，才让人抬上贿金和礼品，整个过程写得阴冷昏昧。西门庆令人给苗青上茶，也没有给他看座，苗青只得"在松树下立着吃了"。

后来，西门庆从一千两银子中分出了一半，送给他的上司兼同僚夏龙溪。也是趁着黑夜，银子居然也是装在食盒内，以酒食之名，连夜抬送至夏提刑家。这是《金瓶梅》少有的以正笔详叙西门庆与夏提刑贪污受贿的例子。不仅如此，作者还透过曾孝序的参本，来描述当时有正义感的同僚对西门庆与夏提刑的真实看法：夏提刑是"接物则奴颜婢膝，时人有丫头之称；问事则依违两可，群下有木偶之诮"。而西门庆则是："纵妻妾嬉游街巷，而帷薄为之不清；携乐妇而酣饮市楼，官箴为之有玷。"我们知道，由于"佛眼"的存在，作者对于西门庆等人物的态度，复杂而微妙。有厌恶，有鄙视，有同情，有哀怜，甚至还有一点蓄意的回护，但涉及贪腐，作者则全用正笔，一点都不含糊，深得史家春秋之旨。

曾孝序是《金瓶梅》中极其少见的清官。难怪曾孝序出场，张竹坡会发出"此书竟有一个好人！"这样的感慨。他作为朝廷的巡按，在离清河不远的东昌府驻扎。安童因见西门庆、夏提刑收了苗青的贿赂而私放罪犯，心中不服，在黄通判的介绍之下，连夜赶往东昌府告状。曾孝序查问案情之后，勃然大怒。他一面星夜差人行牌，往扬州捉拿苗青，一面给朝廷写本，参劾夏提刑、西门庆二人。可见此人办事雷厉风行，确实公正清廉。

但问题是，此人虽然品性高洁，但也有行事唐突、肤浅的一面。他在给朝廷的参本中，说夏提刑和西门庆"久乖清议，一刻不可居任者也"，固然反映了他嫉恶如仇的一面，但也可以看出此人有性急的毛病，且往往把事情看得过于简单。事还没做成，风声早已传遍了整个清河县城。而且，他给朝廷的奏章还未发出去，就被人偷偷地抄录，送到了夏提刑的案前。其遇事鲁莽、行事不密、用人不察、见识不敏的浅陋，亦于此回的文字中暗暗露出。这就出现了小说中极具讽刺意味的一幕：

夏提刑和西门庆拿到曾孝序奏章的抄本之后，立刻派出夏寿、来保等家人，雇了快马，连夜去东京，找人打点疏通去了。夏寿和来保到了东京，通过行贿，得到蔡京管家翟谦的保证——将曾孝序的上奏，"压下不发"。他们办完了此事，在返回清河的途中，遇见了曾孝序派往东京送参本的马队，"路上一簇响铃驿马，背着黄包袱，插着两根雉尾、两面牙旗"，正往东京的方向绝尘而去。看到这个阵仗，一身轻松的夏寿和来保，恐怕心里也要忍不住笑出来吧。

《金瓶梅》中"破例"正面描写的这个清官，居然也是这般的不济事。曾孝序在知道他的参本被压住不发以后，"心中忿怒"，居然赴京见朝，再上表章，足见此人虽然正直，但对当时的官场生态并没有什么深刻的理解，一味地刚刻行事。最后蔡京实在看他不耐烦，先是打发他去了陕西，后来随便找了个借口将其除名，并逮捕其家人，锻炼成狱。在那样一个社会腐败、政治荒弛的年代，曾孝序根本不是蔡京的对手，甚至也不是西门庆和夏提刑的对手，因苗青案而致家败名除、窜于岭表之上者，读来令人心中恻然。

我们再来看看黄通判。安童一心要为故主报仇雪冤，离开清河县以后，他来到了东京，投奔开封府黄通判衙内。黄通判名黄美，字端肃，是被害人苗天秀的表兄，也是扬州人。安童来找他伸冤，当在情理之中。黄通判在知悉案件缘由之后,"连夜修书",让安童到山东察院找曾孝序告状。应当说,曾孝序被卷入苗青案,落得家破身危的结局,完全是拜黄通判所赐。黄通判写给曾孝序的那封书信,《金瓶梅》一字不落地"记录"在案。

这封书信,既有私人信函的温文与情谊,也有公文式的高调与堂皇,因而很值得读者留意。在这封信的开头,黄通判首先追溯了自己与曾孝序非比寻常的同年之谊,如"违越光仪,倏忽一载。知己难逢,胜游易散。此心耿耿,常在左右。去秋忽报瑶章,开轴启函,捧诵之间,而神游恍惚,俨然长安对面时也"等语,皆为信函往来之俗套,可置不论。接下来,黄通判对曾孝序的人品及官声进行了一番猛烈的夸赞,说什么"忠孝大节,风霜贞操,砥砺其心,耿耿在廊庙,历历在士论"。随后,黄通判进而对曾孝序表达了殷殷期望之意:"年兄平日抱可为之器,当有为之年,值圣明有道之世,老翁在家康健之时,当乘此大展才猷,以振扬法纪,勿使舞文之吏以挠其法,而奸顽之徒以逞其欺。"言下之意,仿佛国之存亡兴衰,全系于曾孝序一人之身。

黄通判这一封书信,不论是对曾孝序品德的夸赞,还是对老友怀抱利器、必当澄清天下的敦促与怂恿,想必都是曾孝序乐于听闻的吧。对于刚刚当上巡按御史、正欲大展才猷、急性子的曾孝序而言,这封信,可谓字字句句都打中了他的要害。在信件的末尾,当黄通判将自己的表弟被害一案,尽托付于曾孝序之手时,一团私意,变成了堂皇公论;一片私情,变成了道德规箴;一番请托,变成了"正义"之必然。最后,私信也就变成了公文。

也许读者会觉得笔者对于这封书信的解读过于苛刻,对黄通判人品的猜测过于阴暗。事实上，我所读到的评点文字和相关文章，都无一例外地将黄通判视为"君子"。那么，我们不妨来看一看，《金瓶梅》的叙事者是如何来评价黄美为人的呢？

如前文所说，苗青案涉及到的官员共有四个类型。西门庆、夏提刑固可不论，作品提到曾孝序和狄斯彬，都明言两人"极是个清廉正气的官"，或者"为人刚方"。但在第四十七回，叙事者第一次提到黄美，仅仅用"博学广识"四字断之，对其人品一字不提。窃以为并非无意遗漏，而是话中藏话。

我们知道，苗天秀在出发去东京前夕，家中忽然来了一个化缘的僧人，因受了苗天秀五十两白银，便向苗天秀道出天机，说他左眼下有一道死气，不出此年即有大灾，并力诫他切勿出境离家。就在这个节骨眼上，苗天秀收到了表弟黄通判的来函，邀请他去东京。

《金瓶梅》中的黄通判，先后写过两封书函，一封给苗天秀，一封给曾孝序，从后来的实际效果来看，这两封信，都堪称是"催死文书"——苗天秀接信后数日，即葬身于"陕湾"的汹涌波涛之中；而曾孝序收到来信不久，即落得家破人亡的下场。其诡异不测，令人感到森森可怕。黄通判者，莫非任职于阴曹地府的阎王殿？

再者，黄通判邀请表弟去东京，有两个目的，其一是自己做了官，让表弟去游玩一番；其二是打算为"土财主"苗天秀谋一官半职。所谓的"谋个前程"，说穿了不过是权钱交易而已。黄通判写给苗天秀信件的内容，《金瓶梅》没有提及，但从苗天秀临行前对妻子所说的一番话中，我们可以大致猜到，黄美在信中一定是给了表弟极其明确的许诺。否则的话，苗天秀不会对妻子说出"吾胸中有物，囊有余资，何愁功名不到手"这样的踌躇满志之语,更不会为了去东京"游玩",随船带上一千两金银、二千两货物。所以,苗天秀受邀去东京,游玩只是幌子,买官才是目的。当然,明代官员的俸禄极其微薄,黄美主动要帮表弟谋前程,他对表弟的万贯家私,恐非完全没有垂涎之意。

通过以上分析,黄通判这个人到底具有怎样的节操和人品,想来读者已可有自己的判断。在表弟苗天秀惨遭横祸奇冤之后,自己作为始作俑者,又身为通判,任职于天子脚下的开封府,博学广识、胜友如云,却将这样一件大事尽托于同年曾孝序,极力怂恿他出面摆平,而自己却一身轻松,置身事外,毫发无损。或许,黄通判对曾孝序的性情和缺点都摸得很透,所谓"一箭就上垛"。黄美此人貌似忠良的深险之心,已无待详辨。

卷入苗青案中的官员,除了西门庆、夏提刑、曾孝序和黄通判之外,还有一个下级官吏,此人名叫狄斯彬。这人不过是一名县丞。《金瓶梅》说他刚方不要钱,可见为人或许还称得上"正直清廉",但此人头脑糊涂,行事荒唐可笑。他还有个绰号,人称"狄混",其生性之愚庸糊涂,可见一斑。在张竹坡看来,一个糊涂的清官,或许还比不上一个头脑清晰的贪官呢。在今天的社会中,我们还能时常听到类似的议论,可见,糊涂的"清官"任职一方,其荼毒尤烈的教训,古今皆同。

这个"狄混"狄斯彬,在小说中虽着墨不多,但形象生动,让人过目不忘。府尹胡师文责成他去调查苗天秀被杀一案,这位老兄骑在马上,走在县城西河边,忽然看见马头前起了一阵"旋风","狄混"便勒住马不动了。先是说了一句"怪哉",然后竟然命令手下,跟随旋风的方向,一路追赶下去,"务要跟寻个下落"。他手下的人还真的追着旋风,捕风捉影去了。还别说,这伙人追到了一个名叫新河口的地方,还真的从河岸边挖出了一具死尸。不用说,此人正是苗天秀。余每读《金瓶梅》至此,必哑然失笑。

尸首虽有了下落,那么,谁是案犯呢?这个问题可难不倒狄斯彬。他老人家因看见离新河口不远的地方有个慈惠寺,便不由分说,将庙中长老、僧众尽数拘来,一箍、两拶、二十板、一百敲,收在监中,就算完事。

在由苗青案引出的四类官员中,西门庆、夏提刑是不折不扣的贪官,自不必说;黄通判貌似忠信君子,实则城府极深,机心险仄,徇情害理,不露圭角;曾孝序清正廉明,却不知缓急,昧于进退,一味刚刻;而狄斯彬虽刚方清廉,却遇事糊涂,行为怪诞。

有此四者,《金瓶梅》中的明代官场,已经有了一个大致的格局。正不压邪,其无因哉?

紫薇花与紫薇郎

小院闲庭寂不哗,一池月上浸窗纱。

邂逅相逢天未晚,紫薇郎对紫薇花。

——第四十九回

曾孝序因苗青案去官之后,接替他巡按位置的,是一个名叫宋乔年的人。在上任途中,宋乔年与两淮巡盐蔡蕴同坐一船,路过清河地面。西门庆打听到这一消息,与夏提刑二人"出郊五十里",至新河口的百家村迎接。随后西门庆又邀请两位官员至家中酒食款待,并致厚贶。

宋乔年因与西门庆是初次见面,且又是西门庆上级,难免有些拿腔拿调,坐了不大一会儿,听了一出戏,即起身告辞而去。而蔡蕴蔡御史,则在西门庆家留宿。西门庆知道蔡御史好色,便让玳安去叫了董娇儿、韩金钏两名妓女来陪夜。西门庆在玳安耳边低语,让他用轿子将董、韩二人抬了来,由后门进入,"休交一人知道"。两位妓女来了之后,先被安排在吴月娘房中闲坐。西门庆没忘记提醒玳安,将轿子抬过一边藏起来,以避邻人耳目。这固然是表现西门庆在侍奉官员时心思极细的一面,惟恐给上司惹出麻烦,但同时也可以看出,对当时朝廷命官来说,嫖妓宿娼一类的事情,是被官府明令禁止的。如此这般安排了一番之后,西门庆仍然不放心,他亲自来到月娘房中,对两位妓女训话,让她们"不可怠慢,用心扶侍",甚至还点明了蔡御史特殊的偏好——"好南风",喜欢"后庭花",届时不能"扭手扭脚",而应当有求必应。这类极不雅驯的话,当着妻子吴月娘的面公开说出,连董娇儿都觉得有点过分,她出语讥讽也就不足为怪了。

蔡御史看见西门庆送来的这两个女子,喜不自禁,以至于"欲进不能,欲退不舍",立即在月光下,一手拉着一个,"恍若刘阮之入天台",意乱情迷之状,不难想见。虽说蔡御史将两名妓女都留下来过夜也无不可,但毕竟是在他人府邸做客,自命风雅且中过状元的蔡御史,还得稍稍顾及一下自己的形象。因此,他得在两位妓女中选择一位。

那么面对两位姿容绰约的女孩儿,到底该选谁呢?对当时的蔡御史来说,这恐怕是一个幸福的小烦恼吧。

当然,我们知道,蔡御史最终选择了董娇儿。我们还知道蔡御史之所以选董娇儿,倒不是因为董娇儿比韩金钏漂亮,而是她的名字取得好——韩金钏号玉卿,董娇儿号薇仙。那么问题就来了,蔡御史为何对"薇仙"这个名号如此着迷呢?小说当时并没有交代。被淘汰出局的韩金钏也不明就里。她从蔡御史房里出来,重新回到吴月娘那儿歇息,连月娘都觉得奇怪:"你怎的不陪他睡,来了?"

读至后文,蔡御史在与董娇儿上床就寝之前,在董娇儿手中拿着的一把湘妃竹泥金扇面上题了一首诗(见引文),并以"薇仙"为题旨。我们这才明白个中的缘由。

唐玄宗开元元年(713),中书省一度被改为"紫微省"。既然如此,中书令随后就被称为"紫微令",而中书侍郎,自然就是"紫微郎"了。

在古代，紫微星（北极星）被称为"帝星"，是皇帝的象征。作为设在皇宫之内、为皇帝服务且掌管机要文书的中书省，在唐代被改为紫微省，没有什么好奇怪的。大概是皇宫内遍植紫薇的缘故，后来"紫微"与"紫薇"就开始通用了。在唐代，中书省被改为紫微省的时间并不算太长（不到五年），但并不妨碍紫微（或紫薇）这个典故在文人雅士中的流行。

　　白居易、杜牧和陆游等人，都有不少诗作涉及到这个典故。历代诗人对于这个典故的使用，一般涉及到以下两种含义：其一为功成名就、侍奉帝侧的春风得意；其二则为枯坐殿阁，漏夜永长，独与窗外的紫薇花相对脉脉的孤寂。众所周知，白居易的《直中书省》，就是取第二种含义。当然，《金瓶梅》中的蔡御史在写给董娇儿的诗中，虽然搬用了白居易的成句"紫薇花对紫微郎"（稍微调整了一下次序），但寓意却完全不同。

　　在《金瓶梅》第三十六回，蔡御史高中状元后，在京师朝廷中做官，官名为"秘书省正字"，与唐代处理机要文书的中书省之职，略相仿佛。他既以"紫微郎"自命，自然会对窗外或想象中的"紫薇花"情有独钟。所以他一听说董娇儿字薇仙，便立即心生快意，觉得此人与自己状元紫微郎的身份堪称绝配，他留下董娇儿，辞去韩金钏，就比较容易理解了。

　　蔡御史即便在玩弄妓女的时候，都还要卖弄学识、附会文采，咬文嚼字以命风雅，其人之轻浮浅露、迂阔而可笑之态，已活灵活现。考虑到董娇儿的妓女身份，以及蔡御史"后庭花"的嗜好，特别是他在接受西门庆的性贿赂之后，对西门庆从扬州支取盐引提供方便，这种风雅与他在现实生活中的肮脏和恶劣都构成了尖锐的反讽。这种反讽，我们此前已多次领教。

顺便说一句，后人在解释引文中蔡御史的这首诗时，因为末句的雷同，皆认为是翻用白居易《直中书省》一诗。我以为并不恰当。蔡蕴的这首诗，除了末句袭用白居易典故外，无论是遣词造句、结构还是诗意，更像是对南宋诗人洪咨夔（1176—1236）的《直玉堂作》的改写，洪诗为：

> 禁门深锁寂无哗，浓墨淋漓两相麻。
> 唱彻五更天未晓，一墀月浸紫薇花。

仅仅从字面上看，我们就不难发现，洪咨夔的这首《直玉堂作》，才是蔡御史赠诗的真正底本。

桂姐唱曲

桂姐不理他,弹着琵琶又唱:

【双声叠韵】

思量起,思量起,怎不上心? 伯爵道:"揉着你那痒痒处,不由你不上心。"**无人处,无人处,泪珠儿暗倾。**伯爵道:"一个人惯溺床。那一日,他娘死了,守孝,打铺在灵前睡。晚了,不想又溺下了。人进来看见褥子湿,问怎的来,那人没的回答,只说:'你不知,我夜间眼泪打肚里流出来了。'就和你一般,为他声说不的,只好背地哭罢了。"桂姐道:"没羞的孩儿,你看见来?汗邪了你哩!"**我怨他,我怨他,说他不尽。**伯爵道:"我又一件说,你怎的不怨天?赤道得了他多少钱,见今日躲在人家,把买卖都误了。说他不尽,是左门神,白脸子,极古来子,不知道甚么儿的,好哄他。"**谁知道这里先走滚。**伯爵道:"可知拿着到手中,还飞了哩!"**自恨我当初不合他认真**①。伯爵道:"傻小淫妇儿,如今年程在这里,三岁小孩儿出来**②也哄不过,何况风月中子弟!你和他认真!你且住了,等我唱个《南枝儿》你听:

① "不合他认真",词话本原作"不合地认真",疑误。今从绣像本改。
② "三岁小孩儿出来",词话本原作"小岁小孩儿出来",当属刊误,今从绣像本改。

风月事，我说与你听。如今年程，论不的假真。个个人古怪精灵，个个人久惯牢诚。倒将计活埋把瞎缸暗顶。老虔婆只要图财，小淫妇儿少不的拽着脖子往前挣。苦似投河，愁如觅井，几时得把业罐子填完，就变驴变马也不干这个营生！"

当下把桂姐说的哭起来了。被西门庆向伯爵头上打了一扇子，笑骂道："你这断了肠子的狗材，生生儿吃你把人就欧杀了。"因叫桂姐："你唱，不要理他！"谢希大道："应二哥，你好没趣，今日左来右去，只欺负我这干女儿，你再言语，口上生个大疔疮。"那桂姐半日拿起琵琶又唱：

【簇御林】

人都道，人都道他志诚。伯爵才待言语，被希大把口按了，说道："桂姐你唱，休理他……"

——词话本第五十二回

此处引文稍长，但不如此不足以显示《金瓶梅》在文体上的别开生面与独出心裁。

李桂姐、齐香儿等妓女，勾引得王招宣府中的公子哥王三官，整日厮混一处。王三官不仅耽误了正业，且把妻子的头面都拿出去当了来嫖娼。妻子一怒之下，将此事告诉了伯父六黄太尉。六黄太尉将这几个人的名字送与朱太尉，行文东平府并清河县地方官，让他们捉拿妓女问罪。李桂姐为逃避缉捕，躲到西门庆家中。西门庆即派来保去东京送礼行贿，保下李桂姐。

　　一日,西门庆请应伯爵、谢希大来家喝酒,伯爵便让李桂姐唱曲助兴,以感谢西门庆的搭救之恩。席间,李桂姐一共唱了七首曲子。虽说曲牌儿各有不同,但唱词的意思却一以贯之,表达的是对心上人的怨恨与思念。但揆度曲词的大意,这个“心上人”,显然与西门庆无关。这人会不会就是王三官呢?我们只能说嫌疑极大。

　　西门庆一直长期包养李桂姐,而李桂姐却背着西门庆与过往商人特别是王三官暗中勾搭,西门庆也知道底细。眼下,李桂姐因王三官而遭难,西门庆不惜花钱摆平此事,一来是托大,二来是顾及到李桂姐“月娘干女儿”的脸面。可即便在这个时候,李桂姐仍然当众表达她与王三官的私情,可能有以下两个原因。第一,李桂姐避难在西门庆家,而王三官却躲了起来,对此事不闻不问,杳无音讯,李桂姐情动于衷,托之于唱词吟咏,实属情不能已。以李桂姐这样的聪明人,而不怕得罪恩人西门庆,可见她是动了“真情”。第二,唱词中没有出现王三官的名字,西门庆未必能猜到是他。即便有所意会,也不便明说。所以李桂姐抱着某种侥幸心理,企图蒙混过关。

　　问题是,她忘了在座的还有一个应伯爵!

　　在桂姐唱曲的过程中,应伯爵不时地插话,对桂姐的唱词进行现场注解且即兴发挥,胡搅蛮缠,一味与桂姐过不去。不仅使她当场失声痛哭,而且几乎让她无法唱完这些曲子。应伯爵的插话无非是两个方面的内容:一是不断地将李桂姐的唱词与王三官牵扯在一起,让西门庆明确其中隐藏的微言大义;二是直接对妓女的无情、贪财和逢场作戏进行冷嘲热讽,且语多猥亵不伦。

　　应伯爵这样做,倒不是说他与李桂姐有多大的仇恨。他感觉到西门庆在王三官这件事情上，对自己已经产生了怀疑——应伯爵既然知道李桂姐与王三官打得火热，就有知情不报之嫌疑，王三官事发后，应伯爵就得首先把自己摘出来，以消除西门庆在感情上对自己的疑惑，因此，他必须牺牲掉李桂姐，明确地表明自己的立场。而正是在这一点上，后者没有任何的防备。这样一来，李桂姐的形象就变得十分可怜了。

西门庆虽然表面上笑着用扇子去打应伯爵，以示不满，但其内心的感受，想必十分复杂吧。李桂姐的一番唱词，在应伯爵手术刀般的肢解之下，会给西门庆造成怎样的心理阴影，我们不得而知。但此回过后，西门庆对李桂姐的情意迅速冷却，把对李桂姐的一片痴情转移到了另一个妓女郑爱月身上，却是一个明显的事实。此回中桂姐唱曲这一段文字，可谓是西门庆与李桂姐关系的一大转折。

西门庆与应伯爵都是花街柳巷的常客。可在对待妓女的态度上，两人则有所不同。不论是对李桂姐、吴银儿还是郑爱香姐妹，西门庆时常流露出认假为真的一片痴情，怜香惜玉，多所周济且出手慷慨——可以说在西门庆身上，贾宝玉式的人格已经有了一个大致的雏形。而应伯爵表面上嬉皮笑脸，谐趣圆滑，但实际上却是冷酷之极。他骨子里对妓女的轻蔑，亦可由此回文字见其大略——在西门庆与李桂姐在山洞里"成其好事"的过程中，他也能上前按住她，亲上一个嘴，可谓猥琐轻慢之极。李桂姐在唱曲的过程中突然落泪，固然是被应伯爵一番"年程真假"的唱词触动了伤怀，恐怕也有偶尔洞见应伯爵冷酷心肠的猝不及防吧。

西门庆对于李桂姐、王三官的暗中往来衔恨已久，却又没有机会发作。应伯爵的这一番当众羞辱，西门庆听了一定很受用。所以应伯爵的那些话，也可以看成是西门庆想说而又不便说的话。应伯爵处处揣摩西门庆的心思，言语之间必投其所好，正是所谓帮闲者的本色。

我们接下来，再来看一看本回中"桂姐唱曲"这一段文字的修辞策略。

每次读绣像本至这个段落，都会有不满足之感。绣像本对于这段奇妙文字的排版处理，显得简单而粗率——字体同一，按先后顺序，将唱词和插话依次排列。这样一来，因唱词被打断的地方甚多，应伯爵等人的解释、插话等大段文字插入其中，使得七首曲子支离破碎，叙事失去了应有的整饬之感，显得凌乱不堪。

是不是可以采取另外一种排列方式，将七首曲子用大号字体按不同的曲牌排列，而将应伯爵、谢希大和西门庆的插话，以小号字镶嵌在曲词之中，从而将这两部分内容(曲词与插入性对话) 并置，一同呈现在读者面前？

词话本正是这么排列的。

李桂姐的七首曲子，按照三台令、黄莺儿、集贤宾、双声叠韵、簇御林、琥珀猫儿、尾声的排列顺序，用正常的大号字照录不误，而所有应伯爵等人的插入性议论和对话，一律用小字嵌入其间(见引文)。如此一来，既保证了唱词的连贯性，又使得插入性文字清晰可见，一目了然。我们甚至可以做这样的猜测：原作者的文字就是这么排列的，词话本刻印时的排列方式，不过是遵从了作者的原意而已。不管怎么说，相对于绣像本，词话本的文字排列更好地反映了作者的文体意识和修辞效果。

如前文所说,在中国古典小说的发展史上,《金瓶梅》在叙事和文体上的创造与开拓之功,无论怎么评价都不过分。此回将唱曲与插入性文字并置,更属石破天惊之举。要知道,这样一种"共时性"的场景叙事模式,在西方小说史上,要迟至20世纪初才被发明出来。《金瓶梅》叙事的大胆与自由无拘,不仅体现出作者在思想和价值观方面离经叛道的勇气,同时也反映出作者敢于挑战一切陈规陋俗,在文体形式上别开生面的雄心。

这样一种文本策略,所导致的修辞效果是十分明显的:李桂姐的七段唱词一贯而下,表达了她对王三官的幽怨与思念,这可以视为"正式文本",或者也可称为主体叙事;而用小字嵌入的应伯爵等人的插科打诨,则可视为"准文本"或"次生文本"。两者都在同一个场景中发生,并同时进入读者的视野。两类不同性质的叙事并行不悖,彼此照应,互相对话,构筑了真正意义上的"共时性"画面。读者可以同时与这两类不同性质的叙事,展开对话或"暗中对话"。

更为高妙的是,应伯爵等人的插话,内容也十分驳杂。计有评论、即兴感想、伯爵所讲的故事、伯爵与西门庆和谢希大等人之间的调侃与斗嘴、伯爵与桂姐的互骂、伯爵本人的唱曲(《南枝儿》)。这么多的内容混杂在一处,在李桂姐唱词的伴奏下,彼此纠缠着往前推进。有时候伯爵的调笑和插话并未使得唱曲中断,而有时候,李桂姐被迫暂时停止了演唱,对伯爵的攻击和侮辱展开反击。

那么,在这样一种复杂的纠缠中,李桂姐、应伯爵、谢希大和西门庆四人,各自又有着怎样的心理活动? 作者虽然不着一字,可每个人的所思所想,又仿佛十分清晰地呈现在字里行间。

　　《金瓶梅》在此回中创造的这种新文体或新手法,在中国古典小说中堪称闻所未闻。即便被放置到今天的世界文学范围内来考察,也显得十分奇崛瑰丽,令人耳目一新。曾有研究者认为,《金瓶梅》可以被视为一部具有"后现代"叙事风范的作品,虽说有些夸张,但也非无稽之谈。

故 事

众人都笑了,催他讲笑话。伯爵说道:"一秀才上京,泊船在扬子江,到晚叫稍公:'泊别处罢,这里有贼。'稍公道:'怎的便见得有贼?'秀才道:'兀那碑上写的,不是江心贼?'稍公笑道:'莫不是江心赋,怎便识差了。'秀才道:'赋便赋,有些贼形。'"

——第五十四回

这是应伯爵、西门庆等人在清河城外的"内相花园"聚会时,应伯爵在酒席上所讲的三个故事之一。故事的寓意,当然是讽刺读书人的不学无术,但"赋便赋,有些贼形"这句话,却在无意中冲撞了西门庆。因为"赋"与"富"同音,言外之意,没有"贼形",是富不起来的。故而后文有应伯爵被当众罚酒十杯之说,这里且按下不表。

这个故事,在清代游戏主人纂辑的《笑林广记》中也有记载。众所周知,《笑林广记》是在明代冯梦龙《笑府》的基础上编撰而成的。对于那些认为冯梦龙是《金瓶梅》作者(或参与者)的学者来说,冯梦龙作品与《金瓶梅》部分文字的重合和渊源关系,是其考证的重点。比如说,《金瓶梅》中的韩爱姐,与冯梦龙《新桥市韩五卖春情》中的韩五确有不容忽视的关联。这里应伯爵所讲的这个故事,最早也似乎是出于冯梦龙的记述。这里也按下不表。

　　熟读《金瓶梅》和《红楼梦》的人，想必都有一个共同的印象：这两部作品除了主体叙事之外，都插入了大量的"故事"。这些穿插在主体叙事中的零散小故事，有如一棵大树枝条上开出的缤纷花朵，不仅仅是一种装点，使得作品妙趣横生，同时也是主体叙事的有机补充，承担着特殊的修辞功能。

　　那么我们或许可以提出这样一个问题：为什么在中国古典小说发展至《金瓶梅》《红楼梦》这个阶段，"突然"出现了这种叙事方式，而在此前的章回体小说中，这一手法却没有被明确地加以利用？另外，为什么在《红楼梦》以后，这种别有趣味的叙事方式又忽然退出了历史舞台，在后来的小说创作中几乎敛迹？

　　这当然不是说，在《红楼梦》以后的中国长篇小说中，完全没有"二度叙事"，或者说在主体故事叙述之外没有零散故事的穿插。我的意思仅仅在于：大量的故事穿插，作为一种有意识使用的"文体策略"，在后来的小说作品中遭到了摒弃。

　　从西方小说发展史来看，民间故事与现代意义上的小说，虽说都以讲故事为自己的基本职责，但严格地说来，小说与故事是两个完全不同的概念。民间故事在流传的过程中，不是由一个人讲述的，它融汇了无数讲故事人的智慧和叙事贡献。诚如本雅明所说，民间故事经过了长时间的流传，由无数讲述者介入其中，有如一枚玉石，在不同的人手中，被时间打磨得玲珑剔透。也就是说，民间故事从来都是开放的，向任何讲述者和未来开放。另外，凡是民间故事，均包含有一定的道德寓意和旨趣。

　　小说虽然也讲"故事",但相对于民间故事,它完全是一个全新的、异质的东西。具体说来,现代意义上的小说主要依赖的是个人经验,而非道听途说的汇集与改写。况且,小说是由独立署名的作者在封闭的书房里虚构出来的。从生产过程到具体的文本形式,它都是封闭的。由于现代版权制度的确立,它不向其他的作者(讲述者)开放,一旦出版后就被定型,成为阅读而不是再度被转述的对象。

　　但不管怎么说,西方早期的长篇小说,与民间故事总是存在着这样或那样的联系。或者说,小说从它诞生的那天起,就在形式上对民间故事进行了模仿。同时,早期的小说,不论是长篇还是短篇,都保留了大量民间故事的元素,包括讲述者的口吻、有头有尾的故事展开方式、无巧不成书的戏剧性修辞等等。而且,很多长篇小说本身就保留了大量的民间故事,比如菲尔丁的《弃儿汤姆·琼斯的历史》,比如《堂吉诃德》。这说明早期的西方小说与民间故事确实有着千丝万缕的关联。到了19世纪中期,小说作为一种新的叙事艺术,完全站稳脚跟并开始自立门户之后,这些零散的穿插性的民间故事,终于在小说中被滤除殆尽。

　　另一方面,19世纪中期以后的小说,对个人经验、社会性事件以及虚构性想象更为依赖,对社会现实的关注程度也大大提升。无论是叙事方式,还是它所描绘的对象,都开始全面摆脱民间故事的影响。你很难想象陀思妥耶夫斯基或列夫·托尔斯泰那样具有严肃社会视野的作家,会在作品中穿插什么民间故事来增加作品的趣味性。

　　那么,是不是所有的作家都在按照陀思妥耶夫斯基或福楼拜等人所开创的现代小说道路前进,人为地将小说与民间故事脱钩呢?当然不是。即便在俄国,还是有一些顽固分子沉浸在民间故事的氛围中不能自拔。

比较典型的例子，是列斯科夫和布尔加科夫。前者专意于民间故事，后者则更关注民间神话。这样一种非主流的、与民间故事保持暧昧关系的作家，在今天反而备受关注。对民间故事的重新利用，对当代小说产生了不容忽视的影响。加西亚·马尔克斯正是在这个意义上，被学术界认为是布尔加科夫的后继者，而《百年孤独》与民间故事的关系，作为一个令人瞩目的问题，被再次提了出来。我们甚至可以这样说，没有民间故事和神话传说的滋养，马尔克斯这样的作家是不可能出现的。

我们再来看看中国的情况。在《金瓶梅》出现之前的中国章回体小说，与"讲史"或史传一类的作品关系密切。《三国演义》与其说直接取材于正史（比如说《三国志》），还不如说是在大量历史传说、民间说唱和戏曲的基础上完成的。而《西游记》中的佛教传说，《水浒传》中的梁山泊聚义，在小说成文之前早已在民间流传了很多年，有相当多的"故事底本"可资利用。《三国演义》《水浒传》和《西游记》之所以没有像《金瓶梅》《红楼梦》那样，在作品中穿插大量民间故事，原因很简单，这些作品本来就扎根于民间传说与故事的土壤之中。因为它们还算不上直接面对社会现实状况的作品，所以无须在"现实故事"（主体叙事）与民间故事之间建立联系。

《金瓶梅》就完全不同了。作为中国章回小说中第一部直接描述社会现实境况的作品，它所面对的显然是全新的课题。一方面，它还没有完全从传统的民间故事体叙事中摆脱出来。利用《水浒传》的部分情节来结构全书，将明代的社会生活假托于宋代就是明显的例证。在主体叙事之外穿插了大量的民间故事，则是另一个例证。因此从《金瓶梅》的写作来看，它深刻地反映出作者既想摆脱民间、历史故事的束缚,同时又深陷其中的复杂纠缠。这种叙事方式上的新旧交织,完全可以与《弃儿汤姆·琼斯的历史》和《堂吉诃德》相提并论。

另外,我们还必须注意到,《金瓶梅》中所穿插的大量零散故事,几乎都是在宴席及聚会上经人物之口讲述的。应伯爵本人就是讲述这类故事的高手。也就是说,《金瓶梅》既然将笔触聚焦于现实生活,而日常交往又大多以饮食宴乐为基本场景,那么人物在酒席和聚会上为活跃气氛而讲述的故事被记录在作品中,也完全可以说是"写实"或"纪实"的需要。只要想一想今天社会的"段子文化"在日常聚会中的流行,我们当能理解《金瓶梅》作者在作品中穿插大量零散故事的必要性。《红楼梦》对饮食宴乐、酬唱聚会等基本生活场景的依赖程度,远甚于《金瓶梅》,曹雪芹沿用《金瓶梅》这种"故事中套故事"的叙事模式,并不让人感到意外。

当然,既然作者将这些由人物讲述的故事大量穿插于作品之中,就不能不考虑这些故事的修辞功能,以便让这些故事与作品的意蕴和主题建立联系。在《金瓶梅》和《红楼梦》中,这些被插入的故事所承担的功能是多方面的。除了以讽刺(暗讽和反讽)的手法强化主题之外,还有道德说教、情节过渡、铺垫、增加叙事的波澜与趣味性、刻画人物等方面的作用。

这样一种"故事中讲故事"的叙事方式,其趣味性和修辞策略上的有效性都给我们留下了很深的印象。很多读过《金瓶梅》的人,主要情节或有淡忘,可对于应伯爵等人所讲述的一个个短小的故事,都能记忆犹新。而这样一种叙事方式,在后世的小说(尤其是现当代小说)中几乎绝迹,我们也许会感到奇怪和惋惜吧。

水秀才

　　西门庆被伯爵说的他怎地好处，便没的说了。只得对伯爵道："到不知他人品如何？"伯爵道："他人品比才学又高。前年他在一个李侍郎府里坐馆，那李家有几十个丫头，一个个都是美貌俊俏的。又有几个伏侍的小厮，也一个个都标志龙阳的，那水秀才连住了四五年，再不起一些邪念。后来不想被几个坏事的丫头、小厮，见他似圣人一般，反去日夜括他，那水秀才又极好慈悲的人，便口软勾搭上了。因此被主人逐出门来，烘动街坊，人人都说他无行。其实，水秀才原是坐怀不乱的。若哥请他来家，凭你许多丫头、小厮，同眠同宿，你看水秀才乱么？再不乱的。"

　　　　　　　　　　　　　　　　——第五十六回

　　西门庆去了一趟东京，拜在蔡太师门下，又结交了很多官员，京城内外通问的书柬来去如流水不绝。土财主西门庆，终于发达到了要专门聘请一位先生来处理日常文书的地步了。

　　他向应伯爵征询，并请他举荐一位先生来家坐馆。伯爵当即推荐了他的好友水秀才。据伯爵介绍，这个水秀才是本州人，家里有田地一百亩、房子三四带，还有一个年轻貌美的妻子和两个三四岁的孩子。

论才学,当在班马之上;论人品,亦属孔孟之流。这是此人的基本情况。

那么,这个水秀才既然才高班马,德比孔孟,且兼家境富裕,他此前多次应举,为何都名落孙山了呢? 伯爵是这么解释的:"曾记他十年前应举两道策,那一科试官极口赞好,不想又有一个赛过他的,便不中了。"后来又连败了几科,只落得白发鬂斑,书剑飘零。可以说,伯爵一开口即带有浓烈的戏谑成分,让读者无法判断伯爵是在诚意推荐呢,还是在开玩笑。西门庆似乎也遇到了同样的困惑。他在与伯爵的交往中,一贯地实诚天真。他问了一个读者似乎也很想问的问题:既然这个水秀才家有田地百亩,且有老婆孩子,怎肯抛家别妻,到别人家来坐馆当先生呢?

这个问题可难不住应伯爵。他回答说:水秀才原先的百亩田房,因家道败落,都被有钱的大户人家买走了;老婆又偷了汉子,跟人私奔去了东京;至于那两个三四岁的孩子,竟然双双得了天花,出痘而亡。水秀才如今空身一人,"只剩得双手皮"。伯爵的话越发云山雾罩,似真似幻,亦虚亦实,有如三月桃花水,漫漫荡荡,让人不知其际涯。西门庆因听说水秀才具备出来坐馆的条件,便让伯爵进一步介绍水秀才的才学,以证明他在书信、礼帖、请柬等方面的事务上能够胜任。伯爵随身没带水秀才的作品,但好在他还能"背诵"水秀才写给他的一封书信,便立刻把这封信背了出来,以证明此人的学识和根底。书信全文如下:

> 书寄应哥前:别来思不待言,满门儿托赖都康健。舍字
> 在边,傍立着官,有时一定求方便。羡如椽、往来言疏,落笔

起云烟。

西门庆听了忍不住大笑了起来。想必读者阅览至此，也一定会纵声大笑吧。一个号称才比班马的人，竟然将一封委托朋友求职的书信，写成了曲名为《黄莺儿》的小曲，居然还押韵！至于"舍字在边，傍立着官"这样的"拆白道字"的小把戏，更加不伦不类，酸腐不堪。西门庆学识有限，竟然不知道这句话是什么意思，在伯爵的解释下，方才明白原来是藏着一个"舘"字，意在请伯爵推荐坐馆的人家。

西门庆因见水秀才把书信写成了小曲，且"又做的不好"，对秀才的才学似乎有些担心。经过伯爵一番巧舌如簧、令人喷饭的辩护之后（词话本关于这件事，写得更为详细），虽说是将信将疑，倒也无话可说。西门庆提出的最后一个问题是："到不知他人品如何？"伯爵便举出水秀才在李侍郎家中坐馆的经历来，对他堪比孔孟的人品做了证明。这就有了引文中的一段文字。

这样一个与李侍郎家丫头、小厮鬼混偷情，事发后被人逐出家门，轰动了整个街坊，且"人人都说他无行"的人，到了伯爵的口中，竟然变成了受他人引诱，自己又极好慈悲，不忍心拂人好意而被迫与之行淫的"无辜者"。细细揣摩伯爵的语调，此处的文字固然有为好友极力辩护的成分，更多的则是故意在说笑话取乐。尤其是他怂恿西门庆招他来家，让此人与他家的许多丫头、小厮同眠同宿，看看水秀才到底乱还是不乱时，西门庆这才如梦方醒：原来伯爵是在与自己打趣取乐！便笑骂了一句，将此事撇过一边，一心一意地去延请由夏提刑举荐的温秀才去了。

《金瓶梅》是一部哀世之书，语多沉痛，意多悲叹，然而其文字活泼劲朗，摇曳生姿，往往又透出令人拍案叫绝的幽默感。说到《金瓶梅》之幽默与谐趣，在中国古典小说中可谓首屈一指。通过这里"应伯爵举荐水秀才"一回，相信读者可以对此有所管窥。

然而，这段文字，也不能全当做笑话来读。

我们在前文说过，伯爵为天下第一谐趣之客，堪称"诙谐之祖"。作者赋予他极高的语言天分，好作囫囵语，往往使人依违难从，真假难辨。说他是假，假中也有真；说他是真，真往往就是假。如神龙游于天地之间，望之不见首尾。又如浩渺之海，察之不知其际岸。就拿伯爵举荐水秀才这一段文字来说，若信以为真，固然是笨伯；若是全以为假，当做笑话来看，则又会被伯爵骗过。这正是《金瓶梅》着意描摹的"人情难测"的象征。

我们再来回顾一下这段文字的细节：伯爵刚开始向西门庆介绍水秀才的时候，无论是读者还是西门庆本人，都会信以为真。可叙事者一点点增加水秀才家世、才学和品性的虚幻性，也就是说，文字的戏谑意味越来越浓。当读到水秀才在李侍郎家坐馆一节时，所有的读者大概都会以为伯爵在说笑话，自以为发现了文字背后的"作者意图"。在这里，读者会在一种"原来如此"的哈哈一笑中，再次落入叙事者的圈套。

因为这个水秀才，实有其人！

他不仅在第八十回中闪亮登场，而且为刚刚去世的西门庆写了一篇语含尖刻讽刺的"祝祷文"。在这篇祭文中，水秀才说西门庆"锦裆队中居住，齐腰库里收藏"，讥讽他"正宜撑头活脑，久战熬场，胡为罹一疾不起之殃"。"祝祷文"虽不比"小曲"高明，但文辞之荒诞不伦、戏谑不经,固然是水秀才"落笔起云烟"的当家本色。不知西门大官人九泉之下有灵,对这篇祝祷文作何感想。

　　《红楼梦》是由虚入实(从仙界至人世),再由实入虚(由人世而出家再入仙界);而《金瓶梅》则是实而虚,虚而实,实即是虚,虚即是实。若按作者的叙事意图来分析,本回写水秀才,实为后文即将出场的温秀才张本摹影。也就是说,水秀才不过是温秀才的影子而已。张竹坡说,"水乃冷物",此"冷"正与温秀才之"温"遥遥相对。另外,水秀才虽未来西门庆家坐馆,但他却是温秀才的陪笔。水秀才咬文嚼字、令人作呕的穷酸,其人品的低劣,包括好男风的龙阳之癖,都在温葵轩的身上得到了全部的体现。水秀才的影影绰绰和真真假假,连带着温葵轩的形象也变得虚幻起来。而这正是《金瓶梅》最突出的作者意图所在,其目的,正是要我们看透现实世界坚不可摧的铁壁铜墙,见出"万事成空、诸相皆虚"的"真谛"来。

郑爱月因何不说话

只见四个唱的一齐进来,向西门庆磕下头去。那郑爱月儿穿着紫纱衫儿,白纱挑线裙子,腰肢袅娜,犹如杨柳轻盈,花貌娉婷,好似芙蓉艳丽。正是:

万种风流无处买,千金良夜实难消。

西门庆便向郑爱月儿道:"我叫你,如何不来?这等可恶!敢量我拿不得你来!"那郑爱月儿磕了头起来,一声儿也不言语,笑着同众人一直往后边去了。

——第五十八回

这是小说中郑爱月第一次出场。从应伯爵的口中我们可以知道,西门庆和应伯爵等人,以前常常光顾郑爱月家的妓院。不过,那时郑爱月还是个孩子,由郑爱月的姐姐郑爱香出面接待。如今,郑爱月刚刚成人,公开接客还不到半年,可谓乳燕试新声。西门庆是在夏提刑家的酒宴上首次见到成人后的郑爱月的。不过词话本的《金瓶梅》第五十二回至第五十七回多有缺漏,绣像本虽然做了补缀,仍然在情节和文字上留下了许多疑点和错讹。西门庆在夏提刑家如何初见郑爱月,词话本与绣像本均无交代。具体情形我们虽不得而知,但西门庆的惊艳之状,也不难想象。此回郑爱月正面登场,她的容貌、装束写得比较空泛,形容她风姿的两句诗也流于俗套,无法给人留下什么特别的印象。倒是面对西门庆责问时的反应——郑爱月"一声儿也不言语,笑着同众人一直往后边去了"一句,极为生动地刻画出郑爱月不同于李桂姐、吴银儿等人的娇媚之态。

后文李桂姐问郑爱月为何姗姗来迟,郑爱月仍然用扇子遮着脸,"只是笑,不做声"。由此可见,郑爱月一出场即异于众人的关键之处,在于"含笑不语"。有意思的是,在西门庆生日宴会上,郑爱月从头到尾,始终没说一句话,弄得西门庆满腹狐疑,如堕五里雾中。应伯爵也感到奇怪,他曾对着齐香儿嘀咕说:"郑家那贼小淫妇儿,吃了糖五老座子儿,白不言语,有些出神的模样……"那么郑爱月为何一出场便沉默不语?她的这一奇招引来了众人的猜测,不同的人有不同的说法。

董娇儿的解释是郑爱月胆小、"怯床";而妓院的老鸨在回答西门庆的这一疑问时,也说她"见人多,不知唬得怎样的",且她"从小是恁不出语,娇养惯了"。问题是,郑爱月果真生性胆小或不善言辞吗?当然不是。西门庆提到在夏提刑家初见郑爱月时,明明说她"酒席上说话儿伶俐",而且后文她被西门庆包住之后,能说会道,善于圆谎,说明此人极善言辞且反应很是机敏。她在第七十七回挑唆西门庆先奸王三官的母亲林太太,再对王三官的媳妇黄氏下手,出语大胆,全无忌惮,未见任何怯弱之态。

历来《金瓶梅》的评论者在谈及本回"郑爱月不说话"一事时,大多认为这是郑爱月自作身价、故显神秘之态、引逗得西门庆欲火难禁的"妓家惯伎"。从后文的情节来看,这一说法是有道理的——下一回,西门庆去妓院访爱月,一见到老鸨,便将郑爱月在他家"不言不语,不做喜欢"的表现告诉一遍,且质问老鸨:"端的是怎么说?"可见爱月的不说话计策,在西门庆内心所留下来的阴影,数日后也未能消除。不过我觉得除了故意逗引、自作神秘之外,郑爱月的不说话,似乎还有别的原因。

西门庆在夏提刑家见到郑爱月,眼见得当初的小孩子如今出落得亭亭玉立,想必留下了刻骨铭心的印象。紧接着,在自己的生日酒宴上,他便叫了四个妓女来唱曲。齐香儿、董娇儿、洪四儿等三人皆为陪客,西门庆真正看重的只有一个郑爱月而已。可是他派去的"节级"请了半天,只请来了三个妓女,单单郑爱月没来。西门庆正在兴头上,被浇了一头雪水,如何能就此罢休?他追问郑爱月不来之故,节级回答说,郑爱月被王皇亲家抢先请去了。西门庆便叫在场的郑奉(爱月之兄)来问:"果系是被王皇亲家拦了去?"这一问,即显出西门庆做人的痴呆与肤浅。郑奉的答话也很有意思:"小的另住,不知道。"郑奉不敢为他妹子回护,想必是因为他已看出西门庆的冲天之怒难以遏止。接下来,西门庆做出了一个令人吃惊的举动:让贴身随从玳安出面,带领军士直接去王皇亲家索要,若还不肯放,就将郑爱月连同她家老鸨一同锁了拿下。

这里写西门庆不顾王皇亲的身份,为一妓女大动干戈,其实是在衬托郑爱月的艳丽娇媚。同时,也可以看出西门庆巨商兼官员的身份已今非昔比,对王皇亲亦无须忌惮。问题在于,郑爱月是真的被王皇亲家请去了,还是借故不来?这是此段情节上的一大疑问。小说在关键处再次使用了烟云之法。不管怎么说,当玳安带着郑奉、排军和节级风急火燎地来到妓院时,郑爱月还在家里待着呢。

　　郑爱月虽说不肯来，可最终还是来了。面对西门庆的斥骂和喝问，郑爱月一声不响，惟以笑答之。在此极为尴尬的场合，她也只能这么反应。她的嫣然一笑，不仅化解了西门庆的怒火，保存了自己那一点可怜的脸面，且反过来让西门庆感到神秘莫测。我们在惊叹于作者文辞之高妙的同时，切不可忘记作者在这里不过是紧贴着人物，写出了聪慧的郑爱月的合理反应而已。所谓合理和准确，正是小说文字之美的首要条件。同时，郑爱月的"一声儿也不言语"，也保全了情节中那个疑问的神秘性。也就是说，叙事者不想让我们知道郑爱月不来的真实原因。关于这个疑团，小说中还故意露出一些另外的蛛丝马迹。

　　郑爱月在宴席的始终，不发一语，且一个人暗自出神，极有可能是因为家中还有别的客人在。所谓的王皇亲，不过是借口而已。考虑到郑爱月此前与西门庆本无瓜葛，对妓家而言，突然蒙招本当喜出望外才是，而她借故推脱，极有可能是家中已接下客人，不便前来。西门庆既然派人打上门去，她又不能不来。郑爱月刚刚出道不足半年，对于搭上的嫖客情投意合，并不让人意外。她在西门庆家黯然神伤，不声不响，极有可能是仍在牵挂着家中的那位嫖客或相好，同时也对西门庆的蛮横无礼心怀怨恨。圆滑而老于世故的应伯爵，一语道破了玄机："白不言语，有些出神的模样，敢记挂着那孤老儿在家里？"

　　若这么说，郑爱月敢于拂逆西门庆的意志，借故不应招，想必家中的这位客官也不是一般人吧。那么，这人到底是谁呢？小说行文至此，原有的疑问没有消除，新的疑问又跟着来了。

半截门子

那春鸿跪下,便道:"娘休打小的,待小的说就是了。小的和玳安、琴童哥三个,跟俺爹从一座大门楼进去,转了几条街巷,到个人家,只半截门儿,都用锯齿儿镶了。门里立着个娘娘,打扮的花花黎黎的。"金莲听见笑了,说道:"囚根子,一个院里半门子也不认的,赶着粉头叫娘娘起来。"金莲问道:"那个娘娘怎么模样?你认的她不认的?"春鸿道:"我不认的他,也相娘每头上戴着这个假壳,进入里面,一个白头的阿婆出来,望俺爹拜了一拜,落后请到后边,又是一位年小娘娘出来,不戴假壳,生的瓜子面,搽的嘴唇红红的,陪着俺爹吃酒。"……把月娘、玉楼笑的了不得,因问道:"你认的他不认的?"春鸿道:"那一个相似在咱家唱的。"玉楼笑道:"就是李桂姐了。"月娘道:"原来摸到他家去来。"李娇儿道:"俺家没半门子。"金莲道:"只怕你家新安了半门子是的。"

——第五十九回

西门庆去妓院探访郑爱月,妓院中的场景、款接、叙谈、弹唱乃至最后的帐中交欢,均随着西门庆的视线而出之。但紧接着,作者又通过旁观者春鸿之口,将西门庆访爱月的整个过程重写了一遍。这种同一场景多次重复描述的例子,在《金瓶梅》中很常见。这一独特的手法源于史传作品的重复叙事,其重复、补写、错综之妙,也深得史家风范。涵养文情,一唱三叹,使得文体章法简繁有致、气韵生动。

然而,众所周知,史传叙述事件之重复错综,实为迫不得已。同一事件因涉及不同的国家和个人,于"本纪""列传"和"世家"都不能回避,所以重复是必须的。而脱胎于史家笔法的章回小说,在使用"重复"这一技巧时,往往也有小说家自己的考虑,并加以小说化的改造,产生了不同于史传的叙事效果。

西门庆去妓院,不欲家人、妻妾得知,自无须多言。但他坐着凉轿,身后跟着玳安、琴童和春鸿三位小厮,大白天出门,家人又如何不知?目睹这一情景的吴月娘,心中存有狐疑可想而知。她只是看见西门庆坐着轿子出了门,但不知西门庆到底去了哪里。因此到了第二天,她就叫过玳安来"审问"。可笑的是,吴月娘在问玳安之前,心中似乎已经有了答案,由"想必又在韩道国家,望他那老婆去来?"一语可知。玳安很滑头,他明确告诉吴月娘,西门庆去的不是韩道国、王六儿家,但到底是去了哪家,就不肯说了,只是笑。好事者潘金莲给月娘出了个主意:只消让人把春鸿叫来,一问便知。果然,春鸿经不住潘金莲的威吓,竹筒倒豆子,将西门庆昨晚的行径一五一十都说了出来。

月娘是个笨人。她的可悲之处,在于永远赶不上时间前进的步伐。当初西门庆与王六儿"刮捎"上,她被蒙在鼓里;当她终于弄清楚丈夫与王六儿之间的勾当时,时间又往前走了,西门庆已经有了多个新欢。时间飞速向前,她总是赶不上趟儿。潘金莲、孟玉楼等人也是如此,她们的眼睛紧盯着李桂姐不放。殊不知,当她们明确感觉到李桂姐作为劲敌的威胁时，西门庆早已对李桂姐失去了兴趣，转而移情于新人郑爱月了。也就是说，吴、潘、孟诸人对西门庆的监视与防范，远远落后于西门庆另觅新欢的速度。

春鸿的这段"重复叙事"，不仅无助于事情的水落石出，反而撒下了弥天大雾，甚至制造了一场冤案——让无辜的李桂姐代替郑爱月承受众妻妾的嫉恨与诅咒。而孟玉楼和潘金莲之所以一口咬定西门庆去了李桂姐家，原因很简单，因为她们心里原本就想着李桂姐，一刻也忘不掉李桂姐。甚至当李娇儿冷冷地提出她的质疑——她们家（桂姐家）并没有半截门子时，这一重要的疑点和证据，潘孟二人视而不见，仍然死死咬住李桂姐不放。她们都是经验主义者。

这一段短短的"重复叙事"，补写出了多少人情的暗昧与复杂，衬托出多少不见于文字的人物心理，此不赘言，读者不妨细细品味。

潘金莲之所以会挑中春鸿来"逼供"，是因为她心思诡谲、观察细致且逻辑严密。她知道春鸿刚从扬州来（金莲称春鸿为蛮小厮。蛮者，南蛮也）。他被苗青作为礼物送到西门庆家中才没几天，人生地不熟，且年龄只有十多岁，生性胆小。另外，春鸿作为新出现的人物，作者也有意通过这样一段"重复叙事"来塑造他的形象，给他展示自己性情的机会。

即便仅仅从刻画人物这个角度来说，这段文字亦可称得上曼妙多姿，令人难忘。春鸿是南方人，初来乍到，年幼懵懂，不懂北方的风俗水土，把妓院说成是"人家"，把妓女说成是"娘娘"，把女人头上戴的假发髻说成是"假壳子"，把老鸨称为"阿婆"，完全是孩童天真烂漫之口吻，其所见之景也写得捕风捉影、恍恍惚惚，不独文字机趣横生，也刻画出了春鸿忠厚老实的一面。惟其如此,至第七十九回,春鸿不忘故主旧恩,于危难关头显出大义,读者才不至于觉得唐突。

最后再来说说这"半截门子"。妓院(尤其是下等妓院)多处于深巷僻街,大门只有半截,想必是基于当时当地的风俗而定的规制。旧北京的妓院也有"半截门子"的说法,但指的是"半截门帘儿"。此回春鸿明明看见门上有锯齿儿镶着,明摆着不是门帘。此外,北方的旧妓院亦有"半截裤子"的说法,指的是妓女所穿的裤子——大概是图方便吧。门、门帘或裤子,均以"半"称之,或许是缘于当时社会对妓家的嫌恶和轻慢而导致的约定俗成。本人对古代妓院没什么研究,在此不敢妄下断语。

不过潘金莲骂春鸿"一个院里半门子也不认的",言下之意,当时北方的妓院大概多半都用半截门儿。而李娇儿又说"俺家没半门子",说明妓女李桂姐家也可以不用半截门。可见半截门之制,虽是当时普遍的风俗,但也并非是统一的法律规定。

病急乱投医

> 这赵太医先诊其左手，次诊右手，便叫："老夫人抬起头来，看看气色。"那李瓶儿真个把头儿扬起来。赵太医叫西门庆："老爹，你问声老夫人，我是谁？"西门庆即叫李瓶儿："你看这位是谁？"那李瓶儿抬头看了一眼，便低声说道："他敢是太医？"赵先生道："老爹，不妨事，还认的人哩。"

> ——第六十一回

以前读鲁迅先生《朝花夕拾》中《父亲的病》一文，对于父亲的形象以及父亲之死这样一个事件，都没有留下什么很深的印象，倒是对前来给父亲诊病的两位中医记忆犹新。细细一想，也没什么好奇怪的。鲁迅这篇文章的用意，不在于对父亲的怀念，而是对包括中医在内的传统文化展开猛烈的抨击。鲁迅先生的文字不可谓不拙朴，语调不可谓不沉痛，但读至医生给他父亲开的药方时，总是忍不住要哑然失笑：什么经霜三年的甘蔗啦，什么打破的鼓皮啦，什么原配的蟋蟀啦。古人有"丧言不文"的说法，鲁迅先生虽然一味地压抑文章的"喜剧色彩"，但欲抑而弥扬，"原配蟋蟀"一类的情节，历来为读者所津津乐道。

鲁迅先生处于新旧鼎革之际，以弘扬西学、批判中国传统文化为己任。岐黄之道未除，西医之风渐起，加上他在日本留学之初学的就是西医,他对中医采取的那样一个冷嘲热讽乃至彻底否定的态度,完全可以理解。对中医的批评和质疑,是那个时代知识界普遍的风尚。

《父亲的病》一文,因是写实,我们没有理由怀疑鲁迅先生的这篇文章是某种文化观念的演绎,更没有理由去怀疑鲁迅先生的这篇短文受到了《金瓶梅》的影响和启发。然而,"父亲之死"这一情节,与《金瓶梅》中李瓶儿临终之时的病急乱投医,实在是遥相仿佛。在《金瓶梅》的写作年代,虽然还没有西医一说,但对中医批判之决绝,嘲讽之刻薄,《金瓶梅》相较于《父亲的病》亦不遑多让。

《金瓶梅》中写到的医生(包括民间的游医和所谓太医),大多形象恶劣,形迹可疑。比如说,第十七回写到的蒋竹山和胡鬼嘴——前者打着太医院出身的旗号,行医只是幌子,渔色方为正经;而后者开出的药方,就直接打发花子虚去了阴曹地府。词话本第五十四回中出现的那个任医官,似乎是个比较靠谱的郎中,为人倒还谦逊有礼,但绣像本对任医官的形象,进行了彻头彻尾的改造,把他写成了自吹自擂、专意图财的江湖骗子:他夸口自己因在王吏部家看病而得到厚礼,是变着法儿向西门庆索取钱财;他炫耀病人送他"儒医神术"的匾额——"写的是甚么颜体,一个个飞得起的",害的西门庆差一点也要送匾给他。可见相比于词话本,绣像本的作者似乎对当时的医者更加深恶痛绝。

此回写李瓶儿得血崩之症,奄奄待毙。西门庆及其家人慌了手脚,一连请了四位医生来给李瓶儿诊病,其中就包括第五十四回写到的任医官。任医官是西门庆时相往来的朋友,自然是第一个被请。西门庆送了他"一匹杭绢,二两白金"的厚礼,讨来一副名为"归脾汤"的药剂,"乘热吃下去,其血越流之不止"。

第二位被请上门的，是大街口的胡太医。此人正是将花子虚送往西天的"胡鬼嘴"。他认为李瓶儿的病是因为气冲了血管，开了药方，吃下药去，"如石沉大海一般"。接下来出场的是何太医何老人，已经八十一岁了。这个人据说是个神医，医术精湛不说，他的儿子名叫何岐轩，因为医术高明而做了官，成了"冠带医士"，成天在县中迎来送往，一天也闲不下来。儿子何岐轩如此炙热，其父的医术想必更加不同凡响。何老人的诊断结果与胡太医不同，不是什么气冲了血管，乃是精液冲了血管（亏他老人家想得出来），正要开药方的时候，第四位医生——赵太医"赵捣鬼"拍马杀到。

这个赵太医本名赵龙岗，是韩道国推荐的，据说是专看妇科病的医生。明末中医的分科似乎已经很细了，除了妇科之外，《金瓶梅》中还几次写到"小儿科"。此回写四位医生来为李瓶儿诊病，作者并没有简单地按照先后次序逐一描述。前两位是一个接一个地来，后两个则是同时抵达。《金瓶梅》的叙事，在这样极细微的地方，也能显出它非同一般的灵动有致。

有了前两位大夫"越医越重"的教训，西门庆此时心中焦乱，对医生的医术似乎产生了极大的疑虑。乔大户给他出了一个主意，让何老人、赵龙岗两位大夫一起切磋切磋，互相讨论一下，细细论出病源，再斟酌下药不迟。西门庆就将这番意思告诉了何太医，让他先不忙开药方，等赵太医诊脉完毕，一起商量着下药。没想到，这位自称是祖传三代、熟读一切医书典章的赵捣鬼，在诊脉的时候就出了大问题。

他让李瓶儿抬起头来，问她是否认得自己是谁。李瓶儿当然不认识他，可她也知道他医生的身份，故而说："敢是太医？"就凭这句话，赵龙岗即断定李瓶儿不妨事，"死不成"（词话本）。那么李瓶儿得的到底是什么病呢？赵龙岗先说是伤寒杂症，又说是产后胎前不调。被西门庆当场否定之后，改口说是脾虚泄泻，他最后的结论是经水不调。整个过程如同猜谜。西门庆或许是实在不耐烦了，便将李瓶儿的病症向他和盘托出，只问他有无救急的妙方。赵捣鬼遂开了一副包括巴豆在内的"虎狼泻药"。这一次，西门庆看不下去了，见他胡口乱说，不觉怒上心头。只因此人是王六儿的丈夫韩道国推荐的，多少得给韩道国留点颜面，就称了二钱银子，连送都不送，就将他打发走了。

对于赵龙岗这个人物，词话本中的叙事更加详尽细致。赵太医刚一现身即胡天海地、口不择言，甚至还用一首打油诗介绍了自己行医的经历，其中有这样几句：

> 我做太医姓赵，门前常有人叫。
> 头痛须用绳箍，害眼全凭艾醮。
> 心疼定敢刀剜，耳聋宜将针套。

作者刻意嘲讽之意，十分露骨。但这样的打油诗由赵捣鬼自己口中说出来，也破坏了人物的真实感。故而到了绣像本，这首打油诗被删去了。同时被删去的还有这样两句诗：

> 半积阴功半养身，古来医道通仙道。

从小说的修辞效果来看，绣像本的删改非常合理，且很有必要。但这些被删去的文字，却也明确地反映出词话本作者对中医的基本态度。尤其是"古来医道通仙道"一句，尤为重要，不仅暗示了中医理论与道家养生术之间的关系,且将医术与道家的炼丹求仙之法术联系在一起,足见所谓"医道"恰如虚无缥缈的仙道一样,不过是一种虚妄的安慰罢了。鲁迅先生在《父亲的病》一文中所挖苦的"医者,意也"表达的也是同样的意思。更有甚者,仙道不仅是医道的源头,同时也往往是它的最终归宿。

一般而论,在医治终告失败,医术无能、医家束手的情况下,患者若不甘心等死,似乎也只剩下访仙求道一途了。所以,在《父亲的病》一文中,陈莲河眼见得药针无效,最后便提起一种"仙丹"来,药价两块大洋。父亲沉思了一下,终于摇头拒绝。他倒不是舍不得这两块大洋,他心里十分明白,按照中国传统的医疗过程来看,一旦"仙丹"出现,通常就说明病人已经无可救药了。陈莲河还曾建议患者找个仙人术士来作法,去看看前世有无犯下什么罪愆。生命的决定权,随之从医家转移到了仙家术士的手中。

在《金瓶梅》这一回的文字中,赵龙岗可笑的失败,自然衬托出何太医何老人的高明。可李瓶儿服用了何老人开出的药方(花去白金一两),"并不见分毫动静"。最后西门庆终于接受了吴月娘的建议,赶往周守备府中去请吴神仙来作法了。

细细体味《金瓶梅》此回文字可知,对于中医的强烈批判和质疑,古已有之,并不自鲁迅先生始。在以解剖学为基础的现代医学出现之前,对身体和疾病的科学研究无从谈起。由于医疗手段相对简陋,时人基于临床效果,对医家将信将疑,进而采取批判和否定的态度,也不足为怪。

然而同样是对中医的批判与否定,《金瓶梅》却不可视为鲁迅思想的先声。因为两者的着眼点与社会文化背景完全不同。

鲁迅对中医的批判固然由"父亲的病"这样一个特殊的事件所引发,但这种批判的背后有一个明确的参照物,那就是西医。鲁迅对于包括中医在内的传统文化的批判也有一个比照的对象,那就是以西医为象征的西方近代科学文明。所以说,鲁迅虽然以自身的经验和记忆为出发点来批判中医,但不能说完全没有受到当时社会和文化话语的影响。简单地说,他不可能完全没有文化观念上的"先入之见"。

而在这些方面,《金瓶梅》则迥然不同。《金瓶梅》对社会、历史、道德和文化的否定是全方位的。作者既然要否定现实世界,从现世中见出虚妄,就必须对世俗的道德、人情进行毫不留情的批判。而医者的不学无术和道德溃败,只不过是社会总体道德腐败的一个缩影而已。

作者并非是专门与中医过不去。

李瓶儿之死

　　不一时,孟玉楼、潘金莲、孙雪娥都进来看他。李瓶儿
都留了几句姊妹仁义之言,落后待的李娇儿、玉楼、金莲众人
都出去了,独月娘在屋里守着他。李瓶儿悄悄向月娘哭泣道:
"娘,到明日好生看养着,与他爹做个根蒂儿,休要似奴粗心,
吃人暗算了。"月娘道:"姐姐,我知道。"

——第六十二回

　　在《金瓶梅》众多人物的死亡谱系中,李瓶儿之死描述最详。自
她得病至下葬,前后文字竟达十余回之多,尤以第六十二回叙写最为
详尽。此回文字超长,叙事剧繁,面面俱到,就连后文核心人物西门庆
与潘金莲之死,亦无法与之相提并论。小说中的各色人等,如亲人家
眷、仆役小厮、地方官员、趁趣帮闲、妓家戏子、和尚道士和医家法师,
无不出场亮相。透过李瓶儿之死,作者不仅写出了各色人等对李瓶儿
之死的态度,反过来也通过李瓶儿这个临终人之眼,来打量周遭的人
情世态。在中国文学史上,用如此繁盛的篇幅,正面描述一个普通人
的死亡,严格地说来,还是第一次。若要了解《金瓶梅》人情世界的亲
疏深浅、德恨恩怨及种种世态炎凉,观此回文字足矣。

　　医家诊病,但为酬银,前文已有详述。王姑子来探望,关注的不是

李瓶儿的生死,而是为了与薛姑子争夺从李瓶儿处骗得的印经钱。李瓶儿的大伯花大舅来探病,李瓶儿只说了声"多有起动",就将脸别过一边。这倒不是说李瓶儿对大伯有多大的仇恨。花大舅的到来,让她想起了花子虚。正是花子虚的强拉硬拽,才弄得李瓶儿在通往阴曹地府的路上飞奔向前。当然,花大舅也是第一个断定李瓶儿无望,并直接让西门庆为她准备棺材的人。

冯妈妈本来是李瓶儿身边唯一可以依靠的旧人。自从西门庆看中王六儿之后,老冯开始对李瓶儿日渐冷淡,成天在王六儿家厮混,把李瓶儿忘在了九霄云外。李瓶儿将死,好不容易让人把她叫了来,老冯居然一味地耍贫嘴、撒风。当李瓶儿在死前给了她四两银子、一件白绫袄、一条黄绫裙、一根银掠儿,让她日后老了做个棺材本儿时,冯妈妈这才假惺惺地哭着说:"你老人家若有些好歹,(我)那里归着?"绣像本的批评者此时很不客气地批道:"王六儿家去。"可谓一语道破禅机。

西门庆、吴月娘倒是时常来看她。一个居着官,公务繁忙,款接甚频;另一个管着这么一大家子,也不能朝夕相陪。西门庆眼看着李瓶儿临死,身边居然没有一个懂事且贴心的人,想了半天,他还终于想起一个人来。她就是李瓶儿的干女儿吴银儿。他向李瓶儿建议,将吴银儿接来家中陪她几天,可李瓶儿摇头拒绝了。前文写官哥死,吴银儿到家里打了个晃就走了。李瓶儿心里清楚,这个干女儿实在指望不上。事实上,在李瓶儿自病重至亡故的漫长日子里,吴银儿竟然没有来过一次。难怪张竹坡挖苦说:"娘死而女不知,方是干女。"

不过,李瓶儿身边倒是有两个丫鬟,对主人情深意笃。迎春似乎还懂点儿事,那绣春还只是个孩子,正处在懵懂无知的年龄。李瓶儿临死前嘱咐绣春,将来寻个好人家嫁了,不可任性撒娇,绣春便跪在地上大哭:"我就死也不出这个门。"李瓶儿道:"我死了,你在这屋里伏侍谁?"这一断肠之语,可以让我们立刻联想到《红楼梦》中黛玉将死时对紫鹃所说的那番话。绣春的回答完全是孩童的口吻:"我和迎春都答应大娘。"李瓶儿一愣,淡淡说道:"这个也罢了。"

"这个也罢了"五个字,可谓字字珠玑。其中既有对绣春不懂事的失望与沉痛——绣春对李瓶儿与吴月娘之间的恩怨,恍然不知——或许还有对绣春日后境况的担忧,但更多的,是自己的满腹心事无人交托的无奈。此中的深意,通过迎春闻听此言后"哭的言语都说不出来"一句补写出来,令人伤叹不已。绣像本的批评者认为,此段文字,足以与韩愈的《祭十二郎文》媲美。瓶儿将死,孑然一身。而官哥死亡在前,总算是让她省掉了托孤的麻烦。她惟有将自己的一腔怜爱,都寄托在这两个丫鬟身上,由此反衬出李瓶儿的孤绝无依,在西门大院中并无半个亲人。其凄绝伤感,令人鼻酸。

对于迎春、绣春将来的安排,小说于同一回中,居然一连写了三次:第一次是李瓶儿当面对迎春、绣春的交代和嘱托,第二次是向吴月娘郑重交托,第三次则是对西门庆再度叮嘱一遍。每一次都言之甚详,不惮其烦。作者如此安排,岂是无意?

李瓶儿直到临死,还在利用手中的钱财,最后一次成就她慷慨大方的美德。她知道这些钱物如不送人,最后也只能落在吴月娘、潘金莲手里。她多次劝西门庆,不要因为她的病重而耽搁公事,不要买太贵的寿材,日后家人还要过日子。她似乎对所有的人都笑脸相迎,真情假意概不计较,专心致志地扮演一个好人的角色,这是李瓶儿的愚妄之处,也是她的聪明所在——她不如此,又能怎样呢?

李瓶儿死后的第二天,她的干女儿吴银儿才"闻讯赶来",还责怪吴月娘不通知她。吴月娘倒也没有心思与她计较,只是说:"你不来看你娘,他倒还挂牵着你,留下件东西儿,与你做一念儿,我替你收着哩。"这些东西放在预先打好的包袱里,计有一套缎子衣服、两根金头簪儿、一枝金花。睹物思人,吴银儿这才泪奔不止。一番人情至此,可谓凄婉哀恸之至。

虽说李瓶儿对众人不计前嫌,一概示好,但只有一个人除外,此人就是潘金莲。在此回中,潘金莲很少抛头露面。也许她知道李瓶儿之死与自己脱不了干系,不便出来"摇摆"了吧。可如果潘金莲幻想通过刻意回避,李瓶儿就会把她忘了,那就太天真了。事实上,李瓶儿对潘金莲铭心刻骨的仇恨,未曾一旦或忘。

引文中,吴月娘领着众姐妹最后一次来看她。李瓶儿对李娇儿、孟玉楼、潘金莲和孙雪娥等人,"都留了几句姊妹仁义之言"——无非是些虚与委蛇的应酬和客套,这里没有写出,但亦可想见。等到李、孟、潘诸人先行告退之后,她单独对吴月娘做出的一番交代,却字字见血。她提醒吴月娘,日后有了孩子要小心看护,不可"吃人暗算"。这里的"人",当知是潘金莲无疑。这番话除了替月娘设身处地着想的表面文章之外,还流露出这样两层意思:一是官哥死于潘金莲之手;二是李瓶儿之死实源于官哥之亡。而吴月娘的答语"姐姐,我知道"几个字,虽然平常,但却说得斩钉截铁,表明吴月娘不仅接受了临终人的一番好意,同时也认可了李瓶儿的结论。

柔弱如李瓶儿者,于待死之时,万事无所争,却在关键处以寥寥数语预伏下潘金莲日后的悲惨结局,用绣评者的话来说:"岂可欺不言人之无口哉!"后来西门庆一死,金莲立刻处于风雨飘摇之中,并很快被吴月娘赶出家门,命丧武松之刀下。可见月娘对于瓶儿的临终赠言之重视程度。

当然,西门庆死后,以"道学种子"之称的吴月娘,首先要做的事,还不是驱赶潘金莲,而是清除李瓶儿残存的最后一丝遗迹——她将李瓶儿的灵位和灵床以及西门庆煞费苦心让人传写的李瓶儿画像,一把火都烧了个精光。同时,月娘将李瓶儿屋内的金银衣物和首饰箱笼,通通搬到自己的房中,将李瓶儿的奶妈和丫鬟收为己用,最后将李瓶儿的房门一把锁锁了个严实,任由它房中长草,蜘蛛结网。李瓶儿若灵泉有知,不知道会作何感想?

我们再细细玩味引文中李瓶儿对绣春所说的"这个也罢了",其无限的痛楚与怅惘,又有多少内心的暗波潜流激荡其中?

二十七盏本命灯

那潘道士在法座上披下发来,仗剑,口中念念有词。望天罡,取真炁,布步诀,蹑瑶坛。正是:三信焚香三界合,一声令下一声雷。但见:晴天星明朗灿,忽然一阵地黑天昏;卷棚四下皆垂着帘幕,须臾起一阵怪风……大风所过三次,一阵冷气来,把李瓶儿二十七盏本命灯尽皆刮尽。惟有一盏复明。

——词话本第六十二回

李瓶儿在弥留之际药石无效,医生束手。西门庆惟有将全部希望寄托于五岳观潘道士之手。经过多次延请,潘道士倒是来了。他在李瓶儿房门外的穿廊台基下作起法来,挥剑掐指,烧香焚符,如此这般折腾了一通。结论是,事不可为,已无回天之术。但道士见西门庆礼貌虔切,眼巴巴地望着自己,有点于心不忍,便使出了最后一招,按青龙、白虎、朱雀、玄武之序,建立三台华盖,要来祭一祭李瓶儿的二十七盏本命灯(李瓶儿时年二十七岁),看看是否还有禳解之法。

引文中的这段文字,绣像本略有删改,其中最重要的一点,是删去了词话本中"惟有一盏复明"这句话。按照绣像本的文意,既然李瓶儿已被宣布为不可药救,二十七盏本命灯为一阵冷风尽数刮灭,似乎更为清楚明白。这大概就是绣像本删去此句话的缘由所在了。殊不知，这"惟有一盏复明"，不论是从当时神秘莫测的气氛来说，还是从叙事的情节安排来考虑，皆不可少。

《金瓶梅》中写仙道鬼神之事，所采取的是一种"既是又非"的态度——既非全实，亦非全虚，而是"虚诞"与"灵验"相杂，用以描摹仙界鬼道的阴森怕人。如果是二十七盏本命灯尽数被风刮灭，倒是符合了读者的猜测和预期，但无非是坐实了李瓶儿命当如此的事实罢了。而"惟有一盏复明"，却是神来之笔，不仅出人意表，更使仙道法术变得深不可测，极好地烘托出潘道士作法祭灯时的鬼魅氛围。绣像本这一删，文字似乎更加简练明白，但原文中那股神秘阴森之气，也被滤除殆尽。

词话本作者和绣像本作者皆不可考。但比较两个版本可以看出，词话本作者颇有乡野穷儒之气，而绣像本作者则更多文人雅士的趣味与修养。词话本作者于鬼神仙道之事，似乎浸润更深；而绣像本作者似乎对鬼神仙术一类的事情没有多少深切的体验。后者删去枝蔓，使文意更为晓畅，也符合情理。

若从小说情节结构的安排来看，"一灯复明"也自有它的作用。李瓶儿的二十七盏本命灯，象征着二十七年的寿命。若全灭，此时的瓶儿已经是死人了，而一灯复明者，说明李瓶儿还有尺寸光阴可挨。这句话极为精确地描摹出李瓶儿病卧睡榻、命悬一线的实际状况。

另外，在风中摇曳的这盏本命灯，也和西门庆此刻的心理活动若合符节。我们知道，潘道士作法时，西门庆是唯一的观众。作法的整个过程，也通过西门庆的视线写出。对于李瓶儿的死，西门庆无论如何不能接受,黑暗中灭而复明的这盏本命灯,无疑也燃起了西门庆心中希望的火苗,使得他内心那份侥幸死灰复燃。至后文,西门庆将祭灯一事告诉吴月娘时,仍然痴心地抱着这份侥幸不放:"天可怜,只怕还熬出来,也不见得。"当月娘说出"眼眶儿也塌了,嘴唇儿也干了,耳轮儿也焦了,还好甚么?也只在早晚间了"这样的话时,西门庆这才满眼落泪。

埋 伏

　　寓京都眷生翟谦顿首，书奉即擢大锦堂西门四泉亲家大
人门下：自京邸话别之后，未得从容相叙，心甚歉然。其领教
之意，生已于家老爷前悉陈之矣。迩者，安凤山书到，方知老
亲家有鼓盆之叹，但恨不能一吊为怅，奈何，奈何！伏望以礼
节哀可也。外具赙仪，少表微忱，希莞纳。又，久仰贵任荣修
德政，居民有五袴之歌，境内有三留之誉，今岁考绩，必有甄
升。昨日神运都功，两次上上，生已对老爷说了，安上亲家名
字。工完题奏，必有恩典，亲家必有掌刑之喜。夏大人年终
类本，必转京堂指挥列衔矣。谨此预报，伏惟高照，不宣。

　　附云：此书可自省览，不可使闻之于渠。谨密，谨密。

——第六十六回

　　这是蔡京的管家翟谦写给西门庆的一封信。信中的"鼓盆之叹"，
指的自然是李瓶儿之丧，"居民有五袴之歌，境内有三留之誉"则是对
西门庆荣修德政的一番吹捧。这里的"五袴之歌"，用的是东汉廉范任
蜀之典，不必多说。这样的评价，出之于颠倒乾坤、贪渎成性的翟谦之
口，其反讽意味也十分明显。信中最关键的地方，是翟谦给西门庆透
露了一个涉及朝廷任命的重大机密：西门庆将由金吾卫副千户升任正

千户之职,接替夏龙溪,执掌刑名,而夏龙溪则奉调回京,转任京堂指挥一职。翟谦在附言中所说的"不可使闻之于渠"的"渠",指的就是夏龙溪。他一连用了两个"谨密",对西门庆加以申诫,一来说明此事非同小可、不能预先泄漏;二来翟谦对西门庆那种轻浮、浅薄的个性显然已有所了解,故特为叮嘱再三。

不料,西门庆在读到这封信的第一时间,就"乘着喜欢",将信拿到卷棚内让温秀才看了。随后,一旁的应伯爵也抢过去看了一遍。也就是说,转瞬之间,翟谦叮嘱不可外泄的密函,已被温秀才和应伯爵两人悉知。这为此事最终泄密而引出的一个大麻烦,埋下了伏笔。除了西门庆本人之外,潜在的泄密者只有两人,非温即应。按理说,应伯爵最有可能泄密。对于应伯爵这样一个超级帮闲来说,掌握重要情报而不试图以此获利,实在是有点违背他的性格。不过,夏龙溪根本无须待应伯爵密报而知晓这一朝廷机密,因为他早已在西门庆身边埋伏了一个间谍或内线。

此人正是温秀才温葵轩。

由小说的第五十六回"伯爵举荐水秀才"一节可以知道,西门庆没有接受"落笔起云烟"的水秀才,而是聘请了由倪秀才推荐的同窗温葵轩。而倪秀才,正是夏龙溪家的坐馆先生。温秀才第一次上门,倪秀才亲自陪同。小说中关于温葵轩与夏提刑之间的私通款曲,写得若隐若现,忽明忽暗。比如说,小说中多次写到西门庆有事要找温秀才,却发现他并不在书房办公。究竟去了哪里,没人知道。假如西门庆问起他频频失踪的理由,温师傅的回答,要么是去"找倪先生了",要么是往"同窗"处切磋学问去了,反正都是去了夏提刑家。这些情节虽属微末,却写得闪烁其辞,十分蹊跷。

至小说的第六十八回,西门庆想请温师傅一同去郑爱月家喝花酒,派人一连去请了几次,可温葵轩根本不在书房,又一次失踪了。最后西门庆等不及了,只得自己先走。到了郑爱月家,西门庆又派琴童专门骑黄马去接。最后,温秀才倒是来了,却"头戴过桥巾,身穿绿云袄"。他若仅仅是去见昔日的同窗倪秀才,似乎没有必要打扮得这么正式和考究吧。而温秀才在言动语默之间,似乎也心中有鬼,进门就作揖,一副做了亏心事的模样。据他说,他之所以失踪这么长的时间,是去找倪秀才"会书"去了。张竹坡进而猜测说,所谓的"会书",恐怕"会"的是翟谦之"书"。一个合理的推断是,想必在"会书"之时,夏提刑也会在场吧。

温葵轩名义上是在西门庆家坐馆,而实际上另有使命在身。表面上是在为西门庆服务,实则是夏龙溪的卧底。夏龙溪或许会另外给他一份优厚的薪俸,也可以想见。温葵轩的"线人"身份,至第七十六回才真相大白。知道真相的西门庆,不由得勃然大怒,当即下令将他逐出门外,并拒绝与他见面。温葵轩鸡奸画童,偷运西门庆家中的"银器家伙",可谓劣迹斑斑。但最让西门庆不能忍受的,是他将翟谦的书信,另抄了一份,偷偷送给了夏提刑。

我们再回过头来看一下夏龙溪与西门庆的关系,就会有新的发现。夏龙溪平常举止温文柔善,行事模棱两可。曾孝序在给朝廷的奏章中,曾说他有"丫头"和"木偶"之态,可以说是时论对夏龙溪为人的基本评价。但这样一个"丫头"和"木偶",实则城府很深,极有心机。夏龙溪身为西门庆的上司,却对副手言听计从,处处示弱,时时讨好,极为恭顺,正、副关系仿佛倒置,所谓善用人者处其下也。他表面上与西门庆情投意合,凡事都让西门庆拿主意,一副"无可而无不可"的样子,却神不知鬼不觉地在西门庆身边埋伏了"眼线",可见此人心智之高,远在西门庆之上。

当西门庆接到翟谦的那封书信之后,两人之间的关系就陡然变得暧昧和复杂起来。西门庆是个浅人,他知道自己即将荣升,接替夏提刑的位置,从而一直心怀鬼胎——他看待同僚夏提刑的眼光,或许还有几分歉疚吧。而夏龙溪不仅知道密信的内容,而且能通过温葵轩随时掌握西门庆的一举一动。表面上彼此都未说破,一团和气,人情之险谲诡异可知。更有甚者,夏提刑表面上假装不知底细,暗中却透过林真人,"立逼"着朱太尉去蔡京处说情,以期阻止朝廷让他转任"京堂指挥"管卤簿,仍在清河县原任上掌握刑法三年。夏龙溪之所以能对西门庆的故意隐瞒气定神闲,是因为他也在四处活动以达成自己的心愿,且成算极大。如果不是翟谦在蔡京面前极力维持,死扛硬顶,西门庆的正千户之梦想必早已破灭。

有意思的是,等到朝廷的正式任命下达,西门庆与夏提刑一同观看考稽官员的照会时,志在必得的夏龙溪见自己仍然不得不离开清河,赴京转任指挥管卤簿,似乎完全不敢相信自己的眼睛,"大半日无言,面容失色"。

夏龙溪转任京师,照理说是升官了,为何苦苦恋栈清河,一心一意要在提刑所任上再服务三年呢?这不仅反衬出清河(临清)作为大运河枢纽的富庶程度及其经济地位,也暗示了提刑所作为地方法律机构的重要性。在膏腴富庶之地执掌刑名,自古以来就是肥缺,权重势炽,贪贿便捷。揆以今日之官情官风,对于这一点,应当不难理解。

西门庆转正之后,他的副千户职位空了出来。宫里的何太监竟然央求皇上宠妃刘娘娘,直接传旨于蔡京和朱太尉,让他的侄子何永寿补上西门庆的位置,可见此职位在当时炙手可热的程度。另外,翟管家在蔡京面前死保西门庆,也不完全是为西门庆考虑,他自己也需要一个染指富庶之地经济财货的可靠渠道。

途中风景

　　玳安走到铺子里问陈敬济……敬济道:"出了东大街一直往南去,过了同仁桥牌坊,转过往东,打王家巷进去,半中腰里有个发放巡捕的厅儿,对门有个石桥儿,转过石桥儿紧靠着个姑姑庵儿,旁边有个小胡同儿,进小胡同往西走,第三家豆腐铺隔壁上坡儿,有双扇红对门儿的,就是他家。你只叫文妈,他就出来答应你。"玳安听了说道:"再没有? 小炉匠跟着行香的走,琐碎一浪荡。你再说一遍我听,只怕我忘了。"那陈敬济又说了一遍。玳安道:"好近路儿! 等我骑了马去。"一面牵出大白马来骑上,打了一鞭,那马跑蹄跳跃,一直去了。出了东大街,径往南,过同仁桥牌坊,由王家巷进去,果然中间有个巡捕厅儿,对门亦是座破石桥儿,里首半截红墙是大悲庵儿,往西小胡同上坡,挑着个豆腐牌儿,门首只见一个妈妈晒马粪。玳安在马上就问:"老妈妈,这里有个说媒的文嫂儿?"那妈妈道:"这隔壁对门儿就是。"

——第六十八回

　　《金瓶梅》中涉及路途的场景描写,多以白描出之。写途中风景,往往是"一路天寒坐轿,天暖乘马,朝登紫陌,暮践红尘",或者"一路上见了些荒郊野路,枯木寒鸦。疏林淡日影斜晖,暮雪冻云迷晚渡",再者就是"秋云淡淡,寒雁凄凄,树木凋落,景物荒凉"。作者似乎不愿意在此等物事上花耗太多心血,只用白描粗粗一勾,多少衬出点意思,算是点到为止。这是一般情形,反映了中国古典小说写景状物的特殊习惯。当然也有例外。

上面引文中的文字,以我个人的观点来看,几乎可以被认为是《金瓶梅》所有文字中最美的一段。对我这样一个曾久居乡间小镇的人来说,这段文字之妙,完全可以与前后《赤壁赋》相提并论。其质朴与邈远,实为天籁。每读至此,心驰意奔,玩味再三,总有身临其境之感。兴会淋漓之余,又觉其美不可胜说者,《金瓶梅》中只此一例。

西门庆受郑爱月之蛊惑,要去王招宣府勾搭林太太,为下一步接近她貌美如花的儿媳妇黄氏做准备。西门庆有意请媒婆文嫂前去说项,便让玳安去将文嫂找来。但玳安不知文嫂的住处,只得去铺子中找陈敬济打听。那么陈敬济又怎么知道文嫂家住哪呢?原来文嫂是陈敬济、西门大姐的媒人。陈敬济夫妇在婚后与文嫂保持着日常通问与往来,也是情理必有之事。

敬济在描述路线图时,用的是由近而远的次序。自东大街至目的地,不仅路径描述得十分精确,且指明了牌坊、巡捕厅、石桥、第三家豆腐店、双扇红对门等明显的辨识标志。如果世上真有这么个文嫂,真有这么个处所,任何一个人只要按照陈敬济的路线走,最终都会顺利到达她的家吧。陈敬济为人颇多头巾气,但于往来账目头脑清楚、眉目分明,经他口中说出的路线如此精细明晰,亦符合人物的个性。玳安虽然还没出发,但读者循着陈敬济的指引,实际上已经把这条路走了一遍。我们不仅真切地看到沿途的景物,且文嫂家的那个双扇红对门,已静静地显现在清河县城某个遥远的地方。换言之,由于路线被标示得异常清楚,就好像世上真有文嫂家这么一个地方似的。这里的深笔细描,完全不同于一般景物的写意性白描,可谓一丝不苟,历历如画。

陈敬济将文嫂家的住址"琐碎一浪荡"地说了一遍,玳安没有记住,又让陈敬济重复了一遍。这一遍,文中虽做了省略,但这番交代必不可少。惟因陈敬济一连说了两遍,下文玳安"按图索骥",才显得更加真切可信。否则的话,读者会对玳安为何会有如此超强的记忆力产生疑问。当玳安按照陈敬济指点的路径往文嫂家走的时候,表面上看,是在处处印证陈敬济口中的那些线路和地名,但对于读者的感受而言,则无疑是"旧地重游"。一个作者所虚构的不存在之地,能让读者产生去过多次、重温记忆的恍惚之感,不能不说完全有赖于作者的"重复叙事"所产生的特殊效果。

当然,玳安所经之处出现的重复,与陈敬济的口述又不完全一样。比如说那座石桥是破的(陈敬济口中的石桥即是石桥,而玳安眼中的石桥残破已显);姑姑庵有了正式的名称,叫做"大悲庵儿",且有"半截红墙围着";豆腐店多了个旗幌一类的牌儿,门前出现了一个老妪。她正在那里晒马粪。玳安驻马问路,两人有了一段对话之后,这才最终找到了文嫂的家。如果是完全重复,文法不免呆板。重复中见出错综,则错落有致,文情并茂。

当然,重复中多出来的部分,不仅仅有玳安眼中所见之物,还有玳安所不能见到的令人沉醉的生活气息,以及寻常人家的情感氛围。关于这一点,不同生活背景的读者,会产生完全不同的想象。

文嫂的驴子

　　文嫂一面打发玳安吃了点心，穿上衣裳，说道："你骑马先行一步儿，我慢慢走。"玳安道："你老人家放着驴子，怎不备上骑？"文嫂儿道："我那讨个驴子来？那驴子是隔壁豆腐铺里的，借俺院儿里喂喂儿，你就当我的。"玳安道："我记的你老人家骑着匹驴儿来，往那去了？"文嫂儿道："这咱哩！那一年吊死人家丫头，打官司，把旧房儿也卖了，还说驴子哩！"玳安道："房子到不打紧，且留着那驴子，和你早晚做伴儿也罢了。别的罢了，我见他常时落下来好个大鞭子！"文嫂哈哈笑道："怪猴子，短寿命，老娘还只当好话儿，侧着耳朵听。几年不见你，也学的恁油嘴滑舌的，到明日还教我寻亲事哩！"玳安道："我的马走的快，你步行，赤道挨磨到多咱晚，不惹的爹说？你也上马，咱两个叠骑着罢。"文嫂儿道："怪小短命儿，我又不是你影射的，街上人看着，怪刺刺的。"玳安道："再不，你备豆腐铺里驴子骑了去，到那里等我打发他钱就是了。"文嫂儿道："这还是话。"

——第六十八回

又是一段令人拍案叫绝的锦绣之文。

　　张竹坡将引文中玳安与文嫂的斗嘴,称为"蜂蝶相遇"。文嫂是媒,玳安亦是媒;文嫂是职业媒婆,玳安则是西门庆寻花问柳必不可少的"淫媒";文嫂是蜂,玳安则是蝶。两人的一番调笑,棋逢对手,却全因驴子而起。

　　前文写玳安一走进文嫂家小院,第一眼见到的事物,就是院子里的那头驴子。一看见驴子,玳安就知道文嫂在家。在玳安的记忆中,文嫂总是骑着驴子在街上行走摇摆。但当两人准备出发,往西门庆家走的时候,文嫂却让玳安骑马先行,自己步行跟随。我们从陈敬济的口中已经知道,文嫂家离西门庆家路途不近,如果是步行,再加上文嫂的小脚,显然不合适。所以玳安就问她,为何放着驴子不骑?文嫂推说驴子是豆腐店的,此驴非彼驴,自己早先骑的那一头早已卖了,还是执意要步行。

　　那么,这头驴子究竟是豆腐店寄养的,还是文嫂自己家的呢?如果这头驴子是豆腐店的,为何要拴在文嫂家的小院里?若是文嫂自己家的,她那一番关于打官司卖驴子的话,又说得周全可信,滴水不漏。《金瓶梅》在处理这一类的情节时有个一贯性的嗜好,就是模棱两可,似是而非,乃至于既是又非。背后的实情,总是云山雾罩。

　　再说了,文嫂关于卖驴子的一番说辞,玳安是相信呢还是不相信?细细揣摩文意,似乎也在信疑两可之间。但是有一点是肯定的,玳安已经知道,文嫂利用驴子来做文章,明摆着是要给他出难题,其目的,无非是想多要一份驴子的"行脚钱",而自己又不便明说。

　　在满足文嫂之前,他借机与文嫂开始了一番调笑。先是用"驴剩大鞭子"来揶揄对方,接着又煞有介事地让文嫂与他骑马叠坐,语言暖昧,神态逼肖,情景宛然如画。从"蜂蝶斗嘴"的结果来看,老辣的文嫂全盘控制局面,得到了她想要的东西,因而可以说是最终的胜利者;但从斗嘴的过程来看,则由玳安来主导,并处处占据了上风。他的这番言辞,想必会让伶牙俐齿的文嫂心中大吃一惊,所谓士别三日,理当刮目,逼着文嫂重新审视眼前这么一个还未成年的小伙子,也迫使读者重新打量玳安这个人物。

本来,若从安排情节的角度来考虑,这一大段文字可以压缩为短短的几句话:文嫂说,驴子是豆腐店寄养的,玳安答,没关系,借来骑一下,我给行脚钱。作者在此之所以会拉拉杂杂写出一篇关于驴子的闲话,完全是从塑造和补写人物的角度来考虑的,既为文嫂,也为玳安。尤其重要地,作者以文嫂来衬托玳安,为日后玳安接替西门庆成为一家之主,由"随从跟班"脱胎为"西门小员外"而预做铺垫。玳安一乳臭未干的小子,竟然对年龄长他一辈的老妪文嫂口出淫秽之语,且视若平常,其日后会如何对待"遗孀"吴月娘,也就可想而知了。

若仅仅以性事猎奇的眼光去《金瓶梅》中寻章摘句,固是俗辈;若仅仅属意于西门庆、潘金莲等主要人物的命运沉浮和兴衰荣枯,亦非善读《金瓶梅》者。殊不知,《金瓶梅》文字之美妙高华,也常常隐伏于次要情节、次要人物,特别是闲笔、闲话之中。

薛嫂如此,磨镜人如此,"大胖丫头"如此,这里的文嫂亦如此。

幽明之分

　　西门庆一见,挽之入室,相抱而哭,说道:"冤家,你如何在这里?"李瓶儿道:"奴寻访至此。对你说,我已寻了房儿了,今特来见你一面,早晚便搬去了。"西门庆忙问道:"你房儿在于何处?"李瓶儿道:"咫尺不远,出此大街迤东造釜巷中便是。"言讫,西门庆共他相偎相抱,上床云雨,不胜美快之极。已而,整衣扶鬓,徘徊不舍,李瓶儿叮叮嘱咐西门庆道:"我的哥哥,切记休贪夜饮,早早回家。那厮不时伺害于你。千万勿忘。"言讫,挽西门庆相送。走出大街上,见月色如昼,果然往东转过牌坊,到一小巷,见一座双扇白板门,指道:"此奴之家也。"言毕,顿袖而入。

——第七十一回

　　这是李瓶儿最后一次出场。李瓶儿死后,作者仍给她安排了两次现身的机会,当然都是在梦中。第一次是第六十七回的"梦诉幽情"。当时正是下雪天,西门庆在书房午睡,李瓶儿于梦中叮嘱他要提防花子虚的"灵"来加害。另外,她也告诉西门庆,她要去寻找一个安身之处。西门庆一觉醒来,见帘影射入,正当日午。残雪初晴照纸窗,地炉灰烬冷侵床。

　　本回中的这段文字，在某种意义上，是第六十七回梦境的延续。此时仍是冬天，"夜漏沉沉，花阴寂寂，寒风吹得那窗纸有声"。西门庆当时是在东京，借宿于何太监家，梦中再次与李瓶儿相见。李瓶儿所言，仍是前回梦中的两件事，除了叮嘱他提防花子虚的加害之外，瓶儿还告诉西门庆，她找到了房子，很快就要搬过去住，有了最后的安息之所。巧的是，李瓶儿最终的安身之地，居然也在东京，离何太监家只在咫尺之间，在一条名为"造釜巷"的街道当中。

　　在张竹坡看来，这个"造釜巷"也不是作者随便安上的地名，其实大有讲究。顾名思义，"造釜巷"实为造锅之所在，"金瓶"熔蚀而造釜，瓶儿亦化迹于无形矣。因此，此梦有为李瓶儿作结的意味。

　　两人梦中云雨之后，瓶儿还主动挽西门庆相送。两人走到月色如昼的大街上，往东转过一个牌坊，即来到了造釜巷，见巷中有一"双扇白板门"，瓶儿说了句"此奴之家也"，即顿袖而入。

　　这本是梦中之事，又涉鬼神灵异，虚幻怪诞，自不待言。中国古典小说的文类中，这类谈玄说怪的作品极多，前有《述异记》《搜神记》《幽冥录》，后有《夷坚志》与《聊斋志异》。如果仅仅到此为止，读者不会感到任何困扰与迷惑，因为叙事者在明确地通过梦境来指涉玄怪鬼神，读者会觉得自己十分安全。换句话说，鬼神世界之"幽"，与现实世界之"明"，判然两分而界限清楚，互不干扰。

　　但问题是，事情还没完。

　　西门庆第二天凌晨起床后，洗漱完毕，用过早饭，即与何太监的侄子何永寿一同进大内参见兵科。这已是明明白白的现实世界了。参见完毕，西门庆因要去大相国寺拜访智云长老，便与何永寿分道而行。

他在大相国寺见过长老,(只是不知有无见到鲁智深倒拔垂杨柳的那处菜园?)用斋饭毕,又穿过东街,想去崔中书家拜见同僚夏龙溪。就这么七转八转,最后转到一个巷子中来了。

不用说,这条巷子正是"造釜巷"。

写到这里,气氛顿时就变得有点阴森可怕。西门庆接着往前走,即看到了昨夜梦境中所见到的那个"双扇白板门"。隔壁还有一家豆腐店。西门庆当时作何感想,我们无从得知。他悄悄地使玳安(而不是自己)去向豆腐店的老姬打听"此家姓甚名谁",想必西门庆与读者一样,也感到毛发倒竖,惊恐万状吧。

那个老姬的回答是"此袁指挥家",似乎更显蹊跷。袁指挥在《金瓶梅》中实有其人。他那么一个显赫的官员,为何会安一个"双扇白板门"?是没有来得及刷油漆吗?李瓶儿的亡魂飘荡至此,似乎映照了第六十二回中阴阳先生的批书,但一路写来,由实境渐入虚玄幽眇,笔法奇特。

又是何缘故?

这么一来,梦境中的荒诞之事,由于被现实生活的境况明确印证,两者终于合二为一。也就是说,作者的修辞策略有意将梦境与现实加以混淆,这就模糊了虚幻与真实、梦境与现实的幽明之界,从而迫使我们将现实世界看成是梦的倒影。这一独特的手法,对日后《红楼梦》的影响是毋庸置疑的。

顺便提一下,《金瓶梅》的鬼神灵异之事,特别是转世投胎、六道轮回的方法论,很容易让我们想起蒲松龄的《聊斋志异》。《金瓶梅》为作品中的每一位主要人物都设定了投胎转世的处所,且言之凿凿。蒲松龄虽将《金瓶梅》斥为淫书,但他是否从此书中偷师,学到合用的技巧、方法,乃至于写作观念,此处姑且存而不论。不过《金瓶梅》描述鬼神灵异之事的深湛笔力,似乎卓然高出于《聊斋志异》之上。

将梦境与现实合二为一,并让两者于对照之中显出悖论与荒诞感,考之于欧洲文学艺术史,直到 20 世纪 50 年代的"超现实主义"出现之后,才在西方现代主义作品中蔚然成风。比如说,布努埃尔在《资产阶级隐秘的魅力》《自由的幽灵》中对梦境的开掘,将梦境与现实熔于一炉的手法,为当时及后来的追随者叹为观止(实际上,拉美的魔幻现实主义,怎么看都有"超现实主义"的魅影),殊不知,早在 16 世纪,这类方法在《金瓶梅》中已经运用得极为成熟了。

重名问题

西门庆道:"我只是忘了,你今年多少年纪?你姓甚么?排行几姐?我只记你男子汉姓熊。"老婆道:"他便姓熊,叫熊旺儿。我娘家姓章,排行第四,今三十二岁。"西门庆道:"我原来还大你一岁。"

——第七十五回

"奶子如意"于第三十回即早早出场,至第六十五回李瓶儿死,她与西门庆在灵堂的卷棚内勾搭成奸之后,即以"李瓶儿替身"的面目出现。奇怪的是,直到第七十五回,她的姓名才被正式写出。

李瓶儿未死之时,如意只不过是官哥的奶妈。作为一个极不重要的人物,抛头露面的场合本来就不多。"如意"是月娘临时给她取的名字,也有人干脆就以"奶子"称之,至于她的本名叫什么,无人知道,也没人关心。可见此人身份低下,且不招人待见。

而至第七十五回,她的地位忽然有了极大的改变。西门庆甚至向她许诺,等她怀孕之后,就将她"扶正",顶替死去的李瓶儿的位置。故此时补出她的本名,次序不乱。

西门庆既知道她男人姓熊,又说忘了她的年纪与排行,想必两人在云雨缱绻之时,西门庆曾向她打听过姓名。数度春风缠绵之后重问姓名,极具讽刺意味,也可见出西门庆的漫不经心。实际上,如意原是贲四嫂一类的人物。西门庆与她们的关系实质,不过是渔色而已。贲四嫂的本名叫做"叶五儿",与如意的"章四儿"恰好是一对,听上去,都不过是章台柳的枝枝叶叶罢了。稍有不同的是,由于如意常年服侍李瓶儿,且眉眼意态特别是皮肤的白净细腻,与李瓶儿一般无二,西门庆与她鬼混,也有对李瓶儿的思念萦回其间。用西门庆本人的话来说:"我搂你就如同搂着他一般。"

关于如意的来历,小说也写得扑朔迷离,隐约如在雾中。据她本人说,她是因为自己家的孩子死后还不到一月,奶水充足,而她丈夫正在军中服役,家中无人奉养,故而来到西门庆家当奶妈。当然,这番说辞很不可信。如意知道,她能够被"好人"吴月娘录用,生活悲惨与社会关系单纯,都是必不可少的前提条件。她这样说,其实是在博取吴月娘的同情。其实,我们通过耳目众多、无事不知的潘金莲之口即可了解到,她的儿子并未夭折,她的丈夫也未从军——这个熊旺儿,时常还抱着孩子来看望妻子,在西门庆家大院外探头探脑。但不管怎么说,"章四儿"这个名字一出,如意这个人物多少有了点现实感。

如意这个人物,若从小说人物的修辞技法来看,其实极不简单。她的背后,实际上"埋伏"着以下三个人物:

她在与西门庆好上之后,如果她能本分知礼,见好就收,不去兴风作浪,她就是贲四嫂那样无害的人物。

若她撒泼打诨,犯上作乱,进而威胁到众多娘子的地位,那她当然就是宋蕙莲第二。

再者,如果她有幸怀了孕,西门庆兑现自己的诺言将她"扶了正",

毫无疑问,她就是李瓶儿再世。

潘金莲对后面两种可能,都怀着极大的戒心。小说第七十二回,潘金莲寻衅将如意毒打一顿,并最终成功地将她收服,就是为了防止她摇身一变,成为宋蕙莲。至于说怀孕,潘金莲自然毫无办法。如意是生过孩子的,因此,她将来成为"李瓶儿二世"的可能性极大。正是这一点让潘金莲陷入了两难,食不知味,寝不安枕,每天都在担心如意会被西门庆"一时捅出个孩子"。她在打如意的时候,竟然用手去抠人家的腹部,潘金莲之肝肺可见。《金瓶梅》的作者固然没有读过弗洛伊德,但潘金莲抠腹之动作的象征性含义,倒不是不可以用弗洛伊德的理论来解释。

如意有了"章四儿"的名字之后,作者也顺便给她的丈夫安了个名,叫做熊旺儿。当然,这个名字也不是随便取的。正如"章四儿"很容易让人想起"叶五儿"来,"熊旺儿"这个名字也会马上让我们想起一个人来,他就是宋蕙莲的丈夫"来旺儿"。作者很明显是要将如意和蕙莲、熊旺儿与来旺儿做个对照,叙事之笔,疏而不漏。

说到这里,我们不妨来看一看《金瓶梅》中的一个奇特现象,那就是重名问题。

《金瓶梅》中的人物大小几百个,重名的人物极多,可以说到了随处可见、不胜枚举的地步。这到底是怎么回事呢?

宋蕙莲原名宋金莲,无端地与潘氏相犯,这里就不说了。李桂姐的兄弟李铭,字日新,应伯爵常叫他李日新,而温必古(谐音"温屁股",暗示他有鸡奸的癖好)号葵轩,字也叫日新。月娘的丫头名叫玉箫,第六十三回来了一帮海盐弟子唱戏,其中的一个戏子也叫玉箫,当时虽然是在李瓶儿的葬仪上,也没有妨碍小玉等人拿她的名字来取笑嬉闹。淫媒王婆被武松杀死之后,于第一百回又出现了一个媒婆,她是云理守的邻居,也叫王婆。在苗青案中出场的忠仆名叫安童,可绣像本《金瓶梅》中居然有三个安童,除了苗员外家的仆人之外,另外两个分别是杨姑娘家和王杏庵家的仆人。若说词话本,里面的安童就更多了。何永寿号天泉,蔡御史号一泉,尚举人号两泉,王三官号三泉,西门庆只能屈居第四,名为四泉了,《金瓶梅》中的人物重名还有很多处,这里不再一一列举。

关于这一独特现象,兹作分析如下:

首先,二三百个人物中出现重名现象,本来极其平常。若刻意要让这几百个人物之姓名个个不同,反而倒有点不太真实,不够自然。李日新与温日新的重名,大概可以归入这一类。

第二,《金瓶梅》不是一种封闭式的写作,它与此前的章回小说、民间戏曲、说唱和讲史都构成了极其复杂的互文关系。很多人物的名字,实际上就是从其他文本中直接挪用过来的。《水浒传》中也有安童,王婆也有好几个,皆为类型化人物。《金瓶梅》看似不经意的取用,可看出与其他文本之间的对话关系。王婆、安童、玉箫之类,都可以归入此列。

第三,作者故意将两个(或多个)人物共用一个名字,作为明确的叙事技法来使用,用意在于暗示这些人物的相类关系,或影射,或对照,有极深的文本意图隐含其中。如宋金莲之于潘金莲,熊旺儿之于来旺儿,天泉、一泉、两泉、三泉之于西门庆的四泉,皆属此例。

写人物不是一个个地写,而是一串串地写,本来就是《金瓶梅》在塑造人物方面的一大特色。《红楼梦》也化用此法,如袭人之于宝钗,晴雯之于黛玉,探春之于熙凤,虽非重名,但也形影相照,物成其类。读者也许会问,若如意牵出贲四嫂、蕙莲、瓶儿,蕙莲又牵出金莲,"熊旺儿"牵出"来旺儿",西门庆的"四泉"牵出天泉、一泉、两泉、三泉,若以此类推,小说中所有的人物,到最后岂不是都变成一个人了吗?

还别说,从《金瓶梅》的叙事主题而言,还真有这么个意思。

所有的人实际上都是同一个人。他们都受着欲望的煎逼,受着风刀霜剑的摧残,受着六道轮回、漫漫黑夜的笼罩,这正是《金瓶梅》指点迷津、悲天悯人的基石。

瞎子申二姐

这春梅不听便罢,听了三尸神暴跳,五脏气冲天,一点红从耳畔起,须臾紫遍了双腮。众人拦阻不住,一阵风走到上房里,指着申二姐,一顿大骂道:"你怎么对着小厮说我'那里又钻出个大姑娘来了','稀罕他也来叫我?'你是甚么总兵官娘子,不敢叫你!俺们在那毛里夹着,是你抬举起来,如今从新又出来了?你无非是个走千家门、万家户,贼狗攮的瞎淫妇!你来俺家才走了多少时儿,就敢恁量视人家?你会晓的甚么好成样的套数儿,左右是那几句东沟篱、西沟灞、油嘴狗舌,不上纸笔的那胡歌野词,就拿班做势起来!俺家本司三院唱的老婆,不知见过多少,稀罕你。韩道国那淫妇家兴你,俺这里不兴你。你就学与那淫妇,我也不怕。你好不好趁早儿去,贾妈妈与我离门离户。"

——第七十五回

上一节引文中,西门庆问及如意的年龄,如意说三十二岁,西门庆道:"我原来还大你一岁。"这句话也很值得注意。因西门庆三十三岁亡故,此时他也算是"待死之人"了。虽说西门庆暂时还看不出什么死亡的征兆,但一息之存,不出年内矣。西门庆死后,小说中长期隐伏的春梅,即一跃而成为后二十回首屈一指的主角。此回春梅的勃然发动,正当其时。

然而春梅大骂申二姐一节,也是为此回下文的潘、吴对决张本。西门庆一死,树倒猢狲散,潘氏也即将被逐出门户。潘金莲与吴月娘之间,也需要有一场大战来见个高低。

而全部的争端皆由唱曲的瞎子申二姐而起。

申二姐在第六十一回才登场亮相。王六儿与韩道国商议,要请西门庆来家中吃酒,以答谢他常年的"照顾"。考虑到西门庆酒后必然要与老婆奸宿,韩道国便打定主意躲到狮子街的店铺里。夫妇二人对这样的安排都没有异议。问题是,要不要叫两个唱曲的来,给西门庆助兴?因风尚所趋,穷人请客,也要学富人吟风弄月的那一套,读来令人悲叹。喝酒无人唱曲,不免冷清。而有唱的在边上,西门庆万一借着酒兴,对王六儿动起手脚来,就不太方便,传出去也不好听。最后由王六儿拿主意,请了隔壁乐三家的申二姐来唱曲,算是应个景儿——她是个瞎子,反正什么也看不见。没想到,申二姐的唱曲十分出彩。以王六儿之见,她比西门大院里的郁大姐还要唱得好。至此以后,申二姐时常来西门庆家唱曲,风头渐渐盖过了郁大姐。

此回中,春梅在陪潘姥姥喝酒,忽然想听申二姐唱曲,便让人到上房来请。申二姐不来倒也罢了,竟然还出语相讥,这就惹出了春梅"一阵风走到上房"的冲天一怒。

春梅对申二姐发怒,原本也没什么问题。但她骂人的地点是在上房,即吴月娘的房里。在主人的房中公然发飙,有违尊卑之礼,这是其一;吴月娘的嫂子吴大妗子以及月娘请来的三位尼姑都在场,春梅骂申二姐，不免一竿子打翻一船人，这是其二；再者，春梅以一个丫鬟的身份，居然直接将申二姐赶出门去，置月娘于何地？由此"三尸神暴跳"的破口大骂，春梅恃宠骄横、心高气傲的秉性，可一览无遗。

果然，吴月娘从应伯爵家中吃酒回家，进屋不见了申二姐，便立刻发问："怎的不见申二姐？"众人皆不敢作声。

至此，一场大战一触即发。

按说，春梅原是吴月娘房里的丫头，应当向着月娘才对。可自从她跟了潘金莲之后，两人便情投意合，对吴月娘反而日渐疏远。不独春梅如此，玉箫和小玉也都是如此，她们名义上是月娘的丫鬟，实际上却是潘金莲和春梅的"眼线"。作为家中的主管和正头大娘子，吴月娘居然笼络不住身边的几个丫头，足以见出吴月娘为人之刻薄与愚庸。

因申二姐一事，吴月娘要责罚春梅，如箭在弦。但碍于大家庭中复杂的人际关系，特别是自己的主子身份，她必须事先知会潘金莲和西门庆。

我们先来看看西门庆的态度。面对吴月娘的告状，西门庆笑道："谁叫他不唱与他听来？"一心护着春梅，无意追究此事。吴月娘只得回过头来再找潘金莲。而潘金莲的反应也有点让人意外。

吴月娘让她管管春梅，潘金莲不仅没说春梅一个不字，反而拉拉杂杂将申二姐又骂了一通。言下之意，那是活该。吴月娘再三坚持，潘金莲就用调笑般轻浮的口吻对吴月娘道："莫不为瞎淫妇打他几棍儿？"

这一句话把吴月娘的脸都气红了。

潘金莲对吴月娘的盛怒不知避让，不采取息事宁人的态度，反而用一种主动挑事的姿态，正面出击，也是有原因的。从她的立场来说，李瓶儿一死,自己少了一个强劲的对手,西门庆除自己之外再无可意之人,心中不免有几分得意和张狂。她的主动出击,似乎有为潘、吴格局重新定调的意图。因此本回的文字,不仅为后文开新局,也处处照应着李瓶儿之死的前文。正因为如此,潘、吴对决之时,双方都拿死去的李瓶儿来说事。最后,吴月娘情急之下终于骂出"你害杀了一个,只多我了!"这样的话来。可谓此言一出,群响毕绝,战火陡然升级。

事情终于弄到了不可收拾的地步。

从表面上看,在潘、吴大战中,潘金莲伶牙俐齿、步步紧逼,可谓占据了绝对的优势;反观吴月娘,则笨嘴拙舌、节节败退,最后竟然连一句完整的话都说不出口。但此番对决的结果,却以潘金莲的惨败而告终。她不仅可笑地坐在地上自打耳光,乃至于最后不得不当着众人的面,低声下气地向吴月娘赔礼道歉。究其原因,吴月娘正头娘子的地位为宗法礼仪所护佑,在商业社会逐渐成形的时候,礼法的余威还在相当程度上起着作用。即便是西门庆,对此也无可奈何。更何况,吴月娘不仅掌握着全家的经济大权,而且身怀六甲。考虑到官哥此前的不幸夭折,西门庆对吴月娘的偏袒(尽管是表面文章)也就可想而知了。

有一点读者需注意,此回中的西门庆,面对"申瞎子风波"及"潘吴对决",已经流露出明显的厌倦和力不从心。他倒是踢了玉箫一脚,但已没有心力来责罚这场风波中的任何一个人。他的处境完全像个小媳妇,在潘金莲、吴月娘和春梅之间穿梭往来,处处充当和事佬。甚至,他还担心王六儿的脸上不好看,事后还悄悄地给瞎子申二姐送去了银两,聊作安慰。考虑到不久之后,他本人就要踏上黄泉路,此回他的心气萎靡,实际上也是"大限降临"的明显征兆。

群芳谱

仪容娇媚,体态轻盈。姿性儿百伶百俐,身段儿不短不长。细弯弯两道蛾眉,直侵入鬓;滴流流一双凤眼,来往楚人。娇声儿似啭日流莺,嫩腰儿似弄风杨柳。端的是绮罗队里生来,却厌豪华气象,珠翠丛中长大,那堪雅淡梳妆。开遍海棠花,也不问夜来多少;飘残杨柳絮,竟不知春意如何。轻移莲步,有蕊珠仙子之风流;款蹙湘裙,似水月观音之态度。正是:比花花解语,比玉玉生香。

——第七十八回

西门庆既死,我们或许可以对他的一生做一个简单的小结。若按《金瓶梅》的"作者之言"而论,西门氏一生行藏,可以用"酒色财气"四个字来形容。若按佛教的观点来看,"色"乃是一切欲望贪痴的根由,因此,西门庆的一生,也可以用一个"色"字加以概括。

好事如张竹坡者,对西门庆一生所经历的女人做了一番详尽的统计。据他列表计算,西门庆"淫过妇女"目,共有十九位,当然不包括正妻吴月娘在内。这个列表,堪称西门庆的"群芳谱"。不过,如果把这些人物与《红楼梦》中的"千红万艳"做一个对比,不论是身份还是品性,其市井的寒酸穷愁立刻暴露无遗。潘金莲自幼失身于王招宣、张大户,后又嫁给三寸丁武大郎,其微贱不堪如此;李瓶儿原本是太监手里的玩物,且是花子虚的遗孀;春梅、迎春、绣春和兰香都是使女、丫头,根本上不了台面;孟玉楼年龄偏大,是个再醮妇人,且在西门庆死后再度改嫁;李娇儿是妓院出身,西门庆死后仍归于妓院;孙雪娥是家中负责上灶刷锅的"厨役"式人物,西门庆只有在要人捏背捶腿的时候,才会想起她来;林太太是一"半老徐娘";如意乃一奶妈;宋蕙莲、惠元、王六儿、贲四嫂均为伙计下人的媳妇,为西门庆所霸占取乐;而李桂姐、吴银儿、郑爱月之辈,本来就是勾栏青楼中人。

经张竹坡这么一统计,我们还真的可以从中看出点名堂。西门庆虽占着"古今第一淫人"的名头,可到手的这十九人,都是市井中的庸常妇女,没有任何一个"金枝玉叶"式的闺阁名媛。若说"解馋红娘"一类的角色,西门庆倒是触手可及,至于莺莺,他连影子都还没见过呢。更不用提《红楼梦》中钗、黛、湘、妙那一流的人物了。

如果说这十九位人物有什么共同的特性,那就是西门庆一勾即能到手。也就是说,西门庆与这些妇人打交道,没有遇到过哪怕一丝一毫的困难。换言之,在这些人物的"色"的背后,反衬出来的恰恰是"财"。因此,《金瓶梅》写妇女与《红楼梦》最大的不同就在于,《金瓶梅》写"色"亦是写"财",反之亦然。

西门庆在脂粉堆中第一次遇到困难和挫折,当自黄氏始。

黄氏是王招宣府中王三官的娘子,六黄太尉的亲侄女。在郑爱月的口中,年约十九岁,是从画上走下来的人物。西门庆在她婆婆林太太身上用足了功夫,又处处笼络她的丈夫王三官,甚至将他收为义子。原指望妙人儿黄氏"指日在于掌握",可没想到,等到西门庆一命呜呼之时，人家连面都没让他见上一回。

在西门庆死前的最后一次元宵欢会上，林太太原本是答应让儿媳妇黄氏来的，可临时又变了卦。到底是什么原因，小说中故意没有交代。西门庆心急如焚，催促排军、玳安、琴童来来回回催邀了两三遍，又再度派出文嫂儿上门敦请，最后勉强到场的只有中年妇女林太太一人。西门庆问她黄氏为何不见，林太太只用"小儿不在，家中没人"八个字，冷冷搪塞。

西门庆暗中思慕的"妙人"还有一位。她就是新上任的副千户何永寿的妻子蓝氏。时年十八岁，人物标致，且博古通今，长得"灯上人儿也似"。元宵之夜，她在西门庆的再三邀请下，倒是来了。可她这一来，直接要了西门庆的命。

何千户何永寿在《金瓶梅》中不过是一个很次要的配角，他的娘子则更不用说了。可引文中蓝氏的出场，叙事者居然不惜花费大量的笔墨来摹画她的装束和姿容，显得极为反常。

实际上，与始终未在小说中露面的黄氏一样，她们都不是尘世中的女性。作者将蓝氏与蕊珠仙子、水月观音相提并论，也不是泛泛之笔。蓝氏的美貌，超绝于尘世之表，隐隐透出仙人神态，恰如一面收取西门庆魂灵的镜子。引文中这段描写，实为西门庆的催死文书。

西门庆见到蓝氏的反应是："不见则已，一见魂飞天外，魄丧九霄，未曾体交，精魄先失。"蓝氏未发一言，即有追魂摄魄之力。而蓝氏飘然告退，西门庆心中的焦渴没有着落，便用撞见的第一个下人（惠元）媳妇来泻火，可谓"未曾得遇莺娘面，且把红娘去解馋"。紧接着，在黄氏未见、蓝氏已走的情形下，西门庆只得去王六儿家旧梦重温。但于搂抱云雨之中,西门庆"心中只想着何千户娘子蓝氏,欲情如火"。故而蓝氏一出,西门庆不得不死。

即便是写妇女,《金瓶梅》中也有天人之分。黄氏只是一个传说,自始至终都没有露面;而蓝氏之容止,虚无缥缈,远隔尘嚣,为西门庆可望而不可即。黄氏和蓝氏的虚诞不真,有如幻镜,也映照出了十九位尘俗妇女如梦幻泡影的身姿。这正是作者下针药、明色空、规世诫的关键所在。

西门庆之将死,犹有花星高照。在千里之外的扬州,苗青为答谢西门庆当年的活命之恩,特意为他买下一个女子,名唤楚云,养在家里,为她置办妆奁衣饰。原打算等韩道国、来保置办完货物,随船带给西门庆,不料等到韩道国启程之日,楚云忽然生起病来,动身不得。苗青只得让韩道国先行,随后再派专人将楚云送至清河。不过,即便楚云不生病,她也未必来得及见西门庆一面——韩道国的货船抵达临清码头之时,西门庆已丧命多日。

既然如此,叙事者为什么还要执意写一楚云?岂非多事?

《金瓶梅》的叙事,具有精确的对应性。我们应该不会忘记,小说第一、二回中,卓丢儿未出场即已病亡;此处写楚云,盖与开篇的卓丢儿对称成偶——卓丢儿者,未及现身即已"丢失";楚云者,尚未正式出场,西门庆已死,所谓"楚云易散"也。可以说,西门庆与女人的关系,实自卓丢儿始,至楚云终。而两者都是浮荡易散之物,均从巫山云雨中幻化而出。

有此二人贯穿始终,西门庆之群芳谱中的各色女子,岂非镜花水月,春梦一场?

蔡御史祭灵

蔡御史道:"可伤! 可伤!"即唤家人上来,取出两匹杭州绢,一双绒袜,四尾白鲞,四罐蜜饯,说道:"这些微礼,权作奠仪罢。"又拿出五十两一封银子来,"这个是我向日曾贷过老先生些厚惠,今积了些俸资奉偿,以全终始之交。"

——第八十回

蔡御史蔡蕴前来拜访,可他并不知道西门庆已死。他在两淮巡盐任上差满回京,路过清河,糊里糊涂,一头撞了进来。此人在《金瓶梅》中着墨不多,前后露面也只有三次。

第一次是在第三十六回。蔡蕴新中了状元,荣归故里。途经清河时,拿着翟谦的书信,到西门庆这里来借钱。当时的蔡蕴还是一个刚中状元的读书人,路费缺少,囊中羞涩,西门庆即送他"金段一端,领绢二端,合香五百,白金一百两"。这里的金缎等礼物,当然是奉送,而一百两白银,可以说是送,也可以说是借。两人都用客气话来敷衍。按西门庆的说法,是"少助一茶之需";蔡御史的态度是:"倘得寸进,自当图报。"但有一点是肯定的,西门庆送出去的这一百两,从未指望对方偿还。西门庆临死之前,向陈敬济报账,并未提及蔡御史的这笔借款,就是明证。

然而，到了第四十九回，蔡御史新点了两淮巡盐，再次在西门庆家中留宿，却只字未提还款的事。西门庆又送他一张大桌席、两坛酒、两牵羊、两对金丝花、两匹缎红、一副金台盘、两把银执壶、十个银酒杯、两个银折盂、一双牙箸。另外还安排了两个女孩儿夜晚陪侍。那时的蔡御史在京中任文职，而明代的官俸又极低，他大概还没有能力还款。董娇儿陪他睡了一个晚上，他只给了一两银子，居然还用红纸大包封着，董娇儿拿着这些钱却不肯走，最后还得西门庆给她补上嫖宿之资。

不过这次蔡御史在返京述职途中路过清河，已然是今非昔比了。此人以两淮巡盐的身份，在温柔富贵乡扬州已待多时，不说别的，单单是"派盐之利"与贪贿所得，肯定不会少。而看他赠送给西门庆的礼物清单中，除了两匹杭绢外，其余的都是些袜子、零食、蜜饯之类，与西门庆此前两番送他的厚贶相比，连个零头都还算不上，可见此人之吝啬（大概是出身贫寒的缘故吧），并未稍改。另外，既然蔡御史自己提出来要归还当年的借款，当初的一百两白银，居然是折半还之，只有区区五十两。蔡御史知道，假如西门庆还活着，以西门庆的慷慨大度和喜好结交朋友的秉性，就算他想还款，西门庆也绝不会收，只是多说几句漂亮话罢了。问题是，现在西门庆死了。那一百两银子的旧账，该怎么办呢？他若全款奉还，贪财如命且正为以后的生计焦虑不已的吴月娘，岂有不收之理？蔡御史虽然是折半相还，但从"以全终始之交"这几个字来看，仿佛只还一半，他与西门庆的借款关系已然两清。文中依稀透出些讽喻之意。

不过细辨文意，蔡御史拿出五十两银子来，很有可能是出于见到老友突然亡故，心中悱恻不忍，一时激动而做出的临时决定。他的这一突然举动引来了绣像本批评者和张竹坡的交口称赞，就不难理解了。我想他们的意思并不是说，蔡御史这个人品格有多么高尚，行为有多么慷慨，对朋友多么重情讲义，而是与西门庆死后众叛亲离、落井下石的诸多丑陋面目相比，蔡御史还能如此作为，已经算是极为难得的了。

人情到了这个地步，真是让人不免伤感。

《金瓶梅》由西门庆之死，分成前后两个部分。前一部分总是热场，而热中皆冷；后一部分为冷景，而冷中有热。这是《金瓶梅》情节上的一大安排。此回的蔡御史不忘旧情，后来的春梅眷顾月娘、王杏庵义助陈敬济，皆属此列。

我们再来看看可怜的吴月娘对蔡御史还款一事的反应。吴月娘得了五十两银子这笔意外之财，"心中又是那欢喜，又是那惨戚"。五十两白银，在西门庆死后，已属不小的数目，吴月娘没有理由不高兴。而目睹蔡御史这等官员来到，家中竟然找不出个正经人来相陪，最后还让人家空手而去，吴月娘忽然想起当初西门庆在时纸醉金迷、歌乐喧天的盛景，不能不悲从中来，涕泪交流。

西门庆刚死不久，吴月娘对于冷落萧索的家庭境况，还没有多少心理准备，对于冷冷清清的寡妇角色，还没能坦然接受与适应，故而还时有今昔之慨。殊不知，随着李娇儿重归丽院，更大的变故与衰败已在酝酿之中。一个活脱脱的"散"字，已经呼之欲出了。

散

月色不知人事改，夜深还到粉墙头。

——第八十回

一代又一代的红迷们，常以《红楼梦》未完为一大憾事。至乾隆五十六年（1791），始有一百二十回程甲本刊刻行世。程伟元声称，以自己多年搜罗所积，加之鼓担上重价购得的十余卷，在此基础上"细加厘剔，裁长补短"，以成全书，但稍有修养的读者一眼便能看出后四十回实为另人所作。无论是情节线索，还是文字本身，与曹雪芹八十回相比勘，皆难颉颃。读者对续作既不能满意，高鹗之后又有不少"续貂之作"陆续出现，往往是续而未达，况而愈下——不用说与曹雪芹相比，离高鹗的境界和笔力都差得太远。对那些恨不能起曹雪芹于地下的读者，我这里倒有一个小小的建议：若要了解曹雪芹八十回后的情节走向，可以从《金瓶梅》的后二十回看出一个大概。因为《红楼梦》与《金瓶梅》在立意及文章技法上构成了明显的互文关系，《红楼梦》没有来得及写出的部分（无非就是一个"散"字），《金瓶梅》却有完整而精确的呈现。在《金瓶梅》后二十回的基础上来揣摩和想象曹雪芹的未尽之意，虽不中亦不远矣。

《金瓶梅》后二十回所描述的这个"散"，用《红楼梦》比较文雅的话来说,应当是"一朝春尽红颜老,花落人亡两不知",或者"三春去后诸芳尽,各自须寻各自门";而若用《金瓶梅》比较粗俗的话来表达,就是:

> 兔儿沿山跑,还来归旧窝。

就好像不同的人聚集到了同一个地方,参加了一个盛大的聚会,主持人西门庆一死,也就差不多曲终人散了;又好比一场春梦,到了梦醒时分,梦中所见的繁丽盛景,皆在顷刻之间化为云烟散去,惟有一月在天。

首先离去的是李娇儿。西门庆刚死,她就与家人李铭里应外合,忙着从家中往外偷东西,在侄女李桂卿"你我院中人家,弃旧迎新为本"说辞的鼓动下,李娇儿重归丽院。后又经过伯爵的隆重推荐,去了麻脸的张二官家做了填房。紧接着,韩道国拐了西门庆一千两银子,与王六儿一道远走东京,去投靠他的亲家翟谦去了。这个翟谦,在西门庆死后也立刻露出狰狞面目,差人送来书信,逼着吴月娘给他送去四个"弹唱出色"的女子。吴月娘不敢不从,只得将身边的玉箫、迎春奉送,派来保送往东京。来保此前已暗藏了西门庆八百两银子,此番又在途中强奸了玉箫和迎春,最后脱离门户,在临清码头上像模像样地开起了杂货铺。

陈敬济与潘金莲此前虽多有调情弄舌,互相嘲戏骂俏,但二人真正成了好事,是在西门庆亡故之后,从第八十回金莲"我儿,你娘今日成就了你罢"一语可知。没想到陈姐夫"弄一得双",顺便刮捎上了春梅。三人世界,如火如荼,全然不避众人耳目。秋菊多次去吴月娘处通风报信,他们犹不知检点收敛,甚至还安排怀孕后的潘金莲打胎。贪舔刀头之蜜而不计后果,正是忽喇喇大厦将倾的前奏。一旦事败,三人在家中再无容身之地。首先是春梅被发卖——不垂泪而别,扬长决裂而去;其次是陈敬济被逐——吴月娘率领七八个丫鬟媳妇,手执短棒将陈敬济打得离门离户,转而投奔他的母舅张团练去了;最后是潘金莲——她原由王婆领来,现仍由王婆领出发卖,可谓一客不烦二主。

因陈敬济的离家,引出了西门大姐的归宿问题。吴月娘存念要将西门大姐逐离门户,此心已非一日,可见此人之绝情。她让薛嫂用一顶轿子将西门大姐抬到陈宅,"还"与陈敬济,而陈敬济则拒不接受。西门大姐遂在吴月娘与陈敬济之间被抬来抬去,连个安身之处都没有。最后倒贴了一个丫鬟元宵,吴月娘才将西门大姐这块烫手的山芋送了出去。没过多久,不堪折磨的西门大姐就落得个自缢身死之结局。西门庆之覆巢,至骨肉不能保全者,惨切之状,难以历述。

孟玉楼眼见得众姐妹死的死,离的离,卖的卖,又见吴月娘一心护着孝哥,性情似乎更为乖戾,自知呆在家中不免竹篮打水,便早早存下了改嫁的心思。因此,当她在清明节上坟途中遇见李衙内,即四目有情,将自己交了出去,以图个落叶归根之处。叙事者称李衙内"风流博浪,懒习诗书,专好鹰犬走马,打毬蹴鞠,常在三瓦两巷中走,人称他为'李浪子'",而到了媒人陶妈妈口中,李衙内的形象就不能自圆其说了。既说他"见做国子监上舍,不久就是举人、进士","满腹文章,弓马熟娴,诸子百家,无不通晓",同时又说"有人欺负,指名说来,拿到县里,任意拶打"。在她自相矛盾的"担保"之下,李衙内这一浪荡公子哥的恶少形象,已活灵活现。

不过，在所有离开西门大院的妇女中，孟玉楼堪称唯一的得善终者。以她的机智和城府，摆布一个小小的李衙内，似乎还绰绰有余。刚一过门，她就成功地将玉簪驱逐，随后又轻松摆平了"陈敬济风波"，夫妻二人得以息影河北枣强，夫唱妇随，白头偕老。

成亲当日，吴月娘送孟玉楼至李衙内家，吃完喜酒，回到家中，"进入后边院落，静悄悄无个人接应"，又想起当初何等欢愉喧闹，众姐妹在一处嬉笑说话，一条板凳都坐不下，如今眼前并无一个了。不觉一阵心伤，扑着西门庆的灵床，放声大哭。

《金瓶梅》后二十回，凡写吴月娘伤心之时，总有月亮相伴。要么是"月色不知人世改，夜深还到粉墙头"，要么是"平生心事无人识，只有穿窗皓月知"，或者"只有都门楼上月，照人离恨各西东"。月亮的亘古不变，反衬出世事离合聚散之纷乱不测。吴月娘作为《金瓶梅》故事最后的见证者与收结者，她的名字中偏偏藏着个"月"字，岂是巧合？

不过吴月娘说家中众姐妹"如今并无一个儿了"，此言不确。虽说生离死别接踵而至（连潘姥姥和杨姑娘都死了），但她的身边仍然还有一个姐妹与她厮守，此人就是孙雪娥。纵观全书，吴月娘从未将孙雪娥计算在"姐妹"之列。吴、孙之间，既无恩，也无怨；既不是可以亲近的对象，也不会彼此妨害。吴月娘眼中的雪娥，几与下人奴仆无异，轻如无物，近乎于"不存在"。

然而，这个"不存在"之人最终的结局，似乎也好不到哪里去。她与狱中归来的旧情人来旺想模仿一下韩道国夫妇的"拐财远遁"，惜乎功败垂成，最终事发被捉。雪娥先是沦落在春梅家上灶做饭，备受羞辱之后，被卖入娼门，投缳自尽。

荷尽已无擎雨盖

敬济道:"老伙计,你不知道,我酒在肚里,事在心头。俺丈母听信小人言语,驾我一篇是非。就算我奸了人,人没奸了我?好不好,我把这一屋子里老婆都刮剌了,到官也只是后丈母通奸,论个不应罪名。如今我先把你家女儿休了,然后一纸状子告到官,再不,东京万寿门进一本,你家见收着我家许多金银箱笼,都是杨戬应没官赃物。好不好,把你这几间业房子都抄没了,老婆便当官办卖。我不图打鱼,只图混水耍子。会事的,把俺女婿收笼着,照旧看待,还是大家便益。"傅伙计见他话头儿来的不好,说道:"姐夫,你原来醉了。王十九,只吃酒,且把散话革起。"

——第八十六回

这是陈敬济酒后对傅伙计说的一番话。此时春梅已卖,金莲被隔,月娘反目。陈敬济在西门庆家寄篱多年,一腔激愤,终于借酒而尽出之也。前文已多次提及,《金瓶梅》在叙事修辞上,多有别开生面之创制,而其中最让人叹服的是人物话语叙事。通过人物对话来塑造人物,本来是中国古典小说(尤其是章回体)的一大特色,而在这方面,《金瓶梅》无疑是最为优秀的代表。

陈敬济这番话，堪称《金瓶梅》中人物话语描写的经典范例。

首先，这是一篇醉话，似有理而实无逻辑。拉拉杂杂，既无轻重，又没头脑，且不连贯，语多跌宕，对醉态的模拟极为生动，却又恰到好处。其中最妙的是连用两个"好不好"，将陈敬济说话时的样态、语调和口角都精确而逼真地刻画了出来。

其次，陈敬济是典型的官二代。其父陈洪陈大宽作为当地的贪官，因杨戬一案的牵连而遭祸，遂打发陈敬济夫妇押运贪贿所得的金银箱笼，投奔丈人西门庆。前八十回中，陈敬济雌伏在西门庆巨大的阴影之下，伶俐乖巧，尚且有个人样，可西门庆一死，当他独自面对这个世界的时候，问题马上就出现了。他这一番话完全是想当然，少不更事，极不通情理，对于当时自己的处境和社会状况全无一点了解。殊不知，他在说这番话的同时，他们家最大的靠山杨戬已经瘐死狱中，他自己的父亲陈洪也已到了弥留之际，其母舅张团练是一个穷官。在这样一个荷尽菊残、自身难保的危境冷局之中，陈敬济为对抗吴月娘，仍在一味地说大话，既狂妄，又可笑。他说，即便将包括吴月娘、孟玉楼在内的西门遗孀都"刮剌"了，到官也不会问罪，这纯属黄口小儿的愚妄之言；他不仅要休人家女儿，"一纸状子告到官"，甚至还要去东京万寿门上本，口气之大，就像皇帝老儿是他们家佣人似的。用书中的话来概括，"人便如此如此，天理不然不然"。最可怕的是，他将关乎自己身家性命的重大隐情——寄放在西门庆家的箱笼实为杨戬应没之赃物——向一个全不相干的伙计和盘托出，甚至流露出要将此事告官、拼个鱼死网破的意图。这也反映出陈敬济性格中极不冷静的一面。点香不成便要放火，稍遇挫折便要铤而走险，这是典型的"官二代"性格，其百无一用、志大才疏却又市井油滑的无赖嘴脸,被描摹得淋漓尽致。

再次,这段醉话,也可以看成是陈敬济在西门庆家隐忍多年所遭歧视和冷眼的总爆发。西门庆和吴月娘不仅霸占了他们家寄放的财物,且一直将陈敬济当成一个佣人和"超级苦力"来使唤。西门庆什么活都让他去做,到了李瓶儿死,还要让他扶着棺材,扮演孝子的角色。他口口声声要将家中的产业都交给陈敬济手里打理,以宽其心,但他生子传家以续香火的炽热愿望,从未稍减——前有官哥,后有吴月娘腹中的孝哥,聪明伶俐如陈敬济者,又怎么会看不出来? 西门庆如此,吴月娘就更不用说了。陈敬济寄居在西门庆家的委屈和辛酸,前文多用隐语带过,写得极其含蓄。至此,终于借着酒醉,由陈敬济本人之口一抒郁中,也可以说是对前文的一个交代和总结。

最后要注意的是,陈敬济在前八十回与后二十回的形象判然有别——前恭而后倨,前隐而后显,前忍辱负重不露声色,后肆无忌惮而无所不至。其前后形象的巨大反差,需要有一个过渡和转换。这段醉话,则是陈敬济形象转折的一大机轴。这段醉话余音未歇,他就开始了对吴月娘的公然挑衅。他当着丫头和伙计的面,把吴月娘所生的孝哥说成是自己的种,把吴月娘气得当场昏了过去。紧接着,就发生了吴月娘率领众丫头痛打陈敬济的一幕。有了这篇醉话打底,陈敬济情急之中脱下裤子,向吴月娘展露阳物,方不显突兀。

生性温厚老成的傅伙计,听了陈敬济这番话,立刻转移话题,可见他吃惊不小。有心的读者,也会暗暗为陈敬济日后的命运捏着把汗。他后来流落街头,充当小工,打梆子摇铃,成为街头混混和花子的同性玩物,最终不得其死,亦是情理必然之事吧。

燕还旧巢

　　春梅看了一回，先走到李瓶儿那边。见楼上丢着些折桌坏凳破椅子，下边房都空锁着，地下草长的荒荒的。方来到他娘这边，楼上还丢着些生药香料，下边他娘房里，止有两座厨柜，床也没了。因问小玉："俺娘那张床往那去了？怎的不见。"小玉道："俺三娘嫁人，赔了俺三娘去了。"月娘走到跟前说："因你爹在日，将他带来那张八步床陪了大姐在陈家，落后他起身，却把你娘这张床陪了他，嫁人去了。"春梅道："我听见大姐死了，说你老人家把床还抬的来家了。"月娘道："那床没钱使，只卖了八两银子，打发县中皂隶，都使了。"……又问月娘："俺六娘那张螺甸床怎的不见？"月娘道："一言难尽。自从你爹下世，日逐只有出去的，没有进来的。常言：家无营活计，不怕斗量金。也是家中没盘缠，抬出去交人卖了。"

——第九十六回

　　西门庆去世三年之后的正月二十一日，春梅打点祭桌果酒致送吴月娘，一为祭奠西门庆三周年，二为庆贺孝哥生日。吴月娘使玳安具帖邀请春梅上门做客，这就有了春梅重游旧家池馆的一幕。

第十九回，西门庆家中花园刚刚落成之日，吴月娘曾率领李娇儿、孟玉楼、孙雪娥、西门大姐、潘金莲等人游园赏会。绣评者评述此次游园之会，将之与"西园雅集"相提并论。回中有诗赋一首，对那处"四时有不卸之花，八节有长春之景"的花园，做了十分细致的描画。然而到了第九十六回，也有诗赋写景，不同的是，当年"娇花笼浅径，芳树压雕栏"的亭台楼阁，如今已经变成了"狐狸常睡卧云亭，黄鼠往来藏春阁"的荒破之地了。春梅眼中的旧家池馆，只剩下了一些蜘蛛结网的破桌凳，甚至在李瓶儿的住处，竟然已经"草长的荒荒的"。这当然是对"麦秀之歌"典故的重写，其荒凉惨淡之景，本是题中应有之意，不能说有多少别出心裁的地方。引文中最让人鼻酸的点睛之笔，实在于通过春梅、月娘之口，来追述"床的下落"的那一番问答。

床是日常息卧之具，不可一日无之，自然是记忆中的重要节点。从另一方面来说，床也是恣欢纵乐的场所，是《金瓶梅》情色展开的重要物件。当然，它也是使用者身份品级的象征之物。

在《金瓶梅》中，作为重要器物来描写的床，一共有三张。一张是孟玉楼陪嫁而来的南京描金彩漆八步床（亦作"拔步床"），一张是李瓶儿陪嫁过来的螺甸床（也作"罗钿床"），还有一张床来历稍稍复杂一些。身无长物而心高气傲的潘金莲，对李瓶儿那张螺甸床瞧着眼热，央求西门庆花了六十两银子，替自己买了一张一模一样的厂厅床。

陪孟玉楼而来的那张床，她自己没轮上睡，就因为西门庆匆促嫁女，作为嫁妆送给了西门大姐。杨提督案发，陈敬济与西门大姐深夜躲祸来家，那张床却并没有跟了来，当仍在陈宅无疑。后来，西门大姐在陈宅上吊自杀（第九十二回），吴月娘率众人打上门去，闹了半天之后，顺便将大姐的遗物都搬了回来。这张南京八步床，想必也在其中。可见吴月娘为西门大姐报仇是假，哄抢她的遗物是真，而在大姐的所有遗物中，这张南京描金彩漆八步床，当是重中之重。事隔这么些年，吴月娘从未忘记它的存在。通过引文中吴月娘与春梅的对话，我们知道吴月娘将床搬回来之后，立刻就以八两银子贱卖了。这是孟玉楼那张床的下落。

潘金莲的出身无法与孟、李二人相比，她为了"平等"而央求西门庆为她买来的那张螺甸厂厅床，在她被驱逐出家门时，当然不可能带走（吴月娘起先连轿子都舍不得替她雇，更别提那张六十两银子买来的床了）。孟玉楼改嫁时，吴月娘就将潘金莲留下的这张床送给孟玉楼。这倒也不能说明吴月娘对孟玉楼有多大方，从情理上说，西门庆家原来就欠孟玉楼一张床。

最后需要交代的，是李瓶儿的那张螺甸床，也是春梅最后追问的那张床的下落。吴月娘以差不多一半的价格（三十五两）将它卖了，以应付西门庆死后家道衰落的经济窘境。

自第七回始，至第九十六回收结，关于这三张床的故事，贯穿了整整九十回的篇幅。在西门庆家族由盛转衰的兴亡史中，三张床的影子，一直时隐时现。其中寄托了多少人世的辛酸与悲凉，这里不必多说。需要特别加以说明的是，在中国古代的文史传统中，器物从来都不是简单的"物象"，它的功能也不局限于一般意义上的道具和场景罗列，而往往作为高度象征化的"意象"出现在文学作品中。以《金瓶梅》而论，这三张床的命运，其实也是人的命运。它们不仅暗示出人物的身份、地位和社会等级，也象征了欲望——其中既有对性事的暗喻，也有对"物"的崇拜与占有。

《金瓶梅》中的这三张床，也可以看成是世事兴衰沉浮的见证之物。从表面上看，人对物的占有和收藏，使物处于"随身之物"的被动地位，但反过来说，这种占有与收藏也可以逆转——"人"成为"物"的最终收藏品。因为，一般而言，物的寿命要比人长得多。本雅明曾对此感慨不已，李清照在《金石录后序》中，也对此加以明确的阐发，所谓"人亡弓，人得之，又胡足道"。

《金瓶梅》一意要否定现世，诚人入佛。在描写器物方面，往往以物观人，以常观变，以显示人的脆弱与无常。博郎鼓是一例，这里的三张床又是一例。而在小说的第七十一回，夏龙溪转任京师，他将清河的住房折银一千二百两，卖与何太监的侄子何永寿。交换房契之时，当时在场的西门庆家伙计贲四，说了一句让何太监极为欣赏的话：

　　千年房舍换百主，一番拆洗一番新。

话说得很喜兴，但意蕴却很悲凉。房舍如此，床又何尝不是如此。

芍药花

一日,三月中旬天气,敬济正与众人抬出土来,在山门
墙下,倚着墙根,向日阳蹲踞着,捉身上虱虮。只见一个人,
头戴万字头巾,身穿青窄衫,紫裹肚,腰系缠带,脚穿鞴靴,骑
着一匹黄马,手中提着一篮鲜花儿。

——第九十六回

过街鼠张胜,在小说中出场的机会不多。此人光棍一条,平常在
"三街两巷"行走,是典型的街头混混(俗称"捣子")。在小说的第十九
回,叙事者早早地就安排下了张胜这条线索。当时,西门庆请他和草
里蛇鲁华一起去教训一下蒋竹山,并答应事成之后,将他介绍给提刑
官夏龙溪做家丁。但后来,在兑现自己的承诺时,西门庆却将他引荐
给了周守备,做了一名亲随。这也是《金瓶梅》文体上的错综之法,绝
无半点机械和板滞。可以说,张胜这个人物,是叙事者特地为陈敬济
准备的:陈敬济刚出场,张胜即于街头现身,而最终陈敬济也死在张胜
的利刃之下,可谓有始有终。第九十九回,陈敬济在睡梦中被惊醒,见
张胜提着把刀子闯进门来,便问了一句:"阿呀! 你来做甚么?"张胜
的回答一点都不含糊:"我来杀你! "张胜的答话,与其杀人的身手一
般矫健爽利。在绣像本的批评者看来,张胜做事利索斩截,是武松或
豫让一流的人物。

引文中的这段文字,是写春梅因思念陈敬济,托张胜打听他的下落,而张胜踏破铁鞋,遍寻不获,却在大街上与他不期而遇的情景。张胜作为一名曾经的街头魔王,此时现身,却头戴万字头巾,身穿青窄衫,紫色的裹肚,脚蹬鞴靴,骑着一匹黄马。其皂隶家丁的精致装束,似乎有点不伦不类。然而,更加让人感到震惊的是,这样一个杀人不眨眼的恶徒,手中偏偏还提着一个装满芍药的花篮!

《金瓶梅》叙事的奇思妙想、自由无拘和灵光乍现,于这篮鲜花上可见一斑。按一般想象的定式而论,这篮鲜花,无论如何也不可能出现在豫让式人物张胜之手。这就使我们不由得联想起米兰·昆德拉对卡夫卡的赞佩。在米兰·昆德拉看来,卡夫卡的小说有点类似于让缝纫机与雨伞相遇,即让不可能之事成为可能。"缝纫机与雨伞相遇"这一典故,原出自洛特雷·阿蒙,原文为"一架缝纫机与一把雨伞在手术台上的偶然相遇"。不过,不论是卡夫卡的小说,还是洛特雷·阿蒙的诗歌,都具有强烈的超现实意味,而《金瓶梅》的这篮芍药花,则牢牢地扎根于现实的土壤。叙事者随后就交代了这篮鲜花的来历:原来是春梅打发张胜去田庄上采芍药,张胜在返家的途中,与陈敬济在街头不期而遇。从某种意义上说,让事实扎根于现实,却让想象力飞升于超现实的天空,这正是《金瓶梅》叙事的精华所在。换句话说,卡夫卡与洛特雷·阿蒙通过超现实的方法所达成的叙事效果,《金瓶梅》通过对现实的"自然"呈现,也同样能够达成。

顺便说一句,北方地区水泽河淀之畔,盛产芍药,在历史上多有记载。在刘侗、于奕正的《帝京景物略》中,作者所记叙的北京积水潭,在元代就是一个遍地开满芍药花的大泽。

陆 沉

　　却说大金人马，抢过东昌府来，看看到清河县地方，只见官吏逃亡，城门昼闭，人民逃窜，父子流亡。但见：烟尘四野，日蔽黄沙。封豕长蛇，互相吞噬；龙争虎斗，各自争强。皂帜红旗，布满郊野；男啼女哭，万户惊惶。强军猛将，一似蚁聚蜂屯；短剑长枪，好似森林密竹。一处处死尸朽骨，横三竖四；一攒攒折刀断剑，七断八截。个个携男抱女，家家闭户关门。十室九空，不显乡村城郭；獐奔鼠窜，那存礼乐衣冠。

——第一百回

　　按理说，西门庆一死，《金瓶梅》再无可观之处，后二十回顿成鸡肋。有鉴于此，作者在书中安排了两个承上启下的人物：一为春梅，作者在前八十回中让她锋芒初试，至第七十五回突然发动，由此进入"春梅正传"，使得前后之文连接得天衣无缝；一为陈敬济，由陈敬济与春梅的故事引出冯金保、韩爱姐等"新人"。意只为收结全书，却在叙事上翻新出奇，且越翻越奇。由此，我们也可以这么说，《金瓶梅》之后二十回，乃是一边"结旧"，一边"出新"。两者并行不悖，使得后二十回文字，同样花团锦簇。既无勉强草率之感，也无强弩之末不能穿鲁缟之忧。这不能不说是得益于作者在结构上深谋远虑、织体细密的匠心。

而《红楼梦》之所以没能写完,固然有很多现实的因素。但若为作者曹雪芹着想,我以为披阅十载、增删五次,居然全书未完,似乎也有文体和结构上的苦衷。也就是说,曹雪芹在归结《红楼梦》之时,遇到了一个前所未有的困难。若仅仅写一个"散"字,不过是泛泛交代,味同嚼蜡,何况早有《金瓶梅》在前,是无论如何不能接受的。若要像《金瓶梅》那样翻新出奇,《红楼梦》恐怕难以做到。因为《红楼梦》叙事线索及人物情节之复杂,远不是《金瓶梅》可以比拟的。胡河清先生曾说,《红楼梦》之未完,根本原因在于它是不可能写完的,可以说极有见地。

由曲终人散而归入佛道,是《金瓶梅》预先设定的意图。这一过程要令人信服,生死无常、逸豫亡身一类的情节自然必不可少。可以说,《金瓶梅》在这方面做了耐心而细致的铺垫,通过否定现实,来悟道色空。然而,除了"因色空而悟道"的基本情节之外,作者还特意安排了一个外在的推动力。因《金瓶梅》假托于宋代的历史,有一个现成的"外力"可资利用,那就是金兵犯境所导致的国破家亡、山河沦陷。因此,《金瓶梅》将亡国之变的"陆沉",作为全书收结的最后一个悲剧性的动力,可谓得天独厚,力透纸背。

作者所写的"陆沉",虽说发生在宋代,但何尝不是几十年后明代灭亡的先兆。当我们读到吴月娘穿着百姓的衣裳,仅有男女五口,混杂在逃亡的人流中奔出城门,来到空旷的十字路口,惘然不知所之的时候,立刻会想起《百年孤独》的结尾——当奥雷里亚诺破译了梅尔基亚德斯的羊皮卷,这个世界的"终极秘密"向他呈现的同时,周遭的现实世界也正为飓风所抹去。

普静禅师身披紫褐袈裟,手执九环锡杖,于兵荒马乱之中,立于十字路口,要为狼奔豕突的吴月娘指点迷津。

陆沉的同时,禅机亦现。

国破家亡的巨祸奇劫,作者似乎无意展开正面描述,它仅仅是作为普静度脱孝哥的契机而出现的。如果套用张爱玲在《倾城之恋》中的说法,也可以这么说:靖康之乱,是为《金瓶梅》收结全书而特意发生的历史事件。

在中国传统社会,从一般百姓的立场而言,他们所关心的并非是江山易姓、疆土谁属,而是天下何日得以安定。所以吴月娘在逃亡途中,并未像王六儿、韩爱姐那样南下湖州,而是仅仅在永福寺住了十日光景,天下即重现太平,吴月娘还家复业,安然度岁。以作者的"佛眼"来看,"天道"的循环,周而复始。所谓奇劫巨祸,犹如日月之食,不过是内在于天道循环中的云翳雾影。一旦天下复归于澄明,重获安宁不过是瞬息之事而已。

韩爱姐

　　这韩爱姐一路上怀抱月琴,唱小词曲,往前抓寻父母。随路饥餐渴饮,夜住晓行,忙忙如丧家之犬,急急似漏网之鱼。弓鞋又小,万苦千辛。

——第一百回

　　《金瓶梅》中的韩爱姐这个人物,与冯梦龙《新桥市韩五卖情》中的韩五,多有重合歧互之处。对于两者之间的异同,特别是影响关系,学界多有论及。田晓菲的《秋水堂论金瓶梅》辨析尤详且迭有新意,读者可参看,此处不再赘述。

　　韩爱姐这个人物,在小说的第三十七回即已登场。至于韩爱姐的本名,小说没有交代,因为她出生于五月初五的端午节,小名遂被唤作"爱(艾)姐"或者"五姐"。她是韩道国和王六儿的女儿,在十五岁那一年被西门庆看中,以二十两银子的彩礼钱将她送到东京,给蔡太师管家翟谦做偏房。此后,我们于《金瓶梅》的叙事中虽不时可以听到她的消息,但在小说结尾处的第九十八回,韩爱姐才算是正式露面。

　　此时,蔡京已被弹劾,移送三法司问罪,其子蔡攸被处斩,翟管家的下场不问可知。韩道国带着王六儿拐财远遁,去东京投靠女儿没多久,又不得不第二次狼狈逃窜。他们来到富庶繁华之地的临清码头,与在那儿开酒楼的陈敬济不期而遇。韩爱姐有嫩玉生香之体,幽花秀丽之貌,在东京侍奉耽迷于少女的翟谦达五年之久。她也曾服侍过翟母,于高门华墙之下,颇习得些弹唱诗词。从她后来与陈敬济的书信往返来看,其文采远在陈敬济之上。难怪绣像本的批评者阅览至此,会发出"吾得此女,复有何求"这样的望梅之叹。

在《金瓶梅》中,韩爱姐是唯一的一个理想化人物,但作者对她却没有用想当然的"理想化"来加以处理。在韩爱姐一路随父母逃离东京的途中,母女二人也不免要做些"皮肉生意"以赚取路费。到了临清码头之后,接客卖笑也成了韩爱姐的主要工作,这从湖州贩丝商人何官人点名指要韩爱姐陪睡一节,可以隐隐得知。不过当她在临清码头撞见陈敬济之后,所谓五百年孽缘,一旦开启。韩爱姐见陈敬济酒楼下空着一间房子,也不经主人同意,就大模大样地住了进去,可见她做人行事,颇异常人。她开口就问陈敬济青春多少,挨在他身边作娇作痴,且唐突地拔下陈敬济头上的簪子,直接引他上楼,以效鱼水之欢。韩爱姐视人间伦常礼节如同无物,已然是《聊斋志异》中婴宁、小翠一流的人物。

韩爱姐既遇陈敬济,便立刻托付终身,决意再不见客,一腔心思都在陈敬济一身。害得她年近半百的老娘王六儿只能单线作战。自此以后,对陈敬济的思念与凝望,就成了韩爱姐的日常功课,思之不足,发之于吟咏,托之于鱼雁。第九十九回,陈敬济死于张胜刀下,韩爱姐昼夜哭泣,茶饭不思。她执意要亲往统制府中,见陈敬济尸首一面,死也甘心。她到了陈敬济坟前,全然不顾人多眼杂,哭得头撞于地,昏死过去,救了半日方才苏醒。这倒也罢了。她与陈敬济只有两度鱼水之

欢,既无媒妁之言,亦无婚姻之实,居然要抛弃父母,与春梅和葛翠屏
(陈敬济正妻)一道,为陈敬济终身守寡,更属异想天开。春梅稍加劝
阻,她却不顾其统制夫人的显赫身份,对春梅出言不逊:"奶奶说那里
话?奴既为他,虽剐目断鼻也当守节,誓不再配他人。"转而又打发在
一旁垂泪的哀哀父母:"我不去了。你就留下我,到家也寻了无常。"完
全是一派不谙世事、迷于情幻的"娇客"口吻。

引文中的这段文字,是写金兵南犯、周统制殉国、春梅淫亡、葛翠
屏逃命的乱局之下,韩爱姐于兵荒马乱之中,无依无靠,不得不前往千
里之外的湖州找寻父母时的情形。此时的韩爱姐,与东京逃难时的那
个女子,显然已不是同一个人。她不再靠出卖色相而赚取盘缠,而是
一路抱着月琴,沿途唱着小词曲,孤身一人,往江南一路而去。

韩爱姐到达湖州,见到父母之后,立即割发毁目,出家为尼。至
三十一岁,以疾卒。

《金瓶梅》是一个欲望和金钱的世界,原与"情"字无关。张竹坡说,
爱姐之"艾",可灸一切奸夫淫妇、乱臣贼子者,当是对爱姐出污泥而不
染品节的由衷赞美。在《金瓶梅》全书中,如此为爱情而痴迷,不顾一
切,将"情"置于至高无上地位的人物,惟有爱姐一人而已。

严格地说,韩爱姐这个人物,不属于《金瓶梅》的人物系统。她既
是特例,亦是异质性的"他者"。此人于小说的结尾处突然出现,作者
将她的钟情写到极致,似乎也别有寄托,希望从污浊、世故、功利的尘
世铁幕中,多少能透出一些新鲜而活泼的青春气息吧。

曹雪芹正是在韩爱姐这个人物的崭新起点上,开始了他的创作。